괴테와의 대화 2

Gespräche mit Goethe

세계문학전집 177

괴테와의 대화 2

Gespräche mit Goethe

요한 페터 에커만

장희창 옮김

민음사

차례

3부

머리말

오래전부터 약속해 왔던 나의 『괴테와의 대화』 3부의 완성을 마침내 눈앞에 보고 있노라니, 커다란 어려움을 극복했다는 행복한 느낌이 나를 사로잡는다.

나의 처지는 어려웠다. 말하자면 오늘 불어오는 바람으로 항해를 할 수 있는 것이 아니라 몇 년 전에 불어왔던 것과 같은 순풍이 불기를 기다리며, 이따금 여러 주일이나 여러 달 동안을 커다란 인내심으로 기다리는 뱃사람의 처지와도 같았다. 내가 앞의 1부와 2부를 쓸 무렵에는 행운이 따랐기 때문에 어느 정도 순풍을 받으며 나아갈 수 있었다. 왜냐하면 당시에는 금방 들은 말이 귓속에 생생하게 울리고 있었고 또 그 놀라운 사람과의 생생한 교제 덕택에 감동의 본질을 온전하게 보존할 수 있어서 마치 날개를 달고 목표에 도달하는 듯한 느낌이었기 때문이다.

그러나 그 음성이 멎은 지 이미 오래고, 저 개인적인 만남의 행운이 아득한 옛날이 되어버린 지금, 나는 자신의 내면으로 들어가서 방해받지 않고 깊이 침잠해 과거를 다시 생생한 색채로 되살리는 순간이라야만 겨우 그러한 감동을 느낄 수 있었다. 그때서야 비로소 과거가 되살아나기 시작했고, 위대한 사상과 위대한 성격의 특징들이 마치 멀리 떨어져 있긴 하지만 뚜렷한 모습으로 보이며 저 매일 매일의 태양 빛을 쐬고 있는 거대한 산맥처럼 내 앞에 나타났던 것이다.

이처럼 감동은 위대한 것에 대한 기쁨으로부터 생겨났다. 세부적인 생각의 흐름과 구술상의 표현은 마치 어제의 일인 양 생생하게 되살아났다. 살아 있는 괴테가 다시 내 앞에 나타났던 것이다. 그 어느 것과도 비교할 수 없는 그의 음성이 유별나게 다정한 울림으로 들려왔다. 훈장이 달린 검은 예복을 입고 환하게 밝혀진 그의 방에서 초대받은 손님들과 함께 농담하고 웃고 명랑하게 대화를 이끌어가고 있는 괴테의 모습이 밤마다 눈에 선하게 떠올랐다. 그리고 어느 화창한 날에는 갈색 윗옷과 청색의 천 모자를 걸치고, 무릎 위에 밝은 잿빛의 외투를 놓은 채 마차 안의 내 곁에 앉아 있기도 했다. 그의 얼굴색은 신선한 공기처럼 건강한 갈색이었다. 그의 재기 넘치는 목소리는 드넓은 세상으로 퍼져나갔고, 마차의 삐거덕거리는 소리는 요란하게 들려왔다. 때로는 한밤중에 촛불이 조용히 타오르는 그의 서재에 다시 가 있는 듯한 느낌이 들기도 했다. 거기서 나는 흰색 플란넬의 잠옷을 입고 있는 괴테와 함께 탁자에 마주 앉아 있는 것이다. 만족스럽게 보낸 하루와 같이 온화한 분위기가 주위를 감싸고 있었다. 우리는 위대하고 선한 일들에 대해 이야기를 나누었다. 그는 자신의 본성 속에 있는 지극히 고귀한 것을 나를 향해 열어놓았고, 나의 정신은 그의 정신 덕택에 불타올랐다. 우리 사이에는 깊고 깊은 공감이 오갔다. 그는 탁자 너머로 손을 내밀었고, 나는 그 손을 잡았다. 그러고 나서 나는 가까이에 있는 가득 찬 술잔을 잡고는 아무런 말도 없이, 포도주 너머 그의 눈에 시선을 고정시킨 채 그를 위하여 축배를 들었다.

이렇게 하여 나는 살아 있는 그의 모습과 다시 만나게 되었고, 그의 말은 다시 예전처럼 울려 퍼졌다.

그러나 우리네 삶에서는 사랑하던 사람이 죽는다 해도 일상의 소음에 시달리다 보면 이따금 여러 주일이나 여러 달 만에 그것도 다만 스쳐 지나가는 식으로 그를 생각하게 될 뿐이다. 그러므로 이제는 고인이 된 사랑하는 사람이 우리 앞에 생생하게 살아 있는 모습으로 다시 나타난다고 믿게 되는 침잠의 고요한 순간이야말로 드물게 아름다운 시간이다. 나와 괴테와의 만남도 이와 같았다.

나의 영혼은 일상의 삶에 파묻혀 때로는 여러 달 동안 그를 까마득하게 잊고 있었고, 그 또한 나의 정신에 아무런 말도 건네지 않았다. 그리고 또다시 내 마음속에 아무런 싹도 꽃도 피지 않는 불모의 몇 주일이 지나갔다. 그런 공허한 시간을 나는 엄청 인내하며 쓸모없이 흘려보내야만 했다. 그런 상태에서 쓴 것은 아무런 가치도 없을 것이기 때문이다. 나는 지나간 과거가 그지없이 생생하게 눈앞에 나타나고, 나의 내면이 그 정신적인 힘과 감각의 안락함을 유지하면서 괴테의 사상과 감정을 머무르게 하는 소중한 거주처가 될 수 있는 행운의 순간이 돌아오기를 기다릴 수밖에 없었다. 왜냐하면 나는 그대로 가라앉게 내버려 둘 수는 없는 영웅과 관계를 맺고 있었기 때문이다. 그는 더없이 온화한 지조, 명석하고 힘에 넘치는 정신, 친근하면서도 위엄이 있는 고귀한 인격의 모습으로 나타나야만 했다. 그래야만 그의 진면목이 드러나게 되며, 이는 결코 사소한 일이 아닌 것이다!

그와 나의 관계는 독특하며 아주 섬세한 성격의 것이다. 그것은 제자와 스승, 아들과 아버지, 미숙한 인격과 풍요로운 인격 사이의 관계이다. 그는 나를 자신의 영역으로 끌어들여 더 높은 존재에 대한 정신적이고 물질적인 향유에 참여하게 했다. 이따금 나는 저녁 시간에 일주일마다 그를 만났고, 때로는 낮 동안에 매일 만나기도 했다. 여러 사람이 모인 자리에서 아니면 단둘이 식탁에서 얼굴을 맞대고 그와 자리를 함께하는 행운을 누렸던 것이다.

그의 이야기는 그의 작품처럼 다양했다. 그는 언제나 동일한 사람이면서 언제나 다른 사람이었다. 그 어떤 위대한 이념이 그를 사로잡기만 하면, 그의 입에서는 샘물처럼 풍성하게 끊임없이 말이 솟아 나왔다. 그 말들은 마치 온갖 꽃들이 피어 있지만 너무나 눈부신 나머지 그것들을 꺾어 화환을 만들 생각조차 할 수 없는 봄날의 정원과도 같았다. 또 어떤 때는 마치 그의 영혼에 안개라도 내린 듯 말없이 침묵을 지켰다. 정말이지 얼음 같은 차가움으로 가득 차서, 눈서리가 내린 들판 위를 스쳐 가는 살을 에는 바람과도 같은 날도 있었다. 그러다 다시 보면 그는 어느새 숲속의 모든 가수들이 덤불과 관목 속에서 우리를 향해 환호하고, 뻐꾸기가 푸른 대기를 뚫고 울어대며, 실개천이 울긋불긋 꽃이 핀 목초지를 졸졸거리며 흐르는, 활짝 웃음 짓는 여름이 되어 있었다. 그러면 기꺼이 그의 목소리에 귀를 기울이고, 그와 가까이 있음에 더없는 행복감을 느끼며, 그의 말에 우리의 마음은 더없이 넓어졌다.

겨울과 여름, 노령과 청춘은 그에게 영원한 투쟁과 교체를 반복하고 있는 것처럼 보였다. 하지만 칠팔십대에 이르는 그에게 경탄스러운 사실은, 청춘이 언제나 거듭해서 원기를 회복하고 앞서 말한 가을과 겨울날이 드문 예외에 속한다는 것이다.

그의 자제력은 대단한 것으로서, 그의 존재의 탁월한 특성이었다. 자제력은 언제나 자신의 대상을 지배하면서 그의 작품들에 경탄스러운 예술적 완성을 부여하는 저 고귀한 분별력의 자매인 것이다. 그러나 바로 그러한 자제심 때문에 그는 자신의 여러 저작들과 구두상의 표현에 종종 자신을 속박하고 지나치게 신중해졌다. 하지만 행복한 순간이 찾아오기만 하면 기다렸다는 듯이 강력한 데몬이 그의 내부에서 발동하고, 그 자제심은 사라져 버린다. 그럴 때면 그의 이야기는 청춘의 자유를 얻어, 마치 산꼭대기에서 내려오는 강물과 같이 쏴쏴 소리를 내며 흘러간다. 그러한 순간에 그는 자신의 풍요로운 본성 속에 있는 가장 위대하고 가장 훌륭한 것을 말한다. 그러한 순간에 관해 그의 옛 친구들이 말한 것은 충분히 이해가 간다. 즉, 그가 입으로 한 말은 그가 쓰고 인쇄한 말보다 훌륭하다는 것이다. 마르몽텔이 디드로에 대해서 한 말도 같은 취지였다. 요컨대, 디드로를 그의 작품으로만 알고 있는 자는 그를 반밖에 이해하지 못하는 것이다. 그러나 그와 직접 이야기를 나누게 되면 그 즉시 매혹당할 수밖에 없다는 것이다.

바라건대, 이 대화의 행복한 순간들에 관해 내가 많은 것을 포착하는 데 성공하기를 기원한다. 또한 이 책에서 적잖이 다행스러운 일은 몇 대목에는 괴테라는 인물이 이중적으로 투영되어 있다는 사실 때문이다. 말하자면 때로는 나를 통해서 때로는 한 젊은 친구를 통해서 괴테의 모습이 투영되어 있는 것이다.

제네바 출신의 자유로운 공화주의자인 소레 씨는 태자의 교육을 맡기 위해 1822년 바이마르로 와서 그때부터 괴테가 죽음에 이르기까지 나와 마찬가지로 괴테와 매우 친근한 관계를 맺었다. 그는 괴테의 집에서 종종 식사를 함께했으며, 저녁 모임에도 자주 그리고 기꺼이 초대되는 손님이었다. 게다가 자연과학에 대한 그의 지식은 지속적인 교제의 다양한 계기가 되었다. 정통한 광물학자로서 그는 괴테의 수정들을 분류했고, 아울러 생물학에 대한 지식 덕택으로 괴테의 『식물 변형론』을 프랑스어로 번역할 수 있었으며, 그렇게 함으로써 그 중요한 저작이 더 널리 알려지도록 했다. 궁정에서의 지위도 그가 괴테와 종종 만나는 계기가 되었다. 그는 때로는 왕자가 괴테를 방문할 때 동반했고, 때로는 대공 전하와 대공비 전하의 심부름으로 괴테를 방문하기도 했다.

그러한 개인적인 접촉으로부터 소레 씨는 자신의 일기에다가 종종 메모를 남겼다. 그리고 몇 년 전에 고맙게도 그것들을 함께 묶은 조그마한 원고를 나에게 넘기면서 그 가운데서 가장 흥미롭고 좋은 부분을 골라내어 나의 3권에 연대순으로 편입해 달라고 부탁했다.

프랑스어로 기록된 이 메모들은 때로는 상세했지만, 때로는 집필자의 분주하고 바쁜 업무 때문인지 피상적이고 허점이 많았다. 하지만 그 전체 원고에 보이는 대상들은 괴테와 나 사이라 하더라도 반복적으로 자세히 토론했음직한 것들이었다. 그 때문에 나의 일기는 소레의 기록을 보충하고, 거기에서 빠진 공백들을 채워 넣으며, 그저 암시적으로만 언급된 것을 충분하게 묘사하는 데 안성맞춤이었다. 하지만 소레의 원고가 바탕을 이루거나 상당히 많이 활용된 모든 대화들(특히 처음 두 해가 그러한 경우이다.)에는 날짜 위쪽에다가 별표로 표시를 해놓았다. 순전히 내가 쓴 것, 그리고 일부분을 제외하고 1824년에서 1829년에 이르는 부분, 또 1830년과 1831년 그리고 1832년을 구성하는 많은 부분을 소레의 기록과 구별하기 위해서였다.

오랜 기간 동안 애정으로써 품어왔던 이 3부가 앞의 1부와 2부가 그랬던 것과 같은 좋은 반응을 얻었으면 하는 바람 이외에는 더 할 말이 없다.

1847년 12월 21일

바이마르에서

1822년

1822년 9월 21일 토요일*

오늘 저녁 궁정 고문관 마이어와 함께 괴테를 만났다. 주로 광물학, 화학 그리고 물리학에 관한 대화가 화제로 올랐다. 그는 특히 빛의 양극성 현상에 흥미를 보이는 것 같았다. 그는 대부분 자신의 의도대로 고안한 다양한 장치를 보여주며 나와 함께 실험을 해보자고 제안했다.

괴테는 이야기를 나누는 동안 점점 더 자유롭게 자신의 심중을 털어놓았다. 나는 한 시간 이상 머물렀는데, 괴테는 헤어지면서 내게 아주 다정한 인사를 보냈다.

그의 용모는 여전히 훌륭했고, 특히 그의 이마와 눈에는 위엄이 넘쳤다. 그는 키가 크고 당당해 보였기 때문에, 그가 이미 수년 전부터 이제 더 이상 사교 모임이나 궁정의 일에 참여하기에는 너무 나이가 들었노라고 스스로 말한 것이 잘 이해가 되지 않았다.

1822년 9월 24일 화요일*

마이어와 괴테의 아들, 괴테의 며느리 그리고 주치의인 궁정 고문관 레바인과 함께 괴테 댁에서 저녁 시간을 보냈다. 괴테는 오늘 특히 생기에 넘쳐 보였다. 그는 나에게 슈투트가르트에서 구해온 아름다운 석판화들을 보여주었는데, 그런 종류로는 지금까지 본 적이 없는 가장 완벽한 작품이었다. 그러고 나서 우리는 과학 분야, 특히 화학의 발전에 관해 이야기를 나누었다. 괴테는 그 가운데서도 요오드와 염소에 특별한 관심을 보였다. 화학 분야의 이 새로운 발견에 예기치 못하고 아주 놀라기라도 한 듯, 그는 이 물질들에 대하여 경탄의 말을 쏟았다. 괴테는 요오드를 조금 가져오라고 하더니 우리가 보는 앞에서 그것을 양초 불꽃에 대어 휘발시켰다. 그렇게 그는 우리에게 자신의 색채 이론 가운데 하나의 법칙인 보라색 연무 현상을 즐겁게 보여주었고, 우리는 그 현상 앞에서 찬탄을 금할 수 없었다.

1822년 10월 1일 화요일*

괴테 댁에서 저녁 만찬이 있었다. 참석자 중에는 뮐러 장관과 포이서 의장, 슈테판 쉬체 박사와 슈미트 참사관도 있었다. 슈미트 씨는 베토벤 소나타 몇 곡을 연주했는데 흔히 볼 수 없을 정도로 완벽한 솜씨였다. 괴테와 그 며느리 사이의 대화도 아주 즐거웠다. 괴테의 며느리는 젊은이답게 명랑했고, 사랑스러운 천성에다 뛰어난 지성까지 갖춘 여성이었다.

1822년 10월 10일 목요일*

괴테 댁에서 저녁 만찬이 있었다. 저 유명한 괴팅겐의 블루멘바흐 씨도 참석했다. 블루멘바흐 씨는 나이가 많았지만 표정은 생기발랄하고 명랑했다. 그는 청춘의 활기를 그대로 유지할 줄 아는 사람이었다. 행동과 태도가 자연스러워서 그 누구에게도 자기 앞에 학자가 있다는 느낌이 들게 하지 않는 유형이었다. 그의 진심 어린 우애는 누구에게나 즐거움을 주기 때문에 누구와도 곧 아주 편안한 사이가 된다. 그와의 만남은 내게 흥미롭기도 하고 편안하기도 했다.

1822년 11월 5일 화요일*

괴테 댁에서 저녁 만찬이 있었다. 참석자 가운데는 화가인 콜베도 있었다. 우리는 그의 작품 가운데 아주 뛰어난 그림 한 점을 구경했는데, 그것은 드레스덴 미술관에 소장되어 있는 티치아노의 「비너스」를 복제한 작품이었다.

오늘 밤 괴테 댁에는 에쉬베게 씨와 저 유명한 작곡가 훔멜도 참석하고 있었다. 훔멜은 거의 한 시간이나 피아노 앞에 앉아 즉흥 연주를 했다. 직접 듣지 않은 사람으로서는 상상하기도 어려울 정도로 힘차고 재능에 넘치는 연주였다. 게다가 그의 말하는 태도는 단순하고 자연스러웠으며, 그처럼 유명한 거장치고는 보기 드물 정도로 겸손했다.

1822년 12월 3일 화요일*

괴테 댁의 저녁 만찬에 참가했다. 참석자들은 리머, 쿠드레, 마이어, 괴테의 아들과 며느리였다.

예나의 대학생들이 소요를 일으켜[1], 그들을 진압하기 위해 한 개 기갑 중대가 파견되었다. 리머는 일련의 노래 가사들을 읽어주었다. 그것들을 금지시킨 것이 이번 소요의 계기 내지는 구실이 되었던 것이다. 이 모든 노래들은 낭독하는 동안 열렬한 갈채를 받았는데, 무엇보다도 거기에 드러나 있는 재능 때문이었다. 괴테도 좋다면서 나중에 차분히 검토해 보겠노라고 나에게 약속했다.

그러고 나서 우리는 동판화와 귀중한 책들을 잠시 보았다. 이어서 괴테는 「샤론」[2]이라는 시를 낭송해 우리를 즐겁게 했다. 맑고 또렷하고 힘찬 어조의 낭송이었기 때문에 경탄을 금할 수 없었다. 그토록 아름다운 낭송은 결코 들어본 적이 없었다. 그 열정! 그 시선! 그 목소리! 목소리는 때로는 천둥이 치는 듯 우렁차다가 다시 부드럽고 온화하게 변하곤 했다. 우리가 모여 앉아 있던 그 작은 방에 비해 몇 대목에서는 목소리가 너무 컸을는지도 모르지만 그의 낭송에서는 흠잡을 데라곤 조금도 없었다.

---

1) 거리에서 노래하는 것을 금지한 대학 당국의 조처에 항의하기 위해 대학생들이 강의 거부와 거리 행진 등의 소요를 일으켰고, 군대가 출동해 질서가 회복되었다.

2) 1822년 리머의 도움으로 그리스어에서 독일어로 번역되었다.

그런 다음 괴테는 문학과 자신의 작품에 대해서, 그리고 스탈 부인과 그 밖의 것들에 관해 이야기해 주었다. 그는 요즈음 에우리피데스의 『파이톤』 단편들을 번역하고 교정하는 작업에 몰두하는 중이었는데, 이 일은 이미 일 년 전에 시작했다가 요 며칠 사이에 다시 시작한 작업이었다.

1822년 12월 5일 목요일*

오늘 저녁에 나는 괴테 댁에서 지금 막 완성된 에버바인의 오페라 「글라이헨 백작」 1막의 시험 공연을 보았다. 사람들은 괴테가 극장 감독을 그만둔 후에 그의 곁에 그렇게 많은 수의 오페라 단원들이 모인 것은 처음 있는 일이라고들 이야기했다. 에버바인 씨가 노래를 지휘했다. 합창에는 괴테가 아는 몇 명의 여성들도 참여했다. 독창 부분은 오페라의 단원들이 불렀다. 내가 듣기에 몇몇 곡은 아주 뛰어났는데 특히 사중창의 카논 곡이 그랬다.

1822년 12월 17일 화요일*

저녁에 괴테와 함께 있었다. 그는 매우 명랑했으며, 자기 아이들을 위해서 애쓰는 아버지들의 어리석은 행동이 결국 헛될 뿐이라는 테마를 재치 있게 설명해 주었다.

괴테는 염천(鹽泉)을 발견하려는 요즈음의 탐사 작업에 상당한 관심을 보였다. 그는 일부 기업가들의 우둔함을 비난했다. 그들은 암염이 묻힌 지층의 위치와 겹겹이 쌓인 단층들을 완전히 무시하고 천공기가 그곳을 뚫고 지나가는 작업을 한다는 것이었다. 또한 정확한 지점을 확인해 찾아내는 대신 언제나 같은 자리를 고수하면서 운에 맡기는 식으로 하나의 시추공만 미련하게 파 들어간다는 것이었다.

1823년

1823년 2월 9일 일요일*

저녁에 괴테 댁을 찾아갔는데 그는 마이어와 단둘이서 대화를 나누고 있었다. 그래서 나는 지난 세기의 아주 유명한 인물들의 필적이 담긴 앨범을 뒤적이면서 시간을 보냈다. 예컨대 루터나 에라스뮈스나 모스하임[3] 같은 인물들의 필적이었다. 그중에서도 모스하임은 라틴어로 다음과 같은 아주 특이한 말을 남겨놓았다.

"명예는 노고와 고뇌의 원천이요, 무지는 행복의 원천이다."

---

3) 요한 로렌츠 폰 모스하임(Johann Lorenz von Mosheism, 1694~1755). 루터파의 신학자.

1823년 2월 23일 일요일*

괴테는 며칠 전부터 위독한 병을 앓는 중이었고, 어제는 회복의 희망도 없이 병상에 누워 있었다. 하지만 오늘 일단 위기를 넘기고 나서는 정상 상태로 돌아오는 것 같았다. 오늘 아침까지만 해도 괴테는 스스로 가망이 없는 것 같다고 말했지만, 정오 무렵이 되자 낫게 되리라는 희망을 품었다. 그리고 다시 저녁이 되어서는 만일 자신이 이 병에서 회복하게 되면 그만한 나이의 노인으로서는 대단한 일을 해냈다는 사실을 누구든 인정해야 할 거라고 말했다.

1823년 2월 24일 월요일*

오늘은 괴테의 상태가 아주 근심스러운 날이었다. 오늘 낮 동안 어제처럼 건강이 나아지지 않았기 때문이다. 쇠약 증세가 발작적으로 일어났을 때 그가 며느리에게 말했다. "나한테서 삶과 죽음의 전쟁이 시작된다는 느낌이야."

하지만 환자는 저녁 무렵에 완전히 제정신이 들었고, 몇 마디 농담까지 섞어가면서 자신감을 다시 보여주었다. "자네는 벌벌 떨기만 하고 처방이 너무 소극적이었어." 하고 괴테가 레바인에게 말했다. "나를 지나치게 아꼈다는 말일세! 나 같은 환자를 앞에 두고서는 나폴레옹이라도 되는 것처럼 대담해질 필요가 있는데 말이야." 그러고 나서 그는 아르니카 약초를 달인 탕약 한 잔을 마셨다. 어제 아주 위험했던 순간에 후쉬케[4]가 그 처방을 내려 위기를 잘 넘기게 되었다. 괴테는 이 식물을 치켜세우면서 그 강력한 효과를 극찬했다. 대공이 그를 보러 오는 것을 의사들이 만류하고 있다는 소리를 들은 괴테가 큰 소리로 말했다. "내가 대공이라면 말이야, 이것저것 물어보았겠지. 그리고 자네들 안부도 물었을 테고."

상태가 좋아지고 가슴이 시원하게 뚫린 것처럼 보이는 순간 그가 맑은 정신으로 스스럼없이 말하자, 레바인이 그의 옆에 서 있던 사람에게 귓속말로 소곤거렸다. "호흡이 순조로우면 영감도 따라서 잘 떠오르는 법이지." 그 말을 들은 괴테가 아주 밝게 큰 소리로 말했다. "나는 그 사실을 오래전부터 알고 있었지. 하지만 자네에게 해당하는 말은 아닐세, 이 양반아!"

괴테는 서재의 열린 창문 맞은편에 있는 침대에 자세를 똑바로 하고 앉았다. 괴테 자신은 모르고 있었지만 그 서재에는 그의 가까운 친구들이 모여 있었다. 내가 보기에 그의 표정은 거의 변하지 않았다. 목소리도 맑고 또렷했다. 그러나 그 속에는 죽어가는 사람에게서 보이는 엄숙한 어조가 배여 있었다. 그가 자기 가족들에게 말했다. "너희들은 내가 나았다고 생각하겠지만 실은 그게 아니야." 사람들은 농담을 섞어가면서 괴

---

4) 빌헬름 에른스트 후쉬케(Wilhelm Ernst Huschke, 1760~1828). 1788년 이후로 아우구스트공의 모친인 안나 아말리아의 주치의였고, 1792년 이후로는 대공의 궁정의였다. 가끔, 특히 1823년 봄에 집중적으로 괴테의 건강을 돌봤다.

테의 불안감을 씻어주려고 했고 그도 그것을 받아들였다. 그동안 실내에는 점점 더 많은 사람들이 들어왔는데, 내 생각에는 결코 좋은 일이 아니었다. 그렇게 많은 사람들이 모여 있으면 쓸데없이 공기만 악화시킬 뿐이고 환자를 간호하는 데도 방해가 된다. 나는 그 점을 말하지 않을 수 없었다. 그러고 나서는 아래층의 방으로 내려가 대공 전하 앞으로 용태서(容態書)[5]를 보냈다.

1823년 2월 25일 화요일*

괴테는 그동안 자신에게 시행된 처방에 관한 보고서를 작성하게 했다. 그리고 그동안 병문안 왔던 사람들의 명단을 날짜별로 기록해 둔 것을 읽었는데, 그 숫자가 매우 많았다. 그러고 나서 괴테는 대공을 맞았고, 대공이 돌아가고 난 뒤에도 피로를 느끼지 않는 것 같았다. 오늘 그의 서재에는 사람들이 별로 없었는데, 내가 어제 한 말이 어느 정도 받아들여졌다는 생각이 들어 기분이 좋았다.

병은 나았지만 후유증이 염려되었다. 그의 왼손은 부어 올랐으며 위협적인 수종(水腫) 증세가 여기저기 보였다. 며칠 지나봐야 병의 결말이 어떻게 될지 드러날 형편이었다. 오늘 괴테는 처음으로 그의 친구들 중의 한 사람, 즉 가장 오랜 친구

5) 공직에 있는 저명한 환자에 대해 의사가 작성한 진단서.

인 마이어를 보고 싶어 했다. 괴테는 보헤미아에서 입수해 아주 마음에 들어 한 것이었다. 진귀한 메달 하나를 그에게 보여주고 싶어 했다.

나는 12시에 도착했는데 괴테는 내가 왔다는 말을 듣고는 가까이로 나를 불렀다. 그가 나에게 손을 내밀면서 말했다. "자네는 죽음에서 부활한 사람을 보는 걸세." 그러고 나서 그는 자신이 병석에 있는 동안 대공 전하께서 베풀어준 호의에 대해 감사의 말씀을 전해줄 것을 부탁했다. "나는 아주 천천히 회복될 거네." 하고 그가 이어서 말했다. "하지만 의사 선생들이 나에게 조그마한 기적을 베풀어주었다는 사실만은 분명해."

몇 분 지나서 나는 그의 곁에서 물러났다. 그의 안색은 좋았지만 몸이 매우 말랐고 호흡하는 데도 약간 지장이 있었다. 내가 보기에는 어제보다도 말하는 게 더 어려웠다. 왼쪽 팔의 종창은 매우 선명하게 드러나 있었다. 그는 눈을 감고 있다가 말할 때만 눈을 떴다.

1823년 3월 2일 일요일(혹은 1일 토요일)*

며칠 동안 보지 못했던 괴테를 오늘 저녁에 찾아갔다. 그는 며느리와 리머를 곁에 두고 안락의자에 앉아 있었다. 그는 눈에 띄게 호전되어 있었다. 목소리는 다시 예전의 자연스러운 음색을 되찾았고 호흡도 자유로웠으며 손도 더 이상 부어 있지 않았다. 그의 모습은 겉보기에도 다시 건강을 회복한 것 같았고 대화도 편안했다. 그는 자리에서 일어나 서슴없이 침실로 들어갔다가 다시 돌아왔다. 우리는 그의 곁에서 차를 마셨다. 오늘 그런 자리는 실로 오랜만의 일이었기 때문에 나는 괴테의 며느리에게 농담조로 꽃다발을 차 쟁반 위에 올려놓는 걸 잊었느냐고 말했다. 그러자 그녀는 곧바로 자기 모자에서 화사한 리본을 떼어내 찻주전자에 묶었고, 괴테는 그런 익살스러운 행동에 무척 즐거워하는 것 같았다.

그러고 나서 우리는 대공이 파리에서 구해오도록 한 모조 보석 수집품을 보면서 시간을 보냈다.

1823년 3월 22일 토요일*

오늘 극장에서 괴테의 회복을 축하하기 위해 그의 「타소」를 공연했다. 머리말은 리머가 작성한 것이었는데, 폰 하이겐도르프 부인이 그것을 읽었다. 그리고 괴테의 흉상이 감격에 찬 관객들의 열렬한 갈채를 받으며 월계관으로 장식되었다. 공연이 끝나고서 폰 하이겐도르프 부인이 괴테에게로 갔다. 여전히 레오노레의 복장을 하고 있는 그녀는 그에게 타소의 월계관을 건네주었다. 괴테는 그것을 받아 대공 알렉산드라의 흉상에다 걸었다.

1823년 4월 1일 화요일*

대공 전하의 분부를 받들어 프랑스 패션 잡지 한 권을 괴테에게 전해주었다. 거기에는 괴테 작품의 프랑스어 번역본에 관한 글이 실려 있었다. 이것을 계기로 우리는 그 원본이 오래전에 없어진 『라모의 조카』[6]에 관해 이야기를 나누었다. 많은 독일 사람들은 그 원본이 결코 존재한 적이 없었으며 모든 것은 괴테 자신의 창작이라고 믿고 있다. 하지만 괴테는 디드로의 재기 발랄한 묘사와 문체를 모방하는 것은 그로서도 전혀 불가능한 일이며, 독일어판 『라모의 조카』는 충실한 번역본에

---

6) 프랑스의 작가 디드로의 대화체 소설. 러시아의 카타리나 2세가 사들인 디드로의 문고가 상트페테르부르크에 도착했을 때, 1762년에 완성된 풍자적 대화록 『라모의 조카』의 미발간 원고도 같이 묻혀 들어왔다. 거기에서 괴테의 젊은 시절 친구인 F. M. 클링어가 그 원고를 발견하고 그것을 베낀 필사본을 1804년 상트페테르부르크에 있던 실러의 처남인 빌헬름 폰 볼초겐에게 건넨다. 그리고 볼초겐은 마리아 파울로브나를 수행해 바이마르로 오면서 그 필사본을 가져온다. 출판업자인 괴센이 실러의 중재로, 오래전부터 디드로의 숭배자였던 괴테에게 그 원고의 번역을 청탁한다. 1804년 12월에서 1805년에 걸쳐 번역이 이루어지고 1805년 5월에 그 작품의 초판이 출간된다. 1821년에 나온 프랑스어 초판도 괴테의 번역본을 대본으로 해 번역한 것이었다. 왜냐하면 하면 프랑스어 원본이 사라지고 없었기 때문이다. 그리하여 1823년에 프랑스어 원본의 필사본이 나타나자 사람들은 그것을 위본으로 여기면서 괴테에게 자신이 가지고 있던 필사본과 대조해 그것의 진위 여부를 가려달라고 부탁하기까지 한다. 예술과 도덕의 문제들을 둘러싸고 전개되는, 파리 카페에서의 대화 형식으로 구성된 이 재기 발랄하고 풍자적인 책은 혁명 직전 시대 파리 사회의 데카당스와 향락 추구와 거리낌 없는 생활 태도 그리고 로코코 시대의 음악 생활에 대한 통찰을 보여주고 있다.

불과한 작품이라고 인정했다.

1823년 4월 3일 목요일*

괴테 댁에서 건설국장 쿠드레 씨가 동석한 가운데 저녁 한 때를 보냈다. 우리는 극장에 관해서 그리고 얼마 전부터 시도되고 있는 연출상의 기법 개선에 관해 이야기했다. "가보지는 않았지만 그 점은 이미 알고 있네." 하고 괴테가 웃으면서 말했다. "두 달 전만 해도 우리 집 아이들이 저녁마다 불만스럽게 돌아왔거든. 그 애들이 보았던 오락거리에 도저히 만족할 수 없었던 게지. 하지만 이제는 상황이 전혀 딴판이 되었네. 눈을 반짝이며 즐거운 얼굴로 돌아오길래, 물어보니까 정말이지 원도 없이 실컷 울어보았다지 뭔가. 어제는 코체부의 드라마 덕분에 눈물을 펑펑 쏟았다는군."

1823년 4월 13일 일요일*

저녁에 괴테와 단둘이 있었다. 우리는 문학과 바이런 경 그리고 그의 『사르다나팔』과 『베르너』[7]에 관해서 이야기를 나누었다. 그러고 나서 괴테가 자주 언급하던 『파우스트』가 다

7) 3월 24일에 소레가 괴테에게 이 두 작품을 가져다주었다.

시 화제에 올랐다. 그는 그 작품이 프랑스어로 번역되었으면 했고, 그것도 마로 시대의 정신으로 번역되어야 한다는 것이었다. 괴테는 바이런이 『만프레드』를 쓰게 된 이유가 마로[8]로부터의 영향 때문이라고 여겼다. 괴테는 바이런이 그의 마지막 두 편의 비극 작품에서 뚜렷한 발전을 보이는데, 그것은 그 작품들이 덜 어둠침침하고 염세적이기 때문이라고 했다. 그러고 나서 우리는 『요술 피리』[9]에 관해서 이야기했다. 괴테는 그 작품의 속편을 썼지만, 그 제재를 적절하게 다룰 작곡가를 아직 찾지 못했다고 말했다. 그는 이미 잘 알려진 1부가 비개연성과 익살들로 가득하기 때문에 누구나 다 이해하고 그 가치를 제대로 알아주지는 못할 거라는 점을 지적했다. 또 그 작가가 대조의 기법을 교묘하게 사용해 커다란 연극적 효과를 내고 있다는 점도 인정해야 할 것이라고 말했다.

1823년 4월 15일 화요일*

저녁에 괴테 댁에서 카롤리네 에글로프슈타인 백작 부인과 함께 이야기를 나누었다. 괴테는 독일의 연감들과 다른 정기간행물들에 대해 조롱하면서, 그것들이 겉으로는 그럴듯한 모양을 갖추고 있지만 사실은 모두 다 가소로운 감상으로 가득

---

8) 클레망 마로(Clément Marot, 1495~1544). 르네상스 시대의 프랑스 작가.
9) 모차르트의 곡을 대본으로 하여 배우이자 드라마 작가인 에마누엘 쉬카네더(1751~1812)가 쓴 희곡 작품.

차 있다는 것이다. 그러자 백작 부인이 말했다. 독일의 소설가들이 먼저 그들의 수많은 독자들의 취향을 망쳐놓았는데, 이번에는 다시 독자들이 소설가들의 취향을 망쳐놓고 있다는 것이었다. 말하자면 소설가들은 그들의 원고를 받아줄 출판업자를 찾기 위해 이제 자기들 편에서 앞장서서 다수 독자들의 나쁜 취향에 영합하지 않을 수 없게 되었다는 것이다.

1823년 4월 26일 토요일*

쿠드레와 마이어가 괴테 댁에 있었다. 여러 가지가 화제에 올랐는데, 괴테는 그중에서도 다음과 같은 이야기를 해주었다. "대공 전하의 서고에는 카를5세의 통치 동안 어느 스페인 사람이 제작한 지구의가 있지. 그런데 그 지구의에는 '중국인들은 독일인과 매우 유사한 민족이다.'와 같은 눈에 띄는 글귀가 적혀 있다네." 괴테가 계속해서 말했다. "그 옛날의 지도에는 아프리카의 사막이 야생동물들의 그림으로 표시되었더랬지. 하지만 요즈음 사람들은 그렇게 하지 않아. 지리학자들은 차라리 백지 상태의 지도를 보여주기를 택한다네."

1823년 5월 6일 화요일*

저녁때 괴테를 방문했다. 그는 자신의 색채론의 개념을 내게 설명했다. 그의 말에 따르면 빛은 결코 다양한 색들의 합성물이 아니며, 빛 단독으로는 어떤 색도 생겨나게 할 수 없다는 것이다. 그리고 언제나 빛과 그림자의 그 어떤 혼합이나 변화에 의해서만 색이 생겨난다는 것이었다.

1823년 6월 2일 월요일*

법무장관, 리머 그리고 마이어가 괴테 댁에 있었다. 우리는 베랑제의 시에 대해서 이야기를 나누었다. 괴테는 돋보이는 독창성과 유쾌한 기분으로 그 시인의 몇몇 시들을 논평하고 해석했다.

그러고 나서는 물리학과 기상학이 화제에 올랐다. 괴테는 기상학 이론을 완성하려는 참이었는데, 청우계의 상승과 하강은 전적으로 지구의 영향이며 지구가 대기를 끌어당기거나 밀어내는 데서 비롯한다고 주장했다.

괴테가 계속해서 말했다. "학자 나리들, 그래 소위 수학자들은 보나마나 내 생각을 아주 가소롭다고 여길 테지. 아니면 점잖은 척하면서 내 이론을 완전히 무시해 버리겠지. 자네들, 왜 그런지 아나? 바로 내가 전문가가 아니기 때문이라는 거야."

내가 대답했다. "학자들의 배타적 편견은 용서해 주어야겠죠. 그들의 이론에 여러 가지 오류들이 슬며시 스며들어 그 오류들과 함께하다 보면 그들은 그 원인을 이렇게 변명하니까요. 그들이 아직 학교에 다니고 있었을 때 생겨났던 독단적 이론을 자기들이 물려받았기 때문이라고 말입니다."

"바로 그 점이야!" 하고 괴테가 소리쳤다. "학자 나리들은 그 점에서 우리 바이마르의 제본업자들과 같네. 우리는 서적 조합에서 인정받을 정도의 명품을 요구하지만, 최신의 취향에 따른 멋진 제본이 나오는 경우는 결코 없네. 아니, 당치도 않은 수준이야! 이절판의 두꺼운 성경책은 언제나 이삼백 년 전의 물건처럼 볼품없는 표지에다가 투박한 가죽 장정을 하고 있는 형편이니까. 기대한다는 것 자체가 멍청한 일이지. 게다가 가련한 수공업자가 자기 물건을 심사하는 사람들 역시 우둔할 거라고 우긴다면 설상가상일 테지."

1823년 10월 24일 금요일*

저녁에 괴테 댁에 있었다. 괴테가 이번 여름 마리엔바트에서 알게 된 시마노브스카 부인이 피아노로 즉흥곡을 연주했다. 그 곡을 감상하느라 골몰한 괴테는 이따금 아주 깊은 감동을 받는 것처럼 보였다.

1823년 11월 11일 화요일*

괴테 댁에서 검소한 저녁 만찬이 있었다. 괴테는 얼마 전부터 다시 병을 앓고 있었다. 괴테는 상파뉴 원정 이래로 자신을 온갖 곳으로 데리고 다녔던 두 발을 모직 이불로 감싸고 있었다. 이 이불을 계기로 그는 우리에게 프랑스인들이 예나를 점령했던 1806년에 프랑스군 연대의 신부가 제단을 장식할 덮개를 요구했던 일화를 말해주었다.

"사람들이 그에게 번쩍이는 진홍색의 천 조각을 마련해 주었지." 하고 괴테가 말했다. "하지만 마음에 그렇게 썩 들지는 않았던 모양이야. 글쎄 그 신부가 불평하면서 이렇게 말하는 게 아닌가. '저 천을 좀 보내주시지요.' 하고 말이야. 그래서 내가 대답했네. '더 나은 게 있으면 드리도록 하지요.' 그 후로 우리 극장에서 새로운 천이 필요해져 나는 배우들의 치장용으로 그 붉은색의 화려한 천을 이용하도록 했지. 하지만 우리 신부님은 어떻게 되었겠나. 결국 아무것도 얻지 못하게 되었지 뭔가. 그 약속은 잊혀버렸고, 그래서 그 자신이 직접 나서서 그 문제를 해결해야 했던 거네."

1823년 11월 16일 일요일(혹은 15일 토요일)*

괴테는 여전히 건강 상태가 좋지 않았다. 대공비 전하께서 오늘 저녁에 나를 통해 괴테에게 아주 아름다운 메달 몇 개를 보내주었는데, 심심풀이 삼아 그것들을 보고 있으면 기분이 명랑해질 거라는 생각에서였다. 괴테는 대공비 전하의 이 섬세한 배려를 반색하며 기뻐했다. 그리고 지난겨울 중병에 앞서서 일어났던 것과 같은 통증을 심장 부위에서 느낀다며 하소연했다. 그가 말했다. "나는 일하지도 읽지도 못하고 있네. 심지어는 생각하는 것도 기분이 가벼워지는 운좋은 순간에만 가능하다네."

1823년 11월 17일 월요일(혹은 16일 일요일)*

훔볼트가 바이마르에 와 있는 중이다. 오늘 잠시 괴테를 방문했는데, 훔볼트가 곁에 있으면서 같이 이야기를 나누는 게 그에게 좋은 영향을 미치는 것 같았다. 그의 병은 단순히 물리적인 성격이 아닌 것처럼 보였다. 올여름 마리엔바트에서 만난 한 젊은 여성을 향한 격렬한 애정이(지금 극복하려고 애쓰고 있으나) 지금 그가 앓고 있는 병의 주요한 원인이 아닌가 하는 생각이 들었다.

1823년 11월 28일 금요일(혹은 27일)*

괴테는 최근에 간행된 마이어의 『예술사』 1부를 아주 즐겁게 읽고 중인 것 같았다. 그는 오늘 그것에 대해서 극찬을 마다하지 않았다.

1823년 12월 5일 금요일*

나는 괴테에게 광석 몇 개를 가져다주었다. 특히 데샹[10]이 코르마양[11]에서 발견한 황토[12] 한 덩이를 가져다주었는데, 그것은 마소[13] 씨가 매번 자랑스럽게 언급하던 물건이었다. 괴테는 그것을 보고 깜짝 놀랐다. 왜냐하면 그것은 안젤리카 카우프만[14]이 그녀의 그림에서 살색 부분을 칠할 때 즐겨 사용하던 색과 완전히 동일한 것이기 때문이다. 괴테가 말했다. "그 여자는 황토를 조금 가지고 있었는데 마치 같은 무게의 금덩이라도 되는 듯 소중하게 여기더군. 하지만 그 물건의 산지가 어디인지 그리고 어디서 발견되었는지는 모르고 있더군."

괴테는 며느리에게 자기는 날이면 날마다 선물을 받는 술탄 황제의 입장에서 그 물건을 보관하겠노라고 말했다. 그러자 그의 며느리가 말했다. "아니에요, 아버님은 오히려 그 물건을 보고 아이처럼 좋아하고 있어요!" 괴테는 그 말에 미소를 금할 수가 없었다.

---

10) 소레의 스위스인 친구.

11) 프랑스의 지명.

12) 철의 산화물을 포함한 흙으로서 물감의 원료로 쓰인다.

13) 소레가 알고 지내던 화가.

14) 괴테가 알고 있던 이탈리아의 여성 화가.

1823년 12월 7일 일요일(혹은 8일 월요일)*

나는 괴테에게 오늘은 건강이 어떤지 물었다. "나폴레옹이 섬에 있을 때만큼은 나쁘지 않네." 하고 괴테가 한숨을 지으며 말했다. 병의 증세가 너무 오래 지속되고 있다는 사실이 괴테에게 차츰차츰 나쁜 영향을 주고 있는 것 같았다.

1823년 12월 21일 일요일*

괴테는 오늘 다시 기분이 좋아 보였다. 오늘이 일 년 중 해가 가장 짧은 날이고, 이제 매주마다 낮 시간이 보란 듯이 길어질 거라는 생각이 좋은 영향을 미치는 것 같았다. 오늘 오전에 내가 괴테의 방에 들어섰을 때 "오늘은 태양이 다시 태어나는 날일세!" 하고 나를 향해 기쁘게 소리쳤다. 그의 말에 따르면 해마다 동지가 오기 전 몇 주 동안을 매번 우울한 상태에 빠져 한숨을 지으며 보내곤 한다는 것이다.

괴테의 며느리가 들어와서 시아버지에게 보고했다. 곧 돌아올 자기 어머니와 베를린에서 만나기 위해 그곳으로 여행을 할 참이라는 것이었다.

며느리가 가고 나자, 괴테는 그 젊은 여성의 특징인 생생한 상상력에 관해 내게 농담을 했다. "그 애의 말을 반박하기에는 내가 너무 늙었어." 하고 그가 말했다. "자기 어머니를 거기서 맞으나 여기서 맞으나 마찬가지라는 사실을 이해시킬 수도 없고 말이야. 어쨌든 내 며느리의 이번 겨울 여행은 힘만 들었지 소득은 없을 거네. 하지만 그렇게 아무 소득도 올리지 못한다는 게 오히려 젊은이들에게는 무한히 많은 것을 의미하기도 하지. 여하간 전체적으로 봐서 의미 없는 일은 아닐세! 이따금 정신 나간 짓도 해보아야지, 다시 정신 차리고 삶을 제대로 살게 되니까 말이야. 나도 젊은 시절에 그렇게 잘하지는 못했지만, 그래도 무사히 그런 상태를 그럭저럭 빠져나올 수 있었던 거네."

1823년 12월 30일 화요일*

저녁때 괴테와 단둘이서 온갖 이야기를 나누었다. 그는 『1770년의 스위스 여행기』를 그의 전집에 수록할 예정이라고 말했다. 그러고 나서 『베르테르』가 화제에 올랐다. 그는 그 작품이 나온 지 대략 십 년 후에 단 한 번 다시 읽었을 뿐인데 다른 작품의 경우에도 마찬가지라는 것이었다. 그러고 나서 번역에 관한 이야기가 나왔다. 그로서는 영국의 시를 독일의 운문으로 옮기는 일이 매우 힘들다는 것이다. 그가 말했다. "영국인들의 정확한 단음절의 말을 다음절 혹은 합성어로 된 독일어로 표현하려고 하면 이내 힘이 쑥 빠지고 만다네." 그리고 그의 『라모』에 대해서 말하기를, 사 주 만에 그 번역을 마쳤는데 그 전부를 구술시켰다는 것이다.

이어서 우리는 자연과학에 관해서 그리고 서로 자기의 학설이 우선이라고 주장하는 이런저런 학자들의 옹졸함에 대하여 이야기를 나누었다. 괴테가 말했다. "내가 인간에 대해 더 잘 알게 된 것은 무엇보다도 과학 연구를 통해서였네. 물론 돈도 많이 들고 고통도 따랐지만 그래도 그런 경험을 한 게 기쁘다네."

내가 말했다. "과학 분야에서는 독특한 방식으로 인간의 에고이즘이 나타나는 것 같습니다. 그리고 에고이즘이 일단 발동하기 시작하면 성격상의 모든 약점이 너무나 빨리 폭로되곤 합니다."

"과학 문제는 말일세." 하고 괴테가 나의 말을 보충했다. "아주 빈번하게 생존의 문제와 직결된다네. 단 한 가지의 발견으로 유명해질 수가 있고, 또 시민적인 행복을 보장해 주니 말이야. 그래서 과학 분야에서는 엄격하게 따지고 고집하고 다른 사람의 독창성을 헐뜯는 풍조가 만연해 있는 걸세. 반면에 미학의 영역에서는 만사가 훨씬 너그럽지. 사상이란 다소간의 차이는 있겠지만 모든 인간들이 타고난 재산이 아닌가. 다만 그것을 어떻게 다루고 마무리하느냐가 문제일 뿐이니 질투심이 상대적으로 덜 일어난다는 건 당연하겠지. 단 하나의 사상이 100가지의 격언시를 낳는 토대가 될 수 있으니. 다만 문제는 어느 시인이 그 사상을 가장 효과적이고 가장 아름답게 구상화시킬 줄 아느냐 하는 것이 아니겠나.

그러나 과학의 경우에는 다루는 방법이란 아무것도 아니며, 모든 성과는 오로지 독창성에 달려 있다네. 거기에는 보편성과 주관성이란 거의 없어. 다만 자연법칙의 개별적인 현상들만이 모두 스핑크스처럼 수수께끼에 싸여 우리와는 상관없이 확고부동하게 말없이 누워 있을 뿐이지. 그래서 새롭게 인지된 현상이라면 그것이 바로 발견이며, 발견은 곧 재산이 되는 걸세. 그러니 누군가가 그 재산에 손을 대기라도 한다면 눈을 부릅뜨고 달려드는 것일세."

괴테가 계속해서 말했다. "또한 과학의 세계에서는 대학에서 전승되고 대학에서 배워 알게 되는 것이 재산으로 간주된다네. 누군가가 새로운 것을 제시한다고 치세. 하지만 그 학설이 오래전부터 기계적으로 반복되어 왔고 또 다른 사람에게 전하고 있는 신조와 모순되거나 그것을 무너뜨릴 우려가 있다면, 사람들은 온갖 노력을 다해 그 학설에 대항하고 온갖 방식으로 그것을 눌러버리려고 한다네. 사람들은 할 수 있는 한 그 새로운 학설에 반항하면서 듣고도 못 들은 체, 알고도 모르는 체하는 것이지. 한 번이라도 들여다보고 검토하기는커녕 아무런 가치도 없다면서 경멸조로 이야기하고 만다네. 그래서 새로운 진리는 자신의 길이 열릴 때까지 오래 기다려야 하는 걸세. 한 프랑스인이 『색채론』과 관련해 내 친구에게 이렇게 말했네. '우리는 뉴턴 세계의 기초를 세우고 굳히는 데 오십 년이나 연구를 계속했으니, 그것을 허무는 데도 오십 년이 걸리겠지.' 하고 말일세.

수학자 동업 집단에서는 과학에서의 내 이름을 의심스러운 것으로 만들려고 노력하면서, 내 이름을 거명하기조차 꺼린다네. 얼마 전에 색채론의 문제들을 다룬 소책자를 입수했는데, 저자는 전적으로 내 이론에 의거하고 있고 모든 것이 똑같은 기초 위에 서 있는 것이 아니겠나. 그래서 나는 그 논문을 아주 즐겁게 읽었지. 그런데 그가 내 이름을 단 한 번도 인용하지 않고 있다는 사실에 적잖이 놀랐네. 나중에서야 그 수수께끼가 풀렸지. 어떤 친구가 찾아와서 말해주더군. 그 재능 있는 젊은 저자는 그 논문으로 명성을 쌓으려는 터라, 자기 학설을 내 이름으로 뒷받침하려다가는 학자들 세계에서 손해나 보지 않을까 염려했기 때문이라는 걸세. 그 소논문은 성공을 거두었고, 그 재간 있는 젊은 저자는 나중에 나를 찾아와서 정중하게 용서를 빌었네."

"그 경우는 더욱 이상하게 생각되는군요." 하고 내가 말했다. "사람들이 다른 모든 일에서는 선생님의 권위에 매달리면서 자랑스러워하고, 선생님의 동의를 얻으면 강력한 후원자를 얻었다고 좋아하는데 말입니다. 다름 아니라 선생님의 색채론에 관해 불리한 점은, 선생님께서 모든 사람들의 인정을 받고 있는 유명한 뉴턴뿐만 아니라, 온 세상에 널리 퍼져 있는 그의 무수한 제자들과도 상대를 해야 한다는 사실입니다. 더군다나 그들은 자신의 스승에 매료되어 있지 않습니까. 그러니 선생님의 주장이 옳다는 사실이 입증된다 하더라도 선생님은 그 새로운 학설을 오랜 시간 홀로 주장하실 게 분명합니다."

괴테가 대답했다. "나는 그런 일에는 익숙해 있고 또 각오도 되어 있네. 그런데 자네는 어떻게 생각하나? 위대한 뉴턴과 모든 수학자들 그리고 뉴턴과 함께 위대한 계산가들이 색채론에서 결정적인 오류를 범하고 있다는 것, 그리고 내가 이 위대한 자연의 대상에 관하여 수백만 명 중에 올바른 것을 알고 있는 유일한 사람이라는 사실을 이십 년 동안이나 자신에게 말해왔으니, 과연 자랑할 만하지 않단 말인가? 이런 우월감 때문에 나는 적대자들의 어리석은 오만함에도 견딜 수 있었던 거네. 사람들은 온갖 방법으로 나와 내 학설을 적대시하고 내 견해를 웃음거리로 만들려고 했지. 하지만 나는 그 모든 것에도 불구하고 완성된 내 작품에 대해 커다란 기쁨을 느껴왔네. 반대자들의 공격은 다만 그들의 인간적인 약점을 확인하는 데 오히려 도움을 주었을 뿐이야."

괴테가 무어라 말하기 어려울 만큼 힘차고 풍부한 표현으로 말하는 동안, 그의 눈은 특이한 광채로 빛나고 있었다. 거기에는 승리의 기색이 역력했고, 입가에는 비꼬는 듯한 미소가 서려 있었다. 그의 아름다운 얼굴의 표정은 그 어느 때보다도 당당했다.

1823년 12월 31일 수요일

괴테와 함께 식사하면서 여러 이야기를 나누었다. 괴테는 내게 스케치 화집 한 권을 보여주었는데, 그중에서 하인리히 퀴슬리의 초기 작품이 특히 눈길을 끌었다.

이어서 화제는 종교 문제라든가 하느님의 이름을 오용하는 문제로 넘어갔다.

"사람들은 하느님을 함부로 입에 올리고 있네." 하고 괴테가 말했다. "이해할 수 없음은 물론이고 상상조차 할 수 없는 지고의 존재를, 마치 자기들과 별로 다르지 않은 존재로 여기면서 말이야. 그렇지 않다면 '주 하느님'이라든지 '사랑하는 하느님'이라든지 '선하신 하느님' 따위의 말을 하지는 않을 테지. 하느님은 사람들에게는, 특히 날마다 하느님을 입에 올리는 성직자들에게는 그저 상투어요 단순한 이름에 불과해. 하느님의 이름을 부르면서 아무 생각도 하지 않으니까 말이야. 그러나 하느님의 위대함을 마음속 깊숙이 느끼는 자라면, 말문이 막히고 외경심 때문에 그 이름을 함부로 부르지도 못할 테지."

1824년

1824년 1월 2일 금요일

괴테 댁에서 식사를 하며 즐거운 이야기를 나누었다. 바이마르 사교계의 한 젊은 미녀가 화제에 올랐는데, 참석자 중의 한 사람이 그녀의 지성이 그렇게 뛰어나다고 할 수는 없지만 그녀를 사랑하게 될 것 같다고 말했다.

그러자 괴테가 피식 웃으면서 말했다. "저런! 연애가 마치 지성과 관련이 있기라도 한 듯이 말하는군요! 우리가 여성을 사랑하는 것은 지성과는 전혀 별개의 문제이지요. 아름다움이나 젊음이라든지, 익살과 신뢰감이라든지, 성격, 결함, 변덕 그리고 그 밖의 것들 때문에 여성을 사랑하는 것이지 결코 여성의 지성 때문에 사랑하는 건 아니지요. 물론 여성의 지성이 빛난다면 우리는 그것을 높이 평가하고, 그 처녀는 그럼으로써 우리의 눈에 그 가치를 무한히 높이게 되겠지요. 그리고 이미 사랑하고 있는 사이라면 지성은 두 사람을 묶어주는 역할을 할 테지요. 하지만 지성 자체는 우리를 불타게 하거나 열정을 불러일으킬 힘을 가지고 있지 않습니다."

괴테의 말에 진심과 확신이 보였기 때문에, 우리는 그 미녀를 바로 괴테가 말한 관점에서 관찰해 보기로 했다.

식사 후에 다른 사람들이 모두 가고 난 후에 나는 괴테 곁에 앉아 여러 가지 흥미 있는 이야기를 나누었다. 우리는 영국 문학과 셰익스피어의 위대함에 대해서 그리고 그 문학의 거장 이후에 태어난 모든 영국의 희곡 작가들의 불리한 처지에 대해서 언급했다.

괴테가 계속해서 말했다. "희곡에 재능이 있는 자라면 셰익스피어를 주목하지 않을 수 없고 또 그를 연구하지 않을 수 없을 테지. 하지만 그를 연구하게 되면 셰익스피어가 인간의 본질 전체를 모든 방향에서 그리고 모든 깊이와 높이에서 이미 철저하게 다 묘사해 놓았기 때문에, 후계자인 자기에게는 할 만한 일이 아무것도 남아 있지 않음을 알게 될 걸세. 이미 존재하는 그러한 무궁무진하고 도달할 길 없는 탁월성을 진지하게 자각한 마당에 어떻게 감히 펜을 들어볼 용기가 나겠는가!

물론 나는 오십 년 전 사랑하는 독일에서 살았으므로 사정이 유리했던 걸세. 나는 재빨리 기존의 문학을 정리할 수가 있었는데, 그것은 독일 문학이 나를 압도하지도 또한 끌어당기지도 않았기 때문이었네. 나는 독일 문학과 그 연구를 제쳐두고 생활과 창작으로 방향을 돌렸지. 그리고 차츰차츰 전진해 가면서 자연스런 본성에 따라 발전해 나갔고, 또 점차로 창작 수업에 몰두하면서 성공해 갔던 거네. 탁월한 걸작을 만들겠다는 생각이 내 삶의 각 시기와 발전 단계에 실현 불가능할 정도로 과도한 적은 결코 없었던 거지. 그러나 내가 영국에서 태어났더라면 어땠을까. 그 다양한 걸작들이 이제 겨우 눈을 뜨기 시작하는 어린 나에게 그 큰 힘으로 닥쳐왔더라면 압도되어 어찌해야 좋을지 몰랐을 것이네. 그러면 내가 지내온 것처럼 패기만만한 걸음으로 나아갈 수는 없었을 것이고, 다만 어디엔가 출구가 없나 하고 심사숙고하며 한동안 사방을 두리번거렸을 테지."

나는 셰익스피어를 화제에 올리면서 말했다. "만일 그 사람을 영국 문학에서 홀로 떼어내 독일로 가져와 관찰한다면, 우리는 그 기적 같은 위대함에 경탄을 금치 못할 겁니다. 그러나 그의 고향으로 찾아가서 그가 살았던 나라의 토양과 시대적 분위기를 체험하면서 그의 동시대인들과 그 직접적인 후계자들을 연구하게 된다면, 벤 존슨이나 매신저나 말로 그리고 버몬트나 플레처 등으로부터 불어오는 힘을 호흡하게 될 것입니다. 물론 그때도 셰익스피어는 거대하게 솟은 위인으로 남겠지요. 하지만 이제 어느 정도 그의 기적이 이해가 되고 또 그의 손으로 이루어진 많은 작품들이 그의 세기와 시대의 역동적이고 창조적인 분위기에 그 근거를 두고 있다는 확신을 가지게 될 겁니다."

"자네 말이 전적으로 옳아." 하고 괴테가 말했다. "셰익스피어는 스위스의 산맥과도 같네. 만일 몽블랑산을 드넓은 뤼네부르크의 황무지로 바로 옮겨놓는다면 어떻게 되겠나. 그 거대함 앞에서 말문이 막히고 말 테지. 그러나 이웃하고 있는 높은 산들, 즉 융프라우나 핀스터아어호른이나 아이거 그리고 베터호른이나 고타르나 몬테로사 등을 넘어 제 고장으로 몽블랑을 찾아간다고 생각해 보세. 그래도 몽블랑은 여전히 거대한 봉우리이긴 하겠지만 이전처럼 우리를 놀라게 하지는 않을 걸세."

괴테가 계속해서 말했다. "여하간 셰익스피어의 위대함의 많은 부분은 그 강력하고 위대한 시대에서 비롯하는 거네. 믿기지 않는다면 그처럼 경탄스러운 존재가 1824년 오늘날의 영국에서, 그것도 비난과 파괴를 일삼는 신문이나 잡지가 판을 치고 있는 이 개탄스러운 시대에 어떻게 나타날 수 있겠는가를 생각해 보게.

아무런 방해도 받지 않고 순진무구하게 마치 꿈속을 거닐듯이 창작에 전념해야만 그 어떤 위대한 것이 생겨날 수 있는 법인데, 이제 그러한 분위기는 전혀 불가능해졌네. 현재의 재능 있는 작가들은 말하자면 그 모두가 대중 앞의 쟁반 위에 놓인 격일세. 날마다 오십여 곳이나 되는 다양한 지역에서 발간되는 비평적인 신문과 잡지들이 대중들에게 부질없는 풍설을 퍼뜨리는 지경이기 때문에 건전한 것은 생겨날 수가 없는 지경이지. 오늘날에는 그러한 분위기에서 물러나 일부러라도 자신을 고립시키지 않으면 모든 게 끝장이야. 물론 그 대부분이 부정적인 미학적 비방을 일삼는 악질적 저널리즘에 의해 대중 사이에 생겨난 일종의 어중이떠중이 문화겠지. 하지만 창작에 몰두하는 재능 있는 작가에게 그것은 사악한 안개이고, 쏟아지는 독으로 창작력이라는 나무를 파괴해 버리고 만다네. 나무의 푸른 잎에서부터 깊숙한 곳의 속심과 숨어 있는 섬유질까지 남김없이 말이야.

그리고 생활 그 자체도 지난 몇백 년 이래로 얼마나 천박하고 유약해져 버렸는가! 오늘날 독창적인 인물이 어디에서 가식 없는 모습으로 우리에게 나타나겠는가! 진실할 수 있고 또 자신의 모습을 있는 그대로 보여줄 힘을 가진 사람이 어디에 있단 말인가! 하여간 시대의 분위기가 시인에게 영향을 미치는 것이네. 시인이란 모든 것을 자기 자신의 내부에서 찾아야 하는 존재이며, 외부에서 오는 것이라면 무엇이든 시인을 위태롭게 만드는데 말일세."

이어서 화제는 『베르테르』로 넘어갔다. 괴테가 말했다. "그것은 펠리칸처럼 나 자신의 심장의 피로 먹이를 주어 만든 책이었네. 거기에는 내 가슴속에서 나온 내면적인 것이라든지 감정과 상상이 너무도 많이 들어 있어서, 그런 분량의 책이라면 열 권을 쓰고도 남을 정도이네. 하여간 전에도 여러 번 말한 적이 있지만, 나는 그 책이 출판된 이후로 단 한 번만 읽었으며, 다시 읽지 않으려고 조심해 왔어. 말하자면 그것은 소이탄과 같은 것이야! 그것을 보기만 해도 무서워지고, 그것을 낳게 한 병적인 상태를 다시 느끼게 될까 봐 두려워하는 걸세."

나는 괴테에게 그가 나폴레옹과 나누었던 대화를 상기시켜 주었다. 그것은 미발간 원고들 중의 초고를 보고 알게 된 것으로, 나는 괴테에게 그것을 완성시켜 보라고 거듭 권유하던 터였다. 내가 말했다. "나폴레옹은 선생님에게 『베르테르』의 한 대목을 지적하면서 그것을 잘 검토해 보면 타당하지 않은 점이 있다는 말을 했고, 선생님도 그 말에 동의하셨지요. 저는 어느 대목을 두고 그랬는지 궁금합니다."

괴테가 의미심장한 미소를 띠며 "한번 추측해 보게나." 하고 말했다.

"제 생각으로는 로테가 베르테르에게 권총을 보내주는 장면일 것 같습니다. 알베르트에게 한마디 말도 없이, 자신의 예감이나 두려움도 알리지 않고 말입니다. 물론 선생님께서는 그 침묵에 대해 동기를 부여하려고 고심하셨겠지만, 친구의 생명이 걸린 절박한 상황인지라 아무리 해도 그 근거를 제대로 대지 못하신 것으로 보입니다." 하고 내가 말했다.

"자네의 말도 물론 틀리지는 않아." 하고 괴테가 대답했다. "하지만 나폴레옹이 똑같은 장면을 지적했는지 여부는 밝히지 않는 게 좋겠군. 하지만 자네의 관찰은 나폴레옹과 마찬가지로 정확하네."

나는 또 『베르테르』가 출간되었을 때 그토록 굉장한 반응을 일으킨 것은 그 시대 때문인가 하는 문제를 언급하면서 다음과 같이 말했다. "저는 세상에 널리 퍼져 있는 이러한 견해에 찬성할 수가 없습니다. 『베르테르』가 센세이션을 불러일으킨 것은 그 출현 자체에 있는 것이지 그 책이 특정한 시대에 나타났기 때문은 아니라고 생각합니다. 어느 시대건 말로 나타낼 수 없는 고통과 남모르는 불만족과 인생의 권태가 허다하게 있는 법이며, 개개인의 경우에서도 세상과 불화도 많고, 자신의 본성과 사회제도 사이의 갈등도 많습니다. 그러므로 『베르테르』는 오늘날 나왔다 하더라도 획기적인 반향을 일으켰을 겁니다."

"자네 말이 맞아." 하고 괴테가 말했다. "그래서 그 책은 지금도 당시와 마찬가지로 일정한 연령의 젊은이들에게 영향을 주고 있는 거네. 또한 나는 그 시대의 일반적인 영향이라든가 몇몇 영국 작가들의 작품을 읽은 데서 청년 시절의 비애를 이끌어낼 필요는 없었다고 보네. 오히려 개인적인 사정 때문에 절박한 심정으로 창작을 하게 되었고, 바로 그러한 사정이 『베르테르』를 탄생시킨 심정 상태로 나를 몰아넣었던 걸세. 나는 삶을 살았고 사랑했고 많은 고통을 받았네! 그것이 전부야.

여러 가지로 논의되고 있는 베르테르의 시대는 자세히 관찰해 보면 세계 문화의 흐름에 속한다기보다는 각 개인의 삶의 과정과 연관되어 있다네. 그 과정에서 각각의 개인은 타고난 자유로운 자연의 감정을 가지고서 낡은 세계의 제한된 형식에 순응하는 법을 배워야 하는 거지. 막혀버린 행복, 저지된 행동, 이루어지지 않은 소원 등은 특정한 시대에 국한된 장애가 아니라 모든 개개인에게 주어진 불행이네. 그러므로 누구든 『베르테르』가 오직 자신만을 위해 쓰였다고 생각되는 그런 시기가 있을 걸세. 만일 그런 시기가 살아가는 동안 단 한 번도 없다면 불행한 일이겠지."

1824년 1월 4일 일요일

오늘 식사 후에 괴테는 나와 함께 라파엘로의 화첩을 훑어보았다. 그는 자주 라파엘로에 몰두하는데, 그것은 뛰어난 작품을 계속 가까이 함으로써 교양을 함양하는 한편, 고귀한 인간의 사상에 대해서 끊임없이 숙고하기 위해서였다. 게다가 그는 나에게 그러한 작품을 소개하는 데서 기쁨을 느끼는 것이었다.

그러고 나서 우리는 『서동시집』에 대해서, 특히 자신의 적들에 대해 마음속에 품고 있던 여러 가지를 토론하고 있는 「불만의 시편」에 관한 이야기를 나누었다.

"여하간 나는 중용을 지키느라 애썼네." 하고 그가 덧붙여서 말했다. "나의 마음을 괴롭히면서 충동질하는 것을 그대로 다 쏟아부었더라면, 그 몇 쪽 되지 않는 시가 완전한 책 한 권의 부피로 늘어났을 것이네.

사람들은 결코 나라는 인간에 만족하지 않았고, 하느님의 뜻에 따라 만들어진 나와는 다른 인간이 되기를 요구한 셈이었지. 또한 세상은 내가 만들어낸 작품에 대해서도 만족하는 일이 드물었어. 나는 불철주야 전력을 다해 새로운 작품을 내놓음으로써 세상에 공헌하려고 애썼네. 하지만 세상은 그 작품을 좋게 보아주었으니 오히려 나더러 감사의 표시를 하라는 식이 아니겠나. 사람들은 나를 칭송했지만, 나는 그것을 기뻐하면서 당연하게 받아들일 수가 없었네. 그들은 내게 내심 그 어떤 겸양의 말을 기대하면서, 스스로 자신의 인물과 작품이 전혀 무가치하다는 점을 밝히도록 요구했네. 하지만 그런 행동은 나의 본성에 거슬리는 것이었어. 만일 내가 그와 같은 위선과 거짓을 행하려고 했다면, 나는 가련한 룸펜에 지나지 않았겠지. 그러나 내가 느끼는 진실 그대로를 보여줄 만큼 충분히 강한 인간이었기 때문에, 나는 자부심이 있는 인간으로 여겨졌고, 오늘날까지도 그렇게 여겨지고 있다네. 종교적인 일이나 과학적, 정치적인 일 할 것 없이 온갖 분야에서 나는 위선적으로 행동할 수가 없었고, 용기를 내서 내가 느끼는 대로 표현했네.

나는 하느님과 자연 그리고 사악한 것에 대한 고귀한 것의 승리를 믿어왔네. 그러나 신앙심 깊은 자들에게는 그것만으로 성에 차지가 않았던 게지. 날더러 셋이 하나고, 하나가 셋이라는 진리[15]를 믿으라고 요구했어. 하지만 그것은 내 정신이 느끼는 진리감에 모순되는 것이었지. 나는 그렇게 거부함으로써 조금도 이득이 될 게 없었다는 점을 미처 깨닫지 못했다네.

더 나아가서 빛과 색채에 대한 뉴턴의 이론이 오류라는 점을 통찰하고 내가 보편적인 신조에 역행하는 용기를 낸 것이 사실 나에게는 해로운 결과를 가져왔네. 나는 빛의 순수하고 진실한 본성을 인식했기에, 그것을 위해 투쟁하는 것을 나의 의무로 생각했지. 그러나 저 당파의 무리들[16]은 사력을 다해 빛을 어둡게 하려고 시도했네. 그림자는 빛의 한 부분이라고

---

15) 삼위일체의 교리를 말한다.

16) 뉴턴의 광학 이론을 지지하는 세력을 말한다.

주장하면서 말이야. 내가 이렇게 말하면 모순으로 보이겠지만 사실이 그렇다네. 색채라는 것은 그림자이거나 그림자를 통해서 생기는 것인데, 그들은 색채를 빛 자체라고 말했기 때문이네. 또한 마찬가지 결론이지만 그들은 색채라는 것을 빛이 이렇게저렇게 굴절되면서 생기는 광선이라고 주장했던 것이네."

괴테는 여기서 침묵을 지켰다. 그의 의미심장한 얼굴에는 조롱하는 듯한 미소가 번져 있었다. 이윽고 그는 다시 말을 계속했다.

"정치적인 문제에서는 정도가 더 심하다네! 내가 역경을 견디고 참아야 했던 일들에 대해서는 말하고 싶지가 않아. 그런데 자네는 나의 『격분한 사람들』을 알고 있겠지?"

내가 대답했다. "어제서야 선생님의 새 전집 출간 문제로 그 작품을 읽어보았습니다. 하여간 그것이 완성되지 않은 상태로 있는 건 정말 애석한 일입니다. 어떻든 깊이 생각하는 사람이라면 그 작품에 나타난 선생님의 생각에 동의할 것입니다."

"나는 프랑스혁명 시절에 그 작품을 썼네." 하고 괴테가 말을 이었다. "그러니 사람들은 그것을 어느 정도 나의 정치적인 신앙고백으로 여길 테지. 나는 귀족의 대표자로서 백작 부인을 등장시켰고, 그녀의 입을 빌려서 귀족은 어떻게 생각해야 하는가를 말했네. 백작 부인은 막 파리에서 돌아오는 길이었고 그곳에서의 혁명 과정을 지켜본 목격자였으니까 거기에서부터 어떤 잘못된 결론을 이끌어낼 리는 없었어. 그녀의 확신에 따르면 민중은 일시적으로 누를 수는 있어도 영원히 억압할 수는 없으며, 하층계급의 혁명적인 봉기는 제후들이 저지른 부당한 행위의 결과라는 것이었네. 그녀는 이렇게 말했지. '앞으로 나는 부당해 보이는 모든 행위를 엄격히 삼갈 것이고, 또한 사교장에서든 궁정에서든 다른 사람들이 저지르는 부당한 행위에 대해서 내 의견을 말하겠어요. 어떠한 불의에 대해서도 침묵하지 않을 것입니다. 여류 민주주의자라는 비방을 받는 일이 있더라도 말입니다."

괴테가 계속해서 말했다. "내가 볼 때 그런 신조는 정말 존경스러운 것이네. 당시의 그녀의 견해는 바로 내 견해와도 같았다. 지금도 그 점은 마찬가지라네. 하지만 그 결과 사람들은 내게 온갖 칭호를 갖다 붙였지. 다시 되풀이하고 싶지 않은 얘기지만 말이야."

"선생님의 생각을 알려면 『에그몬트』를 읽어보기만 하면 됩니다. 이 작품보다 더 민중의 자유를 옹호하고 있는 독일의 작품을 저는 알지 못합니다." 하고 내가 말했다.

괴테가 이에 답변했다. "사람들은 결코 있는 그대로의 나를 믿으려고 하지 않으며, 내 모습을 진정으로 보여줄 모든 것으로부터 눈길을 돌린다네. 이에 반해 실러의 경우는 어떤가. 그는 알다시피 나보다 훨씬 더 귀족주의적이었지. 하지만 발언할 때는 나보다 훨씬 더 신중했지. 그래서 민중의 특별한 벗으로 여겨지는 기이한 행운을 누리게 된 거야. 나 또한 그가 그렇게 인정받는 걸 진심으로 인정하네. 그리고 내 앞의 선배 작가들도 나보다 사정이 별로 좋지 않았을 거라고 생각하며 자신을 위로한다네.

사실을 말하자면 나는 프랑스혁명의 친구가 될 수 없었네.

혁명의 무자비한 공포가 너무 절절하게 느껴졌고 시시각각 나를 격분시켰기 때문일세. 반면에 혁명의 유익한 결과에 대해서 나는 당시로서는 알아차릴 수가 없었던 거네. 또한 내가 참을 수 없었던 것은 사람들이 독일에서도 인위적인 방식으로 유사한 장면들을 초래하려고 했던 점이네. 프랑스에서의 그런 장면들은 사실 거대한 필연성의 결과였는데도 말이야.

나는 또한 전제적인 지배의 편도 아니었네. 게다가 그 어떤 거대한 혁명도 결코 민중의 책임이 아니라 통치의 책임이라는 사실도 분명히 확신하고 있었지. 위정자는 지속적으로 정의롭게 통치하고 신중에 신중을 기하면서 시대에 맞게 상황을 개선해 나가야 하네. 그렇게 하여 아래로부터 역사적인 필연성이 강요될 때까지 내버려 두는 일만 없다면 혁명이란 전혀 불가능한 것이겠지.

그런데 내가 혁명을 증오했다는 이유 때문에 사람들은 나를 '기존 체제의 벗'[17]으로 불렀다네. 하지만 그것은 사절하고 싶은 애매한 칭호이네. 기존 체제가 모든 점에서 뛰어나고 훌륭하고 정의롭다면 그것을 반대할 이유가 없겠지. 그러나 많은 훌륭한 점과 아울러 많은 잘못된 것, 정의롭지 못한 것, 완전하지 못한 것이 공존하고 있기 때문에 기존 체제의 벗이 이따금 낡아빠진 사악한 체제의 벗으로 여겨지는 것이 아니겠나.

그러나 시대라는 것은 영원한 발전의 도상에 있고, 인간의

17) 뵈르너가 정치적으로 그렇게 비난했다.

일들이란 오십 년마다 새로운 모습을 갖게 된다네. 그러므로 1800년에는 완벽했던 제도라 하더라도 1850년에는 이미 결함을 가지게 된다고 보아야겠지.

거듭해서 말하는 바이지만, 한 국가에 유익한 것은 그 나라의 고유한 핵심과 국민의 보편적 요구로부터 생겨난 것뿐이네. 다른 나라의 것을 모방하지 않고서 말이야. 왜냐하면 특정한 시대의 단계에서 한 민족에 유익한 자양분이 될 수 있는 것이 다른 민족에게는 독이 될 수도 있기 때문이네. 다른 나라의 변혁을 도입하려는 모든 시도는 만일 그 필요성이 자기 나라의 깊은 본질에 뿌리박고 있지 않은 경우라면 어리석기 짝이 없고, 결국 이러한 종류의 모든 의도적인 혁명은 성공을 거두지 못하게 된다네. 왜냐하면 그러한 혁명들에는 서투른 행동을 제지하는 하느님이 개입하지 않기 때문이지. 한 민족이 거대한 개혁을 진정으로 원한다면 하느님도 그들과 함께하시면서 그 개혁을 성공시킬 것이네. 하느님은 그리스도와 최초의 제자들과 함께 있었음이 분명하네. 왜냐하면 여러 민족들이 사랑이라는 새로운 가르침의 출현을 고대하고 있었으니까 말이야. 하느님은 또한 루터와도 함께하셨음이 분명하네. 왜냐하면 성직자 제도에 의해 일그러진 가르침을 정화시킬 필요가 있었던 게지. 그러나 내가 언급한 이 두 위대한 힘은 기존 체제의 벗이 아니었네. 오히려 이 두 힘은 낡은 누룩을 털어내야 하고, 더 이상 거짓과 불의와 결함이 지속되어서는 안 된다는 사실을 절감하고 있었던 걸세."

1824년 5월 5일 수요일

나는 괴테가 연극배우들인 볼프 그리고 그뤼너와 함께 작성한 글들이 포함된 서류들을 요즈음 열심히 정리했고, 그 결과 아주 산만하게 흩어져 있는 이 메모들에 하나의 형식을 부여하는 데 성공했다. 그리하여 연극배우들이 읽어야 할 입문서의 서론이라 할 만한 것이 생겨났다.

나는 오늘 괴테와 함께 이 작업에 관해 의논하면서 세세한 부분들을 일일이 검토했다. 특히 중요하게 보인 것은 발음 문제 그리고 지방 사투리 문제 해결과 관련해 언급된 부분들이었다.

괴테가 말했다. "나는 오랜 세월 동안 공연을 지켜보면서 독일의 전 지역에서 올라온 초심자들을 알게 되었지. 북독일 사람들의 발음은 대체적으로 보아 나무랄 데가 거의 없고 순수하기 때문에 많은 점에서 모범이 될 수가 있네. 반면에 슈바벤이나 오스트리아나 작센 지방 출신들과는 종종 어려움이 있었네. 친애하는 우리 바이마르시에서 태어난 사람들도 나에게 많은 문제점들을 안겨주었지. 바이마르 사람들의 가소롭기 짝이 없는 잘못은, 그들이 이곳 학교에서 B와 P 그리고 D와 T의 차이를 분명한 발음을 통해 확실히 구분하도록 배우지 않았기 때문일세. 그들이 B와 P와 D 그리고 T를 네 개의 각각 다른 자모로 여기고 있는지조차 믿기 어려울 정도이네. 왜냐하면 그들은 B를 부드럽게 또는 딱딱하게 발음하고, 또 D를 부드럽게 또는 딱딱하게 발음함으로써 은연중에 P와

D라는 자모는 존재하지도 않는 것처럼 여기게 만들기 때문이네. 그러한 발음의 결과 파인은 바인으로, 파스는 바스로 그리고 테켈은 데켈처럼 들리게 되는 결세."

내가 이어서 말했다. "이곳의 한 배우도 마찬가지로 T와 D를 제대로 구분하지 못하고 최근에 비슷한 식으로 실수를 했는데 아주 눈에 거슬렸습니다. 그 배우는 약간의 불성실한 행동을 한 연인의 역을 맡았는데, 분노한 젊은 처녀가 그 남자에게 온갖 욕설을 퍼붓는 장면이었습니다. 참다못한 그 남자 배우가 마침내 '오 엔데[18]!'라고 소리치는 것이었지요. 하지만 그는 T와 D를 잘 구분할 수가 없어서 '오 엔테[19]!'라고 소리를 질렀고, 그 순간 관객들이 배꼽을 잡고 웃음을 터뜨리게 되었던 겁니다."

"그거 정말 좋은 사례로군." 하고 괴테가 말했다. "우리 연극 교범에 넣어도 되겠어."

내가 계속해서 말했다. "마찬가지로 T와 D를 구분하지 못하는 이곳의 한 여자 가수가 얼마 전에 이런 연극 대사를 말해야 하는 장면이었습니다. '내가 너를 전문가[20]에게 안내해 주마.'라고 말입니다. 하지만 그 여가수는 T를 D로 발음해 '내가 너를 내장[21]에게 안내해 주마.'가 되었지 뭡니까."

내가 또 말했다. "최근에는 사환 역을 맡은 이곳의 한 배우

---

18) 독일어로 '끝(Ende)'을 의미한다.
19) 독일어로 '오리(Ente)'를 의미한다.
20) 독일어로 Eingeweihte이다.
21) 독일어로 Eingeweide이다.

가 낯선 사람에게 이런 대사를 말해야 할 장면이었습니다. '주인께서는 안 계십니다. 시청[22]에 가 계십니다.'라고 말이지요. 그러나 그는 T와 D를 구분하지 못해 이렇게 말하고 말았지 뭡니까. '주인께서는 안 계십니다. 바퀴[23]안에 계십니다'라고요."

"그것들도 괜찮은 사례들이군." 하고 괴테가 말했다. "명심해 두기로 하세. 그리고 말이야, P와 B를 구분하지 못하면 이렇게 되는 수가 있네. '그놈을 잡아두어라!' 대신에 '그놈을 구워라!'[24]라고 우스꽝스럽게 소리를 지르게 되는 걸세."

괴테가 계속해서 말했다. "마찬가지로 이곳에서는 ü를 i처럼 발음하는 경우도 종종 있는데, 그렇게 되면 앞의 경우 못지않게 창피한 오해를 불러일으키게 되는 것이네. 이따금 퀴스텐베보너 대신에 키스텐베보너, 튀어슈튀크[25] 대신에 티어슈튀크[26], 그륀트리히 대신에 그린트리히, 트뤼버 대신에 트리버 그리고 이어 뮈스트 대신에 이어 미스트, 라고 발음하는 것을 종종 듣는데 그때마다 실소를 금할 수가 없다네."

내가 괴테의 말을 받았다. "그와 비슷한 경우로서 얼마 전에 극장에서 아주 우스꽝스러운 장면이 있었습니다. 난처한 지경에 빠진 한 숙녀가 이전에 보지도 못했던 남자를 따라가

---

22) 독일어로 Rat이다.

23) 독일어로 Rad이다.

24) 독일어 pack를 back로 잘못 발음했기 때문에 발생한 문제이다.

25) '문 위에 있는 그림'이란 뜻.

26) '동물 그림'이란 뜻.

야 하는 상황이었어요. 그녀는 이렇게 말해야 했습니다. '저는 당신을 모릅니다만, 당신 모습만 봐도 고상한 분이라는 걸 알겠어요. 무조건 믿고 따르겠어요.' 그런데 그 여배우는 ü를 i로 발음해 이렇게 되고 말았지 뭡니까. '저는 당신을 모릅니다만, 당신 염소만 봐도 고상한 분이라는 걸 알겠어요. 무조건 믿고 따르겠어요.'라고 말입니다. 그 순간 박장대소가 터져 나온 건 물론입니다."[27)]

"그 경우도 멋지군." 하고 괴테가 말했다. "기록해 놓기로 하세. 이곳에서는 또 G와 K를 종종 혼동하여 G 대신에 K를, K 대신에 G를 쓰기도 하네. 이곳 사람들이 좋아하는 이론대로 하나의 자모에는 연음과 경음이 있다는 것을 모르고서 말이야. 자네는 이곳 극장에서 아주 빈번하게 가르텐하우스 대신에 카르텐하우스, 가세 대신에 카세, 글라우벤 대신에 클라우벤, 베그렌첸 대신에 베크렌첸 그리고 군스트 대신에 쿤스트, 라고 발음하는 것을 이미 들었거나 아니면 앞으로 듣게 될 걸세."

내가 이어서 말했다. "비슷한 경우가 또 생각납니다. 이곳의 한 배우가 '당신의 원망이 가슴에 사무칩니다.'라고 말해야 할 장면이었지요. 그런데 그 배우는 G를 K로 발음해 아주 뚜렷하게 '당신의 잡동사니가 가슴에 사무칩니다'라고 말하더군요."

"그렇게 G와 K를 혼동하는 것은 배우들만 그러는 게 아니라 아주 유식한 신학자들도 그렇게 하더군. 예전에 이런 일이

---

27) 모습은 독일어로 Züge이고 염소는 독일어로 Ziege이다.

있었는데, 한번 들어보게.

그러니까 몇 년 전 예나에 잠시 머무는 동안 '소나무 집' 여관에서 묵고 있었는데, 어느 날 아침 한 신학교 대학생이 나에게 면회를 신청하더군. 한동안 나와 함께 아주 신나게 이야기를 나눈 후 헤어지면서 그 학생이 아주 유별난 방식으로 애정을 표시하며 내게 부탁을 하지 뭔가. 다음 일요일에 내 대신 설교하도록 허락해 달라고 말이야. 그 순간 나는 어찌된 영문인지 금방 알아차렸지. 글쎄 그 전도유망한 젊은이는 G와 K를 혼동하는 사람들 중의 하나였던 거야. 그래서 나는 정말 다정하게 말해주었지. 이번 경우에 내가 개인적으로 도울 수는 없지만, 그래도 부주교인 쾨테[28] 씨에게 가서 부탁드리면 틀림없이 목표를 달성할 수 있을 거라고 말이야."[29]

1824년 5월 18일(혹은 25일) 화요일

저녁때 괴테 댁에서 리머도 동석한 가운데 이야기를 나누

---

28) 프리드리히 아우구스트 쾨테(Friedrich August Koethe, 1781~1850)는 예나의 부주교이자 신학과 교수.

29) G 발음과 K 발음을 구분하지 못하는 신학교 대학생이 괴테와 쾨테를 혼동해 생긴 일이다. 즉, 그 대학생은 시인 괴테가 아니라 부주교인 쾨테 씨에게 면회를 신청했으며, 같이 이야기하는 동안에도 괴테를 계속해서 부주교인 쾨테로 혼동했다. 물론 괴테도 이야기하는 동안에는 이 학생이 자신을 부주교로 착각하고 있다는 사실은 까마득하게 모르고 있다가 헤어지면서 학생이 부탁하는 말을 듣고 비로소 사실을 깨닫게 된 것이다.

었다. 괴테는 지질학을 주제로 어느 영국 사람의 시 한 편에 관해 이야기를 해주었다. 그리고 그 시를 즉석에서 이야기체로 번역해 들려주었는데 재치와 상상력이 넘치고 분위기도 좋아서 모든 것이 그 자신의 손으로 바로 그 순간에 만든 것 같았고, 개개의 장면들이 마치 눈앞에 어른거리는 듯했다. 시의 주인공인 석탄 왕은 화려한 알현실에서 황철광 왕비를 옆에 데리고 옥좌에 앉아서 나라의 고관대작들을 기다리고 있다. 고관들은 서열에 따라 차례차례로 들어와 왕에게 소개된다. 화강암 공작, 판암 후작, 반암 백작 부인 그리고 그 밖의 고관들도 등장하며, 제각기 적절한 별명과 익살로 그 특징이 표시된다. 입장은 계속된다. 로렌츠 석회 경(卿)도 입장하는데 그는 대단한 부호여서 궁정에서도 후대받고 있는 인물이다. 석회 경은 자기 어머니인 대리석 부인이 좀 멀리 떨어진 곳에 살고 있어서 오지 못했음을 사과한다. 여하간 그 부인은 우아한 교양과 예의범절을 갖춘 모양이지만 사실 오늘 궁정에 나타나지 않은 것은 그 부인에게 몹시 아양을 떨고 있는 카사노바와의 정사(情事) 때문으로 보인다. 도마뱀과 물고기로 머리칼을 장식한 응회석은 약간 술에 취한 듯하다. 이회석인 한스와 진흙인 야콥은 제일 나중에서야 등장한다. 야콥은 왕비에게 조개 수집을 약속한 터라 특히 총애를 받고 있다. 이런 식으로 묘사는 아주 명쾌한 어조로 한동안 계속되었는데, 그 세부 묘사가 너무나 상세해서 그 이후의 것은 더 이상 기억할 수가 없다.

괴테가 말했다. "이런 시는 오로지 세상 사람들을 즐겁게 해주기 위해 쓰인 것이며, 또한 누구나 갖추어야 할 유익한 지식을 다량으로 전해주고 있네. 이것으로써 상류사회에 과학에 대한 취미를 일깨우고, 또 이런 반농담조의 재미있는 시에서 얼마나 좋은 내용을 많이 끌어낼 수 있을지는 아무도 모를 일이네. 일부 영민한 사람들은 아마도 자신의 주변을 직접 관찰해 볼 계기를 갖게 될지도 모르지. 그리고 우리를 둘러싸고 있는 바로 가까이에 있는 자연에 대한 개인적인 깨달음은 종종 그 관찰자가 본격적인 전문가가 아니면 아닐수록 더욱 소중한 법이네."

내가 대꾸했다. "그러면 아는 게 많을수록 관찰에는 오히려 방해가 된다는 말씀이신가요?"

"기존의 지식이 오류와 결합된 경우라면 물론 그렇겠지!" 하고 괴테가 대답했다. "그 어떤 편협한 유파의 학문에 소속된 경우라면, 편견 없는 엄정한 관찰이란 어림도 없지. 단호한 화성론자는 오로지 화성론의 안경을 통해서만 보려고 하며, 수성론자와 최근의 지각 융기론의 신봉자들도 자신들의 안경을 고집하기는 마찬가지야. 배타적인 유일한 관점에 사로잡힌 그런 모든 이론가의 세계관은 순수함을 상실했고 대상들은 더 이상 그 자연적인 순수함 속에 모습을 드러내지 않는다네. 그래서 그런 학자들이 나중에 깨달은 내용에 관해 보고하더라도(물론 그 학자들 개개인은 진리에 대한 열정으로 가득할 테지.) 우리는 대상들에 대한 진리를 결코 얻지 못하고, 오히려 매우 강력한 주관이 개입된 관점만을 가지고서 대상들을 받아들이게 될 뿐이라네.

하지만 편견 없는 '올바른' 지식이 관찰에 방해가 된다고 주장할 생각은 조금도 없네. 오히려 우리가 '알고 있는' 것에 대해서만 눈으로 보고 귀로 들을 수 있다는 오랜 진리가 옳을 걸세. 음악 전문가는 오케스트라가 합주를 할 때 모든 악기와 그 개별적인 음을 식별하며 알아듣지만, 문외한들은 그 전체를 뭉뚱그린 효과에 사로잡히고 마는 법이지. 마찬가지로 향락을 즐기기만 하는 사람은 푸르고 꽃이 만발한 초원의 우아한 표면만을 보지만, 관찰의 눈으로 사물을 살피는 식물학자에게는 다양하기 그지없는 개별적인 식물들의 극도로 세세한 부분까지 보이는 법이네. 그러나 모든 일에는 그 정도와 목표가 정해져 있는 것이네. 나의 『괴츠』에서 어린 아들이 공부에 열중한 나머지 자기 아버지도 알아보지 못하는 것처럼, 학문의 세계에서도 우리는 학식과 가설에 사로잡힌 나머지 더 이상 볼 수도 들을 수도 없는 자들을 보게 된다네. 그런 사람들의 경우에는 모든 것이 신속하게 마음속으로 스며들고 말지. 그들은 마음속에서 꿈틀거리며 올라오는 것에 정신이 팔린 나머지, 거리에서 절친한 친구를 알아보지도 못하고 뛰어 지나가 버릴 정도로 열정에 사로잡혀 있는 사람과도 같네. 그러나 자연을 관찰할 때는 어떤 일에도 흔들리지 않고 어떤 선입견에도 사로잡히지 않는 차분하고 순수한 마음이 필요하네. 예컨대 어린아이는 꽃에 달라붙어 있는 딱정벌레를 우연히 발견하면, 모든 감각을 동원해 그 단 하나의 단순한 대상에 집중하지. 그래서 그와 같은 시간에 구름의 형성에 뭔가 기이한 현상이 일어난다 하더라도 조금도 알아차리지 못하며 시선을 그쪽으로 돌릴 생각조차 하지 못하는 걸세."

내가 이어서 말했다. "그렇다면 어린아이나 그와 같은 사람들은 학문을 하는 데 참으로 훌륭한 조수 역할을 해낼 수 있겠군요."

"정말이야." 하고 괴테가 이 말에 대답했다. "우리 모두가 훌륭한 조수에 지나지 않는다면 얼마나 좋겠나. 하지만 우리는 그 이상의 것을 바라고, 또 철학이니 가설이니 하는 엄청난 기구를 이리저리 함부로 끌고 다니기 때문에 사태를 망쳐버리는 걸세."

리머의 방문으로 대화는 잠시 중단되었다. 그는 바이런과 그의 죽음에 대해 언급했다. 이어 괴테는 바이런의 작품들에 대해 뛰어난 논평을 하면서 최고의 칭송과 평가를 아끼지 않았다. 괴테가 계속해서 말했다. "덧붙이자면, 바이런은 아주 젊은 나이에 죽어 계속적인 발전의 기회가 없었긴 하지만, 그로써 그의 문학의 본질이 훼손되었다고는 할 수 없네. 요컨대 바이런은 더 이상 나아갈 수가 없었던 걸세. 그는 자신의 창조적인 역량의 절정에 이미 도달했었다는 말이지. 그가 더 오래 살아 창작을 계속했다 하더라도 그의 재능이 허락하는 한계를 더 이상 넓힐 수는 없었을 걸세. 헤아리기 어려운 그의 시 「최후의 심판」에서 그는 자신이 할 수 있었던 극단의 것을 이루었던 거네."

이어서 화제는 이탈리아의 시인 토르쿠아토 타소, 그리고 이 시인과 바이런 경을 비교하는 데로 옮겨갔다. 괴테는 정신과 세계를 이해하고 창조적인 면에서 영국의 시인이 크게 우월하다는 견해를 숨기지 않았다. 그리고 덧붙여 말했다. "두 시인을 비교하게 되면, 한 시인이 다른 시인을 무(無)로 만들어버릴 것임은 당연하네. 바이런은 레바논의 성스러운 삼나무를 잿더미로 만들어버리는 타오르는 가시덤불일세. 이탈리아 시인의 위대한 서사시는 수백 년간이나 명성을 유지해 왔지. 하지만 『돈 후안』의 단 한 줄만으로도 『해방된 예루살렘』[30] 전체를 중독시켜 버릴 수도 있네."

1824년 5월 26일 수요일

나는 오늘 괴테에게 작별 인사를 했다. 하노버에 있는 나의 연인을 만나본 후에 오래전부터 마음먹어 왔던 대로 라인강을 보기 위해서였다. 괴테는 진심으로 축하하면서 나를 껴안아 주었다. 괴테가 말했다. "자네가 하노버의 레베르크 씨 댁에 들르면 내 어릴 적 여자 친구 샤를로테[31]를 만나게 될 텐데, 그녀에게 내 안부나 전해주게. 프랑크푸르트에 가서는 내 친구들인 빌레머 부부와 라인하르트 백작 그리고 슐로서 부부를 만나보게. 또 하이델베르크와 본에 가면 충실한 내 친구들을 만날 수 있을 거야. 자네를 따뜻하게 맞아줄 거네. 나는

30) 르네상스 시대 이탈리아의 시인 토르쿠아토 타소(Torguato Tasso, 1544~1595)의 서사시.

31) 샤를로테 부프(Charlotte Buff, 1753~1828)를 가리킨다. 베르테르의 연인인 로테의 모델이었던 여성이다.

이번 여름에 다시 마리엔바트에서 시간을 좀 보낼까 했지만, 자네가 돌아오기 전까지는 가지 않을 참이네."

괴테와의 이별은 힘들었다. 그러나 나는 두 달 후에 건강하고 기쁘게 그를 다시 만나기로 굳게 약속하고 헤어졌다.

마차가 내 사랑하는 여인의 고향 하노버로 나를 데려갔던 그다음 날은 너무도 행복했다. 마음속 깊이 잠시도 잊지 않고 그리워하고 있던 여성에게로 가는 길이었으니까.

1825년

1825년 3월 22일 화요일

오늘 밤 12시가 지난 지 얼마 되지 않아 화재 경보에 잠을 깼다. 사람들이 소리를 쳤다. "불이야, 극장에 불이야!" 얼른 옷을 껴입고 현장으로 달려가 보니 모두들 몹시 놀라 있었다. 몇 시간 전만 해도 우리는 그곳에서 컴벌랜드[32]의 「유대인」 공연에 등장하는 라 로쉬의 뛰어난 연기에 도취되었고, 또 자이델의 재미있는 익살과 우스개에 웃음을 터뜨리고 있었다. 그런데 바로 얼마 전에 정신적인 즐거움을 누렸던 바로 그 자

32) 리처드 컴벌랜드(Richard Cumberland, 1732~1811). 영국의 극작가. 그의 5막 연극 「유대인」이 1798년 독일어로 번역되었다.

리에 이제 무시무시한 파괴의 불길이 넘실거리며 타오르고 있었다.

화재는 일 층 관람석에 있는 난로로 인해 일어난 듯했다. 불은 곧 무대와 무대 측면의 마른 널빤지로 옮겨 붙었다. 게다가 불에 타기 쉬운 재료들이 사방에 수두룩했기 때문에 불길이 엄청난 속도로 크게 번져 금방 지붕 전체를 덮으면서 서까래가 와르르 허물어져 내렸다.

소화 시설에는 부족한 데가 없었다. 소화기들이 건물 전체를 점차 포위하다시피 하여 엄청난 양의 물을 불길 속으로 퍼부었으나 아무런 소용도 없었다. 불길은 여전히 치솟아 올랐고, 타오르는 불꽃과 가벼운 물질들의 파편이 수도 없이 어두운 하늘로 튀어 올랐다. 그러다가 조금이라도 바람이 불면 옆으로 흩어지면서 도시의 상공으로 날아갔다. 사다리에 오르거나 소화기를 들고 불을 끄는 수많은 사람들이 내는 소란과 고함 소리는 엄청났다. 사람들은 있는 힘을 다해 어떻게 해서든 불을 끄려고 애를 썼다. 그런데 한 사람이 불길에 바싹 다가가 조금 옆으로 몸을 돌린 채 외투와 군모를 걸치고 아주 태연하게 여송연을 피우고 있었다. 얼핏 보기에 한가한 구경꾼 같았으나 실은 그렇지 않았다. 그가 몇 마디 명령을 내리면 사람들은 달려가서 즉각 명령을 실행했다. 그분은 바로 카를 아우구스트 대공이었다. 그분은 건물 자체를 건질 수 없음을 금방 알아차리고는 극장 건물이 저절로 허물어지도록 내버려 두라고 명령했다. 그리고 여분의 소화기들을 모두 불길이 번질 염려가 있는 인접 가옥으로 돌리라고 했다. 그는 군주답게 단념하고 다음처럼 생각하는 것 같았다.

불타 무너져라!
더욱 아름답게 일으켜 세울 것이니.

그의 조치는 틀리지 않았다. 극장은 낡았고 결코 아름답지도 않은 데다가 해마다 늘어가는 관객을 수용하기에는 너무 비좁았다. 그렇지만 바이마르시로 보아서는 위대하고도 그리운 과거의 무수한 추억들이 얽혀 있는 바로 그 건물을 속수무책으로 사라지게 내버려 둔다는 것은 애석한 일이 아닐 수 없었다.

나는 극장이 사라지고 있는 장면을 바라보고 있는 아름다운 눈들에서 흐르는 눈물을 보았다. 악단의 한 단원도 적잖이 나를 감동시켰다. 그는 불타버린 자기 바이올린 때문에 울고 있었다.

날이 밝을 무렵 나는 핼쑥한 얼굴들을 많이 보았다. 상류층의 아가씨들과 부인들이 다수 눈에 띄었다. 그들은 밤을 꼬박 새우며 화재의 귀추를 지켜보다가 이제는 싸늘한 아침 바람에 한기를 느끼며 서 있었다. 나는 집으로 돌아와서 잠시 쉰 다음 오전에 괴테를 방문했다.

하인의 말로 괴테는 몸이 불편해 침대에 누워 있다고 했다. 그래도 그는 나를 가까이 오게 했다. 그리고 내게 손을 내밀며 말했다. "이제 모든 걸 잃어버렸네. 하지만 어쩌겠나! 내 손주 볼프 녀석이 오늘 아침에 내 침대로 와서 내 손을 잡은 채 눈을 커다랗게 뜨고서 이렇게 말하더군. '사람 사는 일이 다 그렇잖아요!'라고 말이야. 귀여운 볼프가 나를 달래려 한 말이지만, 사실 어른이라고 해서 그 밖에 달리 무슨 뾰족한 말을 할 수 있겠나. 거의 삼십 년에 달하는 나의 애환과 노고가 어린 극장이 잿더미와 폐허로 변하고 말았으니 말이야. 하지만 볼프가 말한 대로 이런 것이 사람의 운명일 테지! 나는 밤새도록 거의 자지 못했네. 불길이 끊임없이 하늘로 치솟아 오르는 걸 앞 창문을 통해 보고 있었지. 자네도 상상이 가겠지만, 지나간 옛 시절에 대한 여러 가지 생각들이 머릿속에 떠올랐네. 실러와 함께했던 여러 해 동안의 활동 그리고 사랑스러운 제자들이 여기 바이마르에 도착해서 성장해 간 기억들도 생각나고 말이야. 여하간 그런 생각들로 마음의 갈피를 잡기가 어려워서 오늘은 그저 침대에 누워 있는 게 현명하리라 생각했던 걸세."

나는 그에게 잘하신 일이라고 말해주었다. 하지만 그는 조금도 쇠약하거나 피곤해 보이지 않았고 오히려 아주 편안하고 명랑해 보였다. 사실 이렇게 침대에 누워 있는 것은 그 어떤 특별한 일이 있을 때마다 많은 방문객들이 몰려오는 것에 대비하기 위해 그가 사용하곤 하는 오랜 수법 같았다.

괴테는 나를 침대 앞의 의자에 잠시 앉아 있으라고 권했다. "자넬 생각하면 딱한 노릇이야." 하고 괴테가 말했다. "이제 자네는 저녁 시간을 어떻게 보낼 건가!"

내가 대답했다. "아시는 바와 같이 저는 연극을 몹시 좋아합니다. 두 해 전에 이곳에 도착했을 때만 해도 하노버에서 보았던 서너 편의 연극을 제외한다면 거의 아무것도 모르는 거나 마찬가지였습니다. 그래서 배우든 작품이든 저에게는 모든 것이 새로웠습니다. 그리고 선생님의 충고에 따라 대상들이 주는 인상에만 푹 빠져 열중할 뿐 그 인상에 대해 이모저모로 생각하며 되씹는 일은 하지 않았습니다. 그리하여 지난 두 해 겨울 동안 저는 극장에서 지금까지 경험하지 못했던 가장 순진무구하고 쾌적한 시간을 보낼 수 있었습니다. 게다가 극장에 붙어 살다시피 하면서 공연이란 공연은 빠짐없이 관람했고, 시연(試演) 때조차도 입장을 허락받았던 것입니다. 그것도 부족해 낮에도 지나는 길에 우연히 극장 문이 열려 있는 것을 보면 반 시간 정도 일 층 관람석의 의자에 앉아서 지금 눈앞에서 바로 공연이 있기라도 한 것처럼 여러 장면들을 공상해 보기도 했습니다."

"자네는 꼭 미친 사람 같군." 하고 괴테가 웃으면서 대답했다. "하지만 난 그런 게 좋아. 관객이 모두 그런 사람들이라면 얼마나 좋겠나! 어쨌든 자네의 방식이 옳으며, 또 그게 가치가 있는 거야. 나쁜 습성이라곤 들지 않은 젊은 사람이라면 극장만큼 유쾌한 장소를 찾기도 어려울 걸세. 극장에서는 관객에게 아무런 요구도 하지 않으며 또 관객이 원치 않을 경우에는 입을 다물기만 하면 그만이거든. 왕처럼 아주 느긋하게 앉아서 모든 것이 눈앞으로 스쳐 지나가는 것을 보면서 원하는 대로 정신과 감각을 누릴 수 있는 걸세. 그곳에는 문학과 그림이 있고, 노래와 음악이 있으며 연극의 기법을 비롯해 없는 게 없을 정도지. 그리고 그 모든 예술에다가 젊음과 아름다움의 매력마저 더해져 의미 있는 수준으로만 연출된다면 그날 하루 저녁은 무엇과도 견줄 수 없는 축제가 벌어지게 되는 셈이지. 때로는 졸작도 있고 때로는 수작도 있겠지만, 그래도 멍하니 창밖을 내다보고 있다거나 담배 연기 자욱한 답답한 사교장에서 트럼프 놀이를 하는 것보다야 훨씬 나을 테지. 자네도 느끼겠지만 바이마르 극장은 아직도 가벼이 볼 수가 없네. 그 옛날 전성시대의 고참 단원들이 여전히 건재하고, 새로 들어온 신인들은 그들의 가르침에 따라 훈련을 거듭해 왔으니까 말이야. 그러니까 우리는 매력적이고 마음에 들며 외관상으로나마 완전해 보이는 것을 지금이라도 공연할 수 있는 결세."

"이삼십 년 전의 공연을 보았더라면 얼마나 좋았을까요!" 하고 내가 말했다.

괴테가 말했다. "물론 그 시절은 일을 하기에 몹시 유리했지. 생각해 보게. 그 당시는 프랑스식 취향이 지배적이었던 지루한 시기가 지난 지 얼마 안 되었고 관객도 아직 지나치게 민감한 반응을 보이지 않았거든. 또한 셰익스피어는 그 초기의 신선한 영향력을 여전히 유지하고 있었고, 모차르트의 오페라도 이제 막 선을 보였으며, 마침내 실러의 희곡도 이곳에서 매년 쓰였으니까 말일세. 그리고 실러는 자신이 직접 연습을 시켜 바이마르 극장에서 상연함으로써 최초의 영광을 누렸던 거네. 노소를 막론하고 그런 성찬으로 대접을 받았으니 관객들이 우리를 감사하게 여겼던 건 자네도 상상이 갈 테지."

"그 시절을 경험했던 나이 지긋한 분들은 바이마르 극장이 당시에 누렸던 명성을 입에 침이 마르도록 칭송하더군요." 하고 내가 말했다.

괴테가 대답했다. "상당한 정도였다는 건 나도 부인하지 않겠네. 그러나 가장 중요한 점은 대공께서 내게 전적인 재량권을 주어 내 뜻대로 할 수 있게 해주었던 점이네. 나는 화려한 장식이라든지 번쩍거리는 분장실이 아니라 좋은 작품에 역점을 두었지. 비극에서 희극에 이르기까지 어떤 장르든 내게는 문제가 아니었네. 그러나 어떤 작품을 선택하려면 무언가 의미 있는 내용이 들어 있어야 했지. 위대하고도 유익하며 명랑하면서도 우아해야 했네. 그리고 어떤 경우든 건강하고 그 어떤 핵심이 들어 있어야 했네. 병적인 것, 허약한 것, 애처로운 것과 감상적인 것, 그뿐 아니라 무시무시한 것, 소름끼치는 것 그리고 선량한 풍속을 해치는 것이라면 그 모두를 배제시켰네. 그런 것들 때문에 배우나 관객을 망치게 될까 봐 말이야.

반면에 나는 좋은 작품을 통해 배우의 수준을 끌어올렸네. 왜냐하면 우수한 작품을 연구하고 훌륭한 배역을 끊임없이 연습해야만, 타고난 자질을 갖춘 사람이라도 그 어떤 단계에 도달할 수 있거든. 나는 또 배우들과도 항상 친밀하게 접촉했네. 대본 읽기를 지도하고 각자에게 자신의 배역을 올바로 주지시켰지. 그리고 주요한 리허설 때는 꼭 참석해 어떻게 하면 더 잘할 수 있을지 그들과 의논했다네. 공연 때도 빠짐없이 참관해 부족했던 점을 다음 날 일일이 지적해 주었지.

그런 식으로 나는 배우들의 연기술을 향상시켰네. 또한 그들의 전체적인 수준을 끌어올리면서 사회적으로도 그들이 존경받도록 애를 썼네. 가장 우수하고 유망한 배우들을 내 사교 모임에 불러 사귈 만한 가치가 있다는 것을 대외적으로 과시하면서 말이야. 그 때문에 바이마르의 다른 상류 사교계도 나에게 뒤지지 않으려고 애를 썼지. 그래서 곧 남녀 배우들은 최고의 사교 모임에 영광스러운 초대를 받게 되었던 걸세. 배우들은 그 모든 과정을 통해서 내적으로나 외적으로나 수준 높은 교양을 갖추게 된 거네. 예컨대 베를린에 있는 내 제자 볼프나 우리의 듀란트는 가장 세련된 사교술을 체득한 사람들이고, 욀스와 그라프 두 사람도 상류 사교계에서 존경받을 만한 교양을 지닌 사람들이야.

실러도 나와 같은 생각으로 행동하면서 남녀 배우와 즐겨 교제하였고, 나처럼 리허설 때마다 참석했지. 그리고 자신의 작품 중 하나를 공연하여 성공할 때마다 배우들을 자기 집으로 초대해 함께 즐거운 시간을 보내곤 했네. 공연의 성공을 함께 기뻐하고 다음번에 고쳐야 할 점을 논의하면서 말이야. 여하간 실러가 이곳 바이마르에 왔을 때는 배우나 관객이나 이미 높은 수준에 있었고, 그 때문에 그의 작품들이 신속하게 성공할 수 있었음은 부인할 수 없는 사실이네."

괴테가 하나의 대상에 대해 그렇게 자세히 이야기하는 것을 들으니 기뻤다. 그 대상은 언제나 내 커다란 관심사였고, 특히 오늘 밤의 불행한 사건을 계기로 내 마음에 떠올랐던 것이다.

내가 말했다. "선생님과 실러 두 분이 오랜 기간에 걸쳐 많은 업적을 남겼던 극장에 오늘 화재가 남으로써 외형상으로도 위대한 시기가 마감을 고한 듯한 생각이 듭니다. 바이마르로서는 그렇게 쉽사리 되찾을 수 없을 위대한 시기였다고 하겠지요. 그렇지만 선생님께서는 그동안 극장을 직접 이끌어가면서 성공을 거두었기 때문에 큰 기쁨을 얻으셨을 테지요."

내 말에 괴테가 한숨을 내쉬면서 대답했다. "그렇지만 부담과 고생도 적지 않았네."

"어려웠을 테지요." 하고 내가 말했다. "그렇게 많은 단원들로 이루어진 단체를 질서정연하게 이끌어나가야 했으니 말입니다."

괴테가 대답했다. "일정 부분은 엄격한 관리에 의해서 그리고 보다 많은 부분은 사랑으로 이룰 수가 있었네. 그러나 그 대부분은 통찰력과 인물의 명망에 좌우되지 않는 공정함으로 이룰 수가 있었네.

나는 자신을 위태롭게 했을지도 모르는 두 가지 적 앞에서 자신을 지켜야 했네. 그 하나는 재능 있는 자에 대한 나의 열렬한 애정이었는데, 그 때문에 나는 편파적일 우려가 있었지. 다른 하나는 말하고 싶진 않지만 자네라면 눈치챘겠지. 우리 극장에는 젊고 아름답고 게다가 영혼이 우아하기 그지없는 여성들이 없지 않았네. 그들 중 몇몇의 경우에는 나도 열정적으로 이끌리는 느낌을 어찌할 수 없었고, 여성 쪽에서도 나를 받아들일 태세였지. 그러나 나는 정신을 가다듬고 자신에게 말했네. '더 나아가선 안 돼!'라고 말이야. 나는 자신의 지위를 자각하고 있었고, 또 내가 책임을 다해야 한다는 사실을 알고 있었던 거네. 나는 여기서 하나의 사적인 인간으로서가 아니라 한 단체의 지도자로서 있는 것이며, 이 단체의 성공은 나 자신의 순간적인 행복보다 중요하다는 사실을 말일세. 내가 그 어떤 연애 사건에 빠지기라도 했다면 나는 마치 그 옆구리에 자석을 달고 있어서 올바른 방향을 제대로 가리킬 수 없는 나침반과도 같은 꼴이 되었겠지.

하지만 내가 몸가짐을 철저히 지키고 언제나 절제함으로써 극장의 주인으로 남아 있을 수 있었던 거지. 그리고 필요한 만큼의 조심성도 언제나 잃지 않았네. 그것이 없으면 어떠한 권위라도 금방 허물어지는 법이니 말이야."

괴테의 이러한 고백은 나에게 깊은 인상을 남겼다. 나는 이미 다른 사람들로부터 괴테에 대해 비슷한 얘기를 들은 바 있었던 데다가 이제 그의 입에서 직접 확인하게 되니 더욱 기뻤다. 나는 지금까지보다 그를 더욱 좋아하게 되어 다정한 악수를 나누고 헤어졌다.

나는 화재의 현장으로 돌아왔다. 그곳의 거대한 폐허 더미에서는 아직도 불꽃과 짙은 연기 기둥이 피어오르고 있었다. 사람들은 여전히 불을 끄고 물건을 끌어내는 데 몰두하고 있었다. 나는 근처에서 대사가 적혀 있는 두루마리의 타다 남은 조각을 발견했는데, 그것은 괴테의 『타소』에 나오는 구절들이었다.

1825년 3월 24일 목요일(혹은 23일 수요일)

괴테와 함께 식사를 했다. 극장을 잃게 된 사건이 거의 유일무이한 화젯거리였다. 괴테의 며느리와 울리케 양은 옛 극장에서 누렸던 행복한 시간들을 회상하고 있었다. 그들은 폐허 속에서 기념품 몇 개를 찾아내고는 소중한 보물인 양 간직하고 있었지만 사실 그것들은 결국 몇 개의 돌과 타다 남은 양탄자 조각에 불과한 게 아닌가. 그들이 즐겨 앉던 발코니의 바로 그 자리에 깔려 있던 양탄자라고 해서 무슨 소용이란 말인가!

괴테가 말했다. "중요한 것은 빨리 정신을 차려 되도록 신속하게 극장 시설을 다시 갖추는 걸세. 나는 바로 다음 주에 다시 공연을 했으면 하네. 장소야 궁전도 좋고 시청 대강당도 좋겠지. 관객들이 지루한 저녁 시간을 때우려고 다른 오락거리를 찾아 나서게 될 정도로 공연을 너무 오래 중단해서는 곤란하네."

그러자 누군가가 말했다. "하지만 무대장치는 거의 건져내지 못한 걸요!"

이 말에 괴테가 대답했다. "무대장치가 많을 필요도 없고 위대한 작품이 필요한 것도 아니야. 또 작품 전체를 그대로 다 올리거나 대작을 전부 공연할 필요도 없지. 중요한 점은 장면 변화가 그다지 많지 않은 작품을 선택하는 거네. 단막의 희극이나 소극 또는 오페레타가 좋을 테지. 그리고 인기 있는 오페라에 나오는 그 어떤 아리아라든지 이중창 또는 마지막 피날레 장면도 괜찮겠지. 그런 것들이면 상당한 만족을 얻을 수 있을 걸세. 그렇게 하면서 4월을 그럭저럭 보내노라면 5월에는 어느새 숲속의 가수들이 노래할 테니까 말이야."

괴테가 계속해서 말했다. "그렇게 해서 여름 몇 달이 지나면 새 극장이 들어서는 광경을 보게 될 테지. 여하간 이번 화재는 내게 아주 묘한 느낌이 들게 하네. 여러분에게 이제 털어놓는 말이지만 나는 길고 긴 지난 겨울 밤 동안 쿠드레와 함께 바이마르에 어울리는 아주 아름다운 새 극장을 설계하는 일에 골몰했었지. 우리는 독일에서 가장 뛰어난 극장들의 평면도와 단면도를 가져오게 해서 장점은 취하고 결함으로 보이는 부분은 피하면서, 이 정도면 됐다고 할 만한 설계도를 완성했네. 이제 대공의 허락만 떨어지면 언제라도 건축에 착수할 준비가 되어 있었거든. 그런 상태에서 이번 재난이 일어났고, 아주 기묘하다는 느낌이 들 정도로 재난에 대한 대비책이 이미 철저하게 마련되어 있었으니 결코 예사로운 일이 아닌 것이지!"

우리는 괴테의 이러한 말을 듣고 기뻤다.

괴테가 계속 말했다. "옛 극장에서는 발코니에 귀족을 위한 자리가 마련되었고, 고용인이나 젊은 직공에게는 삼 층 관람석이 배당되어 있었지. 하지만 다수의 유복하고 품위 있는 중류 계층의 사람들은 그 때문에 종종 불편을 겪어야 했네. 왜냐하면 작품에 따라서는 학생들이 일 층 관람석을 차지해 버리기 때문에 중류 계층 사람들이 앉을 자리가 마땅하지 않기 때문이지. 일 층 관람석 뒤편의 자그마한 특별석 몇 자리와 일 층 관람석 앞쪽의 일등석 몇 자리만으로는 좌석이 부족했던 거지. 그래서 이번에는 그런 점에 주의해 개선했네. 일 층의 일반 관람석 주변을 죽 따라가면서 특별석을 배치했고, 이 층 발코니와 삼 층 관람석 중간에도 또 한 줄의 이등 특별석을 마련했으니 말이야. 이렇게 하게 되면 건물을 일부러 확장하지 않아도 아주 많은 좌석을 확보하게 되는 걸세."

우리는 이러한 보고를 듣고 기뻐하면서 괴테가 극장과 관객을 그토록 세심하게 배려하는 데 대해 찬사를 보냈다.

나로서도 장래에 세워질 멋진 바이마르 극장을 위해 조금이나마 기여하기 위해 식사 후에 내 친구인 로버트 둘란과 함께 오버바이마르로 갔다. 우리는 그곳의 선술집에 앉아 커피를 마시면서 메타스타시오[33]의 『이시필레』를 본떠 오페라 대본을 쓰기 시작했다. 우리들이 시도한 첫 번째 것은 무엇보다도 희극 소품을 써서 바이마르 극장의 가장 인기 있는 남녀 가수들에게 그 작품을 건네주자는 것이었다. 생각만 해도 신이 났다. 우리는 이미 오케스트라 앞에 다시 앉아 있는 듯한 느낌이었다. 우리는 정말 진지하게 작업을 시작해 1막의 대부분을 완성했다.

1825년 3월 27일 일요일

여러 사람들이 동석한 가운데 괴테와 함께 식사했다. 그는 우리에게 새 극장의 설계도를 보여주었다. 며칠 전 우리에게

33) 피에트로 메타스타시오(Pietro Metastasio, 1698~1782). 이탈리아의 오페라 대본 작가.

이야기해 준 그대로였다. 설계도를 보니 외관상으로나 내부적으로나 매우 아름다운 건물이 될 게 분명했다.

이렇게 멋진 극장에는 아름다운 무대장식과 지금까지보다는 더 나은 의상이 필요할 거라고 누군가가 말했다. 그리고 또 단원들의 수도 점차 부족해지는 실정이므로 연극을 하든 오페라를 하든 간에 젊고 실력 있는 단원 몇 명을 새로 채용해야 한다는 것이 자리에 모인 사람들의 대체적인 의견이었다. 그러나 이런 일을 하기 위해서는 상당한 비용이 들어야 했다. 현재까지의 재정 수입으로는 충분치 못하다는 견해도 있었다.

"나도 잘 알고 있어요." 하고 괴테가 중간에 끼어들어 말했다. "돈을 절약한다는 이유로 임금이 싼 배우들 몇 명을 고용할 테지요. 하지만 그런 조처로 재정에 도움이 되리라고 생각하는 건 어림없는 일이오. 그와 같은 필수적인 비용을 절약하겠다고 나서는 것보다 더 재정에 해로운 일은 없을 테니까. 그보다는 매일 저녁 극장을 관객으로 가득 메울 방법을 생각해 내야 하는 것이오. 그러기 위해서는 젊은 남녀 가수 각각 한 사람에다가 유능한 주연급 남자 배우 한 사람, 그리고 뛰어난 재능과 상당한 미모를 갖춘 주연급 젊은 여배우 한 사람이 있으면 크게 도움이 될 테지요. 말이 나왔으니 말이지 내가 아직 극장 운영을 책임지는 자리에 있다면 재정 상태를 최대한으로 호전시키기 위해 한 걸음 더 나아간 조치를 취할 것이고, 그렇게 되면 필요한 비용이 모자란다는 소리는 더 이상 나오지 않게 될 거요."

사람들이 괴테에게 어떤 수단을 강구하고 있는지를 묻자

그가 대답했다.

"방법은 아주 간단하오. 일요일에도 공연하게 하는 거지요. 그렇게 되면 적어도 연간 사십 일분의 입장료 수입이 늘게 되고, 적게 잡아도 일 년에 1만에서 1만 5000탈러의 수입은 올릴 수 있게 되는 거지요."

괴테의 이런 방책은 매우 실용적이라는 평가를 받았다. 대부분의 노동자들은 평일에는 보통 밤늦게까지 일하고 오로지 일요일에만 쉴 수 있는데, 이날에는 그들도 마을의 주점에서 춤을 추거나 맥주를 마시기보다는 보다 고상한 연극을 택하게 될 것이라는 말도 나왔다. 또한 부근의 작은 도시들에 사는 모든 임차인과 지주 그리고 공무원과 부유층 사람들은 바이마르 극장으로 마차를 타고 갈 생각에 일요일을 손꼽아 기다릴 거라는 견해도 있었다. 사실 지금까지 바이마르에서의 일요일 밤은, 궁정과 관련 없는 사람이라든지 행복한 가족의 일원이 아닌 사람 또는 폐쇄적인 사교 모임의 회원이 아닌 사람에게는 참으로 불쾌하고 지루한 시간이었다. 도대체 한 몸을 이끌고 어디 가서 시간을 보내야 할지 몰랐기 때문이다. 그래서 사람들은 일요일 밤을 즐겁게 보내고 지난 일주일 동안 쌓였던 근심과 피로를 털어버릴 만한 장소가 없을까 하고 내심 고민하고 있던 차였던 것이다.

그래서 독일의 다른 도시들에서처럼 일요일에도 극장을 열자는 괴테의 생각은 전폭적인 지지를 받았으며 아주 바람직한 제안이라고 환영받았다. 다만 궁정이 이 제안을 받아들일 것인가의 여부와 관련해 약간의 문제 제기가 있자 괴테는 이렇게 대답했다.

"바이마르 궁정은 아주 선하고 현명하므로 시의 복지와 중요 기관에 도움이 되는 조치를 막지는 않을 게요. 궁정은 작은 희생을 기꺼이 감수하면서 일요일 저녁 만찬을 다른 날로 옮길 게 분명하오. 설혹 이 제안이 받아들여지지 않더라도 일요일에 공연할 작품만은 얼마든지 있을 것이오. 어쨌든 이 작품들이 궁정 사람들의 마음에 들지 않을지는 몰라도 일반 시민들이 보기에는 꼭 적합할 테지요. 그리고 그것만으로도 재정을 충분히 충당할 수 있는 것입니다."

이어서 배우에 대한 문제가 화제에 올랐고, 그들의 능력을 제대로 활용하거나 오용하는 문제를 둘러싸고 많은 이야기가 오갔다.

괴테가 말했다. "오랜 공연 경험에 비추어 보면 중요한 사실은 연극이든 오페라든 몇 해 동안에 걸쳐 어느 정도 성공을 거두리라고 분명하게 예상되지 않는 작품이라면 결코 연습시켜서는 안 된다는 것입니다. 5막짜리 연극이라든지 그와 같은 길이의 오페라를 연습하는 데 얼마나 많은 힘이 드는지를 제대로 생각하는 사람은 드뭅니다. 그렇습니다, 여러분, 한 사람의 가수가 모든 장면과 막에 걸쳐서 자기가 맡은 배역을 완전히 소화하려면 많은 노력이 듭니다. 또한 합창단이 제대로 궤도에 오르기까지는 엄청난 노력이 필요합니다. 나는 가끔 어떤 오페라의 성공 여부에 대해 아무 예측도 못 하면서 몇몇 불확실한 신문 기사만을 믿고 경솔하게 연습 명령을 내리는 사람들이 있다는 소리를 들으면 섬뜩한 마음이 들기도 합니다. 이제 우리 독일에도 그런대로 쓸 만한 역마차 제도가 완비되어 있고 심지어 급행 역마차까지 운행이 시작되었지요. 그러므로 다른 지방에서 새 오페라가 공연되어 호평받았다는 소식이라도 들려오면, 나는 연출가나 믿을 만한 단원을 현장으로 보내 실제 공연을 직접 보고 확인하도록 할 것입니다. 즉 찬사를 받고 있는 새 오페라 작품의 좋은 점과 유용한 점이 무엇인지 그리고 우리의 능력으로 공연이 가능한지 아닌지를 확인해 알아오게 할 것입니다. 이런 여행에 들어가는 경비는, 그로써 얻게 될 막대한 이익이나 혹은 불행한 실패를 사전에 방지함으로써 얻게 되는 이익과 비교한다면 아무 문제도 아닌 것이지요.

그리고 공연 연습을 끝낸 좋은 작품이나 좋은 오페라가 관객들의 호응을 받아 극장의 좌석이 가득 메워진다면 며칠씩 짧게 간격을 두고 계속 공연해야 할 테지요. 나온 지 오래된 좋은 작품들의 경우도 마찬가집니다. 그러한 작품들은 오랜 기간 공연되지 않고 묵혀 있었으니까, 이제 그것들을 무대에 올려 다시 성공을 거두자면 마찬가지로 적잖은 연구가 필요할 테지요. 물론 이런 작품들의 공연도 관객들이 관심을 보이는 한 짧은 간격을 두고 되풀이해 공연해야 합니다. 항상 새로운 것만 찾는다든지, 각고의 노력으로 연습한 좋은 연극 작품이나 오페라를 단 한 번 아니면 고작 두 번만 보고 만다든지, 또 이런 작품의 공연 간격을 육 주에서 팔 주 정도로 길게 잡아놓고 그사이에 다른 작품을 새로 연구하는 일을 반복한다면, 이런 것들이야말로 연극을 망치는 일이며 참여하고 있는 사람들의 힘을 남용하는 것으로 도저히 용납할 수 없는 일이지요."

괴테는 이 문제를 아주 중요하게 보고 있고 또 절실하게 가슴에 담아두고 있는 것 같았다. 그래서 이런 말을 하며 흥분하는 모습을 보였는데, 그것은 평소에 너무도 침착한 그로서는 보기 드문 일이었다.

괴테가 계속해서 말했다. "이탈리아에서는 같은 오페라를 사 주에서 육 주에 걸쳐 매일 밤 공연합니다. 그래도 이탈리아의 위대한 관객들이 중간에 작품을 바꿀 것을 요구하는 경우는 결코 없지요. 교양 있는 파리 시민들은 그들의 위대한 작가들의 고전 작품을 너무도 자주 보기 때문에 그것들을 달달 외울 뿐만 아니라 각 음절들의 억양까지 세밀하게 구분하는 귀를 가지게 되었지요. 여기 바이마르에서 나는 황송하게도 나의 『이피게네이아』와 『타소』를 공연할 기회를 가졌지요. 하지만 얼마만큼이나 자주 공연할 수 있었을까요? 겨우 삼사 년에 한 번 꼴이었지요. 관객들은 지겨워했는데, 그건 충분히 이해가 가는 일입니다. 배우들은 작품을 연기하는 데 익숙하지 않았고, 관객들은 작품에 귀를 기울이는 데 익숙하지 않았으니까요. 배우들이 자주 반복적으로 연습해 자신들의 역을 충분히 익혔다면, 공연은 힘들여 짜내는 식이 아니라 그 모든 것이 가슴에서 우러나오는 듯 생기가 있었을 테지요. 그러면 관객들도 흥미와 느낌이 없지는 않았을 테지요.

나는 정말이지 한때는 독일적인 연극을 일으키는 것이 가능하다는 환상을 가지기도 했습니다. 그렇습니다. 나 자신이 거기에 기여하고 그러한 건설의 과정에서 몇 개의 받침돌을 놓을 수 있으리라는 환상을 품었던 게지요. 나는 『이피게네이아』와 『타소』를 썼고 어린아이처럼 그런대로 잘되어 나아가리라는 희망을 품었지요. 하지만 아무런 반응도 감동도 없었으며 모든 것이 예전 그대로였어요. 내가 만일 영향을 미치고 찬동의 갈채를 받았다면 나는 여러분에게 『이피게네이아』와 『타소』 같은 작품을 한 다스나 안겨드렸을 겁니다. 소재가 모자라진 않았으니까요. 그러나 앞서 말했다시피 그런 식으로 정신과 생기를 가지고 공연할 배우도 없었고 그런 식의 감성을 가지고 경청하면서 공연을 받아들일 관객도 없었던 겁니다."

1825년 3월 30일 수요일(혹은 29일 화요일)

저녁때 많은 사람들이 괴테 댁에 모여 차를 마셨다. 이곳에 사는 젊은 영국인들 이외에 한 젊은 미국인도 참석했다. 나는 또 율리 폰 에글로프슈타인 백작 부인을 만나 여러 가지 즐거운 이야기를 나누었다.

1825년 4월 6일 수요일

괴테의 충고에 따라 오늘 저녁에는 처음으로 시청 대강당에서 공연이 있었다. 장소도 좁고 무대장치도 부족해서 소품과 단편 위주로 무대에 올렸다. 소규모 오페라 작품인 「종(僕)」은 극장에서 공연된 것 못지않게 완벽한 성공을 거두었다. 그러고 나서 에버바인의 오페라 「폰 글라이헨 백작」 중에서 인기가 있는 사중창이 공연되어 열렬한 갈채를 받았다. 이어서 우리의 첫째가는 테너 몰트케 씨가 「마술 피리」 중에서 가끔 들을 수 있는 노래를 불러주었다. 마지막으로 「돈 후안」 1막의 웅장한 피날레 부분이 강렬한 인상을 남기며, 극장에서의 저녁 공연을 대신해 처음으로 열린 오늘의 첫 공연이 당당하고 품위 있게 마무리되었다.

1825년 4월 10일 일요일

괴테와 함께 식사를 했다. "자네에게 기쁜 소식을 전하게 되었네." 하고 괴테가 말했다. "대공께서 우리의 새 극장 설계도를 승낙하셨고 아울러 건물의 기초를 놓는 작업을 지체 없이 시작하게 되었으니 말이야."

그 말을 들은 나는 아주 기뻤다.

괴테가 계속해서 말했다. "온갖 반대 의견들과 싸워야 했지만 결국 우리의 주장을 성공적으로 관철했지. 특히 추밀고문관인 슈바이처로부터 많은 도움을 받았네. 그다운 일이긴 하지만, 그는 자기의 소신을 굽히지 않고 듬직하게 우리 편이 되어주었네. 대공께서 설계도에 손수 서명하셨으니 앞으로는 어떤 변경도 불가능하지. 자네는 이제 아주 멋진 극장이 들어서는 걸 보게 될 거야."

1825년 4월 14일 목요일

저녁 시간을 괴테와 함께 보냈다. 화제가 일단 극장과 극장의 운영 문제에 미치자, 나는 그에게 새 단원을 뽑을 때 어떤 원칙을 따르게 될 것인지에 대해서 물었다.

"간단하게 말하긴 어렵네." 하고 괴테가 대답했다. "아주 다양한 절차를 거쳐야 하니까 말이야. 이미 어느 정도의 명성을 얻고 있는 신인 배우라면 그에게 연기를 시켜본다네. 그러면서 다른 배우들과 잘 어울리는지, 그의 태도와 연기 방식이 우리 앙상블에 지장을 주지나 않는지 그리고 그의 참여로 우리의 부족한 부분이 메워질 수 있는지를 살펴보지. 그러나 무대 경험이 한 번도 없는 젊은이라면 우선 그의 인품을 살펴본다네. 그러면서 그에게 사람을 끌어당기는 어떤 매혹적인 힘이 있는지 그리고 무엇보다도 자신을 통제하는 능력이 있는지 여부를 검토한다네. 왜냐하면 자기 통제력이 없어서 다른 사람에게 자신을 아주 호감 가는 인물로 만들어 보여주지 못할 정도의 배우라면 대체적으로 재능이 없기 때문일세. 그래, 배우라는 직업은 끊임없이 자기를 부정하면서 언제나 타인의 가면을 쓰고 살아야 하는 존재가 아닌가! 그리고 그의 외모와 태도가 내 마음에 드는 경우에는 책을 읽혀보면서, 그의 감각기관의 힘과 크기뿐 아니라 정신적 능력까지 알아본다네. 그리고 그에게 우선 위대한 작가의 숭고한 작품을 손에 쥐여주면서 그가 참으로 위대한 것을 느끼고 표현할 수 있는지 시험해 보지. 그다음에는 정열적이고 격정적인 작품을 주어서 그의 힘을 시험해 본다네. 그러고 나서는 맑고 이성적인 것과 재기 발랄한 것 그리고 반어적인 것과 기지에 찬 것 등을 보여주면서, 그가 이러한 것들을 앞에 두고 어떤 행동을 보이는지 또 정신적인 자유를 충분히 유지하는지를 살펴보는 걸세. 그다음에는 상처받은 가슴의 고통과 위대한 영혼의 고뇌가 담긴 작품을 주어서, 그가 감동적인 것을 자유롭게 표현할 능력이 있는지 알아본다네.

이렇게 해서 다방면에 걸쳐 나를 만족시켰다면, 나는 그 사람이 아주 뛰어난 배우가 될 수 있다는 희망을 갖게 되는 거지. 충분한 근거가 있었으니까 말이야. 그리고 그가 몇몇 방면에서 유달리 장점을 보이는 경우에는, 그에게 우선적으로 어떤 분야에 정진시킬 것인지를 명심해 두었네. 아울러 그의 약점들도 파악해 그가 무엇보다도 이 약점을 보완하면서 자신을 수련할 수 있게 이끌어주었지. 그리고 방언이나 고향 사투리 같은 결함이 눈에 띄는 경우에는 그것을 시정하도록 촉구했네. 사투리를 조금도 쓰지 않는 단원을 그에게 소개해 주어 친하게 사귀면서 자연스럽게 연습하도록 했지. 무용과 검술을 할 수 있는지 물어보고, 그렇지 못하다는 대답을 듣는 경우에는 일정 기간 그에게 무용 선생과 검술 사범을 붙여주었지.

그래서 이제 무대에 오를 만큼 발전하게 되면, 우선 그의 개성에 적합한 역을 주면서 당분간은 자기 자신을 드러내는 연기에만 전념하게 한다네. 만일 그가 지나치게 불같은 성품의 소유자라면 그에게 느릿하고 담담한 역을 주었네. 그러나 침착하고 느려 보이는 사람에게는 정열적이고 민첩한 배역을 주었네. 그가 자신을 버리고 다른 사람의 성격 속으로 들어가는 법을 익히도록 하기 위해서 말이야."

배역을 정하는 문제가 화제에 오르자 괴테는 특히 다음과 같은 말을 했는데, 내게는 아주 주목할 만한 견해로 보였다.

"그건 큰 오산이야." 하고 괴테가 말했다. "그저 평범한 작품이라고 해서 평범한 배우에게 맡겨도 된다고 생각하면 말일세. 이류, 삼류의 작품이라도 일류 배우가 맡아 힘을 쏟는다면 그 작품의 수준은 믿을 수 없을 만큼 높아지고 실제 공연도 훌륭하게 이루어질 수 있지. 하지만 이류, 삼류의 작품을 이류 삼류의 배우에게 맡기게 되는 경우, 그 효과가 완전히 제로가 된다고 해서 별로 놀랄 일은 아닐세.

그리고 이류급의 배우들은 대작에서 아주 두드러져 보이게 되는데, 그것은 그림의 경우와 같은 원리에서라네. 그림에서 반쯤 그늘지게 그려진 인물이 환한 빛을 받고 있는 인물을 아주 효과적으로 더 돋보이게 하듯이 말이야."

1825년 4월 16일 일요일(혹은 12일 화요일)

달톤이 동석한 가운데 괴테와 함께 식사를 했다. 그 사람과는 지난여름 본에서 알게 되었는데, 다시 만나게 되어 정말 기뺐다. 달톤은 괴테의 취향에 꼭 맞는 인물이어서 두 사람 사이에 매우 바람직한 관계가 맺어졌다. 그 사람은 자신의 학문 분야에서 매우 중요한 인물로 보였기 때문에 괴테는 그의 발언을 소중히 여기면서 한마디 한마디를 경청했다. 게다가 달톤은 상냥하고 재치가 있고 말주변이 좋으며 사상이 넘쳐흐르는 인물이었는데, 그와 비견할 만한 사람이 거의 없을 정도여서 아무리 귀를 기울이고 있어도 지루하지가 않았다.

괴테는 자연의 근원을 탐구하려고 노력하는 가운데 만유(萬有)를 포괄하려 했기 때문에, 전 생애를 걸고 특수한 방향에 헌신한 비중 있는 자연과학자들 개개인에 비할 때 불리한 입장에 있었다. 이들 자연과학자들은 한 영역의 무한히 세밀한 부분을 파악하는 것을 목표로 삼았다. 반면에 괴테의 삶의 목표는 더욱 보편적인 거대한 법칙을 직관하는 데 있었다. 괴테는 언제나 그 어떤 거대한 종합을 추구하기는 했지만 세부적인 사실들에 대한 지식이 부족해 자신의 예감을 확증하지 못했다. 그러므로 괴테가 그토록 노골적인 애정을 보이면서 저명한 자연과학자들과 관계를 맺고 그 관계를 지속하려 한 것은 당연한 일이었다. 왜냐하면 그는 자신에게서 모자라는 것을 그들에게서 보았기 때문이다. 그는 자기 자신에게 미비한 점을 그들에게서 보완하려고 했다. 그는 이제 몇 년 안에 여든 살이 된다. 하지만 그의 연구심과 체험에 대한 열정은 지치지 않을 것이다.

자신의 연구의 어떤 방향에서도 그는 함부로 종결하거나 가볍게 끝을 내버리는 법이 없다. 그는 끊임없이 앞으로 앞으로 나아가고자 한다! 끝없이 배우고, 또 배우려고 한다! 그리고 바로 그럼으로써 영원한, 조금도 시들지 않는 청춘의 인간임을 보여주는 것이다.

이런 생각이 오늘 낮 괴테가 달톤과 활발하게 이야기를 나누는 동안 내 머릿속에 떠올랐다. 달톤은 설치류의 동물들과 그 동물들의 뼈대 형성과 변형에 대해 이야기했다. 괴테는 만족을 모르는 양 계속해서 세세한 사실들에 대해 듣고 싶어 했다.

1825년 4월 27일 수요일

저녁 무렵 나는 괴테를 방문했다. 그가 아래쪽 공원으로 마차 드라이브를 하자고 나를 불렀기 때문이다.

그가 말했다. "나서기 전에 첼터가 보내온 편지를 한번 읽어보게. 어제 받은 것인데 우리의 극장 문제를 언급하고 있네. 첼터는 특히 내게 이런 말을 했네. '선생님은 바이마르의 시민을 위해 극장을 세울 적임자가 아니라는 점을 저는 벌써부터 알고 있었습니다. 초록이 우거지면 양 떼가 먹어치운다는 속담을 생각해 보시기 바랍니다. 말하자면 발효 중인 포도주에다 마개를 씌우겠다고 나서는 높으신 분들이 이런 점을 잘 고려하셔야겠지요. 여하간 친구여, 우리는 그런 것을 이미 체험한 바 있고 또 지금도 겪고 있는 것입니다.'라고 말일세."

여기서 괴테는 나를 쳐다보았고, 우리는 웃음을 터뜨렸다.

"첼터는 정직하고 유능한 사람이야." 하고 괴테가 말했다. "하지만 때로는 나를 전혀 이해하지 못하고 내 말을 잘못 해석하기도 한다네. 나는 시민과 그 시민의 교양을 위해 전 생애를 바쳐왔는데, 어째서 내가 시민을 위해 극장을 세워서는 안 된단 말인가! 하지만 시인은 만 명이나 되지만 보통 시민들은 몇 명 되지 않는다는 이 바이마르, 이 조그마한 도시에서 어떻게 시민 운운하란 말인가. 더군다나 시민 극장과 같은 것에 대해서는 말할 필요조차도 없겠지! 어쨌든 바이마르도 언젠가는 틀림없이 대도시가 되겠지. 하지만 몇 세기는 더 기다려야 해. 바이마르의 시민이 한 극장의 좌석을 가득 채우고 극장을 세우며 그것을 유지해 나가기에 족할 만한 수효가 되려면 말이야."[34)]

그러는 동안에 마차가 출발 준비를 마쳤으므로 우리는 아래쪽 공원[35)]으로 마차를 몰았다. 고요하고 포근한 저녁이었으나 좀 무더운 편이었고 큰 구름 떼가 소나기라도 퍼부을 듯이 모여들고 있었다. 우리는 건조한 모래 길을 이리저리 달렸다. 괴테는 말없이 내 옆에 앉아 있었는데, 머릿속으로 만감이 교차하는 모양이었다. 그동안에 나는 지빠귀와 참새들의 지저귐에 귀를 기울였다. 새들은 일름강 건너편의 아직 잎사귀도 나

34) 당시 새로 세울 극장의 이름을 궁정 극장으로 할 것인지 아니면 시민 극장으로 할 것인지와 관련해 논란이 있었다.

35) 괴테가 살고 있던 바이마르 시내의 집에서 일름강을 건너면 거기에 지대가 낮은 공원이 펼쳐져 있다. 그리고 그 공원의 한쪽 구석에 괴테가 예전에 살았던 '정원 집'이 위치하고 있다.

지 않은 물푸레나무 가지 끝에 앉아서 몰려올 소나기를 향해 지절대고 있었다.

괴테는 여기저기 시선을 던지면서 구름을 쳐다보기도 하고 푸른 풀들을 바라보기도 했다. 길의 양쪽과 풀밭 그리고 수풀과 산울타리 근처 등 어디에서고 푸른 풀들이 싱싱하게 자라나 있었다. "저녁에는 한줄기 따뜻한 소나기가 쏟아질 테지." 하고 괴테가 말했다. "그러면 우리는 찬란하고 풍요로운 봄을 또다시 맞이하는 거네."

그러는 동안에 구름은 한층 더 위협적이 되었다. 멀리서 천둥소리가 들려왔으며 빗방울이 떨어지기 시작했다. 괴테가 다시 시내로 돌아가는 게 낫겠다고 해서 우리는 발길을 돌렸다. 집에 도착해 마차에서 내리자 괴테가 말했다. "별다른 일이 없다면 올라가서 잠시 쉬었다 가게." 나는 기꺼이 그의 말을 따랐다.

첼터의 편지는 아직도 책상 위에 그대로 있었다. "이상해, 참으로 이상한 일이야." 하고 괴테가 말했다. "누구든 여론을 좇다 보면 너무도 쉽게 그릇된 입장에 빠지고 만단 말이야! 나는 지금까지 민중에 반하여 죄를 지은 기억이 없는데, 이제 와서 내가 결코 민중의 벗이 아니라는 말을 들어야 하다니. 물론 나는 혁명을 내세우는 천민의 벗은 아니야. 그들은 약탈과 살인과 방화를 일삼으면서도 공공복지라는 거짓 간판을 내걸고서 비천하기 짝이 없는 이기적인 목적에만 눈이 어두워 있지 않나. 나는 그런 무리들의 편이 될 수 없어. 하지만 그렇다고 해서 루이15세의 편도 아니네. 여하간 나는 어떤 폭력적 혁명도 찬성하지 않네. 그것으로 좋은 결과가 얻어지겠지만, 그에 못지않게 파괴도 초래되기 때문이지. 나는 혁명을 일으키는 사람이나 그 원인을 조성하는 사람들을 다 같이 미워한다네. 하지만 그렇다고 해서 내가 민중의 벗이 아니란 말인가? 지각 있는 사람이라면 그렇게 생각지는 않겠지?

자네도 알다시피 미래에 무언가를 약속해 주는 개혁이라면 나는 언제든 환영이야. 하지만 지금 말한 바처럼, 폭력적인 것이나 돌발적인 것은 모두 마음에 들지 않아. 왜냐하면 그것들은 부자연스럽기 때문이야.

나는 식물 애호가일세. 나는 우리 독일의 자연이 선사할 수 있는 꽃 가운데서 가장 완전한 장미를 사랑하네. 하지만 그렇다고 해서 4월 말경인 지금 벌써 내 정원에 장미꽃이 피기를 고대할 만큼 어리석지는 않아. 지금으로서는 움트기 시작하는 푸른 잎을 보기만 해도 만족이며, 잎이 한 잎 한 잎 싹터 주일마다 줄기를 이루어 성장해 가는 것을 보기만 해도 족하네. 5월에 봉오리가 솟아오르는 것을 보게 되면 기쁘고, 6월에 마침내 고대하던 장미가 찬란하게 사방으로 향기를 풍기며 만발하는 것을 보면 행복해진다네. 하지만 그때까지 느긋하게 기다릴 수 없는 사람이라면 온실에나 가봐야 할 테지.

그런데 나를 보고 군주의 시종이라느니 군주의 노예라느니 하는 사람도 있단 말이야. 마치 대단한 말이라도 하는 듯이 말이야! 도대체 내가 무슨 전제군주나 폭군 밑에서 종노릇이라도 하고 있단 말인가? 민중을 희생시키고 자신의 향락만 추구하는 사람 밑에서 봉직하고 있다는 말인가? 그런 군주나 시대는 다행스럽게도 사라진 지 이미 오래야. 나는 대공과 오십 년 전부터 아주 밀접한 인간관계를 맺어왔고 또 반세기 동안 그분과 함께 노력하고 일해왔네. 그러나 대공이 단 하루라도 나라의 안녕과 국민들 개개인의 생활수준을 향상시키기 위해 적절한 조치를 시행하지 않은 날이 있다고 말한다면 그건 분명 거짓말이네. 대공 개인의 입장에서 본다 하더라도, 군주라는 지위가 그분에게 도대체 책임과 노고 이외에 그 무엇을 주었단 말인가? 그분의 거처와 의복과 식사도 부유한 민간인들이 누리는 것보다 더 낫다고 할 수 있단 말인가? 우리나라의 해안 도시들에 가보면 저명한 상인의 요리실이나 술 창고가 대공의 것보다 더 잘 꾸며져 있다는 사실을 알게 될 걸세."

괴테가 계속해서 말했다. "이번 가을이면 대공의 집정 오십 주년을 경축하게 되네. 하지만 잘 생각해 보면 그동안의 그분의 통치가 끊임없는 봉사 이외에 무엇이었겠는가? 위대한 목적을 달성하기 위한 봉사, 국민의 복지를 위한 봉사 그 이외에 무엇이었단 말인가! 그래도 나를 군주의 시종이라고 억지로 우긴다면 그건 받아들이겠네. 군주 자신이 만인의 복지를 위한 공복(公僕)인 터에, 그런 분의 시종이 된다는 건 최소한 나에게 위안이 되니까 말이야."

1825년 4월 29일 금요일

새 극장의 공사는 요즘 들어 신속하게 진척되었다. 기초 벽이 벌써 사방에서 올라가고 있어서 머지않아 아주 아름다운 건물을 볼 수 있을 것 같았다.

그런데 오늘 공사 현장에 들렀더니 놀랍게도 작업이 중단되어 있는 게 아닌가. 소문에 따르자면 괴테와 쿠드레의 설계에 반대하는 다른 일파가 결국 승리를 거두었다는 것이다. 그래서 쿠드레는 건설 감독직에서 물러났고, 다른 건축가가 새 설계도에 따라 작업을 지휘하게 되어 이미 설치한 기초는 변경될 수밖에 없다는 것이다.

그 사정을 보고 듣게 된 나는 몹시 우울했다. 왜냐하면 나는 괴테의 실용적인 관점에 따라 내부 구조가 쓸모 있게 완성되고, 미적인 측면에서도 그의 고상한 취향을 반영하는 극장이 바이마르에 서게 되기를 많은 사람들과 함께 기다려 왔기 때문이다.

괴테나 쿠드레를 생각해 보더라도 마음이 우울해졌다. 바이마르의 이 사건으로 두 사람 모두 얼마간 상심하게 되었을 게 분명하기 때문이다.

1825년 5월 1일 일요일

괴테와 함께 식사를 했다. 변경된 극장 건축 문제가 우선적인 화제가 될 것은 당연한 일이었다. 앞서도 말했다시피 나는 정말 예기치 않은 조처로 괴테가 깊은 마음의 상처를 입지나 않았는지 염려가 되었다. 그러나 그런 기색이라곤 조금도 없었다! 그는 아주 온화하고 명랑한 기분이었으며 그 어떤 상심의 흔적도 찾아볼 수 없었다.

그가 말했다. "그들은 건축 설계의 변경으로 얻을 수 있는 비용 절감과 커다란 절약을 내세움으로써 대공의 마음을 끄는 데 성공했네. 하지만 이제 더 이상 그 일에 관여하고 싶지는 않아. 새 극장이라 하더라도 결국 그 어떤 예측불허의 사건이 벌어지면 언젠가는 불타 없어지고 말 장작더미에 불과하니까 말이야. 나는 이런 생각을 하면서 마음을 달래고 있네. 조금 더 좋든 말든 또 얼마간의 차이가 있든 말든, 그건 대수롭지 않은 일이야. 여하간 내가 바라고 생각하던 대로는 아니라 할지라도 나름대로 극장은 들어설 테고, 그러면 자네도 가보게 될 거고 나도 가보게 될 테지. 결국에는 만사가 그런 식으로 무난하게 넘어가게 마련이 아닌가."

괴테가 계속해서 말했다. "대공께서는 극장이란 건축학적으로 결코 호화로운 건물일 필요가 없다는 견해를 밝히셨고, 나도 물론 그 말씀에 별다른 이의가 없네. 또한 극장이란 결국 '돈을 벌어들일' 목적으로 세워진 건물에 불과하지 않느냐는 말씀도 하셨네. 그러한 견해는 얼핏 들으면 좀 물질주의적으로 들릴지도 모르지만, 잘 생각해 보면 거기에 보다 높은 뜻이 들어 있지 않은 것도 아니네. 왜냐하면 극장이란 단지 비용을 지출하기만 하는 기관이 아니라 수익을 남기고 돈을 벌어야 하는 기관이기 때문이네. 그러기 위해서는 물론 모든 조건이 아주 뛰어나야 하겠지. 선두에 최고의 감독이 있어야 함은 당연하고, 배우들도 최고의 수준이어야 하네. 그리고 좋은 작품을 계속 공연함으로써 매일 저녁 만원사례를 할 만큼 매력을 잃지 않도록 해야 하네. 여하간 대공의 말씀은 간결하지만 여러 의미를 담고 있어서 좀처럼 헤아리기 어렵다네."

내가 말했다. "연극으로 수익을 올려야 한다는 대공 전하의 견해는 철저하게 실용적인 관점으로 보입니다. 물론 그 말씀 속에는 언제나 고도의 수준을 잃지 말라는 요청도 들어 있고요."

"셰익스피어나 몰리에르의 입장도 다르지 않았네." 하고 괴테가 대답했다. "그 두 사람도 자기들의 연극으로 무엇보다 돈을 벌려고 했지. 하지만 이 주요 목적을 달성하기 위해 그들은 끊임없이 모든 걸 최선의 상태로 유지하도록 애써야 했고, 오래된 고전작품과 병행해 이따금씩 관객의 인기를 끌 수 있는 매력적이고 유익한 신작도 공연하도록 해야만 했네. 그러므로 「타르튀프」에 대한 공연 금지 조처는 몰리에르에게 청천벽력과도 같았지. 게다가 그런 타격은 극작가로서 몰리에르보다는 극장장으로서 몰리에르에게 보다 큰 타격이었네. 그는 극장장으로서 널리 알려진 극단의 수익을 우선 고려해야 했고 또 다른 한편으로는 자기와 가족의 생계를 마련해야 했으니까 말이야."

괴테가 계속해서 말했다. "극장의 번창에 가장 해로운 것은 극장의 운영진에게 회계 수익의 많고 적음에 대해 직접 책임을 묻지 않고, 한 해 동안 발생한 재정상의 부족분을 연말에 다른 재원에서 보충하게 해줌으로써 아무 걱정도 없이 안정되게 살 수 있도록 배려해 주는 것이라네. 개인적으로 이익을 본다든지 손해를 본다든지 하는 상황에 처하지 않으면, 마음이 해이해지기 쉬운 것이 인간의 본성이니까 말이야. 하지만 그렇다고 해서 바이마르 같은 도시의 극장더러 자립 경영하라고 요구하는 것은 아니며, 또한 대공의 금고에서 지원하는 보조금이 필요하지 않다고 주장하는 것도 아니네. 하지만 무슨 일이든 목표와 한계가 분명해야 하는 법이며, 일 년에 2,000~3,000탈러 정도 많고 적은 게 결코 사소한 일은 아니네. 특히 수입이 줄면 극장의 질도 같이 떨어진다는 건 당연한 이치이며, 또한 돈을 잃게 되면 명예도 동시에 추락하는 법일세.

내가 대공이라면 앞으로 극장 운영진이 바뀌는 경우 연간 보조금을 일정액으로 못 박아놓을 것이네. 나 같으면 지난 십 년간의 보조금 평균액을 조사해 극장의 유지에 충분하다고 판단되는 금액을 산정하고, 그 금액으로 극장을 운영하도록 만들겠네. 하지만 한 걸음 더 나아가 이렇게 말할 수도 있네. 즉 극장장이 연출가들과 함께 극장을 현명하고 열성적으로 이끎으로써 연말 회계에서 잉여금이 생긴다고 하세. 그러면 그 잉여금을 극장장과 연출가들 그리고 우수한 단원들에게 수당으로 배분할 거네. 그렇게 되면 극장과 단원들이 단연 활기를 띠면서, 점차 빠져 들어가고 있던 반수면(半睡眠) 상태에서 깨어나게 될 테지."

괴테가 계속 말했다. "우리 극장의 규정에는 여러 가지 벌칙 조항은 있으나 뛰어난 공적을 격려하고 포상하는 조항은 단 하나도 없네. 이건 커다란 결점이야. 왜냐하면 과실이 있을 경우 그때마다 월급이 깎이는 것을 감수하는 마당에, 자기가 할

당받은 책임 이상의 업적을 올린 경우 포상금을 받아야겠다는 생각이 들 것은 당연하기 때문이지. 극장의 구성원 각자가 모두 예상과 요구를 뛰어넘는 실적을 올림으로써 극장은 비약할 수가 있는 거네."

괴테의 며느리와 울리케 양이 그때 방으로 들어왔는데, 둘 다 좋은 날씨에 맞추어서 아주 우아하게 여름옷을 차려입고 있었다. 식탁에서의 대화는 부담 없고 명랑한 분위기였으며, 지난주에 있었던 즐거웠던 모임들과 앞으로 계획하고 있는 비슷한 모임들에 관한 이야기가 나왔다.

괴테의 며느리가 말했다. "이렇게 좋은 저녁 날씨가 계속된다면 며칠 안으로 공원에서 꾀꼬리 소리를 들으며 다과회라도 열고 싶은데요, 아버님은 어떻게 생각하세요?"

"그것 참 괜찮은 생각이군!" 하고 괴테가 대답했다.

"그럼, 에커만 씨는 어때요? 초대에 응하시겠어요?"

그러자 울리케 양이 끼어들며 말했다. "하지만 오틸리에! 어떻게 이 박사님을 초대할 생각을 다 하고 그래요! 이분은 안 오실 게 분명해요. 오신다 해도 좌불안석일 테죠. 마음이 딴 데 가 있어서 가급적 빨리 돌아갈 생각만 하실 테니까요."

"솔직히 말씀드리자면 저는 친구 둘란과 들판을 돌아다니는 게 더 좋습니다. 다과회 모임 같은 데는 제 성격에 도무지 맞지가 않아서 생각만 해도 겁부터 덜컥 나는걸요." 하고 내가 대답했다.

"하지만, 에커만 씨!" 하고 괴테의 며느리가 다시 말했다. "공원에서의 다과회는 야외에서 여는 거니까 당신 성품에도 꼭 맞지 않겠어요."

"그 반대입니다." 하고 내가 대답했다. "자연을 가까이 두고 온갖 향기를 맡으면서도 제대로 그 속으로 들어가지 못하게 된다면 저는 더 초조해질 뿐입니다. 마치 물가에까지 따라갔다가 물속으로 들어가는 걸 방해받는 오리처럼 말입니다."

"그렇기도 하겠군." 하고 괴테가 나의 말에 웃으면서 말했다. "자네 뜻은 마구간에서 머리만 내밀고 있는 말이 바로 눈앞에 드넓게 펼쳐진 목장에서 다른 말들이 자유롭게 뛰노는 걸 보고만 있는 경우와 같다는 말이 아닌가. 싱그러운 자연의 환희와 자유를 들이마시면서도 그 속으로 들어갈 수 없는 안타까움을 말하는 것이겠지. 그러니 에커만은 그냥 내버려 두렴. 이 친구는 원래 그런 사람이라 달리 해볼 도리가 없어. 하지만 이 사람아, 이 길고 긴 아름다운 오후에 그 둘란이라는 사람과 들판에서 도대체 무얼 하려고 그러는가?"

"저희들은 어디 조용한 골짜기나 찾아갈까 합니다." 하고 내가 말했다. "거기서 활쏘기나 하려고요."

"그래!" 하고 괴테가 말했다. "그것도 그런대로 재미있겠군."

"겨울 동안의 체력 보강에는 좋은 놀이지요." 하고 내가 말했다.

괴테가 다시 말했다. "하지만 이 바이마르에서 활과 화살은 어떻게 구했단 말인가?"

내가 대답했다. "화살은 1814년 출정 중에 브라반트에서 모형 하나를 가지고 왔습니다. 그곳에서는 활쏘기가 널리 보급되어 있어서 아무리 작은 도시라도 궁술 클럽이 있을 정도랍니다. 보통 선술집에 활터가 마련되어 있는데 마치 이곳의 볼링장과도 비슷합니다. 대개 오후 늦게 사람들이 모여들곤 해서 저도 가끔 구경했는데 아주 유쾌한 분위기였습니다. 당당한 체구의 남자들이 활시위를 당기는 자세는 정말 그림 같았습니다! 팽팽하게 활시위를 당기는 힘과 능숙하게 과녁을 적중시키는 솜씨는 볼만했습니다! 그들은 대개 육십 보 내지 팔십 보 떨어진 거리에서 축축한 진흙 벽에 붙여놓은 종이 표적을 향해 쏩니다. 연속해서 재빨리 쏘기 때문에 표적에 꽂힌 화살은 그대로 놓아두고 쏩니다. 그러면 열다섯 개의 화살 가운데 다섯 개가 은화 동전 크기의 중심부에 명중하고, 나머지 화살은 여기저기 그 부근에 꽂히는 경우도 드물지 않습니다. 다들 쏘고 나면 표적으로 다가가서 각자 무른 벽에서 자기 화살을 잡아 빼고, 놀이를 처음부터 다시 시작합니다. 당시에 저는 이 활쏘기에 푹 빠져 있었기 때문에 이것을 독일로 도입하는 것이 상당히 의미 있는 일이라고 생각했고 또 어리석게도 그것이 가능하다고 믿었습니다. 그래서 여러 차례 흥정을 하면서 활을 사보려고 했지만 하나에 이십 프랑 이하를 주고는 구할 수가 없었습니다. 저같이 가난한 활잡이로서는 그렇게 큰돈을 마련하기란 어림도 없는 일이었지요. 그래서 활은 단념하고 화살이 보다 중요하고 기술도 더 많이 든다고 생각하면서, 브뤼셀의 공장에서 일 프랑을 주고 한 개를 샀고 그것을 모형도와 함께 고향으로 가지고 왔던 것입니다. 저의 유일한 전리품으로서 말입니다."

"자네다운 일이야." 하고 괴테가 말했다. "하지만 무언가 자연적이거나 아름다운 것을 대중화할 수 있다는 생각은 하지 말게. 최소한의 시간은 걸리는 법이고 또 온갖 묘책도 필요하니까 말이야. 나도 물론 이 브라반트의 궁술이 멋질 거라는 생각이 들어. 거기에 비하면 우리 독일의 볼링 놀이는 거칠고 조잡하고 아주 속물적이야."

내가 말했다. "활쏘기의 좋은 점은 몸을 균형 있게 발달시키고 힘을 골고루 사용하게 한다는 것입니다. 우선 활을 잡고 있는 왼쪽 팔은 팽팽하게 힘을 줘서 흔들리지 않아야 합니다. 그리고 오른쪽 팔은 화살을 잡고 시위를 당겨야 하니까 역시 왼팔 못지않게 힘이 세야 합니다. 그와 동시에 양쪽 발과 두 다리는 굳건하게 땅을 딛고 버티면서 윗몸을 든든하게 바치는 토대가 되어야 합니다. 목표를 겨냥하고 있는 눈, 목과 뒷덜미의 근육, 이 모두가 팽팽한 긴장 속에서 작용을 하고 있습니다. 그리고 마침내 화살이 휙 소리를 내면서 날아가, 바라던 과녁에 적중할 때의 그 느낌과 희열! 저는 이것과 견줄 만한 신체 단련법은 없으리라 생각합니다."

"그건 우리나라 체조 학교 과목에 넣으면 맞을 것 같군." 하고 괴테가 말했다. "그렇게 하면 이십 년 뒤 독일에서 수천 명의 유능한 궁사가 활약한다고 해도 그리 놀랄 일은 아닐 걸세. 대체적으로 보아 기성세대로부터는 별로 기대할 게 없네. 신체적으로나 정신적으로나 또는 취향이라든가 개성 면에서도 말이야. 하지만 현명하게 학교 시절부터 가르치기 시작한다면 모든 게 잘되어 나갈 걸세."

"하지만 우리 독일의 체조 선생들은 활과 화살을 제대로 다루지 못하지 않습니까?" 하고 내가 반문했다.

괴테가 대답했다. "그렇다면 몇몇 체조 학교가 서로 합심하여 플랑드르나 브라반트로부터 유능한 사수를 초빙하면 되겠지. 아니면 체구가 좋은 젊은 체육인들을 브라반트에 보내 거기서 훌륭한 사수가 되도록 훈련받게 할 수도 있을 테고. 그리고 아울러서 활과 화살을 만드는 방법도 배우게 하면 좋겠지. 그러고 나서 이 사람들을 독일의 체조 학교 교사로 채용하는 거야. 한동안은 이 학교에 머물고, 그다음에는 다른 학교로 가서 가르치는 순회 교사로서 말이야."

괴테가 계속해서 말했다. "나는 독일의 체조 훈련에 대해서 조금도 거부감을 가지고 있지 않네. 그러므로 한층 더 안타까운 사실은 여러 가지 정치적인 요인들이 작용해 정부가 이 체조 훈련에 제한을 가하고 심지어는 금지하거나 폐지해 버렸다는 점일세. 그 결과 어린아이를 목욕물과 함께 버린 꼴이 되었지 뭔가. 하지만 나는 체조 학교들이 다시 재건되기를 희망한다네. 왜냐하면 우리 독일의 젊은이들, 특히 학생들에게는 이것이 꼭 필요하기 때문이야. 학생들은 정신적 활동에다가 또 여러 가지를 배우느라 신체상 모든 균형을 상실했고 아울러서 필요한 모든 행동력마저 상실했기 때문일세. 여하간 자네의 활 이야기를 좀 더 해보게나. 그래, 브라반트에서 화살 하나를 가져왔단 말인가? 어디 좀 보고 싶군!"

"그건 없어진 지 오랩니다." 하고 내가 대답했다. "하지만 그 모양을 잘 기억해 두었기 때문에 똑같은 걸 성공적으로 만들었습니다. 그것도 한 개가 아니라 한 다스를 말입니다. 생각했던 것처럼 그렇게 쉬운 일은 결코 아니었습니다. 온갖 시행착오와 더불어 실패를 거듭했으니까요. 하지만 결국 그렇게 함으로써 온갖 기술을 배우게 되었던 것이지요. 우선은 화살대가 문제였습니다. 이것은 똑바로 곧아야 하고 일정 시간이 지나더라도 휘어지지 않아야 합니다. 그다음으로 화살대는 가벼우면서도 매우 단단해야 합니다. 견고한 물체와 부딪히더라도 부서지지 않을 정도로 말입니다. 저는 포플러 나무로 실험을 해보았고, 그다음에는 전나무로 그리고 자작나무로 화살대를 만들어보았습니다. 하지만 그 모두 이런저런 점에서 결함이 있었고 바라던 대로가 아니었습니다. 그러다가 마침내 보리수 목재로 실험을 했지요. 가늘면서도 곧게 자란 보리수 둥치로 만들어보았는데, 그 결과는 바로 제가 원하고 찾던 대로였습니다. 그렇게 만든 화살대는 가볍고 곧았으며, 가늘고 질긴 섬유질 성분으로 단단했습니다. 그러고 나서 바로 다음의 과제는 화살대 아래쪽 끝에다가 뾰족한 뿔을 연결하는 것입니다. 하지만 모든 뿔이 다 쓰일 수 있는 것이 아니라 그 단단한 알맹이 부분만 잘라내야 했습니다. 그래야만 발사 후에 견고한 물체와 부딪히더라도 부서지지 않으니까요. 그러나 가장 어렵고 가장 공을 들여야 했던 일은 화살에다 깃을 다는 일이었습니다. 착오와 실패를 무수히 거듭했지요. 마침내 성공을 하고 약간의 기술도 익히기까지 말입니다!"

괴테가 물었다. "깃털을 화살대에 꽂는 게 아니라 아교로 붙인단 말인가?"

"예, 아교로 붙입니다. 하지만 아주 단단하고 보기 좋게 잘

붙여야 합니다. 깃이 화살대로부터 자라나서 마치 한 몸처럼 보일 정도로 말입니다. 그리고 또 어떤 아교를 사용하는가 하는 문제도 등한시할 수 없습니다. 제가 발견한 바로는 부레 아교[36]가 최고였습니다. 부레 아교를 몇 시간 동안 물에 담가 불리고 거기에 약간의 알코올을 첨가한 후 약한 숯불 위에서 걸죽해지도록 만든 걸 사용합니다. 또한 아교로 붙일 깃털이라고 해서 다 같은 것은 아닙니다. 모든 커다란 새의 날개 깃털을 뽑은 것이면 되지만, 제가 보기에는 공작의 붉은 날개 깃털과 칠면조의 커다란 깃털 그리고 특히 독수리류의 억세고 화려한 깃털이 가장 좋았습니다."

"듣고 보니 정말 흥미로운 이야기일세." 하고 괴테가 말했다. "직접 듣지 않은 사람이라면 자네의 실감나는 제작법을 거의 믿을 수 없을 거네. 그건 그렇고 활은 어떻게 만들었는지도 설명해 보게."

"제 자신이 몇 개 만들어보았습니다만 처음에는 정말이지 끔찍할 정도로 엉성했습니다. 그래서 소목장이와 목수들에게 자문을 구하면서 이곳 지방에서 나는 모든 종류의 목재들로 시험해 보았고 그 결과 마침내 아주 만족할 만한 성과를 얻을 수 있었지요. 저는 목재를 선택하면서 활이 부드럽게 휘어졌다가 신속하면서도 힘차게 펴져야 한다는 점 그리고 탄력성과 내구성을 고려했습니다. 저는 처음에는 물푸레나무로 만들어 보았는데, 대략 십 년 정도 된 보통 팔목 굵기의 잔가지 없는

36) 철갑상어의 부레로 만든 아교.

둥치를 사용했습니다. 작업을 하다 보니 나무의 심이 걸렸는데, 그 부분의 목질은 거칠고 고르지가 않았습니다. 그래서 사람들이 나에게 권하기를 사 등분으로 쪼갤 수 있을 정도로 굵고 강한 나무 둥치를 택하라는 것이었습니다."

"쪼개다니 그게 무슨 말인가?" 하고 괴테가 물었다.

"목수들이 사용하는 말입니다." 하고 내가 대답했다. "도끼날로 나무 둥치를 한쪽 끝에서 다른 쪽 끝으로 길이를 따라 자르는 걸 말하지요. 나무 둥치가 똑바로 자랐다면, 다시 말해 나무의 섬유질이 하늘을 향해 곧게 형성되었다면 쪼개진 나무들도 곧을 것이기 때문에 활을 만들기에 적합합니다. 그러나 나무 둥치 자체가 굽어 있다면, 쪼개진 나무들도 굽은 모양이 됩니다. 도끼날이 섬유질이 자란 방향으로 따라가게 되면 잘린 목재는 굽고 휘어 있는 모양이 되기 때문에 활을 만드는 데는 쓸모가 없게 되는 것이지요."

"하지만 굽어 있는 나무 둥치를 톱으로 사 등분해 자른다면 어떻게 될까? 어쨌든 곧은 모양으로 잘리겠지." 하고 괴테가 물었다.

내가 대답했다. "굽어 있는 나무 둥치의 섬유질을 절단한다면, 그렇게 해서 생긴 목재들은 활을 만드는 데 전혀 적당하지 않게 됩니다."

괴테가 말했다. "섬유질이 절단된 목재로 만든 활이 부러질 거라는 사실은 나도 이해가 가네. 하여간 좀 더 이야기를 해 보게. 재미있으니까."

내가 계속해서 말했다. "그래서 저는 쪼개진 물푸레나무의 목재로 두 번째 활을 만들었습니다. 목재 껍질 쪽의 섬유질이 조금도 훼손되지 않았기 때문에 활은 튼튼하고 단단했지요. 하지만 활을 당길 때 부드럽지 않고 딱딱하다는 단점이 드러났습니다. 그래서 목수에게 알아보았더니 이렇게 권하더군요. '보통 물푸레나무는 목질이 아주 딱딱하지요. 그러나 홉 농장 근처에서 자라는 것과 같은 '질긴' 물푸레나무를 사용한다면 더 나은 활을 만들 수 있을 겁니다.'라고 말입니다. 그 말을 듣고 저는 같은 물푸레나무라도 서로 간에 커다란 차이가 있으며, 모든 나무들이 자라는 장소와 토양에 따라 재질이 크게 달라진다는 사실을 알게 되었습니다. 그리고 또 에테르스부르크 지역의 목재는 건축용 목재로서 별 가치가 없고, 반면에 노라 지역 근처에서 나오는 목재는 유달리 견고하기 때문에 바이마르의 마부들은 노라에서 마차를 수리해야 전적으로 신뢰한다는 것입니다. 그리고 또 여러 가지 시도를 해보는 동안 언덕의 음지에서 자라는 나무가 양지에서 자라는 나무보다 목질이 더 단단하고 섬유질이 더 곧다는 사실도 알게 되었습니다. 그건 이런 이유 때문입니다. 즉 경사지의 그늘진 응달에서 자라는 어린 나뭇가지는 위쪽을 향해서만 빛과 태양을 찾기 때문에 계속해서 위쪽으로 성장하려 하고 섬유질도 그에 따라서 곧게 자라게 됩니다. 또한 응달에 위치한다는 게 더욱 섬세한 섬유질 형성에 더 유리한데, 그런 현상은 자유롭게 자라고 있는 나무들에서도 분명하게 확인할 수 있습니다. 즉 나무들의 양지 쪽에 있는 부분은 평생 햇빛에 노출되어 있는 반면에 음지 쪽 부분은 계속해서 그늘 속에 있으니까, 그 음지 쪽

부분에 보다 섬세한 섬유질이 형성될 수밖에 없는 것이지요. 그런 나무들의 둥치를 가로로 톱으로 베어 그 단면을 들여다보면, 나이테의 중심이 결코 정가운데에 있지 않고 한쪽으로 상당히 쏠려 있음을 보게 됩니다. 중점의 이러한 쏠림 현상은 양지 쪽의 나이테 부분이 지속적으로 햇빛을 받으면서 잘 성장해 음지 쪽의 나이테보다 그 폭이 더 넓어졌기 때문입니다. 그러므로 소목장이와 목수들은 단단하고 섬세한 목재가 필요한 경우, 그들이 '겨울목재'라고 부르는 나무 둥치의 더 섬세하게 자란 음지 쪽 목재를 일부러 택해 사용하는 것이지요."

괴테가 말했다. "짐작이 가겠지만 자네의 관찰은 반평생 식물과 나무의 성장을 연구해 온 나의 특별한 관심을 끌고 있네. 그러니 이야기를 더 계속하게! 자네는 아마도 '질긴' 물푸레나무로 활을 하나 만들었을 테지."

"물론 만들었지요." 하고 내가 말했다. "섬유질이 꽤 섬세하게 형성되어 있는 겨울목재를 가지런히 쪼개어 활을 만들었지요. 그랬더니 활은 당길 때도 유연했고, 또 복원력도 훌륭했습니다. 그러나 몇 달 사용하다 보니 어느새 눈에 띄게 구부러지는 걸로 보아 장력(張力)을 견디지 못하는 것이 분명했습니다. 그래서 마찬가지로 재질이 좋은 어린 물푸레나무의 둥치를 가지고 만들어보았지만, 역시 얼마 지나고 나니 동일한 단점이 드러났습니다. 다시 호두나무 둥치를 가지고 만들었더니 보다 나았습니다. 그리고 마지막으로 가느다란 잎을 가진, '마스홀더'라고 불리는 단풍나무 둥치를 가지고 만들어보았는데, 결국 이것이 더 바랄 나위 없는 최상의 목재임이 입증되었습니다."

"나도 그 목재를 알고 있네." 하고 괴테가 말했다. "덤불숲에 가면 종종 볼 수 있거든. 하긴 나도 그 나무가 좋을 거라는 생각이 들어. 하지만 가지가 벌어지지 않은 어린 둥치는 잘 보지 못했네. 자네는 잔가지가 조금도 자라지 않은 그런 목재를 가지고 활을 만들려는 게 아닌가?"

내가 대답했다. "물론 어린 나무 둥치라고 해서 잔가지가 안 자랄 수는 없겠죠. 하지만 어린 나무가 크게 자라 둥치가 굵어지면 잔가지들은 사라집니다. 아니면 덤불 속에서 자라는 동안 가지들이 저절로 없어지기도 하고요. 어쨌든 둥치가 지름 팔 내지 십 센티미터에 이르면 잔가지를 제거하고 그 후에 계속 자라도록 내버려 둡니다. 그러면 둥치는 해마다 점점 더 굵어지다가 오륙십 년이 지나면 원래 잔가지를 많이 달고 있었던 목재의 속살 위에 잔가지가 자라지 않는 목재가 십오 센티미터 이상이나 두툼하게 덮이게 되겠지요. 그리고 그렇게 자란 나무 둥치는 외관상 잔가지가 하나도 없는 미끈한 표면을 하고 우리 앞에 서 있게 됩니다. 하지만 사람들은 지금은 속살이 된 목재의 표면에서 잔가지를 제거해 버리는 묘책을 썼다는 사실만은 까맣게 모를 테지요. 여하간 그러한 둥치로부터 톱질하여 잘라낸 목재에서 바깥 껍질을 포함하여 몇 센티미터 두께의 목재를 잘라냅니다. 그럼으로써 껍질 바로 아래에 있는 백목질(白木質)과 거기에 붙어 있는 목재를 얻게 됩니다. 그리고 이 목재야말로 가장 최근에 생기고 가장 질기며 활을 만들기에 가장 적합한 것이지요."

괴테가 말했다. "내 생각으로는 활을 만들려면 목재를 톱으로 베어낼 게 아니라 자네가 말하듯이 쪼개야 할 것 같은데."

내가 대답했다. "쪼갤 수만 있다면 좋겠지요. 물푸레나무라든지 떡갈나무라든지 그리고 호두나무는 쪼개집니다. 거친 섬유질의 목재이니까요. 하지만 마스홀더 단풍나무는 그렇지 않습니다. 아주 섬세하고 단단하게 서로 얽힌 상태의 섬유질로 이루어져 있기 때문에, 그 섬유질이 자란 방향대로는 결코 쪼개지지 않고 이리저리 찢길 뿐입니다. 억지로 쪼개려고 하면 섬유질이 자연스럽게 형성되어 있는 방향과 완전히 어긋나게 버리지요. 그러므로 마스홀더의 목재는 톱으로 절단해야 합니다. 그래도 활에 필요한 탄력을 잃을 염려는 조금도 없으니까요."

"좋아, 좋아!" 하고 괴테가 말했다. "자네는 활에 취미를 가졌다가 아주 훌륭한 지식을 얻게 되었군. 실제 체험으로만 얻을 수 있는 살아 있는 지식 말이야. 그 어떤 열정을 가진다는 건 그래서 언제나 좋은 걸세. 우리를 사물의 핵심으로 이끌어 주니까. 또한 탐구하면서 오류를 범하는 것도 좋아. 그 과정에서 무언가를 배우게 되고, 사실 자체뿐만 아니라 그 전체 과정을 통찰하게 되니까 말이야. 그러니 내가 식물과 색채에 대해 도대체 무얼 알 수 있었을까. 만일 내가 나의 이론을 완성된 상태로 물려받아 그 두 분야를 익히 알고 있었다면 말이네! 그러나 내가 이 모든 것을 스스로 탐구하고 발견하고 때로는 오류를 범해야 했기 때문에, 그 두 분야에서 무언가 안다고 감히 말할 수 있는 거네. 종이 위에서 말하는 것보다는 더 많이 말이야.

그건 그렇고 자네의 활에 대해 한 가지만 더 말해보게. 나는 스코틀랜드인들의 활을 본 적이 있는데, 그 활은 양쪽 끝 부분에 이르기까지 아주 곧게 만들어져 있었네. 반면에 다른 활들은 그 끝 부분이 휘어져 있지. 자네는 어느 편이 가장 좋다고 생각하는가?"

내가 대답했다. "저는 양쪽 끝부분을 앞쪽으로 휘어지게 만든 활의 탄성이 훨씬 강하다고 봅니다. 처음에는 저도 곧게 만들었지요. 끝부분을 휘어지게 만드는 법을 몰랐으니까요. 그러나 그 방법을 깨치고 난 뒤에는 활의 끝부분을 휘어지게 만들었습니다. 그렇게 만들고 보니까 활의 모양이 더 아름다울 뿐만 아니라 탄력도 더 세다는 사실을 알게 되었지요."

괴테가 다시 물었다. "휘어지게 하는 건 열을 가해서 만드는 것이겠지?"

"축축한 열이지요." 하고 내가 대답했다. "어느 한 곳이 특별히 강하거나 약하지 않고 활의 장력(張力)이 골고루 분배되도록 거의 완성되면, 저는 활의 한쪽 끝을 끓는 물속에 십오 내지 십팔 센티미터 정도의 깊이로 담가 한 시간 동안 끓입니다. 그러고 나서 이 부드러워진 끝부분을 뜨거운 상태 그대로 두 개의 작은 틀 사이에 끼웁니다. 그 틀의 안쪽에는 제가 만들고 싶은 활의 곡선이 이미 새겨져 있지요. 그리고 그렇게 꼭 낀 상태에서 완전히 마를 때까지 최소한 하루 밤낮 동안 활을 그대로 놓아둡니다. 그러고 나서는 다른 쪽 끝에도 마찬가지 방식으로 되풀이합니다. 그런 식으로 처리를 한 활의 끝부분은 마치 원래 그렇게 휘어져 있었던 것처럼 변함없이 그 모양을 유지하게 됩니다."

그러자 괴테가 빙그레 미소 지으면서 말했다. "이보게, 내 자네가 마음에 들어 할 만한 걸 가지고 있는데 함께 내려가 보세. 진품 바슈키르[37] 활을 보여줄 테니!"

"바슈키르 활이라고요? 진품이라고요?" 하고 내가 감격해서 소리쳤다.

"그렇다네, 이 어린애 같은 친구야. 진짜 바슈키르 활이야!" 하고 괴테가 말했다. "자, 어서 가보세."

우리는 정원으로 내려갔다. 괴테는 자그마한 부속 건물의 아래층 문을 열었다. 그 방의 책상 위와 사방의 벽에는 온갖 종류의 진기한 물건들이 가득 보관되어 있는 것 같았다. 나는 그 모든 보물들을 대충 살펴보면서 활을 찾았다. "여기 있네." 하고 말하면서 괴테가 온갖 진기한 기구들이 수북하게 쌓여 있는 구석에서 그것을 끄집어냈다.

"옛날 그대로야. 이건 1814년에 바슈키르의 한 족장이 나에게 선사한 것인데, 조금도 변하지 않았어. 자, 어떤가?"

나는 그 사랑스러운 무기를 손에 들고 기뻐서 어쩔 줄을 몰랐다. 그것은 조금도 손상되지 않아 보였으며 줄도 그대로 쓸 수 있을 것 같았다. 활을 손에 들고 살펴보니 아직도 상당한 탄력을 유지하고 있었다.

"좋은 활입니다." 하고 내가 말했다. "특히 마음에 드는 건 이 모양입니다. 나중에 이걸 모델로 해서 활을 만들어도 되겠

---

37) 볼가강과 우랄산맥 부근의 스텝 지대에 사는 유목민 투르크족.

습니다."

"어떤 목재로 만들어졌다고 생각하나?" 하고 괴테가 물었다.

내가 대답했다. "보시다시피 얇은 자작나무 껍질로 덮여 있기 때문에 활의 재질은 거의 알아볼 수가 없고, 휘어진 끝부분에서만 속이 드러나 있군요. 하지만 이 끝부분도 시간이 지나면서 누르스름하게 변해 그 재질을 알 수가 없습니다. 첫눈에는 어린 물푸레나무같이 보이지만, 다시 보니 호두나무 같기도 합니다. 제 생각으로는 호두나무나 아니면 그와 비슷한 종류인 것 같습니다. 단풍나무나 마스홀더는 아닙니다. 섬유질이 거친 목재로 만들어져 있어서 쪼개진 표시가 나니까요."

"시험 삼아 한번 쏘아보면 어떨까!" 하고 괴테가 말했다. "화살도 여기 있네. 하지만 화살촉은 조심하게. 독이 발라져 있을지도 모르니까."

우리는 다시 정원으로 나갔다. 내가 활을 팽팽하게 잡아당기자 괴테는 "자, 어디로 쏘지?" 하고 물었다.

"우선 저 공중으로 쏘아보려고 합니다." 하고 내가 대답했다.

"그렇게 해보게." 하고 괴테가 말했다.

나는 푸른 하늘의 햇빛을 받고 있는 구름을 향해 높이 쏘아 올렸다. 화살은 보란 듯이 한동안 잘 날아올라 가더니 이윽고 곡선을 그렸고 쉿 소리를 내면서 다시 내려와서 땅속에 박혔다. 그러자 "나도 한번 해보세." 하고 괴테가 말했다. 그도 쏘아보려고 하는 걸 보니 나는 마음이 즐거워졌다. 나는 그에게 활을 넘겨주고 화살도 갖다주었다. 괴테는 화살 아래쪽 끝의 오목하게 새겨진 부분을 줄에 대고 활을 똑바로 잡았으나,

자세를 올바로 취하기까지는 한참 시간이 걸렸다. 그는 하늘을 향해 겨누면서 활시위를 당겼다. 그는 불멸의 청춘을 내면에 간직한 아폴로와 같이 서 있었지만 역시 몸의 나이는 어쩔 수 없었다. 화살은 얼마 올라가지 못하고 다시 땅으로 떨어졌다. 내가 달려가서 화살을 주워오자 괴테가 "다시 한번!" 하고 말했다. 이번에는 수평 방향으로 정원의 모래 길을 겨누었다. 화살은 삼십 보가량 어느 정도 똑바로 날아가더니 곧 머리를 숙이고 휙 소리를 내면서 땅에 떨어졌다. 괴테가 활을 쏘는 모습은 말로 표현할 수 없을 정도로 내 마음에 들었으며, 다음과 같은 시구가 떠올랐다.

나이가 나를 떠나버렸는가?
또다시 나는 어린아이가 되었단 말인가?

나는 화살을 주워 와서 다시 그에게 주었다. 괴테는 나에게 다시 한번 수평 방향으로 쏘아보라고 청하면서 자기 서재의 덧문에 나 있는 점 하나를 과녁으로 정해주었다. 나는 쏘았고, 화살은 목표에서 그리 멀리 벗어나지 않았다. 하지만 화살이 무른 나무에 너무 깊이 박히는 바람에 빼낼 수가 없었다. "그대로 놔두게." 하고 괴테가 말했다. "며칠 동안은 이번 놀이의 기념이 될 테니까."

화창한 날씨에 우리는 정원을 이리저리 거닐다가 우거진 산울타리의 신록을 뒤로한 채 벤치에 앉았다. 우리는 오디세우스의 활과 호메로스의 영웅들에 관해서 그리고 그리스의 비극 작가들에 대한 이야기를 나누었다. 마지막으로 그리스의 연극이 에우리피데스에 의해 쇠퇴의 길로 접어들었다는 널리 알려진 견해에 대해서도 언급이 있었는데, 괴테는 이런 견해를 전적으로 부정했다.

그가 말했다. "나는 예술이 그 어떤 한 사람 때문에 쇠퇴하게 되었다는 견해에는 동의할 수가 없네. 이 문제에는 여러 가지 요인들이 함께 작용하고 있기 때문에 그리 간단하게 단정할 수는 없는 걸세. 요컨대 그리스인의 비극 예술은 결코 에우리피데스에 의해 쇠퇴했다고는 할 수가 없네. 그들의 조형예술이 피디아스[38]와 같은 시대에 살았긴 하지만 그만큼은 되지 못했던 그 어떤 위대한 조각가에 의해 쇠퇴했다고 말할 수 없는 것과 마찬가지로 말이야. 왜냐하면 위대한 시대에는 모든 것이 진보의 길로 나아가기 마련이며, 보잘것없는 것은 흔적도 없이 사라져 버리기 때문이네.

여하간 에우리피데스의 시대는 진실로 위대한 시대였네! 미적 취향이 후퇴하지 않고 전진하는 시대였지. 조각은 아직 정점에 도달하지 못했고, 회화도 발전의 초기 단계에 있었으니 말이야.

설령 소포클레스의 작품과 비교해 볼 때 에우리피데스의 작품에 커다란 결점이 있었다고 하세. 하지만 그렇다고 해서 후대의 작가들이 그 결점을 본받고, 그 결점으로 인해 파멸했

38) 피디아스(Phidias, 기원전 460년경). 그리스 시대의 조각가. 괴테는 피디아스를 문학에서 호메로스에 비견할 수 있는 그리스 최대의 조각가로 보았다.

다고 말할 수는 없지 않은가. 또한 에우리피데스의 작품에 커다란 장점이 있고 몇몇 작품은 소포클레스의 작품보다 더 사랑을 받았다면, 어째서 그 후대의 작가들은 그 장점을 본받지 않았으며, 또 어째서 그들이 적어도 에우리피데스만큼 위대한 작가가 되지 못했단 말인가!

어쨌든 저 유명한 그리스의 3대 비극 작가의 뒤를 이어 그들 못지않게 위대한 제4, 제5, 제6의 작가가 출현하지 못했다는 건 간단하게 해명할 수 없는 문제이네. 하지만 이에 대해서는 어느 정도 추측이 가능하고 어느 정도까지 해명할 수도 있을 거네.

알고 보면 인간은 단순한 존재야. 인간의 본성이 제아무리 풍부하고 다양하고 헤아릴 수 없다 하더라도, 인간이 처하고 있는 모든 상황은 금방 들여다보이는 법이네.

우리 독일에서의 사정은 빈약하네. 괜찮은 극작품으로는 레싱이 두세 편, 나 자신이 서너 편, 실러가 대여섯 편 정도 썼을 뿐이니까 말이야. 그리고 이와 같은 사정이므로 잘만 했으면 제4, 제5, 제6의 비극 작가가 출현할 수도 있었겠지. 하지만 그리스인들의 경우에는 작품이 홍수처럼 쏟아져 나왔지. 3대 작가가 각기 100편 이상 또는 거의 100편에 달하는 작품을 썼으니까. 그리고 호메로스나 영웅 전설의 비극적 주제들의 일부는 서너 번이나 중복해서 다루어질 정도였는데 그만큼 작품이 풍부했다는 얘기지. 하지만 기존의 작품들이 이처럼 풍부한 상태였다면 소재나 내용이 점차 고갈되어 버렸을 것이고, 따라서 이 세 명의 위대한 인물의 뒤를 잇는 작가들은 선배들을 넘어설 방도를 더 이상 찾을 수 없었을 걸세. 충분히 이해가 가는 일이지.

그런 상황이니 무엇 때문에 작품을 쓰겠나! 당분간 충분한 작품들이 널려 있는데 말이야! 아이스킬로스나 소포클레스나 에우리피데스가 창작한 작품들은 그 양식과 깊이에 있어서 듣고 또 들어도 지겹지 않고 버릴 데도 없지 않은가? 사실 지금까지 단편적으로 전해 내려온 그들의 작품의 양은 얼마 되지 않아. 하지만 그 내용은 웅대하고 의미심장한 것이어서 우리 가련한 유럽인들이 벌써 몇 세기 동안이나 연구했지만 다 감당하지 못했을 정도일세. 그리고 그것을 소화하고 익히려면 앞으로도 몇 세기가 더 걸릴 테지."

1826년

1826년 6월 5일 월요일

괴테는 프렐러[39]가 몇 년 예정으로 이탈리아로 떠나기 위해 작별 인사차 찾아왔었노라고 나에게 말했다.

"좋은 여행이 되라는 덕담으로 그에게 충고해 주었네." 하고

39) 프리드리히 프렐러(Friedrich Preller, 1804~1878). 하인리히 마이어에게서 배운 독일의 화가.

괴테가 말했다. "이리저리 헤매지 말고, 바로 푸생과 클로드 로랭을 모범으로 삼아 이 두 대가의 작품을 집중적으로 연구하라고 말이야. 그렇게 하면 그들이 자연을 어떻게 관찰했는지 그리고 자신들의 예술관이나 느낌을 표현하기 위해 자연을 어떤 식으로 이용했는가를 분명히 알게 될 것이기 때문이네.

프렐러는 상당한 재능을 가지고 있기 때문에 나는 별로 걱정하지 않네. 아주 진지한 성격의 소유자이기도 하니까 말이야. 그리고 나는 그가 클로드 로랭보다는 푸생에게로 기울어질 거라고 거의 확신하네. 하지만 나는 그에게 특별히 클로드 로랭을 연구해 보라고 권했는데 거기에는 그럴 만한 이유가 있는 걸세. 즉 예술가의 수련도 다른 모든 재능의 수련과 마찬가지 방식으로 이루어지기 때문이지. 말하자면 우리의 강점은 내버려 두어도 어느 정도 저절로 형성되지만, 우리의 본성 속에 잠재되어 있는 싹이나 소질은 날마다 자기 모습을 드러낼 정도로 강력하지 않기 때문에, 그것을 우리의 강점으로 발전시키려면 특별한 관리가 필요한 걸세.

자네에게 전에도 자주 말했었지. 어떤 젊은 가수가 더 이상 바랄 수 없을 정도로 탁월한 목소리를 타고났다 하더라도, 그의 목소리 가운데 일부 음들은 보다 덜 강하거나 덜 순수하거나 덜 풍부할 수도 있다고 말일세. 그런 경우 그 가수가 바로 그러한 음들을 특별히 연습해야만 하는 건 당연하겠지. 그래야만 그 음이 다른 음들과 같은 수준이 될 테니까 말이야.

나는 프렐러가 앞으로 진지한 것과 웅대한 것 그리고 아마도 격렬한 것까지도 아주 잘 그려내리라고 확신하네. 하지만 그가 명랑한 것과 우아한 것 그리고 사랑스러운 것까지도 잘 그려낼지는 알 수가 없네. 바로 그렇기 때문에 그에게 특히 클로드 로랭을 잘 연구하라고 신신당부를 했던 거네. 자기 본성의 원래 방향에는 포함되어 있지 않은 것을 그렇게 집중적인 연구를 통해 자기 것으로 만들라고 말이야.

그러고 나서 그에게 또 한 가지를 주의시켰네. 나는 지금까지 그가 자연을 대상으로 그린 작품들을 여러 점 보았는데, 모두 힘과 생명감이 넘치는 뛰어난 작품들이었네. 하지만 그 모두가 개별적인 대상들만을 다룬 나머지 나중에 자신만의 독자적인 착상을 이루어내는 데는 별다른 도움이 되지 않았지. 그래서 그에게 앞으로 자연을 그릴 때는 결코 나무 한 그루라든지 돌무더기 하나라든지 오두막 한 채 같은 식으로 별개의 대상을 따로 떼어 그리지 말고, 언제나 뒷배경이나 주위 풍경을 포함해 그리라고 했네.

그건 다음과 같은 이유 때문이지. 자연을 관찰할 때 우리는 어떤 대상만 따로 떼어내 보는 경우는 결코 없고, 모든 대상을 그 앞과 뒤, 그 옆 또는 아래나 위에 있는 다른 대상들과 함께 연관지어 보는 법일세. 또한 어떤 개별적인 대상 하나가 특히 아름답고 그림같이 보이는 경우가 있지만 그런 효과를 불러일으키는 것은 그 대상 하나만으로 되지 않지. 사실은 그 옆이나 뒤나 위에 있는 것과 연관되기 때문에 그런 효과가 나타나는 걸세. 주변의 모든 것이 함께 작용해서 말이야.

산책길에 한 그루의 떡갈나무와 우연히 마주쳤는데 그 그림과도 같은 모습에 놀랐다고 하세. 하지만 내가 그 나무만을 따로 떼어내 그린다면 아마 원래의 모습과는 완전히 다른 그림이 될 테지. 왜냐하면 자연 속에서 그런 효과가 나타나도록 했고 또 그러한 효과를 높여주었던 주변 풍경이 그려지지 않았기 때문이네. 또한 숲의 일부가 아름다워 보일 수 있는데, 그것은 바로 그 시점의 하늘과 빛과 태양의 고도가 함께 작용해 불러일으킨 효과 때문이지. 그러므로 숲을 그리면서 그 주변 대상들을 빼버린다면, 그 숲은 아무 느낌도 불러일으키지 않는 그저 밋밋하고 매력도 없는 그림이 되고 말 걸세.

또 이런 이유도 있네. 자연에서는 그 어떤 대상도 만일 자연법칙에 따르는 '진실된 것'이 아니라면 결코 아름답지가 않네. 그리고 이 자연의 진실함을 그림 속에서도 나타내려고 한다면, 그 진실함은 함께 작용하고 있는 다른 사물들로 입증되어야 하네.

가령 내가 개울가에서 모양이 좋은 돌을 발견했고, 그 돌의 표면에 그림같이 아름다운 녹색 이끼가 덮여 있다고 가정해 보세. 물론 이끼가 생긴 것은 물의 습기 때문만은 아니네. 북향의 산비탈이라든지 나무 그늘과 덤불 그늘 같은, 바로 그 돌이 있는 개울의 주변 환경도 함께 작용한 것이지. 그러므로 그러한 주변 환경이라는 요소를 제외해 버린다면, 내 그림에는 '진실'도 본래의 설득력도 없게 되고 마는 거네.

한 그루의 나무의 성장은 그 나무가 서 있는 위치와 그 나무 아래의 토양의 종류 그리고 그 나무 뒤와 곁에 있는 이웃 나무들로부터 커다란 영향을 받는다네. 가령 바위가 많은 언덕의 바람이 센 서쪽 정상 부근에 있는 떡갈나무가 안온한 골짜기의 부드러운 흙에서 자라는 떡갈나무와 다른 형태를 가지게 될 것은 분명하네. 즉 두 나무는 제각기 아름답겠지만, 서로 아주 다른 성격일 테지. 그러므로 화가가 그린 풍경화에서도 그 두 나무는 각각 자연에서의 모습 그대로 그려져야 마땅하다네. 즉 화가에게는 어떤 나무를 그리더라도 그것과 함께 그려지는 주변 환경이 커다란 의미를 가지는 걸세.

나무라는 중요 대상의 모양과, 그 형성이라든지 그 나무의 순간적인 아름다운 모습에 거의 아무런 영향도 주지 않는 온갖 종류의 사소하고 우연적인 요소들을 다 그린다는 건 물론 어리석은 일일 테지.

나는 이런 작은 비유들 가운데서 중요한 내용만을 프렐러에게 말해주었네. 물론 재능이 있는 젊은이니까 내 충고가 뿌리를 내리고 번성하게 될 걸로 믿네."

1827년

1827년 2월 21일 수요일

괴테와 함께 식사를 했다. 그는 알렉산더 폰 훔볼트[40]에 대

40) 알렉산더 폰 훔볼트(Alexander von Humboldt, 1769~1859). 독일의 지리학자, 박물학자, 여행가. 1799~1804년에 남미와 중미를, 1829년에 중앙아시아를 답사하여 화산, 지진 현상 등을 관찰하고 지자기 관측의 국

해 경탄하면서 여러 가지 이야기를 했다. 괴테는 쿠바와 콜롬비아에 대해서 쓴 훔볼트의 책을 읽기 시작했으며, 파나마지협(地峽)을 관통하는 운하 공사 계획에 대한 훔볼트의 견해[41]에 지대한 관심을 갖고 있는 듯했다.

그가 말했다. "훔볼트는 대단한 전문 지식을 발휘해 다른 지점들도 제시했네. 멕시코만으로 흐르는 몇 개의 강들을 이용하면 파나마에서보다 더 손쉽게 목표에 도달할 수 있다는 거지. 하지만 결국 이 모든 것은 미래의 그 어떤 위대한 모험정신에 달려 있네. 만일 운하 건설에 성공해 그 어떤 화물을 실은 배든 어떤 크기의 배든 이 운하를 통해 멕시코만에서 태평양으로 항해할 수 있다면, 문명사회 전체는 물론이고 미개사회에도 헤아릴 수 없는 결과를 가져다줄 게 분명하네. 그러므로 미국이 이런 사업을 수중에 넣지 않고 그대로 내버려 두는 일은 결코 없을 테지. 서부로 진출하고자 하는 명백한 경향을 보이고 있는 이 젊은 국가는 삼사십 년 정도 지나면, 바위투성이 로키산맥 저편의 광활한 지역까지 자기 소유로 만들면서 주민을 이주시킬 것으로 보이네. 게다가 태평양 연안의 전 지역에는 이미 자연적으로 드넓고 안전한 항구들이 형

제기구를 창설했다. 그의 형은 철학자이자 언어학자인 빌헬름 폰 훔볼트(1767~1835)로서 프로이센의 교육장관을 지내며 교육제도를 개혁하고 베를린 대학의 창설에 주도적 역할을 하였다. 괴테는 이들 두 형제와 평생에 걸쳐 친밀한 우호 관계를 유지한다.

41) 알렉산더 폰 훔볼트의 요청에 따라 1829년 처음으로 콜롬비아의 볼리바르가 지협의 관측을 실시한다.

성되어 있어서, 중국과 미국뿐 아니라 동인도와 미국 사이의 대규모 교역을 중개해 줄 매우 중요한 무역도시들이 점차 생겨나겠지. 그리고 그렇게 되는 경우에 다음과 같은 일은 바람직할 뿐만 아니라 필수적이겠지. 지금까지처럼 케이프혼을 빙 돌아서 가는 지루하고 역겹고 비용이 많이 드는 항해 대신에 북아메리카의 동해안과 서해안 사이를 무역선이나 군함으로 보다 더 신속하게 왕래할 수 있게 되니까 말이야. 그래서 이렇게 거듭 말하지만, 멕시코 만에서 태평양으로 통하는 운하를 개척하는 것이 미국으로서는 필수 불가결한 일이며, 또 그렇게 되리라고 확신하고 있네.

내 생전에 그 일이 이루어진다면 얼마나 좋을까. 하지만 불가능할 테지. 그리고 내가 두 번째로 보고 싶은 것은 도나우강과 라인강의 연결 공사가 마무리되는 거라네. 물론 이 계획도 마찬가지로 엄청난 것이어서 그 실현 가능성이 의심스럽네. 특히 우리 독일의 경제 사정을 고려하면 말이야. 그리고 세 번째이자 마지막으로 나는 영국인들이 수에즈운하[42]를 소유하는 것을 보고 싶네. 여하간 살아생전에 이 세 가지 위대한 사업을 눈으로 볼 수 있다면 좋겠지. 그 때문에 한 오십 년은 더 살아볼 정도로 가치가 있는 일이니까 말이야."

---

42) 이미 1671년에 라이프니츠가 수에즈운하의 가능성을 타진한 바 있고, 1798년에는 나폴레옹이 르페르에게 지형 관측을 하게 했다.

1827년 3월 1일 목요일

괴테와 함께 식사를 했다. 그는 슈테른베르크와 차우퍼 백작에게서 온 우편물 때문에 기분이 좋다고 말했다. 그러고 나서 우리는 색채론과 주관적인 프리즘 실험 그리고 무지개가 생겨나는 원리[43] 등에 대해서 많은 이야기를 나누었다. 그는 내가 이 어려운 문제들에 대해 점점 더 커다란 관심을 보이는 것을 보고 기뻐했다.

1827년 3월 21일 수요일

괴테는 나에게 그리스 비극의 본질을 논하고 있는 힌리히스[44]의 소책자를 보여주었다. "나는 이 책을 아주 흥미롭게 읽었네." 하고 괴테가 말했다. "힌리히스는 특히 소포클레스의 『오이디푸스』와 『안티고네』를 근거로 자신의 논지를 펼치고 있네. 아주 특이해. 자네에게 줄 테니 한번 읽어보게. 그러고 나서 토론하기로 하세. 물론 나는 그의 의견에 결코 찬성하지는 않네. 하지만 그렇게 철저하게 철학적 소양을 쌓은 인물이

43) 괴테는 2월 11일 이후로 유리구슬을 가지고 무지개의 법칙을 실험하고 있었다.

44) 헤르만 프리드리히 힌리히스(Hermann Friedrich Hinrichs, 1794~1861). 브레슬라우와 할레 대학의 철학 교수.

자기가 속한 학파[45]의 관점에만 기대어 문학작품을 평가하는 모습을 보는 것은 아주 유익하지. 자네가 편견을 가지게 될까 봐 오늘은 그만 이야기하기로 하겠네. 일단 한번 읽어보게. 온갖 종류의 생각들이 다 들어 있다는 것을 알게 될 테니."

1827년 3월 28일 수요일

그동안 열심히 읽었던 힌리히스의 책을 괴테에게 다시 돌려주었다. 나는 또 그 주제를 완전히 내 것으로 소화하기 위해 소포클레스의 작품 전부를 그간에 다시 한번 읽었다.

"그래, 그의 책을 읽어보니 어떤가?" 하고 괴테가 물었다. "핵심을 아주 잘 다루고 있지 않은가?"

내가 대답했다. "아주 묘합니다. 저에게 이 책만큼 많은 생각을 던져준 책도 없고, 또 이 책만큼 저를 그렇게 자주 모순에 빠지게 한 책도 없으니까요."

"바로 그게 핵심이야!" 하고 괴테가 말했다. "천편일률적인 것은 우리를 수동적이게 만들지만, 모순은 우리를 생산적으로 만들어준다네."

내가 말했다. "그의 의도는 제가 보기에 아주 존경할 만합니다. 더욱이 그는 사물들의 피상적 표피에는 결코 집착하지 않습니다. 그러나 그는 너무도 자주 상황들의 섬세한 내면에

45) 헤겔 학파를 가리킨다.

깊이, 그것도 아주 주관적으로 빠져들기 때문에 개별적인 대상들 하나하나를 참되게 직관할 수 없게 되고 아울러 전체에 대한 조망도 놓쳐버리고 맙니다. 우리가 그 사람과 같은 식으로 생각하려고 시도한다면 자기 자신과 대상들에 폭력을 가하는 결과를 초래할 뿐입니다. 또한 저는 자신의 기관들이 그 사람의 비상할 정도로 섬세한 분별력을 따라가기에는 너무 투박하다는 느낌도 가끔 들었습니다."

괴테가 말했다. "자네가 그 사람만큼 철학적 소양을 갖추고 있다면 좀 더 나을 테지. 하지만 솔직히 말해 참으로 유감이네. 의심의 여지없이 강력한 지성을 가지고 태어난 북독일 해안 지역 출신의 힌리히스와 같은 사람이 헤겔 철학의 세뇌를 받은 나머지 편견 없는 자연스러운 직관과 사고를 잃어버리고 그 대신 사고나 표현이 점차로 인공적이고 답답한 경향이 형성되고 말았으니 말이야.[46] 그래서 그의 책을 읽게 되면 자신의 지성이 그 자리에 멈추어 서고 더 이상 무엇을 읽고 있는지 모르게 되는 그런 구절들에 부닥치게 된다네."

"저도 마찬가지로 느꼈습니다." 하고 내가 말했다. "하지만 『오이디푸스』의 줄거리와 힌리히스 자신의 이야기를 비교한 것과 같은 아주 인간적이고 의미가 분명한 구절들은 반가웠습니다."

괴테가 말했다. "물론 그런 구절들에서야 핵심을 날카롭게

46) 괴테는 헤겔의 변증법을 그리 탐탁지 않게 여기면서, 헤겔에게 변증법보다는 언제나 자연관찰에 힘을 기울이라는 충고를 하곤 했다.

꿰뚫어 보았을 테지. 그러나 그의 책에는 생각이 뒤로 물러서지도 앞으로 나아가지도 않은 채, 애매모호한 언어가 같은 자리에 계속 머물면서 맴돌고 있는 구절들이 적잖이 들어 있네. 나의 『파우스트』에 나오는 마녀의 구구셈과 똑같이 말이야. 하여간 그 책을 이리 줘보게. 합창에 관해 논하고 있는 여섯 번째 강의는 나도 거의 이해하지 못했네. 예컨대 거의 마지막 부분에 있는 다음과 같은 구절이 무엇을 의미하는지 어디 자네가 한번 말해보게.

'즉 이러한 대중의 삶의 현실은 그 자체로 진리이자 또한 확실성인 바로 그러한 것들의 참된 의미로서만 그 진정한 현실성을 가진다. 그리고 거기서부터 보편적인 정신적 확실성이 생겨나는 것이다. 물론 이러한 확실성은 합창의 화해적인 확실성이기도 하다. 그 때문에 비극적 사건의 전체 운동의 결과로서 나타나는 이러한 확실성 속에서만 합창은 비로소 보편적인 대중 의식에 부합하여 참되게 작용하며 그 자체로서 단지 대중만을 드러내는 것이 아니라 그 자체로서 자신의 확실성을 따르는 것이다.'

여보게, 이 정도만으로도 벌써 기가 질리지 않나![47] 우리 독일 철학자들의 이런 말을 영국인들이나 프랑스인들이 어떻게 생각하겠나. 우리 독일인들 자신도 이해하지 못하는 마당에 말이야."

---

47) 괴테는 1827년 11월 14일 첼테에게 보내는 편지에서 헤겔의 표현 방식에 대해서도 '불분명하고 혼란스럽다'고 비판하고 있다.

"그럼에도 불구하고 그 책의 바탕에는 고귀한 의도가 깔려 있고, 이런저런 생각을 이끌어내는 요소가 들어 있다는 점에는 선생님이나 저나 같은 견해가 아니겠습니까." 하고 내가 말했다.

괴테가 대답했다. "가정과 국가에 대한 그의 이념과 거기에서 파생될 수 있는 비극적 갈등이라는 그의 생각은 물론 훌륭하고 유익하네. 하지만 나로서는 그런 생각이 비극 예술을 위해서 가장 좋은 혹은 유일하게 올바른 생각이라는 점에는 동의할 수가 없네.

분명히 우리 모두는 가정과 국가 안에서 살고 있네. 그러므로 우리가 겪게 되는 비극적 운명이라는 것도 대개는 그 두 영역에 동시에 속하는 구성원으로서 겪는 운명인 걸세. 하지만 우리는 단지 가정에만 속하는 구성원으로서도 얼마든지 비극적 인물이 될 수가 있으며 또한 국가에만 속하는 구성원으로서도 마찬가지이네. 왜냐하면 근본적으로 보면 화해 불가능한 갈등만이 관건이기 때문이지. 즉 이러한 갈등은 모순, 다시 말해 진정으로 자연적인 배경을 가지고 있거나 또는 진정으로 비극적인 상황들의 모순들로부터 나오는 것이기 때문이네. 예컨대 이아손[48]은 상처받은 명예심이라는 데몬 때문에 파멸하며, 헤라클레스는 사랑의 질투심 때문에 파멸하지 않나. 이 두 경우에는 힌리히스가 그리스 비극의 필수적인 요소로 보

---

48) 그리스신화에 나오는 인물로 테살리아의 왕자이다. 아버지의 왕위를 빼앗은 숙부 펠리아스의 명으로 황금 양털을 얻기 위해 아르고호(號) 원정대를 이끌고 모험에 나선다.

고 있는 가정의 신성함과 국가이성 사이의 갈등이라고 할 만한 게 털끝만큼도 들어 있지 않네."

내가 말했다. "분명한 것은 그의 이런 이론이 단지 『안티고네』만을 염두에 두고 있다는 사실입니다. 또한 가족의 신성함은 여성에게서, 그것도 여동생에게서 가장 순수하게 나타나며, 여동생은 자신의 오빠만을 성애의 감정 없이 순수한 마음으로 사랑할 수 있다는 주장도 그 여주인공의 성격과 행동 방식만을 염두에 두었기 때문인 것으로 보입니다."

괴테가 말했다. "내 생각으로는 여자 형제들 간의 사랑이 보다 더 순수하고 보다 덜 관능적이네! 잘 알려진 경우든 그렇지 않든 간에 오누이 사이의 그지없이 관능적인 애정 관계의 사례[49]를 우리는 무수히 보아왔지 않은가."

"여하간 자네는 다음과 같은 점을 알게 될 걸세." 하고 괴테가 계속해서 말했다. "즉, 힌리히스가 그리스 비극을 고찰하면서 전적으로 '이념'에서 출발하고 있다는 사실 말이야. 다시 말해 힌리히스는 소포클레스도 작품을 창안하고 써 내려갈 때 마찬가지로 이념에서 출발했으며 또 이념에 따라 인물들의 성격과 성(性)과 신분을 결정했다는 식으로 단정하고 있네. 그러나 소포클레스는 결코 이념으로부터 출발하지는 않았네. 오히려 그는 오래전에 완성된, 민족의 그 어떤 전설 같은 것을 택해 가능한 한 무대에 맞고 효과적인 형태로 만들려고 했을 뿐이야. 그리고 그런 전설에는 이미 훌륭한 이념이 갖추어져

49) 영국의 시인 바이런을 염두에 두고 있는 것으로 보인다.

있는 것이고. 예컨대 아트리데의 신하들은 이아손을 땅에 제대로 묻어주려고 하지 않지. 그러나 『안티고네』에서 여동생이 오빠를 위해 애를 쓰는 것처럼[50)]『이아손』에서는 형이 동생을 위해 헌신하는 걸세. 내버려진 폴리네이케스를 그 여동생이 돌보고, 쓰러진 이아손을 그 형이 돌보는 것은 우연일 뿐이네. 다시 말하자면 이런 이야기의 구성은 작가가 창작한 것이 아니라 전승문학에서 빌려온 것이라는 말이지. 시인이 그것을 따랐고 또 따라야만 했던 전승문학 말일세."

내가 그의 말을 받아 말했다. "힌리히스가 크레온의 행동 방식에 관해 말하고 있는 내용도 마찬가지로 근거가 불충분합니다. 폴리네이케스의 매장을 금지하라는 명령을 고수하는 크레온의 행동을 순수한 국가이성의 차원에서 나온 것으로 변명해 주고 있으니 말입니다. 즉 그는 다음과 같은 명제를 내세웁니다. '크레온은 한 사람의 남자일 뿐만 아니라 또한 군주이다, 그러므로 크레온은 국가의 비극적인 힘을 상징하고 있다'는 것이지요. 다시 말해 군주인 크레온은 '국가 자체의 인격'일 수밖에 없으며 다른 사람들과는 달리 가장 도덕적인 국가이성을 행사하는 남자라는 것입니다."

괴테가 슬며시 미소를 지으며 말했다. "그런 주장은 아무도 믿지 않을 거네. 크레온은 결코 국가이성에서가 아니라 죽은 자에 대한 증오심으로 행동하고 있네. 폴리네이케스가 강제로

50) 안티고네는 오이디푸스의 딸로서, 추방된 눈먼 아버지를 따라다니면서 받들고, 숙부인 국왕의 금령을 어기면서 오빠 폴리네이케스의 시체를 묻었기 때문에 동굴에 생매장당했다.

강탈당한 자기 아버지의 유산을 도로 찾고자 시도한 것 자체가 국가에 대한 전대미문의 반역이었던 것은 결코 아니네. 죽음으로도 충분히 그 값을 치르지 못하고 죄 없는 시신마저 모욕을 당해야 할 정도의 큰 죄는 아니라는 말일세.

요컨대 보편적인 미덕과 상반되는 행동 방식을 국가이성이라는 말로 부를 수는 없는 거네. 크레온은 폴리네이케스의 매장을 금지시킴으로써 썩어가는 시체로 공기를 오염시켰을 뿐만 아니라 개와 독수리들이 죽은 자의 너덜거리는 시신을 이러저리 끌고 다니게 함으로써 제단마저 더럽히게 했네. 인간과 신을 욕되게 하는 이러한 행동 방식이 국가이성일 리는 없으며 국가 범죄에 불과한 것일세. 또한 크레온은 작품 전체의 인물들과 대립하고 있네. 합창대의 일원을 이루고 있는 국가의 원로와 시민들과 테이레시아스 그리고 자기 자신의 가족과도 대립하고 있는 걸세. 그는 누구의 말도 듣지 않고 무도한 만행을 고집해 그의 가족들마저 파멸하게 만들고 그 자신도 마침내는 망령이 되고 마는 거지."

"하지만 크레온의 말을 듣고 있노라면 어느 정도 일리가 있다는 생각이 드는 것도 사실입니다." 하고 내가 말했다.

괴테가 대답했다. "그 점이 바로 소포클레스가 거장이라는 사실을 말해주며, 바로 거기에 극예술의 생명이 들어 있는 걸세. 등장인물들 모두가 뛰어난 웅변술을 가지고 있고 자신들의 행동의 정당성을 확신을 가지고 주장하기 때문에, 청중은 거의 언제나 마지막으로 발언한 인물의 편이 되고 마는 거네.

소포클레스는 젊은 시절에 수사학을 제대로 배우고 익혔기 때문에 사실에 근거해 논거를 제시하고 또 그것을 반박하는 논거를 제시하는 데 익숙해 있었지. 하지만 이러한 뛰어난 능력 때문에 그는 이따금 지나치게 앞질러 가버리는 잘못을 저지르기도 했네.

예컨대 『안티고네』에는 내가 언제나 오점으로 여기고 있는 구절이 하나 있는데, 나로서는 어떤 유능한 문헌학자가 나타나서 그 구절이 나중에 삽입된 것이며 소포클레스가 쓴 것이 아니라는 점을 밝혀주었으면 하고 바란 적이 한두 번이 아니었네.

다름 아니라 작품을 보면 여주인공은 자신의 행동의 정당성을 당당하게 밝히고 순수하기 그지없는 영혼의 고귀한 용기를 보여주지. 그러고 나서 마지막으로 죽음에 임박해서 자기 행동의 동기를 입에 올리는데, 바로 그게 완전히 잘못된 것이어서 거의 희극적이기까지 하다네.

그녀는 이렇게 말하네. '어머니'의 입장에서 죽은 '아이들'이 눈앞에 있다 하더라도 내가 '오라버니'를 위해서 한 행동은 하지 않았을 것입니다. 그리고 나의 '남편'을 위해서도 그렇게 하지 않았을 것입니다. 왜냐하면 내 남편이 죽는다 하더라도 다른 남편을 얻을 수 있고, 또 아이들이 죽는다 하더라도 새 남편으로부터 다른 아이들을 낳을 수 있으니까요. 그러나 나의 오라버니는 이들과 다릅니다. 오라버니는 다시 얻을 수가 없어요. 나의 아버지와 어머니가 이미 돌아가셨으므로, 오라버니를 낳아줄 사람은 아무도 없습니다, 라고 말이야.

대충 이 정도로 이 구절의 의미를 요약할 수가 있지. 하지만 이 구절은 내 느낌에 따르자면 죽음을 목전에 둔 여주인공의 비극적인 정서를 드러내는 데 오히려 혼란만 야기하고 있네. 어투가 너무 부자연스럽고 지나치게 계산된 발언을 하고 있다는 인상을 주고 있으니 말이야. 앞서 말했다시피 나는 유능한 문헌학자가 나타나서 그 구절이 진본이 아니라는 사실을 입증해 주었으면 하고 바랄 뿐이네."

그러고 나서도 우리는 계속해서 소포클레스에 관해 이야기를 나누었다. 예컨대 소포클레스가 자신의 작품에서 도덕적 경향보다는 연극적 효과를 특히 고려하면서 그때마다의 주제를 제대로 다루는 데 주안점을 두었다는 사실도 언급되었다.

그가 말했다. "나는 극작가가 도덕적 효과를 염두에 두는 것에 대해 조금도 이의를 달지 않네. 그러나 대상을 분명하면서도 효과적으로 관객의 눈앞에 보여주어야 하는 경우에, 작가의 도덕적인 최종 목적이란 별다른 도움이 되지 못하네. 오히려 무엇을 하고 무엇을 내버려야 하는가를 알기 위해서는 충분한 표현 능력과 무대 지식을 갖추어야 하는 걸세. 대상 속에 도덕적 효과가 담겨 있다면 그것이 드러나게 될 테지. 그러므로 작가는 자신의 대상을 효과적으로 그리고 예술적으로 다루는 일에만 집중하면 되는 거네. 어떤 시인이 소포클레스와 같은 고귀한 정신의 소유자라면, 그가 어떤 식으로 작업하더라도 그 효과는 언제나 도덕적일 테니까 말이야. 게다가 소포클레스는 무대에 정통해 있었고, 자신의 분야를 속속들이 파악하고 있었네."

내가 말했다. "그가 연극을 얼마나 잘 알고 있었는지 그리고 연극적 효과를 얼마나 염두에 두고 있었는지는 그의 『필록테테스』[51]를 보면 알 수가 있습니다. 그리고 이 작품이 구성 면으로나 사건 진행 면으로나 『콜로누스의 오이디푸스』와 아주 흡사하다는 데서도 그 점을 알 수가 있습니다.

두 작품 모두에서 주인공들은 의지할 데 없는 처지에 놓여 있음을 봅니다. 둘 다 늙고 쇠약해진 몸으로 고통을 받고 있는 거지요. 즉 오이디푸스는 자신을 이끌고 다니는 딸을 의지 삼아 곁에 두고 있으며, 필록테테스는 활에 의지하고 있습니다. 그러고도 유사점은 계속 이어집니다. 두 사람 다 곤경에 처하여 추방되지만, 그 두 사람의 도움으로만 승리를 얻게 되리라는 신탁이 있게 되자 사람들은 다시 그들을 자기편으로 끌어들이려 합니다. 그래서 필록테테스에게는 오디세우스가, 오이디푸스에게는 크레온이 달려가 교활하고 달콤한 말을 늘어놓지만 성과를 거두지는 못합니다. 그러자 그들은 폭력을 사용해 필록테테스에게서는 활을, 오이디푸스에게서는 딸을 빼앗아 버리는 겁니다."

괴테가 말했다. "하지만 그런 폭력 행위가 뛰어난 대화를 오가게 하는 계기가 되는 걸세. 그리고 그러한 고립무원의 상황 때문에 작품을 듣고 보는 사람들의 마음이 움직이는 법이

51) 필록테테스는 그리스신화에 나오는 트로이원정군의 용사이다. 뱀에 물린 상처가 곪아 병자가 되어 림노스섬에 버려졌다가, 십 년 후 그가 가지고 있는 헤라클레스의 활과 화살이 필요해진 그리스군에 의해 억지로 전쟁에 복귀해 병을 고친 다음, 파리스를 죽여 트로이 함락의 계기를 만들었다. 전쟁 후 그는 남이탈리아 지방을 방랑하며 많은 도시를 건설했다.

므로 작가는 관객에게 보다 강력한 영향을 미치기 위해 그러한 상황을 곧잘 설정하는 걸세. 말하자면 소포클레스는 오이디푸스에게서 그런 효과를 더욱 강력하게 불러일으키기 위해 그를 허약한 노인으로 등장시키고 있는 거지. 앞뒤의 여러 사정으로 미루어볼 때, 오이디푸스는 아직 절정기에 있는 사나이임이 분명한 데도 말이야. 하지만 작가는 그렇게 원기 왕성한 오이디푸스로는 아무런 효과도 거둘 수 없기에 그를 허약하고 의지할 데 없는 노인으로 만들어버린 거네."

"필록테테스와의 유사성은 또 있어요." 하고 내가 말했다. "이 작품들의 두 주인공은 모두 행동하는 능동적 인물이 아니라 참고 견디는 인물입니다. 한편 이 수동적 주인공들은 각각 두 명씩의 능동적 인물을 상대로 하고 있습니다. 즉 오이디푸스는 크레온과 폴리네이케스를, 그리고 필록테테스는 네오프톨레모스와 오디세우스를 상대로 하고 있지요. 그리고 그런 반대 성향의 인물을 각각 두 명씩이나 필요로 했던 것은, 주제를 온갖 측면으로부터 표현하고 또 그 작품 자체에 대해서도 적당한 정도의 부피와 구체성을 부여하기 위해서였습니다."

"거기에다가 좀 더 덧붙이자면," 하고 괴테가 말을 받았다. "그 두 작품은 다음과 같은 점에서도 역시 유사하네. 두 작품 모두 행복한 국면 전환을 가져오는 아주 효과적인 상황이 전개된다는 점에서 말이야. 즉 절망에 빠진 한 주인공은 사랑하는 딸을, 또 다른 주인공은 그에 못지않게 사랑했던 활을 다시 찾게 되는 걸세.

또한 두 작품은 주인공들이 마침내 고통에서 벗어나는 행복한 결말로 끝난다는 점에서도 비슷하네. 오이디푸스는 더없이 행복한 상태에서 저세상으로 건너가고, 필록테테스는 신탁으로 트로이 성문 앞에서 아스클레피오스[52]에 의해 치유될 거라고 예견되었지."

괴테가 계속해서 말했다. "하여간 현대적 목적에 맞는 연극적 행동양식을 배우려 한다면, 몰리에르야말로 모범이 아닐까 하는 생각이 드네. 그의 『꾀병 환자』라는 작품을 읽어본 적이 있나? 그 작품에는 읽을 때마다 이야말로 완벽한 무대 지식의 상징이 아닌가 하는 생각이 드는 장면이 들어 있네. 꾀병 환자가 그의 어린 딸 루이종에게 언니 방에 어떤 젊은 남자가 있지 않았느냐고 물어보는 장면 말이야.

몰리에르처럼 능숙하지 못한 다른 작가들이라면 어린 루이종이 당장에 사실을 곧이곧대로 발설하게 만들 테고, 그러면 상황은 그로써 끝이겠지.

그러나 몰리에르는 사건 진행을 지체시키는 온갖 종류의 동기들을 사용함으로써 그 심문을 정말 생기 있고 효과 만점으로 만들고 있네. 우선 그는 어린 루이종이 아버지의 질문을 이해하지 못하는 것처럼 행동하게 하네. 그러고 나서는 루이종이 무언가 알고 있다는 사실을 부인하도록 한 후, 아버지가 채찍으로 위협하자 죽은 듯이 실신하게 만드는 거네. 참다못한 아버지가 절망감에서 고함을 지르자, 루이종은 거짓 실신

52) 그리스신화에 나오는 의술의 신. 아폴론의 아들로서 기사회생의 의술에 능했다. 몰려드는 환자들을 위해 신전을 세워 최초의 병원을 열었다. 지상의 모든 것을 아는 뱀에게서 배운 약초와 최면술로 치료했다고 한다.

상태에서 장난꾸러기처럼 명랑하게 뛰어 일어나 마침내 모든 것을 하나하나 털어놓는 걸세.

이런 설명만으로는 그 장면의 생생함을 아주 어렴풋한 정도로밖에 느낄 수가 없을 거네. 그러니 자네가 그 장면을 직접 읽어보고 그 연극적 가치를 잘 체험해 보게. 그러면 거기에 그 어떤 이론에서보다도 실제적인 가르침이 많이 들어 있다는 걸 알게 될 걸세."

괴테가 계속 이야기했다. "나는 젊은 시절부터 몰리에르를 알았고 또 좋아해 왔네. 그 때문에 평생 그에게서 많은 것을 배웠지. 해마다 그의 작품 몇 편을 빠뜨리지 않고 읽었는데, 그건 뛰어난 것과의 접촉을 지속하고 싶어서였네. 그리고 내가 그에게 매혹되는 이유는 단지 완벽한 예술적 처리방식 때문만이 아니라 무엇보다도 그 시인의 사랑스러운 천성과 고상한 심성 때문이네. 그의 내면에는 우아함과 기교적인 것에 대한 감각과 세련된 사교적 성향도 들어 있는데, 그런 요소는 그와 같이 아름다운 천성을 타고난 사람이 그 시대의 가장 탁월한 인물들과 매일같이 교류함으로써만 얻을 수 있었던 걸세. 사실 나는 메난드로스[53]에 관해서는 단편 몇 개밖에 아는 게 없지만, 이 작품들도 몰리에르의 작품과 마찬가지로 나에게 그 어떤 고귀한 이념을 전해준다네. 나는 이 위대한 그리스 작

---

53) 메난드로스(Menandros, 기원전 342~290). 고대 그리스의 극작가. 일상생활과 서민 사회의 각종 사건을 소재로 하면서 성격 묘사에 능통해 로마의 희극 작가들이 그의 작품을 자주 모방했다. 괴테는 메난드로스를 몰리에르와 동렬의 작가로 높이 평가했다.

가를 몰리에르와 비교할 수 있는 유일한 인물이라고 생각하고 있다네."

내가 말했다. "선생님께서 몰리에르에 대해 그렇게 좋게 평가하시는 말씀을 들으니 기쁩니다. 물론 선생님의 말씀은 슐레겔[54] 씨의 말과는 상당히 다릅니다! 저는 최근에 그의 『극예술과 문학에 대한 강론』을 읽으면서 몰리에르에 관한 부분을 보았는데 대단히 역겨웠습니다. 선생님께서도 아시다시피 슐레겔 씨는 까마득히 저 위에서 몰리에르를 내려다보면서, 이 작가를 마치 비천한 익살광대인 양 취급하고 있습니다. 예컨대 이 익살광대가 고상한 사교계를 아주 멀리서 바라보고 있기만 했음에도 불구하고, 자기 주인의 마음에 들기 위해 온갖 익살을 고안해 내기를 일삼았다는 것입니다. 그리고 그러한 저열한 익살에만 머물렀다면 대단한 성공을 거두었을 텐데도 주제넘게 가장 고상한 것까지 도용했으며, 또 보다 높은 수준의 희극 장르를 만들고 싶어 안달했지만 결코 성공하지는 못했다는 말도 하고 있습니다."

괴테가 말했다. "슐레겔 같은 사람에게는 몰리에르같이 천부적인 재능을 가진 사람이 실로 눈엣가시 같은 존재였을 테지. 자신에게 몰리에르와 같은 천분이 조금도 없다는 걸 느

---

54) 아우구스트 빌헬름 폰 슐레겔(August Wilhelm von Schlegel, 1767~1845). 독일 낭만파의 이론적 지도자로, 동생 프리드리히 폰 슐레겔(1772~1829)과 함께 문학잡지 《아테네움》을 중심으로 활발한 비평 활동을 벌였다. 그의 『극예술과 문학에 대한 강론』 및 셰익스피어 독일어 번역은 커다란 공적으로 손꼽힌다.

끼고는 그의 존재를 차마 견딜 수가 없었던 거야. 몰리에르의 『인간 혐오자』는 내가 이 세상에서 가장 좋아하는 작품 가운데 하나로, 여러 차례 반복해서 읽었지. 하지만 그 작품이 슐레겔에게는 거슬렸던 거네. 또 그는 마지못해 『타르튀프』를 조금 칭찬하기는 했지만, 금방 태도를 바꾸어 그것을 심하게 깎아내렸네. 몰리에르가 유식한 부인네들의 위선적 태도를 조롱한 것을 슐레겔은 용납할 수 없었던 거지. 내 친구 가운데 한 사람이 말한 대로, 슐레겔은 만일 몰리에르와 같은 시대에 살았더라면, 자기 자신도 조롱거리가 되었으리라고 느끼고 있는 거네."

괴테가 계속해서 말했다. "슐레겔이 수없이 많은 것을 알고 있다는 사실은 부정할 수 없네. 그의 엄청난 지식과 다독은 누구라도 놀랄 만하지. 하지만 그것으로 다 된 건 아닐세. 제 아무리 박학다식하다 해도 그것이 결코 판단 기준이 될 수는 없어. 그의 비평은 한마디로 지극히 편파적인데, 그것은 그가 거의 모든 극작품에 있어서 대략적인 줄거리와 구성만을 염두에 두고, 또 언제나 위대한 선배 작가들과의 사소한 유사성만을 따지기 때문이네. 해당 작가가 고귀한 영혼의 우아한 삶과 교양을 서술하는 가운데 우리에게 무엇을 보여주는지는 조금도 고려하지 않으면서 말이야. 하여간 그 모든 현란한 기교가 무슨 소용일까! 어떤 극작품에서 사랑스러운 요소나 작가의 위대한 개성이 느껴지지 않는다면 말이야! 그리고 바로 이러한 것만이 대중의 문화에 도움이 되는 거네.

내가 보기에 슐레겔이 프랑스 연극을 대하는 방식은 시시

한 비평가들을 위한 일종의 처방전과도 같네. 탁월한 것을 알아볼 눈도 없는 데다가, 천부적인 재능이나 위대한 인물에 대해서도 마치 쌀겨나 베고 남은 그루터기라도 되는 듯 대수롭지 않게 넘겨버리는 비평가들 말이야."

내가 말을 이었다. "반면에 그는 셰익스피어나 칼데론에 대해서는 공정한 태도를 취하며, 심지어는 노골적인 호의까지 보이고 있습니다."

괴테가 말했다. "물론 그 두 사람에 대해서는 아무리 칭찬해도 모자라지. 하지만 슐레겔이 그 두 사람마저 마찬가지로 아주 치욕적으로 깎아내린다 할지라도 나는 그리 놀라지 않을 거네. 그는 또 아이스킬로스나 소포클레스에 대해서도 공정하게 평가했네. 하지만 이것은 그가 두 작가의 비상한 가치를 절감해서라기보다는 이 두 사람이 어문학자들 사이에서 전통적으로 아주 높이 평가받고 있기 때문인 것으로 보이네. 슐레겔 자신의 옹졸한 인격으로는 그토록 고귀한 천성을 타고난 사람들을 이해하고 올바르게 평가할 수는 없는 일이겠지. 만일 그가 그럴 만한 능력을 갖추고 있었다면 에우리피데스에 대해서도 공정하게 대했을 것이고, 또 자신이 평가한 것과는 전혀 다른 식으로 이 시인을 다루었을 거네. 하지만 그는 어문학자들이 에우리피데스를 그렇게 특별나게 평가하지 않는다는 것을 알고 있었네. 게다가 그 잘난 권위에 기대어 이 위대한 고대 작가를 아주 치욕적으로 깎아내리고 훈계도 서슴지 않으면서 적잖이 쾌감마저 느끼고 있는 걸세.

에우리피데스에게도 결점이 있다는 사실을 부인하지 않아.

하지만 어쨌건 그는 소포클레스나 아이스킬로스와 더불어 대단히 존경할 만한 경쟁자였네. 에우리피데스가 두 선배 작가와 같은 고도의 진지함과 엄격한 예술적 완성의 경지에 도달하지 못하고, 오히려 극작가로서 사물을 보다 더 느슨하고 보다 더 인간적으로 다루었다고 치세. 하지만 그렇다 하더라도 그것은 그가 그 시대의 아테네 사람들을 속속들이 잘 알고 있어서, 그 정도로 말을 건네는 어조가 동시대인에게 아주 적절하다는 점을 알고 있었기 때문이지. 하여간 그 시인이 실제로 대단한 존재였음은 분명하네. 소크라테스가 자신의 친구라고 불렀고, 아리스토텔레스가 높이 평가했으며, 메난드로스가 경탄을 금치 못했고 또 소포클레스와 아테네시가 그의 사망 소식을 듣고 상복을 입었을 정도니 말이야. 그러니 슐레겔과 같은 현대인이 그토록 위대한 고대인을 비난했다면 당연히 무릎을 꿇어야 할 테지."

1827년 4월 1일 일요일

저녁에 괴테와 함께 있었다. 우리는 어제 있었던 「이피게네이아」 공연에 관해 이야기를 나누었는데, 그 공연에서는 베를린 왕립 극장의 크뤼거 씨가 오레스테스 역을 맡아 커다란 갈채를 받았다.

괴테가 말했다. "이 극에는 다소 까다로운 데가 있는데, 그건 내면적으로는 생명력이 넘치나 외면적으로는 빈약하기 때문이네. 그러므로 그 내면의 생명력을 밖으로 드러나게 하는 게 중요해. 그리고 이 작품은 아주 효과적인 수단들로 가득한데, 그것들은 극의 바탕을 이루고 있는 아주 다양한 종류의 잔혹함에서 생겨나는 걸세. 사실 인쇄되어 있는 말이란 창작의 순간에 내 마음속에서 꿈틀거리며 살아 있었던 생명력의 흐릿한 반영에 지나지 않는 거네. 그러므로 배우는 시인이 자신의 대상을 대할 때 느꼈던 최초의 열정을 다시 우리 마음속에 불러일으켜야 하네. 온갖 시련과 위험에 시달리는 가운데서도 자기 가슴속의 생각을 거침없이 토해내며 신선한 바닷바람을 온몸으로 쐬고 있는 힘찬 그리스 사람들과 영웅들을 우리는 눈앞에서 보고 싶은 거네. 하여간 자신의 배역을 앵무새처럼 외기만 하는 둔감한 배우는 보고 싶지 않아. 더군다나 자기 배역조차도 감당 못 하는 배우야 말할 것도 없지.

내 고백하지만 나의 『이피게네이아』가 완벽하게 공연되는 걸 지금까지 한 번도 보지 못했네. 어제 공연을 보러 가지 않은 것도 바로 그 때문이야. 배우들이 전혀 엉뚱하게 유령 같은 모습으로 연기하는 꼴을 차마 보기가 싫어서지."

"크뤼거 씨가 연기한 오레스테스라면 선생님께서도 만족하실 텐데요. 한마디로 그의 연기는 똑 부러졌습니다. 그 누구도 그 배역을 그 사람만큼 잘 이해하고 소화할 수 없을 정도였으니까요. 모든 걸 다 갖춘 연기여서 그 동작과 대사 하나하나를 결코 잊지 못할 겁니다.

이 배역에 맡겨진 황홀경의 직관이라든지 환상과 같은 것도, 그의 몸동작과 끊임없이 변하는 어조를 통해 내면으로부터 쏟아져 나왔기 때문에 마치 두 눈으로 생생하게 보는 듯했습니다. 이 오레스테스를 보았더라면 실러도 복수의 여신을 제대로 볼 수 없노라고 한탄하지는 않았을 겁니다. 그러한 여신들이 바로 오레스테스의 머리 뒤쪽에 그리고 그 주위를 둘러싸고 있다는 느낌을 받았을 테니까요.

실신 상태에서 깨어난 오레스테스가 자신이 저세상에 와 있다고 생각하는 의미심장한 장면은 경탄을 자아낼 만큼 성공적이었습니다. 조상들이 이야기를 나누며 줄지어 거닐고 있고 또 오이디푸스도 그들 사이에 끼어 질문을 건네기도 하면서 함께 섞여 있는 장면이 눈앞에 펼쳐졌습니다. 정말이지 보고 있는 관객들까지도 이 죽은 자들 사이로 끌려 들어가는 듯한 느낌이 들 정도로 그 배우의 감성은 실로 순수하고 깊이가 있었으며, 또한 파악할 길 없는 그 무엇을 우리 눈앞에 제시해 주는 그 능력도 정말 대단했습니다."

"자넨 정말로 잘 감동받는 사람이군!" 하고 괴테가 웃으며 말했다. "하지만 좀 더 들려주게. 그자가 연기를 잘하긴 잘하는 모양인데, 그래 그의 신체 조건은 좀 볼만하던가?"

내가 대답했다. "목소리가 맑고 울림이 좋은 데다, 연습도 충분해서 아주 유연하고 변화무쌍했습니다. 더욱이 체력도 괜찮고 몸놀림도 능숙해 아무리 어려운 연기도 감당해 내는 걸로 보아, 평생 동안 다양한 신체 단련과 연습을 한 사람 같았습니다."

괴테가 말했다. "배우란 원래 조각가나 화가로부터 배워야 하는 법이야. 예컨대 배우가 그리스의 영웅을 제대로 묘사하려면 전해 내려오는 고대의 조각 작품을 잘 연구해, 앉아 있거나 서 있거나 걸을 때의 자연스러운 모습을 머릿속에 유심히 새겨둘 필요가 있는 거네.

또한 육체적 훈련만으로 다 된 건 아니네. 배우는 또한 고대와 현대의 뛰어난 작가들을 열심히 연구해 자신의 정신을 고양시켜야 하네. 그래야만 자신의 배역을 충분히 이해할 수 있고 또 자신의 거동에다가 보다 고상한 면모를 부여할 수 있기 때문이지. 여하튼 좀 더 얘기해 보게! 그 배우의 좋은 점이 또 어떤 게 있던가?"

내가 대답했다. "제가 보기에 그 배우는 자기 앞의 대상에 대해 커다란 애정을 쏟는 것 같았습니다. 부지런히 자신의 배역을 연구해 모든 세부적인 것을 하나하나 분명하게 체득함으로써 주인공의 삶을 완전히 익히고 아주 자연스럽게 거기에 푹 파묻힙니다. 그래서 대사 한마디 한마디를 정확하게 표현하고 정확한 강세로 발음할 수 있는데, 너무도 확실한 연기여서 프롬프터가 조금도 필요하지 않을 정도입니다."

"그것 참 기분 좋은 일이군." 하고 괴테가 말했다. "마땅히 그래야지. 배우들이 자기 역을 제대로 소화하지 못하고 새로운 대사가 나올 때마다 프롬프터의 말에 귀를 기울여야 하는 것보다 더 끔찍스러운 일은 없네. 그렇게 되면 연기는 그 자리에서 망쳐버리고 힘도 생명력도 없게 되니까 말이야. 나의 『이피게네이아』와 같은 작품에서도 배우들이 자기가 맡은 역을 철저하게 해내지 못할 바에는 차라리 공연을 그만두는 게 나을 걸세. 모든 것이 확실하고 신속하고 생생하게 진행될 때만 연극이 성공을 거둘 수 있으니까 말이야.

좋아, 좋아! 크뤼거가 그렇게 잘해냈다니 다행이야. 실은 첼터가 나에게 추천해 주었네. 그런데도 그가 그렇게 잘하지 못했더라면 나도 입장이 난처했겠지. 그러니 내 편에서도 그에게 자그마한 성의를 보여주고 싶네. 예쁘게 장정한 나의 『이피게네이아』를 한 권 기념으로 증정할 테야. 그의 연기를 칭찬하는 시 몇 줄을 적어 넣고서 말이네."

화제는 소포클레스의 『안티고네』로 넘어갔다. 그 작품에서 지배적으로 작용하고 있는 고도의 윤리성에 관한 이야기가 나왔고, 마침내 윤리성이란 것이 어떻게 이 세상에 나타나게 되었는가 하는 문제가 언급되었다.

괴테가 말했다. "다른 모든 선(善)과 마찬가지로 그것은 바로 하느님 자신으로부터 나온 것이라네. 이것은 결코 인간 성찰의 결과물이 아니라, 인간이 가지고 태어난 아름다운 천성이지. 이것은 모든 인간이 조금씩 갖고 태어나지만, 천부의 자질을 타고난 아주 뛰어난 사람들에게는 최고도로 주어져 있는 거네. 이러한 사람들은 위대한 행위나 가르침을 통해 성스러운 내면을 드러내지. 또 이런 내면은 아름다운 모습으로 나타나기 때문에 사람들은 사랑과 존경을 보내고 힘닿는 한 그것을 본받으려 하는 걸세.

그리고 윤리적 아름다움의 가치와 선의 가치는 체험과 지혜를 통해 깨달을 수가 있지. 왜냐하면 악이라는 것 그 자체는 결국 개인과 전체의 행복을 파괴하는 반면에 숭고하고 정당한 것은 개인과 모두에게 행복을 가져다주고 확고하게 세워

주는 것으로 입증되었기 때문이지. 그래서 윤리적 아름다움은 일종의 교리로 명백한 형태로 온 민족에게 전파될 수 있는 걸세."

내가 말했다. "최근에 어떤 글을 읽었는데 그리스 비극은 윤리미를 특별한 대상으로 삼았다고 말하고 있더군요."

괴테가 대답했다. "윤리적인 것뿐만 아니라 순수한 인간성 그 전체를 대상으로 삼았지. 하지만 그 기본적인 방향은 특히 야만적 권력이나 제도와 갈등을 일으키는 비극적 성격의 것이었네. 그에 따라 이 비극의 영역에서도 윤리적인 것이 인간 본성의 중요 부분으로 나타나게 되었던 게지.

하여간 『안티고네』의 윤리성은 소포클레스가 구상한 것이 아니라 소재 속에 이미 들어 있었던 걸세. 하지만 소포클레스가 이러한 소재를 보다 즐겨 택했던 이유는 그 속에 윤리적 아름다움뿐 아니라 동시에 드라마적인 요소도 상당히 많이 들어 있었기 때문이네."

그러고 나서 괴테는 크레온과 이스메네의 성격에 관해 이야기하면서, 이 두 인물의 필연성은 여주인공의 아름다운 정신을 발전시키는 데 있다고 말했다.

괴테가 말했다. "모든 고귀한 것은 그 자체로 조용한 성격을 가진다네. 그래서 그것과 정반대되는 인물에 의해 일깨워지고 자극받을 때까지 가만히 잠들어 있는 것처럼 보이지. 바로 그러한 정반대의 인물이 크레온인데, 그는 한편으로는 안티고네 때문에 존재하는 인물이네. 왜냐하면 그녀의 고귀한 천성과 그녀 편에 있는 정의가 크레온이라는 인물로 인해 나타나기 때문이지. 그리고 또 한편으로 크레온은 독립적인 존재 가치를 가진다고도 볼 수 있네. 왜냐하면 크레온의 불행한 과오가 우리에게 증오할 만한 것으로 보이기 때문이지.

하지만 소포클레스는 여주인공의 고귀한 내면을 그녀가 행동하기에 앞서서 우리에게 보여주려고 했고, 그 때문에 그녀의 성격을 전개시켜 보여줄 또 다른 대조적인 인물이 필요했던 거네. 그리고 바로 그러한 인물이 여동생인 이스메네라네. 아울러서 시인은 이스메네라는 인물을 통해 평범한 것에 대한 뛰어난 척도를 제시해 주었고, 그럼으로써 이런 척도를 훨씬 능가하는 안티고네의 숭고함이 한층 더 분명히 드러나게 된 걸세."

화제는 희곡 작가들 일반에 관한 것으로 넘어갔고, 그들이 다수의 대중에게 어떤 영향을 주고 있고 또 줄 수 있는지에 관한 이야기가 오갔다.

괴테가 말했다. "어떤 위대한 극작가가 생산적인 동시에 자신의 모든 작품에 스며들어 있는 강력하고도 고귀한 신념을 가지고 있다면, 그의 작품 정신은 바로 대중의 정신이 되겠지. 이것은 정말이지 노력해서 이루어볼 만한 가치가 있는 일이야. 코르네유로부터는 그 어떤 영향력이 생겨 나왔는데, 그것은 영웅적 인물들을 만들어낼 만한 성격의 것이었네. 그러므로 영웅들이 필요했던 나폴레옹이 코르네유를 주목했던 거네. 나폴레옹은 코르네유를 두고서, 만일 코르네유가 아직도 살아 있다면 그를 제후로 삼겠다고 말할 정도였으니까 말이야. 따라서 자신의 천직을 자각하고 있는 극작가라면 대중에게 끼칠 수 있는 자신의 영향이 유익하면서도 고귀한 것이 될 수 있도록 자기 발전을 조금도 게을리하지 말아야 할 걸세.

우리는 동시대인이나 동시대의 경쟁자보다는, 몇 세기 이래로 변함없는 가치와 명성을 유지하고 있는 지난 시대의 위대한 인물들을 연구해야 하네. 진정으로 높은 자질을 타고난 사람이라면 그러한 욕구를 느끼게 마련이지. 왜냐하면 위대한 선배들과 교류하고자 하는 이런 욕구야말로 보다 고귀한 재능을 드러내주는 표시이기 때문이네. 물론 몰리에르 연구도 해야 하고 셰익스피어도 연구해야겠지. 하지만 무엇보다도 고대 그리스 작가와 그리스 사람들을 연구해야 하네."

내가 말했다. "뛰어난 재능을 가진 사람에게는 고대 작품에 대한 연구가 대단히 소중한 일일 테지요. 하지만 일반적으로 보면 그것이 개개인의 성격에는 별다른 영향을 미치지 않는 것 같습니다. 만일 고대 작품에 대한 연구가 일반인에게도 영향을 미친다면, 모든 어문학자와 신학자는 그야말로 가장 탁월한 사람이 되어야 마땅하지 않겠습니까. 하지만 실제로는 결코 그렇지 않습니다. 고대 그리스어나 고대 라틴어의 문헌에 정통한 사람들 가운데서도 훌륭한 사람이 있는가 하면 가련하기 짝이 없는 양반들도 있습니다. 결국은 날 때부터 하느님이 주셨거나 부모로부터 물려받은 천성의 선악 여부가 모든 걸 결정한다고 생각합니다."

"나도 그 말에 반대하지는 않아." 하고 괴테가 대답했다. "하지만 그렇다고 해서 고대 작품에 대한 연구가 성격의 올바른 형성에 아무 영향도 미치지 않는다는 말은 결코 아니네. 물론 얼치기야 언제나 얼치기로 머물러 있을 거고, 도량이 협소한 자는 위대한 고대 정신을 날마다 접한다 하더라도 정신적으로 한 치도 더 위대해지지는 않겠지. 하지만 하느님이 장차 위대한 성격과 고귀한 정신을 가지도록 정해놓은 고귀한 사람이라면 그리스와 로마 시대의 숭고한 사람들을 알고 그들과 친밀하게 교류함으로써 눈부시게 발전해 나갈 거네. 그리고 날마다 눈에 띄게 성장해 위대한 인물들의 경지에 접근해 갈 걸세."

1827년 4월 18일 수요일

식사 전에 괴테와 함께 에르푸르트로 가는 거리를 따라 마차를 타고 잠시 드라이브를 했다. 우리는 라이프치히 대목 시장을 향해 가고 있는 여러 종류의 짐마차들과 만났다. 여러 마리의 말이 끄는 마차들도 몇 번 만났는데, 그중에는 정말 잘생긴 말들도 있었다.

"나는 미학자들이 우스워 죽겠어." 하고 괴테가 말했다. "그들은 우리가 '미'라는 말로 부르고 있긴 하지만 표현하기가 거의 불가능한 것을 몇 마디 추상적인 말로써 개념화하려고 애쓰고 있으니 말이야. 그러나 미는 근원현상이네. 그것 자체가 현상으로 나타나는 일은 결코 없지만, 창조적 정신의 다양하기 그지없는 발현 속에서 그 모습을 반영해 드러내지. 자연 자체와 마찬가지로 그토록 다양하고 무수한 형태로 말일세."

"저도 종종 이렇게 들었습니다." 하고 내가 말했다. "자연은 언제나 아름답다, 그것은 예술가를 절망에 빠뜨린다, 왜냐하면 예술가가 자연의 아름다움에 완전히 다가가기란 불가능하기 때문이다, 라고 말입니다."

괴테가 대답했다. "자연이 이따금 이루 형용하기 어려운 마력을 드러낸다는 건 나도 알고 있네. 하지만 자연의 발현 그 전체가 다 아름답다고는 결코 생각지 않네. 자연이 의도하는 바는 언제나 선(善)이지만, 그 의도를 완전하게 실현시키는 데 필요한 조건들이 반드시 그런 건 아니기 때문이지.

예컨대 떡갈나무는 매우 아름답게 자랄 수 있는 나무이네. 하지만 자연이 떡갈나무를 참으로 아름답게 자라나게 하려면 얼마나 많은 조건들이 맞아떨어져야 하는가! 만일 떡갈나무가 숲속에서 주변의 키가 큰 나무들에 둘러싸여 자라나는 경우라면 그것은 보다 자유로운 대기와 햇빛을 찾아 언제나 위로 뻗어가려는 경향을 보이겠지. 그러나 옆 방향으로는 몇 개의 약한 나뭇가지밖에 뻗지 못할 테고, 그마저도 오랜 세월이 지나는 사이에 다시 아래로 구부러지면서 떨어지고 말겠지. 하지만 그 나무의 꼭대기는 마침내 위쪽의 툭 트인 하늘까지 자라날 테지. 그러면 나무는 안심하고 옆으로 가지를 뻗어나가면서 수관(樹冠)을 이루기 시작할 걸세. 하지만 이때쯤이면 나무는 벌써 중년기를 넘어선 상태이고, 위로 뻗어가려는 오랜 노력 때문에 가장 발랄한 힘은 이미 다 써버린 뒤가 되고 마네. 그러니 이제는 아무리 옆으로 퍼져나가려고 애를 써도 더 이상 성공을 거두지 못하게 되는 거네. 비록 완벽하게 성장해 높고 튼튼하게 위로 쭉 뻗었다 하더라도, 기둥과 수관이 제대로 조화를 이룰 만큼 아름다운 모습을 보일 수는 없는 걸세.

반면에 떡갈나무가 축축한 늪지에서 자라는 경우에는 그 토양이 지나치게 기름지기 때문에 주변의 공간만 충분하다면 나무는 일찌감치 크고 작은 가지를 사방으로 내밀 테지. 그래도 저항하는 식물들이나 장애물이 없기 때문에 옹이라든지 단단한 데라든지 거칠게 갈라진 데가 생기지 않을 테고, 그 때문에 조금 떨어진 데서 바라보면, 허약한 보리수처럼 보여서 아름답다고는 말할 수 없을 거네. 적어도 떡갈나무로서는 아름답다고 할 수 없는 거지.

그리고 또 떡갈나무가 산비탈같이 돌이 많고 건조한 땅에서 자라나는 경우는 쩍쩍 갈라지거나 옹이진 데가 지나치게 많이 생기게 된다네. 자유롭게 자랄 수가 없어서 일찍부터 발육이 위축되고 정체되었기 때문이지. 그래서 보는 사람을 놀라게 할 그 어떤 것이 이루어졌다는 소리를 들을 만큼 멋지게 자라지는 못하고 마는 걸세."

나는 이 재미있는 말을 즐겁게 들었다. 그리고 말했다. "저는 정말 아름다운 떡갈나무들을 본 적이 있습니다. 몇 년 전에 괴팅겐에 있으면서 베저탈 계곡으로 가끔 산책을 갈 때였지요. 그 가운데서도 특히 회스터 지방의 졸링에서 자라고 있던 나무들이 가장 힘차게 보였습니다."

괴테가 계속 말했다. "떡갈나무의 성장에는 모래땅이나 모래가 섞인 땅이 가장 좋은 것으로 보이네. 사방으로 힘차게 뿌리를 뻗을 수 있으니까 말이야. 그리고 또 빛이나 햇볕이나 비나 바람 같은 모든 작용을 사방으로부터 받아들이기에 적합한 장소가 좋겠지. 바람이나 폭풍의 영향이 없는 안온한 곳에서 자라면 떡갈나무는 망치게 된다네. 자연과 백 년은 싸워가며 자란 나무라야 참으로 강하고 당당하게 되며, 또 누구라도 그 잘 자란 모습을 보면 감탄하게 되는 거지."

내가 말했다. "선생님의 말씀에서 결론을 끌어낸다면 이렇게 말할 수는 없을까요? 어떤 생물이든 그 자연스러운 발전의 절정에 이르렀을 때 가장 아름답다고 말입니다."

"바로 그렇다네." 하고 괴테가 대답했다. "하지만 자연스러운 발전의 절정이라는 게 무엇을 의미하는지를 먼저 말해야겠지."

내가 대답했다. "이런저런 생물에 고유한 특성이 완전하게 나타나는 성장의 시기라고 봅니다만."

"그런 의미라면 별다른 이론은 없을 걸세." 하고 괴테가 대답했다. "게다가 이렇게 덧붙인다면 더 안성맞춤일 테지. 그러한 특성이 완전하게 나타날뿐더러, 생물의 모든 부분의 성장이 자연의 사명에 합치될 때, 즉 합목적성을 띨 때라고 말한다면 말이야.

예컨대 성숙한 처녀에게 주어진 자연적 사명은 아이를 낳고 젖을 물리는 데 있으므로 골반이 적당히 넓고 가슴이 적당하게 풍만하지 않으면 아름답다고 할 수는 없는 걸세. 그러나 그것도 도가 지나치면 아름다움은 사라지고 말겠지. 합목적성을 넘어서니까 말이야.

조금 전에 우리를 지나쳐 갔던 몇 필의 말은 매우 아름다웠는데, 그건 바로 그 체격이 합목적적이기 때문이 아니겠는가? 단순히 동작이 우아하고 경쾌해서가 아니라 거기에는 그 무엇이 덧붙여져 있다네. 훌륭한 기수나 말 전문가라면 그 무엇에 대해서 꼭 집어 말할 수 있겠지. 하지만 우리야 막연하게 그런 인상을 받는 것뿐이지."

내가 물었다. "방금 전에 마주쳤던 브라반트 마부가 몰던 짐마차 앞의 기운찬 말들도 아름답다고 할 수 있지 않을까요?"

괴테가 대답했다. "물론이지. 왜 아니겠어? 화가라면 그렇게 아름다운 짐승의 힘찬 특성에서, 즉 뼈와 힘줄과 근육의 꿈틀거림에서 온갖 아름다움이 훨씬 다양한 모습으로 작용하는 걸 발견하게 될 거네. 우아한 승마용 말의 부드럽고 밋밋한 특성과는 비교도 할 수 없을 정도로 말이야."

괴테가 계속해서 말했다. "그러니까 중요한 것은 품종을 순수하게 유지하는 일이며 사람들이 손을 대어 순수한 품종을 훼손하지 말아야 한다는 거네. 꼬리와 갈기를 잘라버린 말, 귀를 납작하게 만든 개, 힘찬 가지들을 잘라버리고 그 밖의 것을 둥글둥글하게 다듬어버린 나무, 특히 무엇보다도 어릴 때부터 코르셋을 하여 몸매를 망쳐버리고 기형적으로 된 처녀, 이 모든 것들은 건전한 취향을 가진 사람이라면 당연히 외면하는 것이며, 다만 속물들의 미용 교범에나 나올 뿐이겠지."

우리는 이런 비슷한 이야기들을 나누며 다시 돌아왔고, 식사 전에 다시 마당의 정원에서 잠시 동안 거닐었다. 날씨는 아주 화창했다. 봄볕이 다시 뜨거워지기 시작하였고, 덤불과 산울타리에는 이미 온갖 종류의 잎과 꽃들이 고개를 내밀기 시작하고 있었다. 괴테는 풍요로운 여름을 고대하는 듯 상념과 희망으로 가득 차 있었다.

그러고 나서 우리는 아주 명랑한 분위기에서 식사를 했다. 괴테의 아들이 자기 아버지의 「헬레나」를 낭송했고, 또 순박한 이해력에서 나온 통찰력을 발휘하며 그 작품에 관해 언급했다. 그는 고대의 관점에서 창작된 부분을 읽을 때는 대단히 만족했지만, 오페라 형식과도 같은 낭만적 부분에서는 그렇게 생기 있게 낭송하지를 못했다.

"대체적으로 네 말이 맞아. 주관도 뚜렷해." 하고 괴테가 말했다. "그러나 이성적인 것이 반드시 아름답다고 말할 수는 없단다. 그 반대로 아름다운 것은 언제나 이성적이며, 최소한 이성적이어야 하는 거야. 그러니까 고대 부분이 네 마음에 드는 건 이해가 되기 때문이고, 네가 그 세부적인 부분들을 개관하고 또 나의 이성을 너의 이성으로 파악할 수 있기 때문이란다. 그러나 후반부에서는 온갖 오성과 이성이 마음껏 사용되고 있기 때문에 이해하기 어려워서 어느 정도 연구를 하지 않으면 안 된단다. 그 전체 문맥을 파악하고 자기 자신의 이성으로 작가의 이성을 다시 헤아려 내려면 말이야."

그러고 나서 괴테는 그가 최근에 열심히 읽었던 마담 타스튀의 시를 높이 평가하고 극구 칭찬했다.

다른 사람들이 가고 나도 막 가려고 하자 괴테가 나에게 조금 더 있다가 가면 어떻겠느냐고 말했다. 그는 네덜란드 거장들의 동판화가 들어 있는 화첩을 가지고 오게 했다.

그가 말했다. "자네에게 후식으로 꽤 괜찮은 걸 대접하고 싶네." 이 말을 하면서 그는 나에게 루벤스의 풍경화 한 장을 보여주었다. 그가 말했다. "자네는 우리 집에서 이 그림을 벌써 보았겠지. 하지만 뛰어난 작품은 틈만 나면 자주 볼 필요가 있네. 그리고 이번에는 그것 말고도 또 다른 특별한 점에 대해서 주목할 필요가 있네. 우선 자네의 감상을 한번 말해보지 않겠나?"

내가 말했다. "원경부터 말씀드리자면 제일 뒤쪽의 배경에는 일몰 직후와도 같은 아주 환한 하늘이 있습니다. 그리고 마찬가지로 가장 뒤쪽에는 저녁노을 아래 하나의 마을과 하나의 도시가 있군요. 그림의 중간 부분에는 길이 그려져 있는데, 그 위로 한 무리의 양떼가 바삐 마을로 돌아가고 있습니다. 그림의 오른쪽에는 온갖 종류의 건초 더미가 있고 그 옆에는 방금 건초를 가득 실은 마차 한 대가 있습니다. 그리고 마구를 얹은 말들이 바로 옆에서 풀을 뜯고 있고요. 그리고 또 그 옆으로는 몇 마리의 암말들이 그 새끼들과 함께 수풀 여기저기에 흩어져서 풀을 뜯고 있는데, 그 모습으로 보아 바깥에서 밤을 지낼 것처럼 보입니다. 그리고 전경(前景) 가까이에는 한 무리의 커다란 나무들이 그려져 있고, 마지막으로 바로 전경의 왼쪽에서는 여러 직종의 일꾼들이 집으로 돌아가고 있군요."

"좋아." 하고 괴테가 말했다. "모든 게 좋아. 하지만 아직 중요한 부분이 빠져 있네. 우리가 거론한 모든 대상들, 즉 양떼나 건초 더미를 실은 마차나 집으로 돌아가는 일꾼들은 그런데 어느 쪽으로부터 조명을 받고 있는 건가?"

내가 대답했다. "빛은 우리 쪽을 향해 비치면서 그림자를 그림 안으로 던지고 있습니다. 특히 전경에서 집으로 돌아가고 있는 농민들이 아주 밝은 빛을 받고 있는 것이 뛰어난 효과를 내고 있습니다."

괴테가 물었다. "그런데 자네는 루벤스가 어떠한 방식으로 이런 아름다운 효과를 내고 있다고 생각하는가?"

내가 대답했다. "밝은 빛을 받고 있는 인물들의 배경을 어둡게 만들었으니까요."

"그렇다면 이 어두운 배경은 어떻게 해서 생겨난 건가?" 하고 괴테가 다시 물었다.

내가 대답했다. "그것은 한 무리의 나무들이 인물들을 향하여 던지고 있는 짙은 그림자로 인해 생긴 것입니다." 내가 놀란 어조로 계속해서 말했다. "하지만 인물들이 그림 속으로 그림자를 던지고 있는 데 반해, 한 무리의 나무들은 그림을 보고 있는 사람 쪽으로 그림자를 던지고 있는 건 무슨 까닭일까요? 그렇군요, 서로 반대되는 두 방향에서 빛이 비치고 있습니다. 자연에서는 있을 수 없는 일입니다!"

"바로 그 점이야." 하고 괴테가 슬며시 미소를 지으며 말했다. "루벤스의 위대함은 거기에서 드러나고 있네. 그는 자유로운 정신으로 자연을 지배하고, 자신의 보다 높은 목적에 부합되게 자연을 다루고 있는 걸세. 이중의 빛이 내는 효과는 아주 강렬하지만, 자네는 그것이 자연에 위배되는 것이라고 말할 테지. 하지만 그것이 자연에 위배된다 하더라도, 나는 또한 동시에 이렇게 말하겠네. 그것은 자연보다 높은 곳에 있다고 말이야. 그리고 또 이렇게 말하겠네. 그것은 거장의 대담한 솜씨로서, 예술이 자연의 필연성에 종속되어 있는 게 아니라 자기 자신만의 법칙을 가지고 있다는 사실을 천재적인 방식으로 보여주고 있다고 말이네."

괴테가 계속해서 말했다. "화가는 자연을 그 세세한 부분까지 충실하게 있는 그대로 그려야 하네. 어떤 동물의 골격이라든지 근육과 힘줄의 위치를 마음대로 바꾸어 본래의 특성을 상실하게 해서는 안 되네. 그렇게 된다면 자연을 망쳐버리는 게 되니까 말이야. 그러나 예술적 기법의 보다 높은 영역에서는, 즉 하나의 그림에 독자적인 개성을 부여하는 과정에서 화가는 보다 자유롭게 운신할 수가 있네. 이 경우 화가는 루벤스가 이 풍경화에서 이중의 빛을 사용한 것과 같이 가공(架空)의 영역으로까지 넘어가도 무방한 걸세.

예술가는 자연과 이중의 관계에 있네. 즉 예술가는 자연의 지배자이면서 또한 노예이기도 하다는 말이지. 예술가가 노예인 것은 자신을 이해시키기 위하여 이 지상의 수단들을 사용해야 하기 때문이네. 그러나 예술가가 지배자인 것은 이 지상의 수단들을 자신의 보다 높은 의도에 부합되게 종속시키면서 마음대로 사용할 수 있기 때문이네.

예술가는 하나의 전체를 통해서 이 세상을 향해 발언하려 한다네. 그러나 이 전체는 예술가가 자연 속에서 발견하는 것이 아니라, 예술가 자신의 정신이 만들어낸 산물이거나 아니면 결실을 맺게 하시는 하느님의 입김이 작용해 빚어진 것이네.

루벤스의 이 풍경화를 건성으로 바라보면 모든 것은 자연을 그대로 모사한 듯 아주 자연스럽게 보일 뿐이네. 그러나 사실은 그렇지가 않네. 그처럼 아름다운 그림이 자연에서 발견된 적은 결코 없어. 아주 자연스럽게 보이는 푸생이나 클로델의 풍경화에서도 그처럼 아름다운 그림은 마찬가지로 찾아볼 수가 없네. 물론 이들의 그림도 현실 그대로 그려진 것은 아니긴 하지만 말이야."

이어서 내가 물었다. "그런데 루벤스의 이러한 이중의 빛과 같은 대담한 특성을 가지는 예술적 가공과 비슷한 것이 문학에는 없는 것일까요?"

"그렇게 멀리 갈 필요도 없네." 하고 괴테가 잠시 생각한 후에 대답했다. "그러한 사례는 셰익스피어의 작품들에서도 수십 가지나 들 수 있으니 말이야. 우선 『맥베스』를 생각해 보게. 맥베스의 부인이 그 남편에게 행동을 부추기면서 이렇게 말하지.

저도 아기에게 젖을 먹여본 적이 있어요.

물론 이 말의 사실 여부는 조금도 중요하지가 않네. 그러나 맥베스의 부인은 그렇게 말했고, 또 그렇게 말해야 했네. 그녀의 말을 강조하기 위해서 말이야. 나중에 작품이 진행되면서 맥더프가 자기 가족의 몰살 소식을 듣고는 분노를 터뜨리면서 이렇게 말하지.

맥베스에게는 자식이 없어![55]

물론 맥더프의 이 말은 맥베스 부인의 말과는 모순이지. 그러나 셰익스피어는 그 점을 개의치 않았네. 그에게는 그때마다의 말의 힘이 중요할 뿐이었으니까 말이야. 그래서 맥베스의 부인이 그녀의 말을 최고도로 강조하기 위해 '저도 아기에게 젖을 먹여본 적이 있어요.'라고 말한 것처럼 맥더프도 바로 그런 목적으로 '맥베스에게는 자식이 없어.'라고 말한 거네!"

괴테가 계속해서 말했다. "우리는 어떤 화가의 붓 자국과 시인의 말 하나하나를 지나치게 정확하고 세심하게 받아들여서는 안 되네. 오히려 대담하고 자유로운 정신으로 만들어진 예술작품을 가능하다면 똑같은 정신으로 다시 직관하고 즐겨야 하는 걸세.

그러므로 맥베스가 그 부인에게,

당신은 딸애는 낳지 않을 거요.[56]

라고 말했다고 해서, 맥베스의 부인이 아직 아기도 낳아보지 않은 아주 젊은 처녀일 거라는 결론을 이끌어내는 것은 어리석은 일이네. 더 나아가서 맥베스의 부인이 무대에 아주 어린 소녀로 나타나야 한다고 주장하는 것도 마찬가지로 어리석은

55) '맥베스에게 자식이 있으면 죽여서 원수를 갚을 텐데.'라는 뜻이다.
56) 맥베스의 부인이 망설이고 있는 맥베스를 충동질해 국왕을 암살하도록 부추기자, 맥베스가 부인의 용감성을 빗대어서 하는 말이다.

일이지.

셰익스피어가 맥베스에게 이런 말을 하게 한 것은 그 부인의 처녀성을 입증하기 위한 건 결코 아니고, 앞서 소개한 맥베스 부인과 맥더프의 말처럼 다만 수사학적인 목적으로 쓰인 것이네. 말하자면 시인이 자신의 등장인물에게 바로 그 자리에서 그때마다 해야 할 말을 효과적으로 만들기 위한 목적만 있을 뿐이지. 그리고 그 말이 다른 구절들과 외견상으로 모순이 되는지 아닌지를 지나치게 염려하거나 계산할 필요는 없는 걸세.

게다가 셰익스피어는, 사람들이 자신의 작품을 인쇄된 문자 상태로 세세하게 검토하고 서로 비교하리라는 점은 별로 고려하지도 않았네. 오히려 그는 작품을 쓰면서 무대만을 염두에 두었네. 그는 자신의 작품을 무대 위에서 아래쪽 청중의 눈과 귀를 향해 신속하게 흘러 내려가는 유동적이고 생동하는 것으로 보았네. 그러니 그 누가 그것을 붙들어 놓거나 흠을 잡는다는 건 생각할 수도 없는 일이지. 요컨대 현재의 순간에서 효과적으로 그리고 의미심장하게 만든다는 것만을 중요하게 여겼던 걸세."

1827년 4월 24일 화요일

아우구스트 폰 빌헬름 슐레겔이 이곳 바이마르에 체류 중이다. 괴테는 식사 전에 그와 함께 마차 드라이브를 했으며, 오늘 저녁 그를 환영하는 성대한 티 파티를 열어주었다.[57] 슐레겔의 여행에 동반하고 있는 라센 박사도 함께 참석했다. 바이마르에서 그 어떤 명성이나 지위가 있는 사람이라면 전부 초대되었기 때문에 괴테 댁은 방마다 손님들로 북적거렸다. 부인들에 의해 완전히 둘러싸인 슐레겔 씨는 인도 신들의 그림이 그려진 좁고 긴 두루마리를 풀어 그들에게 보여주었다. 그리고 두 편의 인도 장편시를 수록한 텍스트도 보여주었는데, 그 자신과 라센 박사를 제외하고는 그 시를 알아볼 수 있는 사람은 아무도 없는 것 같았다. 슐레겔은 아주 단정하게 차려입은 데다가 막 피어오르는 청년 같은 모습을 하고 있어서 참석한 사람들 중의 몇몇은 그가 화장술에 초보는 아닐 것이라는 주장을 하기도 했다.

그때 괴테가 나를 창 쪽으로 이끌고 가서는 물었다. "자네는 저 사람이 마음에 드는가?" 내가 대답했다. "예, 이전과 마찬가지로 아주 마음에 듭니다." 그러자 괴테가 계속해서 말했다. "그는 여러 점에서 남자답지 못한 데가 있네. 하지만 사람들은 다방면에 걸친 그의 박학다식함과 커다란 업적 때문에 좋게 대하는 걸세."

---

57) 아우구스트 빌헬름 슐레겔 자신은 괴테와 실러가 슐레겔 형제를 폄하하는 발언을 하기 전까지는 괴테에게 적대적인 태도를 보이지 않았다. 괴테와 실러가 먼저 비판을 시작하자 슐레겔은(프리드리히 슐레겔은 이미 사망한 뒤였다.) 불쾌감을 표시하는 가시 돋힌 시구로써 반응했고, 그 후 괴테 측에서도 본격적으로 슐레겔에게 공격을 가했다.

1827년 4월 25일 수요일

괴테 댁에서 라센 박사와 함께 식사를 했다. 슐레겔은 오늘 또다시 파티에 참석차 궁전으로 불려갔다. 라센 씨가 인도 시 문학에 대한 방대한 지식을 펼쳐 보이자 괴테는 아주 흡족해하는 것 같았다. 그 방면에서의 그 자신의 아주 빈약한 지식을 보완해 주는 것이기 때문이었다.

저녁 때 나는 다시 잠시 동안 괴테와 함께 있었다. 그의 말에 의하면 해질 무렵 슐레겔과 문학과 역사 문제에 관해 아주 중요한 이야기를 나누었는데, 아주 유익했다는 것이다. 그리고 덧붙여 말했다. "가시덤불에는 포도송이가 열리지 않고, 엉겅퀴에는 무화과가 열리지 않는 법이야. 물론 그 밖의 점에서는 다 뛰어나지만."

1827년 5월 3일 목요일

스타퍼[58]가 아주 성공적으로 번역한 괴테의 희곡 작품들에 대한 앙페르[59] 씨의 평론이 파리에서 발간되는 《르 글로브》지의 작년 호에 게재되었는데, 이 평론 또한 번역본에 못지

58) 알베르 스타퍼(Albert Stapfer, 1802~1892). 프랑스의 작가로서 괴테의 희곡들을 번역했다.
59) 장 자크 앙페르(Jean-Jaques Ampère, 1800~1864). 프랑스의 문학사가. 저명한 수학자이자 물리학자인 앙드레 마리 앙페르의 아들.

않게 뛰어난 글이어서 괴테는 아주 마음에 들어 했다. 그래서 괴테는 종종 그 글에 대한 이야기를 꺼내면서 그때마다 대단한 호평을 하곤 했다.

괴테가 말했다. "앙페르 씨의 관점은 아주 고차원적이야. 독일의 비평가들은 이와 비슷한 경우에 철학에서 출발하기를 좋아하지. 그들은 문학작품을 고찰하고 논의할 때 자기들이 속한 유파의 철학자들만 이해할 수 있고, 다른 사람들에게는 그들이 설명하고자 하는 작품 그 자체보다도 훨씬 이해하기 어려운 방법을 동원한다네. 반면에 앙페르 씨는 철두철미하게 실제적이고 인간적인 방식을 택하고 있네. 자기 분야에 정통한 사람으로서 그는 작품과 작가 사이의 친근성을 드러내 보여주며, 다양한 작품들을 시인의 다양한 생의 단계에서 나온 다양한 산물이라고 규정하고 있는 걸세.

그는 내 세속적 삶의 이력과 정신 상태의 변화 과정을 아주 깊이 탐구했고, 심지어 내가 말하지 않은 것까지 간파하면서 글의 행간까지 읽어냈네. 예컨대 그가 다음과 같이 언급한 것은 실로 옳았어. 즉 내가 바이마르에서 공직 생활과 궁정 생활을 한 처음 십 년 동안에 거의 아무런 작품도 쓸 수가 없었고, 그래서 절망한 나머지 이탈리아로 도주하게 되었지. 그곳에서 창작에 새로운 욕구를 다시 느끼고 『타소』의 줄거리를 잡았다는 걸세. 그리고 이 적절한 소재를 다룸으로써 내가 바이마르에서 받았던 인상과 기억으로부터 오는 고통과 성가심에서 벗어나려 했다는 걸세. 그러므로 앙페르가 '타소'를 '고양된 베르테르'라고 부른 건 참으로 적절한 표현이었네.

그러고 나서 그는 『파우스트』에 대해서도 그에 못지않게 재치 있는 견해를 밝혔네. 즉 주인공 파우스트의 음울하고 만족할 줄 모르는 노력뿐만 아니라, 메피스토펠레스의 조소나 신랄한 풍자도 나 자신의 본성의 일부라고 말이야."

괴테는 이런 식으로 앙페르 씨를 인정하고 칭찬하는 말을 거듭했다. 우리도 그에 대해 커다란 관심을 가지게 되었고 그의 인물됨을 알아보려 애를 썼다. 물론 성공하지는 못했다. 하지만 삶과 창작의 상호 관계를 그토록 근본적으로 이해하고 있는 것으로 보아 그가 중년의 나이에 도달했음이 분명하다는 데는 의견의 일치를 보았다.

그랬기 때문에 우리는 며칠 전 앙페르 씨가 이십 대의 쾌활한 청년의 모습으로 바이마르에 나타났을 때 깜짝 놀라지 않을 수 없었다. 그리고 그에 못지않게 놀랄 일은 또 있었다. 나중에 그와 더 친하게 지내면서 《르 글로브》지의 동인들 전체가 모두 앙페르 씨처럼 젊은 사람들이라는 얘기를 들었기 때문이다. 우리가 현명함과 절제력과 높은 교양 수준을 그토록 자주 칭찬했던 사람들이 알고 보니 젊은이들이었던 것이다.

"젊은 나이에도 중요한 작품을 쓸 수 있다는 건 이해가 갑니다." 하고 내가 말했다. "예컨대 메리메[60] 같은 작가는 스무 살에 뛰어난 작품들을 쓰지 않았습니까. 하지만 《르 글로브》

60) 프로스페르 메리메(Prosper Mérimée, 1803~1870). 프랑스의 소설가. 공무원 생활을 오래 하면서 작가 생활을 했다. 익명으로 장편 역사소설 등을 발표하기도 했으나 단편에서 그 진가를 드러냈다. 『카르멘』 등의 작품들이 있다.

지의 동인들처럼 젊은 사람들이 그같이 높은 판단력을 소유할 만큼 폭넓은 이해력과 깊은 통찰력을 보여준다는 것은 저에게는 다소 뜻밖의 일입니다."

괴테가 대답했다. "자네들이야 황무지에서 태어났으니 그런 일을 그렇게 쉽게 이룰 리는 없지. 우리 중부 독일에서도 얼마 안 되는 지식을 얻느라 고생깨나 했던 터에 말이야. 이것은 결국 우리 모두가 서로 고립되어 가련한 생활을 하고 있기 때문일세!

자기 고장 사람들로부터는 거의 아무런 교양도 얻을 수 없는 데다가, 우리나라의 재능 있는 사람들이나 훌륭한 지성들이 모두 독일 전체에 흩어져 살고 있는 형편이 아닌가. 빈이나 베를린이나 쾨니히스베르크나 본이나 뒤셀도르프에 각각 흩어져 살고 있고 모두 팔십 내지 백육십 킬로미터 정도는 서로 떨어져 있어서 친밀한 교류라든지 사상의 직접적인 교환 같은 것은 가물에 콩 나듯 하는 거지. 하지만 아무리 그렇다 하더라도 알렉산더 폰 훔볼트 같은 인물이 이곳을 지나간다면 그를 찾아가서 내가 추구하고 꼭 알고 싶었던 것을 물어볼 거야. 나 혼자만의 힘이라면 수년이나 걸릴 일을 단 하루 만에 더 잘 알 수도 있을 테니 말이야.

하지만 파리 같은 도시를 한번 생각해 보게. 거대한 나라의 가장 뛰어난 지성들이 한곳에 모여 날마다 교제하고 논쟁하고 경쟁하는 가운데 서로 가르쳐주고 서로 이끌어주고 있지 않은가. 전 세계를 통틀어 자연과 예술의 모든 분야에서 가장 뛰어난 것을 날마다 눈으로 직접 볼 수 있지 않은가. 이 세계 도시를 한번 떠올려 보게. 그 어디로 다리를 지나든 광장을 지나든 그 하나하나가 모두 위대한 과거를 상기시키며, 길모퉁이 모퉁이마다 역사의 한 토막이 펼쳐져 있지 않은가. 더욱이 음침하고 활기가 없었던 시대의 파리가 아니라 19세기의 파리를 한번 생각해 보게. 그 세기의 삼 세대에 걸쳐 몰리에르나 볼테르, 디드로 같은 인물들이 나타나서 그토록 풍요로운 정신을 마음껏 보여주었던 거네. 이처럼 단 한 장소에서 그토록 풍요로운 정신이 한꺼번에 쏟아져 나온 경우는 두번 다시는 없을 걸세. 그러니 자네도 이해하겠지. 앙페르와 같이 머리가 좋은 사람이 그러한 풍요로운 분위기 속에서 자란 덕분에 스물네 살의 나이에도 상당한 인물이 될 수 있었다는 걸 말이야."

괴테가 계속해서 말했다. "자네도 조금 전에 말했다시피 스무 살이면 메리메처럼 훌륭한 작품을 쓸 수 있으리라는 건 충분히 생각할 수 있는 일이네. 나도 그 점에서는 조금도 이의가 없어. 그리고 젊어서 훌륭한 작품을 쓰는 편이 젊어서 훌륭한 비평을 하는 것보다 쉬울 거라는 자네의 견해는 참으로 옳아. 하지만 독일에서 메리메와 같은 젊은 나이에 『클라라 가줄』이라는 작품에서 보이는 바와 같은 원숙한 작품을 쓴다는 건 불가능한 일이네. 『군도』라든지 『간계와 사랑』이라든지 『피에스코』를 썼을 때의 실러가 아주 젊었다는 건 사실이야. 하지만 솔직히 말해서, 이러한 작품들은 모두 특별한 재능의 표현일 뿐 작가의 위대하고 원숙한 교양의 산물은 아닐세. 물론 이것은 실러가 아니라 국민 전체의 교양 수준에 그 책임이 있는 것이며, 자기 혼자 힘으로 험한 길을 개척해 나갈 때 누구나 겪는 커다란 어려움에 그 책임이 있는 거네.

반면에 베랑제를 한번 보게. 가난한 재단사의 후손인 가난한 양친의 아들로 태어나서 처음에는 가난한 인쇄공이 되었다가 나중에는 싸구려 임금을 받고 어느 사무소에서 일을 했네. 그래서 학교나 대학 근처에는 가보지도 못했지. 하지만 그의 가요는 원숙한 교양과 우아함과 재치와 예리한 풍자로 가득하다네. 그리고 그 언어적 기법은 예술적으로 완벽한 거장의 솜씨여서, 프랑스뿐만 아니라 전 유럽의 교양인들로부터 경탄을 받고 있는 걸세.

하지만 바로 이 베랑제라는 인물이 파리라는 이 세계 도시에서 태어나지도 자라지도 않았고, 그 대신 예나나 바이마르의 가난한 재봉사의 아들이라고 상상해 보세. 그리고 평생 동안 이러한 소도시에서 가난하게 살아왔다고 생각해 보세. 그렇다면 어떻게 되었을까. 바로 그 나무가 그러한 토양과 그러한 분위기 속에서 자랐다면 어떤 열매를 맺게 되었을까.

그러니까, 이 사람아, 문제는 바로 여기에 있네. 재능을 가진 어떤 사람이 신속하면서도 신나게 발전하려면 국민 사이에 지성과 교양이 널리 퍼져 있어야 하는 거야.

우리는 고대 그리스인들의 비극 작품에 경탄을 보내지만, 잘 생각해 보면 우리를 놀라게 하는 건 개개의 작가들이 아니라 그 작가들이 작품을 쓸 수 있었던 그 시대와 국민이라네. 왜냐하면 이 작품들이 서로 간에 조금씩 차이가 나고, 또 그들 중의 어떤 시인이 다른 시인보다 다소간 위대하고 보다 더 완벽해 보인다 하더라도, 전체를 통틀어 개관해 본다면 그 모든 것에는 단 하나의 일관된 특성만이 있기 때문이네. 그것은 바로 웅대함, 유익함, 건강함, 인간적인 완전함, 거기에다가 고상한 생활의 지혜와 숭고한 사고방식, 순수하고 강력한 직관이라는 특성을 가진다네. 그리고 그밖에도 여러 가지 특성을 들 수가 있네. 이러한 모든 특성들은 지금까지 전해져 내려오는 희곡 작품에서뿐만 아니라 서정시나 서사시에서도 볼 수 있고 또한 철학자나 수사학자나 역사가에게서도 볼 수가 있네. 그리고 현재까지 전해져 오는 조형예술 작품에서도 마찬가지로 볼 수 있네. 요컨대 이러한 특성은 개개인에게만 주어져 있는 것이 아니라 그 국민과 시대 전체에 속하는 것이며 그 속에서 형성되고 있었다는 사실만은 분명하네.

번스[61]의 예를 들어보기로 하세. 그의 선조들의 옛 가요가 민족의 입에서 살아남지 않았더라면 그가 어떻게 위대해질 수 있었겠나. 그가 요람에 있을 때도 그런 노래가 불렸고, 어린 시절에도 그런 노래들을 들으며 자라왔지. 그래서 이런 노래들의 탁월한 특성을 완전히 자기 것으로 체화할 수 있었기 때문에 그는 그것들을 생생한 토대로 삼을 수가 있었던 거네. 그리고 더 나아가서 그것보다 더 발전시킬 수도 있었네. 그리고 그가 위대해질 수 있었던 또 다른 이유는 그 자신의 노래가 민중 속에 퍼지자마자 곧바로 그것을 받아들일 청중이 있었기 때문이네. 들에서 곡식을 베는 사람이나 단을 묶는 아낙네들이 그의 노래를 순식간에 받아들여 불렀고, 술집에서도

61) 로버트 번스(Robert Burns, 1759~1796). 스코틀랜드의 민중 시인.

쾌활한 직공들이 즐겨 그 노래를 불렀던 거네. 그리고 그렇게 되는 동안에 그의 노래는 커다란 세력을 얻게 되었던 걸세!

이와는 달리 우리 독일의 사정은 얼마나 초라한가! 그것에 못지않게 중요했던 우리의 옛 가요 가운데 그 무엇이 나의 청년 시절의 우리 민중에게 살아 있었단 말인가? 헤르더와 그의 후계자들은 우선 오래된 가요들을 수집해 그것들을 망각 상태에서 벗어나게 하는 일부터 시작해야만 했고, 또 그렇게 했기 때문에 적어도 인쇄된 형태로나마 도서관에 보존될 수가 있었던 걸세. 그리고 그 뒤로도 뷔르거와 포스가 여러 가지 노래들을 만들지 않았던가! 그 누가 감히 그들이 저 뛰어난 번스보다 민중적이지 못하다고 말할 수 있겠나! 하지만 그 노래들 가운데 오늘날까지 생명력을 유지하면서 민중들에 의해 다시 불리는 것이 뭐가 있단 말인가? 그런 노래들은 글자로 쓰이고 인쇄되어 도서관에 보관되면 끝인데, 그것은 독일 시인의 일반적인 운명과도 꼭 일치하지. 내가 지은 노래 가운데서도 무엇이 아직 살아남아 있는가? 한두 곡 정도야 귀여운 소녀가 피아노 반주에 맞추어 불러보겠지. 하지만 일반 민중 사이에서는 아무것도 들을 수가 없네. 이탈리아의 선원들이 나에게 『타소』에 나오는 구절들을 노래로 불러주었던 그때를 생각하면 너무도 감격적인데 말이야.

우리 독일인들은 이제 겨우 턱걸이를 했을 뿐이네. 물론 한 세기 전부터 우리는 꽤나 교양을 쌓아오기는 했지. 하지만 아직도 몇백 년은 더 기다려야 할 걸세. 높은 지성과 우아한 교양이 우리나라 사람들 사이에 스며들고 보편화되어 그리스 사람들처럼 미를 숭상하고 어여쁜 노래에 열광하면서 '독일인들이 야만인이었던 건 옛날이야기야.'라는 말을 들을 수 있기까지는 말일세."

1827년 5월 4일 금요일

괴테 댁에서 앙페르와 그의 친구인 스타퍼를 환영하기 위한 성대한 저녁 만찬이 마련되었다. 시끌벅적한 분위기 속에서 사람들은 명랑하게 떠들어댔다. 앙페르는 괴테에게 메리메와 알프레드 드 비니[62]를 비롯한 여러 중요한 작가들에 대해 이야기해 주었다. 또한 베랑제에 대해서도 아주 많은 이야기가 오갔는데, 비길 데 없이 훌륭한 그의 가요들은 날마다 괴테의 머릿속에 떠오르곤 한다는 것이다. 베랑제의 유쾌한 사랑의 노래는 그의 정치 가요들보다도 더 우수하다는 말도 나왔다. 그러면서 괴테는 대개의 경우 순수한 시적인 소재가 정치적 소재보다 우월하며, 순수하고 영원한 자연의 진리가 파당적 견해보다 우월한 것과 마찬가지라는 논지를 펼쳤다.

괴테가 계속해서 말했다. "그건 그렇고 베랑제는 정치 시로써 자신이 애국자임을 입증했네. 동맹군의 침공 이후에 프랑스인들이 그에게서 억눌렸던 감정을 토로할 가장 좋은 기

62) 알프레드 빅토르 드 비니(Alfred Victor de Vigny, 1797~1863). 프랑스의 시인, 소설가, 극작가. 초기 낭만파를 주도하였으며 『고금 시편』, 『숙명』 등의 시집이 있다.

관을 발견했으니 말이야. 그는 황제 치하의 군대의 영광을 여러모로 상기시킴으로써 국민들을 고무시켰던 것인데, 집집마다 황제에 대한 추억이 그대로 살아 있고 시인도 황제의 위대한 성품을 사랑했으니까 가능했던 게지. 그렇다고 해서 황제의 전제군주적인 지배가 계속되어야 한다는 생각을 가졌던 건 물론 아니네. 그런데 이제 부르봉 왕가의 지배는 그의 마음에 들지 않는 모양이야. 허약하기 짝이 없는 세대가 되어버렸으니 말이지! 지금의 프랑스인들은 왕좌로부터 위대한 덕성을 요구하는 우스운 꼴을 보이고 있네. 그들 자신이 나서서 함께 지배하고 또 발언하고 있는 터에 말이야."

식사 후에 손님들은 정원 여기저기로 흩어졌다. 괴테는 손짓으로 티푸르트로 가는 길의 숲 근처로 마차 드라이브를 가자고 권유했다.

마차를 타고 달리는 동안 그는 아주 신나고 흡족한 모습이었다. 그는 앙페르와 그렇게 좋은 관계를 맺게 된 걸 기뻐하고 있었다. 프랑스에서 독일 문학이 인정받고 또 널리 전파되리라는 좋은 결과를 기대할 수 있었기 때문이다.

그가 덧붙여서 말했다. "앙페르는 교양 수준이 아주 높아서 그 나라의 많은 사람들이 가지고 있는 민족적 편견이라든지, 혐오감 또는 편협함과는 아주 거리가 머네. 그리고 그 정신적인 태도로 보더라도 그는 파리 시민이라기보다는 훨씬 더 세계 시민이라고 할 수 있네. 한마디 더 하자면 프랑스에 앙페르와 같은 식으로 생각하는 사람이 수천이나 있게 될 날이 머지않았다는 것이네."

1827년 5월 6일 일요일

괴테 댁에서 다시 만찬이 열렸는데, 그저께와 똑같은 손님들이 참석했다. 우리는 「헬레나」와 『타소』에 관하여 많은 이야기를 나누었다. 그러고 나서 괴테가 말하기를 1797년에 『텔』의 전설을 육각운의 서사시로 써보려고 계획한 적이 있었다는 것이다.

괴테가 말했다. "그해에 나는 스위스의 그 작은 주(州)들과 피어발트슈테트 호수를 다시 한번 찾아갔었는데, 그 매혹적이며 아름답고 웅대한 자연에 다시금 깊은 감명을 받았지요. 그래서 그 무엇과도 비교할 수 없는 자연의 변화와 풍요로움을 시로써 표현해 보고 싶다는 생각이 들었지요. 그러나 그 묘사에 한층 더 매력과 흥미와 생명력을 깃들게 하려면 천하의 명승지인 그곳에 어울릴 만한 중요한 인물을 함께 설정하는 게 좋으리라는 생각이 들었고, 그 결과 텔이 그 역에 아주 어울릴 거라는 생각이 떠올랐던 것입니다.

나는 텔이야말로 아주 힘이 세고 스스로 만족할 줄 알며 어린아이처럼 순진한 영웅적 인물이라고 생각했습니다. 짐꾼으로서 전국 방방곡곡을 돌아다니며 가는 곳마다 아는 사람이 있고 사랑도 받으며 또 어디서든 남의 일을 도와주는 사나이라고 말입니다. 게다가 자신의 생업을 묵묵히 영위하면서 처자를 부양하고 또 상대가 왕이든 노예든 개의치 않는 그런 사나이라고 생각했지요.

반면에 게슬러는 폭군이기는 하나 성격은 다소 느긋한 편이어서 가끔 마음이 내킬 때마다 좋은 일도 하고 또 구미가 당기면 나쁜 일도 하면서, 백성과 그들의 복지와 고통 같은 문제는 아예 존재하지도 않는 것처럼 행동하는 그런 위인으로 생각했습니다.

이와는 달리 보다 높고 선한 인간성, 고향 땅에 대한 애정, 조국의 법률하에 있음으로 느끼는 자유로움과 안전함, 외부의 악당으로부터 억압과 학대를 당할 때의 굴욕감 그리고 마침내 그러한 가증스러운 속박에서 벗어나고자 하는 결단으로 무르익어 가는 의지력, 그러한 모든 고귀하고 선한 것을 나는 발터 퓌르스트나 슈타우프파허나 멜히탈과 그 밖의 다른 인물들에게 나누어주었습니다. 그러므로 이들이야말로 본래의 주인공이며, 나의 뜻에 따라 행동하는 보다 고차적인 힘인 것이지요. 반면에 텔과 게슬러도 때로는 행동적이긴 하지만, 대체적으로는 수동적인 성격의 인물이었습니다.

이 아름다운 소재에 매료되어 나는 때때로 육각운의 시를 읊조려 보기도 하고, 고요한 달빛에 비친 호수라든지 깊은 골짜기의 달빛 어린 안개를 바라보기도 했지요. 사랑스러운 아침 햇살을 받고 있는 호수를 보기도 했으며, 숲과 목장에서 약동하는 환희와 생명 그리고 골짜기에서 호수로 몰아치는 폭풍우도 그려보았습니다. 물론 밤의 정적과 오솔길과 다리 위에서의 밀회도 빼놓지 않았지요.

이 모든 것을 나는 실러에게 이야기했습니다. 그러자 그의 영혼 속에서 이러한 풍경과 등장인물들이 어우러져 하나의 희곡이 되었던 것입니다. 게다가 나는 당시에 다른 할 일도 있고 해서 계획이 자꾸 연기되어 갔으므로 그 소재를 모조리 실러에게 양도하고 말았던 거지요. 그렇게 실러의 저 경탄할 만한 작품이 태어났던 것입니다."

우리 모두는 괴테의 이 말을 흥미롭게 들으면서 기뻐했다. 그리고 나는 그에게 삼행시로 서술된 『파우스트』 2부 1장의 장엄한 일몰 장면은 저 피어발트슈테트 호수의 자연으로부터 받은 인상에서 생겨난 것이 아닌지를 물어보았다.

"그 장면이 거기에서 나왔다는 점을 부인하지는 않겠습니다." 하고 괴테가 대답했다. "저 경이로운 자연의 신선한 인상이 없었다면 방금 말한 삼행시의 내용은 생각조차 할 수 없었을 테니까요. 그러나 내가 텔의 활동 무대라는 황금으로 주조해 낸 것은 그것이 전부입니다. 그 밖의 것은 전부 실러에게 맡겼으니까요. 그리고 여러분도 아시다시피 실러는 그것을 가장 효과적으로 사용했던 것입니다."

화제는 『타소』로 옮겨갔고, 괴테가 거기에다 어떤 '이념'을 구현하려 했는지에 대한 이야기가 나왔다.

"이념이라고요?" 하고 괴테가 반문했다. "나는 그런 건 모릅니다. 오로지 타소[63]의 삶과 나 자신의 삶만을 알고 있었을 뿐입니다. 개성적인 이 두 기이한 인물이 합해져서 내 마음속에 생겨난 것이 바로 타소의 상이었고, 거기에 맞서는 산문적인 인물로서 안토니오를 가져왔던 것입니다. 물론 안토니오의

63) 토르콰토 타소(Torquato Tasso, 1544~1595). 이탈리아의 궁정 시인 타소를 가리킨다.

모델도 부족하지는 않았지요. 그 밖에도 궁정 생활이나 연애 관계는 바이마르에서나 페라라에서나 마찬가지였습니다. 그러므로 내가 자신의 서술에 대하여 '내 뼈 중의 뼈요, 살 중의 살'이라고 말해도 무리는 아닌 것입니다.

독일인은 정말 묘한 존재이지요! 어느 곳에서든 심오한 사상과 이념을 탐구하고 그것을 아무 데나 갖다 붙임으로써 인생을 필요 이상으로 어렵게 만들어버리니까요. 자, 그러니 이제 용기를 내도록 합시다. 감명받은 것에 몰입하고, 스스로 기뻐할 줄도 알며, 감동받을 줄도 알고 자기를 고양시킬 줄도 알며, 기꺼이 배우고, 어떤 위대한 대상을 향해 열정을 불태우고 용기를 낼 수도 있어야 합니다. 그러나 추상적 사상이나 이념이 들어 있지 않다고 해서 그 모든 것을 부질없다고 생각하는 일만은 부디 없어야 합니다.

사람들이 나를 찾아와서 이렇게 묻곤 하지요. 『파우스트』에서 어떤 이념을 구현하려 했느냐고 말이지요. 마치 나 자신이 그것을 알고 있어서 말해줄 수 있기라도 한 듯이 말입니다! 물론 '천국에서 이 세상을 거쳐 지옥까지'라는 정도로는 말해줄 수 있겠지요. 하지만 그것도 이념이 아니라 줄거리에 불과합니다. 더 나아가 악마가 내기에서 진다는 것, 끊임없이 선을 향해 나아가고자 애쓰는 사람이 고통스러운 방황에서 구제된다는 것, 이런 것들은 물론 효과적인 사상이며 여러 가지를 해명하기에 적합한 사상입니다. 하지만 그러한 사상이 작품 전체나 개개의 특수한 장면의 토대를 이루는 이념은 결코 아닙니다. 내가 『파우스트』에서 보여주었던 것과 같은 풍성하고 다채로우며 다양하기 그지없는 삶을 단 한 줄기 이념이라는 가느다란 실로 엮어보려 했다면 물론 하나의 아름다운 작품이 생겨났을지도 모르는 일이지요!"

괴테가 계속해서 말했다. "전체적으로 볼 때 시인으로서 그 어떤 추상적인 것을 구상화시키려는 노력은 내 방식이 아니었습니다. 나는 내 마음속에서 일어나는 인상들을 그대로 받아들일 뿐이었습니다. 활기찬 상상력이 제공하는 감각적이고 생명감 넘치며 사랑스럽고도 다채로운 갖가지의 인상을 받아들였던 것입니다. 그리하여 시인으로서 내가 한 일은 그런 직관과 인상을 마음속에서 예술적으로 다듬고 형성하고 또 생생하게 묘사해 나타나게 하는 것이었습니다. 다른 사람들도 내가 묘사한 것을 듣고 읽는 동안 나와 똑같은 인상을 받도록 하는 일 그 이상은 아니었습니다.

그러나 시인으로서 그 어떤 이념을 묘사하려고 했을 때는, 통일성이 분명하고 전체를 조망할 수 있는 짤막한 시로 그것을 표현했습니다. 예컨대 「동물의 변형」이나 「식물의 변형」, 「유언」이라든지 그 밖의 시들 말입니다. 비교적 큰 부피의 작품으로서 의도적으로 일관된 이념에 따라 쓰고자 했던 것으로는 『친화력』이 유일할 테지요. 그래서 그 소설은 이해하기 쉬운 작품이 되었습니다. 하지만 그 때문에 보다 더 잘되었다고는 말할 수 없을 것입니다. 오히려 나는 이렇게 생각합니다. '문학작품이란 불가해하면 할수록 그리고 이성으로 파악하기 어려우면 어려울수록 더욱 좋다'고 말이지요."

1827년 5월 15일 화요일

파리에서 온 폰 홀타이 씨가 얼마 전부터 이곳 바이마르에 체류 중인데, 그 사람됨과 재능 때문에 가는 곳마다 따뜻한 환대를 받았다. 괴테와 그의 가족도 홀타이 씨와 아주 친근한 관계를 맺게 되었다.

괴테는 며칠 전부터 그의 정원 집에 와 있다. 그는 그곳에서 조용히 일하며 크게 만족하고 있다. 나는 오늘 폰 홀타이 씨 그리고 슐렌베르크 백작과 함께 그곳으로 괴테를 찾아갔다. 그리고 폰 홀타이 씨는 앙페르와 함께 베를린으로 가기 위해 작별 인사를 했다.

1827년 7월 25일 수요일

괴테는 최근에 월터 스콧으로부터 편지를 받고 매우 기뻐했다. 괴테는 그 편지를 오늘 나에게 보여주었는데, 필기체 영문 글씨를 알아보기가 꽤나 어려웠는지 나에게 그 내용을 번역해 달라는 부탁을 했다. 괴테가 이 저명한 영국 시인에게 먼저 편지를 썼고 이 편지는 그것에 대한 답장인 듯했다. 그의 편지는 다음과 같다.

> 저로서는 무척 영광입니다. 저의 작품들 가운데 하나가 운좋게도 선생님의 주목을 끌었으니 말입니다. 저는 1798년 이래

로 선생님을 존경해 왔으며, 독일어 지식이 미미함에도 불구하고 대담하게 『괴츠 폰 베를리힝겐』을 영어로 번역하기까지 했습니다. 하지만 젊은이다운 객기로 번역을 하느라고 다음과 같은 사실은 까마득하게 잊고 있었습니다. 즉, 천재적인 작품의 아름다움을 자기가 느끼는 것만으로는 충분치 않으며, 그러한 아름다움을 다른 사람에게도 느끼게 하려면 그 작품을 쓴 언어를 철저하게 이해하고 있어야 한다는 사실 말입니다. 하지만 저는 젊은 시절의 이러한 시도에 대해 아직까지도 약간의 가치를 두고 있습니다. 왜냐하면 그 시도는 적어도 찬탄할 만한 대상을 선택할 줄은 알았다는 점을 말해주기 때문입니다.

저는 선생님에 대한 이야기를 저의 사위인 로카르트를 통해 자주 들었습니다. 로카르트는 유망한 문학청년으로서 우리 가족과 맺어지기 몇 년 전에 독일 문학의 아버지에게 소개되는 영광을 입었다고 합니다. 경의를 표시하고자 찾아온 수많은 방문객을 일일이 다 기억하실 수는 없겠지만, 제 가족의 한 사람인 그 젊은이보다 더 충심으로 선생님께 마음을 바친 사람은 없으리라고 저는 생각합니다.

제 친구인 존 호프 폰 핑키 경이 얼마 전에 선생님을 뵙는 영광을 누렸기에, 그 친구 편으로 선생님께 편지를 올리리라 기대했습니다. 그리고 그 후에도 그의 친척 두 사람이 독일로 여행을 떠날 예정이었기에 외람되게 편지를 썼던 것입니다. 하지만 그들의 여행 계획이 병으로 인해 무산되었기 때문에 저의 편지는 이삼 개월 뒤에 다시 되돌아오고 말았습니다. 말씀드리자면 저는 벌써 오래전부터 선생님과 친분을 맺었으면 하고 바랐습니다. 그것도 선생님께서 저에게 과분한 편지를 보내주시기 이전부터 말입니다. 사실 선생님의 서신을 대하고 저로서는 몸둘 바를 몰랐습니다.

천재를 숭배하는 모든 사람들로서는 안도의 느낌이 들게 됩니다. 유럽의 가장 위대한 전범(典範)들 가운데 한 분인 선생님께서 특별한 존경을 받고 있는 만년의 나이에 행복하고 영예로운 은거 생활을 즐기고 계신다는 소식을 듣게 되었으니 말입니다. 애석하게도 불행한 바이런 경에게는 운명의 여신이 그런 행운을 내리지 않았습니다. 운명의 여신은 한창 전성기 때의 그를 데려가 버렸으며, 그와 더불어 그에게 기대하고 바랐던 많은 것들도 영원히 사라져 버렸습니다. 바이런 경은 선생님께서 그에게 표한 경의를 명예롭게 여겼습니다. 그리고 현대의 살아 있는 모든 작가들이 어린아이와 같은 존경심으로 선생님을 우러러보고, 또 그렇게 해야 마땅하다고 생각하는 것과 마찬가지로 바이런 경도 선생님께 빚을 지고 있다는 느낌을 가지고 있었던 것입니다.

저는 트로이텔 씨와 뷔르츠 씨에게 부탁해 감히 선생님께 제가 쓴 책 한 권을 증정했습니다. 여러 해 동안 그가 지배했던 세계에 엄청난 영향을 주었던 저 주목할 만한 인물의 생애를 기록한 전기[64] 말입니다. 어쨌든 저는 그 인물과 다소간의 인연이 있는 것 같습니다. 그 사람은 저로 하여금 십이 년간이나 군대 생활을 하게 했으니까요. 그동안 저는 우리 지방의 민병대

64) 1827년에 발간된 『나폴레옹 보나파르트의 생애』.

에 복무했는데, 어릴 적부터 다리를 절었음에도 불구하고 우수한 기마병과 저격병과 사수가 되었습니다. 하지만 최근에는 그런 쓸 만한 능력도 얼마간 잃어버렸습니다. 이곳 북쪽 기후 때문에 생기는 비통한 질병인 류머티즘이 저의 팔다리에 영향을 끼쳤던 것이지요. 하지만 저는 한탄하지 않습니다. 사냥을 단념할 수밖에 없었던 이후로, 이제는 제 아들들이 즐겁게 사냥하는 것을 구경하고 있으니까요.

저의 큰아들은 경기병 중대를 지휘하고 있습니다. 스물다섯 살의 젊은이로서는 힘에 벅찬 일이지요. 작은아들은 최근에 옥스퍼드대학교에서 문학사 학위를 받았는데, 지금은 사회로 나가기 전 몇 개월을 집에서 보내고 있습니다. 아이들의 어머니는 하느님의 뜻에 따라 우리 곁을 떠났습니다. 그래서 막내딸이 집안 살림을 돌보고 있습니다. 그리고 맏딸은 결혼해서 가정을 이루고 있습니다.

선생님께서 친히 물어보신 한 사내의 가족 상황을 이로써 답합니다. 덧붙여 말씀드리자면, 저는 제가 원하는 대로 살기에 충분한 힘을 가지고 있습니다. 그동안 상당한 손실을 입었음에도 말입니다. 저는 제법 규모가 있는 고성(古城)에 살고 있는데, 괴테의 벗이라면 언제 누구라도 방문을 환영합니다. 현관에는 갑옷과 투구가 가득하므로, 약스트하우젠[65]으로도 적합할 것입니다. 그리고 커다란 사냥개 한 마리가 출입구를 지키고 있습니다.

---

65) 괴츠 폰 베를리힝겐의 성.

그런데 살아 있을 동안에 사람들이 자신의 존재를 잊어버리지 않도록 애를 썼던 한 사람[66]에 대해서는 별다른 말씀을 드리지 않았군요. 바라건대 이 작품의 결점을 너그러이 용서해 주시기 바랍니다. 이 책의 작가가 섬나라 사람의 편견을 떨쳐버리지 못함에도 불구하고, 저 비범한 인물에 대한 추억을 솔직하게 다루고자 하는 열망으로 가득 차 있었다는 점을 고려해 주시면서 말입니다.

선생님께 이 편지를 올릴 기회가 갑작스럽게 그리고 우연하게 어떤 여행자에 의해 마련되었습니다. 그 때문에 잠시도 지체할 수 없는 형편이어서 더 이상 세세한 말씀을 드릴 수가 없었습니다. 다만 선생님의 변함없는 건강과 평안을 바라올 뿐이며, 충심으로 그리고 깊은 경의를 표하며 서명하는 바입니다.

1827년 7월 9일 에든버러에서

월터 스콧

앞서 말한 대로 괴테는 이 편지를 받고 대단히 기뻐했다. 하지만 괴테의 생각으로는 스콧처럼 높은 지위와 폭넓은 교양을 지닌 사람으로서 겸손하게 의례적으로 하는 찬사라는 점을 감안하더라도 그 편지가 자신에게는 과분하다는 것이었다.

그러고 나서 괴테는 월터 스콧이 자신의 가족 상황을 설명하고 있는 솔직하고 성실한 태도에 대해 언급하면서, 바로 그러한 것이 자기를 형제로 대한다는 신뢰의 표시이므로 대단

---

66) 나폴레옹을 말한다.

히 기쁘다는 것이었다.

괴테가 계속해서 말했다. “정말이지 그가 나에게 보냈다는 『나폴레옹의 생애』가 무척이나 궁금해. 그 책에 대해서 반박하는 사람도 많고 열렬하게 옹호하는 사람도 많다고 들었는데, 하여간 상당히 비중이 있는 책이라는 것은 안 봐도 알겠군.”

나는 로카르트를 아직도 기억하고 있느냐고 물었다.

“아직도 생생해.” 하고 괴테가 대답했다. “깊은 인상을 남김으로써 쉽게 잊히지 않는 그런 인물이니까. 여행차 온 영국인들이나 내 며느리에게서 들으니, 로카르트는 문학 분야에서 훌륭한 업적을 세울 것으로 기대되는 청년이라는군.

그건 그렇고 월터 스콧이 칼라일에 관해서 한마디도 언급하지 않는 것이 좀 의아하네. 칼라일은 독일에 관해 지대한 관심을 갖고 있는 사람이라서, 스콧이 그를 모를 리 없을 텐데 말이야.

칼라일의 놀라운 점은 그가 우리 독일 작가들을 평가할 때 특히 정신적이고 윤리적인 핵심을 유력한 요소로 간주해 주목한 데 있네. 칼라일은 대단히 중요한 도덕적 힘을 가진 사람이네. 그의 장래는 유망하며, 앞으로 그가 어떤 업적을 남기고 어떤 영향을 미치게 될지 지금으로선 헤아릴 수가 없을 정도네.”

1827년 9월 26일 수요일

괴테는 오늘 아침 나를 데리고 에테르스부르크[67]의 서쪽 정상인 호텔슈테트[68]로 마차 드라이브를 했다. 그리고 거기서 에테르스부르크 사냥 별장으로 갔다. 날씨는 더없이 화창했다. 우리는 때맞추어 야콥 성문을 향해 출발했다. 가파른 경사지대가 시작되는 곳이라 마차로는 더 이상 갈 수 없었으므로 뤼첸도르프 영지 뒤쪽에서 우리는 온갖 경치를 마음껏 즐길 수 있었다. 괴테는 영지 뒤편의 덤불 오른쪽에서 한 무리의 새 떼를 보고는 종달새가 아니냐고 물었다. 나는 속으로 말했다. '위대하고도 사랑스러운 분이여, 자연 전체를 그 누구보다도 두루 탐구한 분이 조류학에서는 아이나 다름없군요.'

"그건 멧새와 참새들입니다." 하고 내가 대답했다. "그리고 또 늦게 나타난 풀숲종다리[69] 몇 마리도 보이는군요. 이것들은 이제서야 털갈이를 마치고 에테르스부르크의 덤불에서 나와 정원과 밭으로 내려와 지내면서 멀리 다른 지방으로 날아갈 채비를 하고 있는 중이지요. 이것들이 참종다리일 리는 없

---

67) 바이마르 북서쪽에 있는 길이 8킬로미터, 최고 높이 478미터의 숲으로 덮인 고산지대.

68) 에케 에테르스부르크를 조망할 수 있는 지점.

69) 독일어로 Grasmücke이다. 에커만의 설명으로 보아 보통의 종다리와 외형적으로는 비슷하지만 종은 다른 것으로 보인다. 적당한 번역어를 찾기가 어려워 풀숲종다리 정도로 번역하기로 한다. 왜냐하면 독일어로 Gras가 풀에 해당하고, 또 에커만의 설명에 따르면 보통 종다리와는 달리 수풀에 앉기 때문이다.

습니다. 참종다리는 본래 덤불숲에 앉지는 않으니까요. 참종다리인 들종다리와 하늘종다리는 공중 높이 솟아올랐다가 다시 땅으로 내려오며, 가을에는 떼를 지어 공중을 이리저리 날아다니다가 다시 추수가 끝난 밭으로 내려앉습니다. 하지만 덤불이나 수풀에는 앉지 않습니다. 반면에 나무종다리는 높은 나무들의 꼭대기에 앉기를 좋아합니다. 거기서 노래를 부르며 하늘 높이 솟아올랐다가 다시 나무 꼭대기로 내려옵니다. 그 밖에 또 다른 종류로는 주로 숲속 빈터의 양지바른 조용한 곳에서 볼 수 있는 종다리가 있는데, 이것은 피리 소리같이 아주 연약하지만 제법 구슬픈 노래를 부르지요. 이 새는 너무 생기가 있고 인간들이 사는 곳과 너무 가까운 에테르스부르크에 살지 않으며, 그렇다고 덤불숲 속에서 사는 것도 아닙니다."

"흠! 그렇군." 하고 괴테가 말했다. "자네는 이 분야에서 초심자는 아닌 모양일세."

"저는 그 분야에는 어릴 때부터 관심이 많았습니다." 하고 내가 대답했다. "새만 보면 언제나 눈과 귀를 열어놓았거든요. 새를 쫓느라 에테르스부르크 숲 전체를 통틀어 제가 여러 차례 지나가 보지 않은 곳은 드물 정도랍니다. 지금 이 자리에서 단 한 차례 새소리가 들려온다 해도 저는 감히 그 새의 종류를 말할 수 있습니다. 그리고 누가 새장 속에서 잘못 키워 깃털이 상하게 된 새를 가져온다 하더라도, 저는 금방 다시 온전한 깃털을 갖추도록 그 새의 건강을 회복시킬 수 있습니다."

괴테가 말했다. "그건 자네가 이 분야에서 이미 많은 경험을 했다는 말이야. 내 생각으로는 자네가 그 방면의 연구를 본격적으로 했으면 하네. 자네의 대단한 관심으로 보아 아주 좋은 결과를 얻을 수 있을 거네. 그건 그렇고 털갈이에 대해서 좀 더 이야기를 들어보세. 자네는 방금 풀숲종다리가 늦게서야 털갈이를 마치고 에테르스부르크의 덤불숲에서 밭으로 내려왔다는 말을 하지 않았나. 그렇다면 털갈이는 일정한 시기에만 있고, 모든 새들이 동시에 털갈이를 한다는 말인가?"

내가 대답했다. "대개의 새들은 부화기가 끝나면 즉시 털갈이를 합니다. 즉 어린 새끼들이 부화를 끝내고 자기 스스로 일어설 수 있게 되면 털갈이를 하는 거지요. 하지만 마지막 새끼들이 부화되고 난 시점부터 그 후 어미 새가 다른 곳으로 날아가기 전까지 털갈이를 할 수 있는 적절한 장소를 구할 수 있는가 하는 게 우선 문제가 됩니다. 만일 적당한 장소가 있다면 그 어미 새는 그곳에서 털갈이를 하게 되고 그런 후에 새 깃털을 가지고서 다른 곳으로 날아가는 것입니다. 그러나 적당한 장소가 없다면 오래된 깃털을 그대로 가지고 이주를 하고 나중에 따뜻한 남쪽 지방에 가서 털갈이를 하게 됩니다. 그리고 새들은 봄에 동시에 우리에게로 날아오지 않고, 또 가을에도 동시에 날아가는 것도 아닙니다. 그것은 어떤 새들이 일정한 정도의 추위와 거친 날씨에 덜 예민하게 반응하고 다른 새들보다 더 잘 참아내기 때문입니다. 말하자면 일찍 우리에게로 날아오는 새는 늦게 떠나며, 늦게 우리에게로 날아오는 새는 일찍 길을 떠나는 것이지요.

그러므로 같은 종에 속하는 풀숲종다리들 사이에도 커다

란 차이가 있게 됩니다. 방울종다리와 방앗간종다리는 3월 말경이면 벌써 지저귀는 소리를 들을 수 있습니다. 그리고 그때부터 두 주가 지나고 나면 검은머리새와 검은점휘파람새가 날아오고, 또 그보다 일주일 후에는 나이팅게일이 나타납니다. 그리고 4월 말이 다 되거나 5월 초가 되면 잿빛 풀숲종다리가 날아옵니다. 이 모든 새들은 이곳에서 8월에 털갈이를 하며, 이 새들이 처음으로 부화해서 나온 새끼들도 털갈이를 합니다. 그래서 8월 말경에 어린 검은점휘파람새를 잡아보면 그 머리에 벌써 검은 점들이 나 있는 것을 볼 수가 있습니다. 마지막으로 알에서 깨어난 새끼들은 원래 그대로의 깃털을 가지고 이주합니다. 그리고 나중에 남쪽 나라에서 털갈이를 합니다. 그러므로 9월 초에 검은점휘파람새 새끼를 잡고 보면, 그것도 수놈을 잡아보면, 그 어미처럼 아직도 붉은 머리를 하고 있는 걸 볼 수가 있습니다."

괴테가 물었다. "그렇다면 잿빛 풀숲종다리가 이곳에 가장 늦게 날아오는 새가 되겠군. 아니면 더 늦게 날아오는 새가 있는가?"

"소위 말하는 조롱(嘲弄)새[70]와 깃털이 화려한 금갈색 꾀꼬리는 성령강림절 무렵에 날아옵니다." 하고 내가 대답했다. "이 두 종의 새는 부화기를 완전히 끝낸 8월 중순경에 다시 날아가 남쪽 지방에서 자기 새끼들과 함께 털갈이를 합니다. 그런데 그것들을 새장 속에 넣어 이곳에 놓아두면 겨울에 털갈이

70) 앵무새의 일종.

를 하지요. 그래서 이 새들을 겨울 동안 관리하려면 매우 힘이 듭니다. 아주 따뜻하게 해주어야 하니까요. 그렇다고 해서 새장을 난롯가에 두면 그 새들은 신선한 공기 결핍으로 몸이 마르고, 또 그렇다고 해서 창가에 두면 긴긴밤의 냉기 때문에 수척해지니까요."

괴테가 말했다. "털갈이를 하고 나면 병에 걸리거나 아니면 적어도 몸이 쇠약해진다는 말이군."

"그건 아닌 것 같습니다." 하고 내가 대답했다. "번식력이 높아진 상태라고나 할까요. 신선한 야외에서라면 아무런 어려움도 없이 일어나고, 방 안에서도 다소간 기력이 좋은 새들의 경우라면 완전한 형태로 나타나는 그런 현상 말입니다. 제가 가지고 있었던 풀숲종다리 중에는 털갈이를 하는 내내 지저귀기를 멈추지 않는 그런 새들도 있었는데, 그건 털갈이가 새들에게 별다른 고통을 주지 않는다는 표시지요. 방 안에서 키우는 새가 털갈이 동안 앓는다면, 그건 모이라든지 신선한 공기라든지 물을 제대로 공급받지 못해서입니다. 만일 그 새가 방 안에 오래 있는 동안 공기나 물의 결핍으로 약해져서 털갈이를 할 힘이 없어졌다면, 그 새를 건강에 좋은 신선한 공기가 있는 곳에 내놓기만 하면 금방 아주 정상적으로 털갈이를 하게 됩니다. 반면에 자유로운 야외에 사는 새의 경우에는 털갈이가 아주 부드럽고 아주 서서히 진행되기 때문에 거의 눈에 띄지 않을 정도입니다."

괴테가 말했다. "어쨌든 자네 말에 따르자면 풀숲종다리들은 털갈이 동안에 숲의 덤불 속으로 들어간다는 말이군."

내가 대답했다. "그 기간에 풀숲종다리는 어느 정도 안전하게 피신할 장소가 필요합니다. 그런데 자연은 이 경우에도 지혜와 절제심을 발휘해 털갈이하고 있는 새의 깃털이 한꺼번에 아주 많이 빠져버리게 하지는 않습니다. 왜냐하면 먹이가 있는 곳까지는 날아서 도달할 수 있을 정도의 깃털은 남겨놓아야 하니까요. 그러나 그 깃털이 빠지는 것도 예컨대 왼쪽 날개의 네 번째, 다섯 번째 그리고 여섯 번째 깃털과 오른쪽 날개의 네 번째, 다섯 번째 그리고 여섯 번째 깃털이 한꺼번에 빠지는 식이어서 그 새는 여전히 잘 날아갈 수 있게 됩니다. 하지만 그 새의 뒤를 쫓는 맹금류, 특히 아주 속도가 빠르고 민첩한 새호리기[71]의 추적을 피할 정도는 아니기 때문에 우거진 수풀 속이 아주 안성맞춤의 피난처가 되는 것입니다."

"재미있는 얘기군." 하고 괴테가 계속해서 말했다. "그러니까 털갈이가 두 쪽 날개에서 균일하고 어느 정도 대칭적으로 일어난단 말이지?"

"제가 관찰한 바로는 그렇습니다." 하고 내가 대답했다. "그리고 그것이 새에게는 좋은 결과를 가져다줍니다. 왜냐하면 만일 어떤 새에게서 왼쪽 날개의 깃털 세 개가 빠지고 또 동시에 그와 대칭의 위치에 있는 오른쪽 날개의 깃털이 빠지지 않는다면, 그 새는 균형을 잃어버리고 올바른 자세와 동작을 적절하게 취할 수 없기 때문입니다. 그렇게 되면 그 새는 한쪽 편의 돛이 너무 무겁고 다른 쪽 편의 돛은 너무 가벼운 배처

71) 맷과의 새. 매와 비슷하지만 조금 작다.

럼 될 테지요."

괴테가 대답했다. "내 생각으로는 자연에 어떤 식으로 접근하더라도 약간의 진리는 얻게 되는 법이네."

그동안에도 우리는 계속해서 힘들게 산 쪽으로 차츰차츰 올라가서 가문비나무 숲가에 다다랐다. 우리는 돌들이 부서져서 무더기를 이루고 있는 장소를 스쳐 지나갔다. 괴테는 마차를 멈추게 하고는 나에게 내려서 그 돌무더기에 무언가 쓸만한 게 없는지 찾아보라고 부탁했다. 나는 조개껍질 몇 개와 부서진 암몬조개 몇 개를 주웠다. 그리고 다시 자리에 앉으면서 그에게 건네주었다. 우리는 다시 출발했다.

"여기서도 태고의 역사야!" 하고 괴테가 말했다. "도처에서 태고의 해저를 만난단 말이야! 여기 꼭대기에서 바이마르와 여러 마을들을 내려다보고 있노라면 마치 기적을 보고 있는 듯한 느낌일세. 저 아래쪽 골짜기에서 고래들이 유유하게 헤엄치고 다니던 시절이 있었지, 하고 혼잣말을 하면서 말이야. 그리고 그건 사실이네. 아니면 최소한 아주 개연성이 높네. 그러나 당시에 이 산을 덮고 있던 바다 위를 날았던 갈매기들은 물론 우리 둘이 오늘 이곳을 마차를 타고 지나가리라고는 꿈에도 생각지 못했을 테지."

우리는 막 꼭대기에 도착했다가 다시 빠른 속도로 달려갔다. 우리들 오른편으로는 떡갈나무와 너도밤나무와 다른 활엽수들이 자라 있었다. 뒤쪽으로 바이마르는 더 이상 보이지 않았다. 우리는 마침내 서쪽 정상에 도착했다. 여러 마을과 소도시들이 있는 운스트루트의 넓은 골짜기가 더없이 밝은 아침 태양을 받으며 우리 눈앞에 나타났다.

"여기가 좋겠군!"[72] 하고 괴테가 마차를 멈추게 하면서 말했다. "내 생각으로는 이 공기 좋은 곳에서 아침 식사를 조금 들면 어떨까 하네."

우리는 마차에서 내렸다. 그리고 폭풍우에 시달려 구부정하게 반쯤 자라다 만 떡갈나무 사이로 건조한 흙을 밟으며 몇 분 동안 이리저리 거닐었다. 그동안 하인 프리드리히는 가지고 온 식사 꾸러미를 풀어 지대가 조금 솟아오른 풀밭에 펼쳐놓았다. 이곳에서 바라보는 경치는 그지없이 맑은 가을 태양의 선명한 아침 햇살 아래 참으로 장관이었다. 남쪽과 남서쪽 방향으로는 튀링겐발트산맥의 연이은 봉우리들이 한눈에 보였고, 에르푸르트를 넘어 서쪽으로는 높이 솟은 고타성과 인젤베르크산이 보였다. 그리고 북쪽으로는 랑엔잘차와 뮐하우젠 뒤편으로 산들이 솟아 있었고, 북쪽으로 펼쳐지던 이 전망은 푸르스름하게 보이는 하르츠산에 의해 가로막혔다. 나는 이 시구를 떠올렸다.

> 드넓게, 드높이 장엄하게 그대의 시선을
> 생의 한가운데로 나아가게 하라!
> 이 산맥에서 저 산맥으로
> 영원의 정신을 떠돌게 하라,
> 영원한 삶을 예감하면서!

72) 마태복음 17장 4절 참조.

떡갈나무들을 뒤로하고 앉았기 때문에 우리는 아침 식사를 하는 내내 튀링겐 지역의 절반 이상에 해당하는 드넓은 전망을 즐길 수 있었다. 우리는 흰 밀가루 빵과 함께 노르스름하게 구운 닭 몇 마리를 거뜬히 먹었고, 곁들여서 맛이 뛰어난 포도주 한 병도 마셨다. 그것도 선이 부드럽고 섬세한 금잔에 따라 마셨는데, 괴테가 오늘같이 산책을 나가는 경우에 보통 갈색의 가죽 주머니에 넣어 가지고 다니는 술잔이었다.

"나는 이 자리에 자주 왔었네." 하고 괴테가 말했다. "그리고 나이 들어서는 종종 이런 생각이 들더군. 내가 여기서 세상의 모든 나라와 영광[73]을 보는 것도 이로써 마지막이라고 말이야. 그러나 언제나 다시 한번 기회가 주어졌지 뭔가. 그러니 오늘도 나는 이렇게 바라네. 우리 둘이 언젠가 이곳에서 좋은 날을 다시 함께 보내게 되겠지 하고 말이야. 앞으로는 더 자주 이곳에 오기로 하세. 사람이란 좁은 집구석에만 있으면 쭈그러들기 마련이야. 이곳에서 우리는 눈앞에 보이는 위대한 자연처럼 위대하고 자유롭다는 느낌이 드는 걸세. 아니 인간이란 원래 그런 존재야."

괴테가 계속해서 말했다. "나는 여기에서 많은 지점들을 내려다보고 있는데, 그 지점마다 내 오랜 삶의 풍성한 기억들이 연결되어 있다네. 저 일메나우의 산 너머에서 젊은 시절에 내가 해보지 않은 일이 있었던가! 그리고 저 아래쪽 사랑스런 에르푸르트에서 얼마나 많은 모험을 해보았던가! 물론 고타

---

73) 마태복음 4장 8절 참조.

에서도 아주 옛날에 종종 즐거운 일이 있었지. 하지만 발길을 끊은 지는 이미 오래되었네."

내가 대답했다. "제가 바이마르에 온 이후로는 선생님께서 그곳에 가신 적은 없는 걸로 기억됩니다만."

"그럴 만한 사정이 있네." 하고 괴테가 웃으면서 말했다. "나는 그곳에서 평판이 좋지 않거든. 재미있는 얘기를 들려줄 테니 한번 들어보게. 그곳을 통치하던 지난번 군주의 어머니가 아직 어렸을 때, 나는 그곳을 자주 방문했었지. 어느 날 저녁 나는 그녀와 단둘이서 차를 마시고 있었는데 열 살에서 열두 살 사이의, 귀여운 금발 고수머리를 한 왕자 둘이 우리에게로 뛰어 들어와서 테이블에 앉았네. 그런데 무엄하게도 내가 그 두 왕자분의 머리를 손으로 쓰다듬었지 뭔가. '금발 머리 왕자님들, 무슨 일이신가요?' 하고 말하면서 말이야. 그랬더니 그 두 소년이 놀란 눈을 크게 뜨고 나를 바라보지 않겠나. 나의 무례함에 깜짝 놀라서 말일세. 그리고 그 후로도 나의 그 무례를 결코 잊지 않은 거지.

내가 그 점을 과시하고자 하는 건 결코 아니네. 다만 그랬던 게 사실이고 또 그러한 기질은 나의 성격 깊이 들어 있었던 걸세. 나는 누가 아무리 군주의 위치에 있다 할지라도 그와 동시에 올바른 인간적 성품과 쓸 만한 인간적 가치를 가지고 있지 않다면 결코 존경하지 않았네. 나의 천성 자체가 괜찮았고 나 자신도 고귀하다고 느꼈기 때문이야. 그러므로 사람들이 나를 군주로 만들어주었다고 한들, 나는 그것이 별달리 특이한 일이라고는 느끼지 않았을 걸세. 내가 귀족 증서를 받았을 때, 많은 사람들은 내가 정말 기분이 우쭐했을 거라고 생각했네. 하지만, 이보게, 사실은 그렇지 않았어. 결코 아니었어! 우리 프랑크푸르트의 명문 집안들은 언제나 자신을 귀족과 동등하게 보았네. 그리고 작위증을 손에 쥐었을 때도 머릿속으로는 내가 오래전부터 가지고 있던 것을 이제 받았을 뿐이라는 생각이 들었네."

우리는 황금 잔으로 다시 한차례 술을 마셨다. 그러고 나서 에테르스부르크의 북쪽 지대를 돌아서 에테르스부르크 사냥 별장으로 갔다. 괴테는 밝은색의 양탄자와 그림들이 걸려 있는 모든 방들의 문을 열도록 했다. 일 층의 서쪽 구석방에서 괴테는 나에게 실러가 한동안 그곳에서 살았다고 말했다. 그리고 계속해서 말했다. "우리는 아주 옛날 여기에서 아주 좋은 시간을 많이 가졌었네. 우리는 모두 젊었고 용기에 넘쳤으며, 여름이면 온갖 종류의 희극 공연도 하곤 했었지. 그리고 겨울에는 온갖 종류의 무도회를 열고 횃불을 든 채 스키를 타기도 했었네."

우리는 다시 바깥으로 나갔다. 괴테는 나를 서쪽 방향으로 나 있는 숲속의 오솔길로 데려갔다.

"자네에게 저 너도밤나무를 보여주겠네." 하고 그가 말했다. "우리가 오십 년 전에 이름을 새겨놓은 걸 말이야. 하지만 모든 게 변했군. 숲이 너무나 무성해졌어! 바로 저 나무 같은데! 보게나, 아직도 튼튼하게 자라고 있지 않나. 우리 이름도 아직 희미하게 보이는군. 하지만 나뭇결이 울퉁불퉁하게 제멋대로 자라서 글자는 거의 알아볼 수가 없게 되었군. 당시에는 이 너도밤나무가 탁 트이고 건조한 마당에 자라고 있었네. 아주 햇살이 잘 들고 분위기가 좋았기 때문에 우리는 여름날 여기에서 즉흥적으로 익살극을 공연하기도 했었지. 그런데 지금은 축축하고 음침하군. 그때는 나지막했던 관목들이 그동안에 그늘을 드리우는 나무들로 성장해서, 우리 젊은 시절의 당당했던 너도밤나무는 이제 수풀에서 거의 눈에 띄지 않게 되었네."

우리는 다시 별장으로 갔다. 그리고 상당히 많은 양의 무기 수집품들을 본 후에 바이마르로 돌아갔다.

1827년 9월 27일 목요일

오후에 잠시 괴테 댁에 들렀다가, 베를린의 추밀고문관인 슈트렉푸스[74] 씨를 만나 인사를 나누게 되었다. 그는 이날 오전에 괴테와 함께 마차 드라이브를 하고 와서 식사를 하고 있던 중이었다. 슈트렉푸스 씨가 자리에서 일어서자 나도 따라서 일어나 공원을 가로질러 그를 데려다주었다. 돌아오는 길에 광장을 건너다가 법무장관과 라우파흐 씨를 만나게 되어, 그들과 함께 엘레판트 식당[75]으로 들어갔다. 저녁때 다시 괴테 댁에 들렀다. 괴테는 나와 함께 새로 나온 《예술과 고대》에

74) 아돌프 프리드리히 슈트렉푸스(Adolf Friedrich Streckfuß, 1779~1844). 베를린의 관리이자 시인. 이탈리의 고전 작품들을 다수 번역하였다.
75) 독일어로 '코끼리'라는 뜻이다.

관해 이야기를 나누었다. 그리고 리펜하우젠 형제가 델피의 향연장에 있었던 폴리그노토스[76]의 그림을 파우사니아스의 묘사에 따라 다시 복원해 보려고 시도한 열두 장의 그림에 관해서도 이야기를 나누었다. 하지만 괴테는 그 실험작에 대해 좋은 평가를 내리지는 않았다.

1827년 10월 1일 월요일

극장에서 후발트의 「그림」을 관람했다. 두 막만을 보고 나서 괴테에게로 갔는데, 괴테는 그가 새로 쓴 『파우스트』의 두 번째 장면을 나에게 읽어주었다.

그가 말했다. "나는 황제에게서 자기 나라를 잃어버릴 만한 온갖 특징들을 갖춘 군주를 나타내려 했고, 또 실제로도 성공적으로 묘사할 수 있었네.

작품 속의 황제는 나라와 국민의 안녕에 대해서는 조금도 염려하지 않고, 자기 자신만을 생각하면서 날이면 날마다 새로운 오락거리로 즐길 궁리만 하지. 나라에는 법도 정의도 없고, 법관 자신이 공범자로서 범죄자의 편을 들며, 전대미문의 무도한 만행이 아무 처벌도 받지 않고 마음대로 저질러진다네. 그리고 군대는 급료를 받지 못하고 기율도 서지 않아 강도질을 하고 돌아다니면서 자기 스스로 급료를 마련해 생계를

76) Polygnotos(기원전 500?~기원전 440?). 그리스 화가.

유지한다네. 국고는 텅 비어 있는 데다가 돈이 들어올 희망도 없는 처지이네. 황제 자신의 재정 상태도 더 낫지가 않아. 요리실과 창고도 비어 있으니 말이야. 날이면 날마다 속수무책으로 방관하고 있는 궁내 대신도 이미 유대인 고리대금업자의 손에 쥐어져 있는 형편이라네. 이 고리대금업자들은 모든 걸 담보로 잡아버렸기 때문에 황제의 식탁에조차도 외상으로 구입한 빵이 오를 지경이지.

그리하여 추밀원에서 황제 폐하에게 이 모든 고충에 대해 보고하면서 시정을 진언해 보긴 하지만, 존귀하신 군주께서는 그러한 불유쾌한 일들에 대해 귀를 기울일 생각은 조금도 없는 걸세. 오히려 즐길 궁리만 하면서 말이야. 그리고 바로 이 부분이야말로 메피스토펠레스가 진정으로 자기 본분을 다할 수 있는 장면인 것이네. 지금까지의 광대 역을 재빨리 벗어버리고 새로운 광대로서 그리고 조언가로서 즉시 황제 곁에 머물면서 말이야."

1827년 10월 7일 일요일

오늘 아침 화창한 날씨에 나는 괴테와 함께 8시도 되기 전에 벌써 예나로 향하는 마차에 몸을 싣고 있었다. 괴테는 내일 저녁까지 그곳에 머물 예정이었다.

제시간에 예나에 도착한 우리는 우선 식물원부터 방문했다. 괴테는 거기에서 온갖 종류의 관목과 식물들을 살펴보았는데, 모든 식물들은 질서정연하게 정돈되어 있는 데다가 그 발육 상태가 아주 좋았다. 그러고 나서 광물 진열실과 다른 자연과학 관련 수집품들을 구경한 후, 우리는 식사 초대를 한 폰 크네벨[77] 씨 댁을 방문했다.

고령에 달한 크네벨은 문간에서 반쯤 비틀거리는 걸음걸이로 황급히 걸어와 괴테를 두 팔로 안았다. 식탁에서의 분위기는 기쁨과 우애로 넘쳐흘렀다. 심각한 이야기는 조금도 나오지 않았으며, 두 오랜 친구는 서로 가까이 마주 보고 있는 것만으로 만족하고 있었다.

식사 후에 우리는 남쪽 방향으로 잘레강을 거슬러 올라가며 마차 드라이브를 했다. 나는 이 매혹적인 지방을 이전부터 알고 있었지만 한 번도 와보지 못한 곳이기라도 하듯 모든 것이 새롭기만 했다.

다시 예나의 거리로 접어들었을 때 괴테는 개울가로 마차를 달리게 해 어느 집 앞에 멈추어 서도록 했다. 외관상으로는 아무 특징도 없는 집이었다.

"한때 포스가 이 집에서 살았지." 하고 괴테가 말했다. "내가 그를 이 고전(古典)의 고장으로 끌어들이려 했었거든." 우리는 그 집을 가로질러서 정원으로 들어가 보았다. 꽃이라든지 다른 종류의 재배식물은 거의 보이지 않았다. 우리는 과일

77) 카를 루드비히 폰 크네벨(Carl Ludwig von Knebel, 1744~1834). 괴테 평생의 오랜 친구로서 괴테와 너나들이를 했던 몇 안 되는 친구 중 한 사람이다.

나무들만 서 있는 잔디밭에 앉았다. "에르네스틴 부인[78]의 취향은 좀 특별했어." 하고 괴테가 말했다. "여기서도 맛있는 오이틴산(産) 사과를 잊지 못하고서 다른 것들과는 비교도 할 수 없다며 나에게 자랑하곤 했지. 그녀가 아이 때 먹던 사과라나. 그게 바로 핵심이야! 나는 여기서 포스와 그 뛰어난 부인과 더불어 아주 좋은 날들을 보냈네. 특히 고대 시대를 즐겨 돌이키면서 말이야. 포스라는 사람은 그렇게 쉽사리 다시 나타날 인물은 아니네. 독일의 고급문화에 그 사람만큼 영향을 끼친 인물은 거의 없으니까. 그는 모든 면에서 건강하고 소박했으므로 그리스인들과도 인공적인 관계가 아니라 순수하고 자연적인 관계를 맺을 수 있었던 거고, 바로 그 점 때문에 그의 공적이 다른 사람들을 위한 뛰어난 결실로 맺어지게 되었던 거네. 나처럼 그의 가치를 속속들이 아는 사람이라면 그에 대한 추모의 마음을 아무리 엄숙히 가진다 하더라도 모자랄 걸세."

어느새 6시가 되었으므로 괴테는 예약해 놓은 숙소인 '곰 여관'으로 가야 할 시간이라고 생각했다.

두 개의 침대가 있는 침실과 아울러 넓은 방 하나가 우리에게 제공되었다. 해는 오래지 않아 기울었고 저녁놀이 창가에 떨어졌다. 우리는 한동안 촛불을 켜지 않고 아늑한 분위기를 즐겼다.

괴테는 포스를 다시 화제에 올렸다. "그는 나에게 아주 귀

---

78) 포스의 부인.

중한 존재였어." 하고 그가 말했다. "나는 그를 우리 대학과 나에게 묶어놓고 싶었네. 그러나 하이델베르크 대학에서 제안한 근무 조건이 너무 좋아서 우리가 제공할 근소한 임금으로는 경쟁이 될 수가 없었지. 그래서 고통스럽지만 단념하고 그를 떠나보낼 수밖에 없었던 걸세."

괴테가 계속해서 말했다. "하지만 그러는 동안에 행운이 찾아왔네. 실러를 알게 되었으니 말이야. 우리 두 사람의 타고난 본성은 서로 간에 아주 달랐지만 우리는 하나의 방향으로 가고 있었네. 그리고 바로 그 점이 우리 사이를 아주 긴밀하게 묶어주었기 때문에 서로 상대방이 없으면 살 수 없을 정도가 되었던 걸세."

그러고 나서 괴테는 자기 친구와 관련된 일화 몇 개를 말해주었는데 매우 인상적으로 들렸다.

괴테가 말했다. "실러는 그의 숭고한 성격으로 미루어 짐작할 수 있듯이 사람들이 빈말로 그에게 경의를 표하거나 그를 진부하게 신격화시키는 것이라면 무엇이든 극도로 싫어했네. 그래서 코체부가 실러의 명성을 기리며 공개적으로 의사 표명을 하려 했을 때 실러는 너무도 역겨운 나머지 거의 병에 걸릴 지경이었네. 마찬가지로 실러가 싫어했던 건 낯선 사람이 자기를 함부로 방문하는 것이었네. 실러가 사정상 손님을 만날 수 없어서 오후 4시경에 오도록 말해놓았다고 치세. 그러면 정해진 시간이 다 되어갈 때쯤에는 초조해진 나머지 병이 들 지경이 되는 건 흔한 일이었네. 그런 경우에 그는 이따금 안절부절못하거나 무례해지기까지 했네. 한번은 어떤 외과 의

사가 그를 방문하기 위해 사전 연락도 없이 찾아온 장면을 직접 본 적도 있었지. 그때 실러가 얼마나 불같이 화를 냈던지 그 가련한 방문객은 너무도 당황한 나머지 걸음아 나 살려라 하고 돌아서서 나왔다네."

괴테가 계속해서 말했다. "방금 말했고 또 모두들 알고 있다시피 우리는 지향점이 꼭 같음에도 불구하고 전혀 다른 유형의 성격이었네. 정신적인 문제에서뿐만 아니라 육체적인 점에서도 그랬어. 예컨대 실러에게 유익한 공기가 나에게는 독약과도 같았지. 어느 날 실러를 방문했더니 집에 없고 그의 부인이 그가 곧 돌아올 거라고 말하더군. 그래서 그의 책상에 앉아 이것저것 메모하며 기다렸지. 그런데 오래 앉아 있지 않아서 그 어떤 역겨운 기운이 소리 없이 온몸으로 스며드는 게 아닌가. 그리고 그 기운은 점점 더 짙어져서 마침내는 기절하기 일보 직전이 되었지. 나는 처음에는 곤혹스럽고 나에게는 전혀 낯선 이러한 상태의 원인이 어디에 있는지 알 도리가 없었네. 그러다 마침내 내 곁에 있는 서랍으로부터 아주 치명적인 냄새가 새어나오고 있다는 걸 알아차렸네. 서랍을 열었더니 놀랍게도 그 안에는 썩은 사과들이 가득 차 있었네. 나는 즉시 창가로 가서 신선한 공기를 방 안으로 들어오게 했고, 그랬더니 다시 기분이 좋아졌지. 그러고 난 후에 그의 부인이 들어와서 말하기를 그 서랍은 언제나 썩은 사과들로 채워져 있어야 하는데, 그 이유는 그 냄새가 실러에게 좋은 작용을 하며 그 냄새 없이는 그가 살 수도 일할 수도 없다는 게야."

괴테가 계속해서 말했다. "내일 아침, 실러가 이곳 예나에서 살던 곳을 보여주겠네."

그사이에 촛불이 들어왔고, 우리는 간단하게 저녁 식사를 했다. 그리고 식사 후에도 한동안 앉아서 온갖 지난 일들을 돌이키거나 화젯거리를 주고받으며 시간을 보냈다.

나는 괴테에게 어린 시절에 내가 꾸었던 특이한 꿈을 이야기해 주었다. 나는 꿈을 꾼 다음 날 아침에 그것을 꼼꼼히 기록해 두었더랬다.

내가 말했다. "저는 어린 홍방울새 세 마리를 키웠는데 정말 정성을 다해 기르면서 사랑을 쏟았습니다. 그것들은 내 방 안에서 자유로이 날아다니다가 내가 방문을 열고 들어서면 곧바로 날아와 내 손에 앉곤 했지요. 어느 날 불행하게도 점심 무렵에 방 안으로 들어서는 순간에 그것들 중 한 마리가 내 머리 위를 날아서 집 밖으로 날아가 버렸습니다. 어느 방향으로 날아갔는지도 알 수가 없었어요. 나는 오후 내내 지붕이란 지붕마다 다 올려다보면서 그 새를 찾았지만 허사였습니다. 저녁이 되었지만 흔적조차도 찾을 수 없었으니까요. 슬퍼하면서도 애타는 마음으로 그 새를 생각하면서 잠이 들었고, 아침 무렵에 다음과 같은 꿈을 꾸었답니다.

저는 꿈속에서 우리 이웃집들을 돌아다니면서 잃어버린 새를 찾고 있었습니다. 그런데 갑자기 울음소리가 들려서 보니 그 새가 우리 오두막의 작은 정원 뒤편에 있는 이웃집 지붕에 앉아 있더군요. 저는 그 새를 꾀었고 그놈은 제 쪽으로 가까이 내려왔어요. 모이를 달라는 듯 날갯짓을 하면서 말입니다. 하지만 제 손에 내려와 앉을 결심은 하지 못하더군요. 그래서 재빨리 우리 집 정원을 가로질러 방으로 달려 들어가서 싹이 튼 유채 씨를 컵에 담아가지고 왔습니다. 그 새가 가장 좋아하는 모이를 건네주자 그놈은 제 손에 내려앉았지요. 그래서 저는 좋아 어쩔 줄을 모르면서 그 새를 다른 두 마리가 있는 내 방으로 들고 왔지요. 물론 꿈속에서 말입니다.

저는 이 꿈과 함께 잠에서 깨어났습니다. 이미 완전히 날이 밝았기 때문에 저는 재빨리 옷을 걸쳐 입고 급히 서둘러서 우리 집 정원을 가로질러 꿈속에서 그 새를 보았던 집으로 달려갔습니다. 그런데 정말이지 얼마나 놀랐던지! 새가 정말 그 자리에 있는 것 아니겠어요! 이제 모든 것은 꿈속에서 보았던 그대로 진행되었습니다. 저는 그 새를 꾀었고, 그 새는 저에게로 다가왔습니다. 하지만 그놈은 제 손에 앉기를 망설였습니다. 그래서 저는 되돌아가서 모이를 가져왔고, 그러자 그 새는 제 손에 앉았습니다. 그리고 저는 그놈을 다시 다른 새들이 있는 곳으로 데려왔지요."

괴테가 말했다. "자네의 어릴 적 그 꿈은 정말 특이하군. 하지만 그런 일은 바로 자연의 비밀에 속하지. 우리가 아직 제대로 된 열쇠를 가지고 있지 못하긴 하지만 말이야. 말하자면 우리 모두는 비밀에 싸여 거닐고 있으며, 그 어떤 환경에 둘러싸여 있는 거네. 그 안에서 무슨 일이 일어나고 있고 그것이 우리의 정신과 어떤 식으로 연결되어 있는지 아직 아무것도 모르는 채로 말이야. 하지만 특수한 경우에는 우리 정신의 안테나가 그 육체적인 한계를 넘어설 수도 있으며, 우리의 정신에 예감할 수 있는 능력, 즉 가까운 미래를 들여다볼 수 있는 시선도 허락되는 걸세."

내가 대답했다. "그와 유사한 경우를 최근에 경험한 적이 있습니다. 에르푸르트 대로를 따라 산책 길에서 돌아오던 중에 바이마르를 십여 분 앞두고 그 어떤 정신적인 예감이 들더군요. 오랜 세월 보지 못했고 그동안 거의 생각지도 않았던 어떤 인물을 극장 모퉁이에서 만나리라는 예감 말입니다. 그 사람을 만나리라는 생각이 드니까 마음이 불안해지더군요. 그런데 제가 모퉁이를 도는 순간 십여 분 전에 예감으로 보았던 바로 그 자리에서 정말 그 사람을 만나게 되었으니 제가 얼마나 놀랐겠습니까."

"그것도 아주 특이하군. 우연 이상의 것이야." 하고 괴테가 말했다. "앞서도 말했다시피 우리 인간은 모두 비밀과 기적의 가운데를 더듬거리며 가고 있는 걸세. 또한 인간의 정신은 다른 인간의 정신에 그저 가만히 있는 것만으로도 커다란 영향을 미치는데, 나는 그런 경우를 여럿 알고 있네. 내게는 아주 자주 있는 일이지만, 잘 아는 사람과 함께 걸으며 무언가를 골똘히 생각하게 되면 그 사람이 내 마음속에 들어 있는 것과 꼭 같은 말을 즉시에 입에서 꺼내는 경우가 있지. 마찬가지로 내가 아는 어떤 사람은 말 한마디 하지 않고 단지 정신력만으로, 유쾌하게 대화를 나누고 있던 모임을 순식간에 침묵하게 만들 수 있었네. 심지어 그는 나쁜 기분까지 불어넣어 그 자리에 있는 사람들을 오싹하게 만들 수도 있었네.

우리 모두는 내부에 전기력과 자기력을 어느 정도 가지고 있네. 그래서 같은 종류의 것과 접촉하느냐 아니면 다른 종류의 것과 접촉하느냐에 따라 우리는 마치 자석처럼 그것들을 끌어당기거나 밀쳐내게 된다네. 예컨대 어느 젊은 처녀가 자기도 모르는 가운데 어두운 방에 어떤 남자와 같이 있게 되고, 그 남자는 그녀를 살해할 의도를 가지고 있다고 치세. 그러면 그녀는 자신의 눈에는 보이지 않는 그 남자의 존재로부터 섬뜩한 느낌을 받게 될 것이고, 두려움에 사로잡혀 그 방을 나와 식구들에게 달려가게 될 것이네. 사실 이건 가능한 일이고 또 충분히 개연성도 있는 얘기일세."

"저도 어떤 오페라의 한 장면이 기억납니다." 하고 내가 맞장구를 쳤다. "오랫동안 서로 멀리 떨어져 있던 두 연인이 자기도 모르는 가운데 어두운 방 안에 같이 있게 되고, 그리 오래 지나지 않아 그들 사이에 자력이 작용하기 시작하는 겁니다. 서로 상대방의 존재를 가까이 느끼게 되고, 자기도 모르는 사이에 서로 끌리게 되어 얼마 후 그 젊은 처녀는 마침내 젊은이의 팔에 안기게 되는 거지요."

괴테가 말했다. "사랑하는 사람들 사이에서는 이런 자력이 특히 강하게 작용하고, 심지어는 아주 멀리까지도 그 힘이 미친다네. 젊은 시절에 나는 이런 경험을 자주 했었네. 고독하게 산책을 하던 중에 사랑하던 소녀가 보고 싶다는 강렬한 욕구가 불현듯 일어나서 한동안 그녀를 생각하고 있노라면, 머지않아 실제로 그녀를 만나게 되는 경우가 종종 있었지. 그때 그녀가 이렇게 말하더군. '방에 있는데 왠지 마음이 불안해지잖아요. 그래서 이리로 달려오지 않을 수 없었어요.'

이곳 바이마르에서 살았던 초창기에는 곧잘 열정적인 상태에 빠져드는 경험을 반복했었네. 꽤 먼 거리의 여행을 마치고 돌아온 지 며칠이 지났지만 궁정 일 때문에 밤늦게까지 붙들려 있느라고 사랑하는 여자를 방문하지 못하게 된 적이 많았네. 또 우리들 사이의 애정이 이미 사람들의 주목을 끌고 있었으므로 밝은 대낮에 그녀의 집으로 찾아갈 엄두는 나지 않았지. 소문만 더 요란해질 테니까 말이야.

나흘짼가 닷새째 밤에는 도저히 견딜 수가 없어서 그녀의 집 쪽으로 향했고 나도 모르는 새 그녀의 집 앞에 서 있었네. 나는 조용히 계단을 올라갔고 막 그녀의 방 안으로 들어가려고 하는 참에 여러 사람의 목소리가 들려오지 않겠나. 그녀는 혼자가 아니었던 거야. 나는 들키지 않게 다시 계단을 내려와서 재빨리 어두운 길에 서 있게 되었네. 당시에는 가로등도 없었을 땐데 말이야. 불만과 열정에 사로잡힌 상태로 나는 도시 곳곳을 한 시간가량 마구 돌아다녔네. 그리고 몇 번이나 그녀의 집 앞을 지나갔지. 사랑하는 여자에 대한 그리움으로 가득 차서 말이야. 그러다가 마침내 나의 고독한 방으로 돌아갈 시간이 되어 마지막으로 다시 한번 그녀의 집 앞으로 지나가면서 보니 그녀의 방에 이제는 불이 꺼져 있더군. 나는 혼잣말로 중얼거렸네. 그녀가 집 밖으로 나간 모양이야, 하지만 이 어두운 밤중에 어디로 갔단 말인가? 어디서 그녀를 만날 수 있단 말인가? 나는 다시 이 길 저 길로 찾아다녔네. 많은 사람들을 만났고, 그녀와 모습과 키가 비슷하다는 생각이 들어 가까이 다가가 보았지만 아니었어. 그 당시 나는 상호감응 작용을 굳게 믿고 있었기 때문에 내가 강력히 열망하면 그녀를 내 쪽으로 끌어당길 수 있다고 생각했었지. 또한 내 간청을 듣고 계시는 드높은 존재가 나를 둘러싸고 있기 때문에, 그녀의 발걸음을 내 쪽으로 향하게 하든가 아니면 내 발걸음을 그녀에게 닿게 해주실 거라고 믿었네. 하지만 나는 다시 자신에게 말했네. 이 멍청한 놈아! 다시 한번 그녀에게로 갈 생각은 않고, 조짐이나 기적만 바라고 있단 말인가! 하고 말이야.

그동안 나는 넓은 광장가를 따라 내려가다가, 나중에 실러가 살게 되는 작은 집에 도착했는데, 그 순간 이런 생각이 스치더군. 여기서 뒤로 돌아 궁전 쪽으로 가자, 그리고 거기서 오른쪽으로 작은 골목길로 가보자고 말이야. 실제로 나는 그 방향으로 길을 정하고 채 백 걸음을 가지 않았는데, 저 앞쪽에서 그토록 보고 싶었던 님과 똑같은 여성의 모습이 다가오는 게 보이더군. 거리는 여기저기 창문을 통해서 비쳐오는 희미한 불빛으로 해서 조금 어둑어둑한 정도인 데다가, 그날 밤에는 비슷한 모습의 사람들에게 이미 여러 차례 속았기 때문에 그녀에게 함부로 말을 걸어볼 용기가 나지 않았네. 우리는 바로 옆으로 지나쳤기 때문에 팔이 서로 닿았네. 나는 멈추어서서 뒤를 돌아다보았고, 그녀도 그랬네. '당신 아니에요?' 하고 그녀가 말을 했고, 나는 그녀의 사랑스런 목소리를 알아들었지. '마침내!'라고 말하는 내 눈에는 너무 기뻐서 눈물까지 흘렀네. 우리는 서로 손을 꼭 잡았지. 내가 말했어. '내 희망을 들어주신 거야. 간절하게 널 찾았거든. 널 꼭 만나게 되리라고 예감했었지. 너무 행복하고 하느님께 고마워. 내 소원이 이루어졌으니까 말이야.' 그녀가 말하더군. '나쁜 사람! 왜 저에게 오지 않았어요? 당신이 돌아온 지 벌써 사흘째라는 소리를 오늘 우연히 들었거든요. 그래서 당신이 나를 잊었다고 생각하고는 오후 내내 울었어요. 그런데 한 시간 전에 당신이 보고 싶다는 간절한 생각이 나더군요. 한편으로는 불안하기도 하고. 하지만 말을 할 수는 없었어요. 친구 몇 명이 집에 와 있었는데 정말 시간이 가지 않아 미칠 지경이었어요. 마침내 친구들이 돌아가자마자 전 무심결에 모자를 쓰고 외투를 걸치고 바깥으로 어둠 속으로 무작정 나왔어요. 어디로 갈지도 모르면서요. 당신 생각만 하면서 말이에요. 당신을 꼭 만날 거라는 느낌이 들었거든요.' 그녀가 그토록 진심으로 이야기하는 동안 우리는 손을 더욱 꼭 잡고 몸을 밀착시키면서, 서로 떨어져 있다고 해서 우리 사랑이 식는 건 아니라는 걸 확인했네. 나는 그녀를 문 앞까지 아니 집까지 데려다주었지. 그녀는 앞장서서 어둠침침한 계단을 올라가면서 나를 인도했지. 아니 나를 끌어당겼지. 나의 기쁨은 이루 말할 수가 없었어. 마침내 그녀를 만났을 뿐 아니라 내 믿음이 헛되지 않았으며 눈에 보이지 않는 감응에 대한 내 느낌이 사실로 드러났으니까 말이야."

괴테가 너무도 행복한 기분에 젖어 있는 걸 보니 몇 시간이고 그의 말을 듣고 싶었다. 하지만 그가 점차로 지치는 것 같았으므로 우리는 침실로 들어가 곧장 자리에 누웠다.

1827년 10월 8일 월요일, 예나

우리는 일찍 일어났다. 옷을 차려입는 동안 괴테는 지난밤의 꿈 이야기를 해주었다. 꿈속에서 그는 괴팅겐에 가 있었고 그곳의 아는 교수들과 함께 온갖 유익한 대화를 나누었다는 것이다.

우리는 커피를 몇 잔 마시고 나서 자연과학 관련 수집품들을 보관하고 있는 건물로 마차를 타고 갔다. 우리는 해부학실에 들러서 온갖 종류의 동물이나 고생동물의 해골과 수백 년 전 사람들의 해골을 보았다. 수백 년 전 사람들의 해골을 보고 괴테는 그들의 치아로 보건대 매우 도덕적인 인종이었을 거라는 말을 했다.

그러고 나서 괴테는 마차를 천문대 쪽으로 몰게 했다. 그곳에서 슈뢴 박사는 아주 중요한 기구들을 꺼내어 설명해 주었다. 인접해 있는 기상학실도 특별한 관심으로 살펴보았는데 괴테는 이 모든 것들이 아주 질서정연하게 진열되어 있다면서 슈뢴 박사를 칭찬했다.

그러고 나서 우리는 정원으로 갔고, 괴테는 그곳 정자의 돌 식탁에다가 간단한 아침 식사를 차리게 했다. "자네는 아마 모를 거야." 하고 괴테가 말했다. "우리가 얼마나 주목할 만한 장소에 와 있는지 말이야. 실러가 바로 여기에서 살았었네. 이제는 거의 낡아버린 이 정자의 이 벤치에 앉아서 우리는 이따금 이 오래된 돌 식탁에 식사를 차려놓고 먹으며 유익하고 중요한 이야기들을 서로 나누었네. 그는 당시에 삼십 대였고 나는 사십 대였으니 둘 다 탐구심이 절정에 달해 있을 때였지. 정말 대단했어. 하지만 모든 건 지나가는 법이야. 나는 더 이상 과거의 내가 아니네. 하지만 대지는 나이를 먹어도 영원히 지속되며 공기와 물과 토양은 여전히 변함없다네.

참, 나중에 슈뢴과 함께 집 안으로 올라가서 실러가 살았던 다락방들을 보여달라고 하게."

그동안 우리는 더없이 쾌적한 공기를 마시며 그 좋은 장소에서 아주 맛있게 아침 식사를 했다. 실러도 조금이나마 우리의 정신 속에서 자리를 함께하는 듯했다. 괴테는 실러를 추억하며 많은 찬사를 그에게 바쳤다.

그 후에 나는 슈뢴과 함께 다락방으로 올라가 실러의 창문에서 내다보이는 빼어난 경관을 즐겼다. 바로 정남향이었기 때문에 저 멀리 수풀과 강굽이 사이를 뚫고 유유히 흘러오는 아름다운 강을 몇 시간이고 지겹지 않게 볼 수 있었다. 드넓은 지평선도 보였다. 별들이 뜨고 지는 모습도 여기에서 잘 관찰할 수 있기 때문에 이 장소가 『발렌슈타인』에 나오는 천문학과 점성술을 고안해 내기에 안성맞춤의 장소였다는 점은 누구라도 인정하지 않을 수 없을 것이다. 나는 다시 괴테가 있는 곳으로 내려갔고, 괴테는 마차를 궁정 고문관인 되버라이너 씨 댁으로 가게 했다. 되버라이너 씨는 괴테가 매우 높이 평가하는 사람으로서 괴테에게 몇 가지 새로운 실험을 보여주기도 했다.

그러는 동안에 정오가 되어 우리는 다시 마차에 올랐다. 괴테가 말했다. "내 생각으로는 식사하러 곰 여관에 갈 게 아니라 야외에서 화창한 날을 즐기고 싶은데 자네는 어떤가. 부르가우로 가는 게 좋지 않겠나. 우리에게 포도주는 있고, 그곳에 가면 어쨌든 물고기는 구할 수 있을 테니 끓여 먹든 구워 먹든 할 수 있을 테지."

우리는 그렇게 하기로 했다. 정말 좋은 날씨였다. 우리는 잘레 강변을 거슬러 올라가며 수풀과 강굽이를 지나가는 아늑하기 그지없는 길을 따라갔는데, 내가 조금 전에 실러의 다락방에서 보았던 바로 그 길이었다. 우리는 곧 부르가우에 도착해, 강과 다리 가까이에 있는 작은 여관 앞에서 내렸다. 그 다리를 건너가면 로베다[79]로 가게 되는데 그 작은 도시는 초원 너머로 눈앞에 펼쳐져 있었다.

작은 여관에 들어가 보니 사정은 괴테가 말한 그대로였다. 여주인이 나와서 아무 준비도 되어 있지 않다고 용서를 빌면서 수프와 맛있는 물고기 정도는 마련할 수 있다는 것이었다.

그동안 우리는 햇볕 아래 다리 위를 이리저리 거닐면서 강의 경치를 즐겼다. 강은 뗏목꾼들 때문에 생기가 넘쳐흘렀다. 그들은 가문비나무 널빤지들로 단단히 엮은 뗏목 위에서 이따금 다리 아래를 미끄러지듯 지나갔는데, 힘들고 물기 축축한 일임에도 불구하고 더없이 명랑하게 소란을 떨었다.

우리는 야외에서 물고기를 먹은 후 포도주 한 병을 앞에 놓고 온갖 즐거운 이야기를 나누었다.

한 마리의 작은 매가 근처를 날아갔는데 그 날아가는 모양

---

79) 예나 근처의 소도시.

이나 생긴 형태가 뻐꾸기와 아주 비슷했다.

그때 괴테가 말했다. "자연사에 대한 연구가 아직 낙후되어 있어서 뻐꾸기는 여름에만 뻐꾸기이고, 겨울에는 맹금이 된다는 견해가 널리 퍼져 있던 그런 시절도 있었지."

내가 대답했다. "그런 견해는 사람들 사이에 아직도 남아 있습니다. 또 사람들은 그 선량한 새에게 그것이 완전히 자라면 자기를 낳아준 어미를 삼킨다는 그런 혐의를 덮어씌우기조차 합니다. 그러면서 그 새를 가장 치욕스러운 배은망덕의 비유로 사용하는 것입니다. 저는 지금 이 순간에도 그 얼토당토않은 소리를 고집하며 마치 기독교 신앙의 그 어떤 덕목이라도 되는 듯 자기 편견에 집착하는 그런 사람들을 알고 있습니다."

괴테가 말했다. "내가 알기로 뻐꾸기는 딱따구릿과로 분류되네."

내가 대답했다. "이따금 그렇게 분류되기도 하는데 그것은 뻐꾸기의 연약한 두 발의 발가락 두 개가 뒤쪽으로 향하고 있기 때문일 것입니다. 하지만 저는 그렇게 보고 싶지 않습니다. 뻐꾸기는 딱따구리의 생활방식과 비교할 때 마른 나무껍질을 쪼아 부술 만한 강한 부리도 없을뿐더러, 그러한 일을 하고 있는 동안 몸을 지탱시켜 줄 만큼 날카롭고 아주 강한 꽁지깃도 없기 때문입니다. 또한 뻐꾸기의 발가락에는 나뭇가지 위에 앉아 지탱하는 데 필요한 날카로운 발톱도 없습니다. 그래서 저는 그 새의 작은 두 발을 나무에 실제로 기어오르는 데 사용하는 발로 보지 않고 다만 외견상으로 그렇게 보일 뿐이라고 생각합니다."

괴테가 말을 이었다. "조류학자 양반들이야 그 어떤 특이한 새를 찾아서 어느 정도 적당하게 분류할 수 있다면 좋아할 테지. 하지만 자연의 작용은 자유롭기만 하네. 한계가 분명한 인간들에 의해 만들어진 구분 같은 것에 대해선 아랑곳하지 않으니까 말이야."

내가 이어서 말했다. "그래서 나이팅게일은 풀숲종다릿과로 분류됩니다. 타고난 기운이라든지 동작이라든지 생활방식에서 개똥지빠귀와 훨씬 더 닮았음에도 말입니다. 그러나 저도 나이팅게일을 개똥지빠귀과에 포함시키고 싶지는 않습니다. 나이팅게일은 말하자면 두 종류의 새 사이에 존재하는데 그 자체로 독립적인 새입니다. 뻐꾸기가 독립적인 새이듯이 말이지요. 아주 분명하게 드러나는 특징을 갖춘 새인 것이지요."

괴테가 말했다. "뻐꾸기에 관해 들은 모든 이야기 때문에 나는 이 유별난 새에 대해 매우 관심을 갖게 되었네. 뻐꾸기는 정말 많은 문제가 있는 새이고 명백한 비밀을 가지고 있지. 하지만 너무도 명백하기 때문에 오히려 그 비밀을 풀기가 어려운 거네. 게다가 그러한 명백한 비밀은 그때마다 다른 얼굴을 하고 나타난다네. 그래서 우리는 기적에 의존하게 되고 결국 사물의 최고 최선의 비밀은 우리들에게 닫혀버리는 걸세. 꿀벌을 한번 생각해 보게. 꿀벌들이 꿀이 있는 곳으로 몇 시간 동안이나 날아가지. 그것도 그때마다 다른 방향으로 말이야. 어느 때는 몇 주 동안 서쪽으로 유채꽃이 만개한 들판을 향해 날아가네. 그러고 나서는 또 마찬가지로 오랫동안 꽃이 만발한 황야를 향해 북쪽 방향으로 날아가지. 그리고 다시 다른 방향으로 메밀꽃이 피어 있는 곳으로 날아간다네. 그다음에는 그 어떤 방향으로 클로버 꽃이 무성하게 핀 들판으로 날아가네. 그리고 마지막으로 다시 다른 방향으로 보리수나무의 꽃이 핀 곳으로 찾아간다네. 누가 그것들에게 이렇게 명령하기라도 했단 말인가. '지금은 저쪽으로 날아가. 그곳에 너희들의 꿀이 있으니까! 그리고 다시 저쪽으로 날아가. 새로운 게 있으니까!'라고 말이네. 그리고 도대체 누가 그것들을 자기가 사는 마을과 벌집으로 다시 데려온단 말인가! 그것들은 그 어떤 눈에 보이지 않는 끈에 묶여 이리저리로 날아다니는 것처럼 보인다네. 그러나 그 끈의 정체가 무엇인지 우리는 알지 못한다네. 종다리도 마찬가질세. 종다리는 지저귀면서 밀밭 위로 날아올라 가고, 바람 부는 대로 이리저리 사방으로 물결치는 바다처럼 드넓은 밀밭 위에서 오르락내리락 날아다니지. 그러다가 다시 새끼들이 있는 곳으로 날아내려 온다네. 자기 둥지가 있는 좁은 지점으로 오차도 없이 정확하게 내려앉는다네. 이 모든 외형적인 일들은 우리 눈앞에 마치 대낮처럼 분명하게 일어나고 있지. 하지만 그 내부의 정신적인 끈은 우리에게 닫혀져 있는 걸세."

내가 말했다. "뻐꾸기의 경우도 그와 다르지 않습니다. 우리가 알기로 그 새는 자기 스스로 알을 품지 않고 다른 새의 둥지에 자기 알을 밀어 넣습니다. 자기 알을 풀숲종다리의 둥지에, 노랑할미새의 둥지에, 검은점휘파람새의 둥지에, 더 나아가 바위종다리의 둥지에, 작은부리울새의 둥지와 굴뚝새의 둥지에 가져다 놓지요. 우리는 이런 사실을 알고 있습니다. 그리고 이 모든 새들이 곤충을 먹고사는 새들이며 또 당연히 그래야 한다는 사실도 알고 있습니다. 왜냐하면 뻐꾸기 자체가 벌레를 잡아먹는 새이며 어린 뻐꾸기도 씨앗을 먹는 새가 키울 수 없기 때문이지요. 하지만 뻐꾸기는 이 모든 새들이 실제로 벌레를 잡아먹는다는 사실을 어떻게 알았을까요. 앞서 이름을 든 모든 새들이 그 형태에 있어서나 그 색깔에 있어서나 서로 아주 다른데도 말입니다. 그것들의 목소리도 그것들이 상대를 유혹하는 소리도 서로 아주 많이 차이가 나지 않습니까! 더 나아가서 뻐꾸기는 자기 알과 어린 새끼를 다른 새들의 둥지에 어떻게 맡길 수 있을까요. 둥지마다 그 구조나 온도가 그리고 건조함과 습도의 정도가 천양지차로 서로 다른데 말입니다! 가령 풀숲종다리의 둥지는 마른 풀줄기와 몇 가닥의 말 털로 아주 허술하게 만들어지기 때문에 냉기가 쉽게 스며들고 조금만 바람이 불어도 썰렁해지며 위쪽이 열려 있어 보호가 되지 않지요. 하지만 어린 뻐꾸기 새끼는 그 안에서 잘도 큽니다. 반면에 굴뚝새의 둥지는 바깥으로는 이끼와 풀줄기와 나뭇잎들로 두텁고 단단하게 지어져 있으며 그 안도 온갖 종류의 털이나 깃털로 세심하게 채워져 있어서 약간의 공기도 통과하지를 못합니다. 또한 위쪽은 덮여 있고 둥그렇게 되어 있는 데다가, 아주 작은 새들만 미끄러져 들어가거나 나올 수 있는 작은 구멍만 나 있습니다. 뜨거운 7월의 날씨에 그렇게 폐쇄된 동굴 속이라면 질식할 정도로 온도가 높아질 것은 분명합니다. 하지만 뻐꾸기 새끼는 거기에서도 아주 잘 자랍니다. 노랑할미새의 둥지는 또한 생판 다릅니다! 이 새는 물가든 개울가든 축축한 곳이라면 어디에서나 삽니다. 이 새는 축축한 목장의 골풀 더미 속에 둥지를 만듭니다. 이 새는 축축한 땅에 구멍을 파헤치고 그 위에다가 몇 가닥의 풀줄기들을 허술하게 깔아놓습니다. 그래서 어린 뻐꾸기 새끼들은 습기와 냉기에 완전히 노출된 채로 알에서 깨어나고 성장하는 것이지요. 하지만 그럼에도 불구하고 뻐꾸기 새끼는 잘도 자랍니다. 도대체 이 새는 어떻게 해서 아주 연약하기 그지없는 어린 나이에 다른 새들에게는 치명적으로 작용할 습기와 건조함과 열과 냉기와 다른 악조건들로부터 거의 아무런 영향도 받지 않는 걸까요? 그리고 또 다 자란 뻐꾸기 자신은 습기와 냉기에 그처럼 민감한 터에, 어린 새끼들이 앞서 말한 악조건들에도 불구하고 잘 자라리라는 사실을 어떻게 아는 걸까요?"

괴테가 대답했다. "우리는 여기에서 바로 비밀 앞에 서 있는 거네. 자네가 직접 보았다면 뻐꾸기가 자기 알을 굴뚝새의 둥지에 어떻게 가져다 놓는지 말 좀 해주게. 그 둥지에는 아주 작은 구멍밖에 없고, 또 뻐꾸기는 그 둥지 안으로 들어가서 앉을 수도 없는 형편에 말이야."

내가 대답했다. "뻐꾸기는 마른 장소에 알을 놓아두었다가 부리로 그것을 물어서 둥지 안으로 밀어 넣습니다. 또 저는 뻐꾸기가 굴뚝새의 둥지에서뿐만 아니라 다른 새들의 둥지에서도 같은 식으로 알을 밀어 넣는다고 믿습니다. 왜냐하면 벌레를 먹는 다른 새들의 둥지도 위쪽으로 입구가 뚫려 있긴 하지만 그 구멍이 아주 작거나 아니면 그 구멍이 나뭇가지들과 바싹 붙어 있어서 몸집이 크고 꼬리가 긴 뻐꾸기가 둥지 위에 앉을 수 없기 때문입니다. 이것은 잘 생각해 보면 알 수 있는 일이긴 하지요. 하지만 뻐꾸기가 벌레를 잡아먹는 작은 새의 알처럼 유별나게 작은 알을 낳는 것은 어떻게 가능할까요. 이것은 새로운 수수께끼입니다. 그저 말없이 경탄만 할 뿐 풀 수는 없는 수수께끼인 셈이지요. 뻐꾸기의 알은 풀숲종다리의 알보다 조금 더 클 정도입니다. 그리고 벌레를 잡아먹는 작은 새들이 품으려면 뻐꾸기의 알은 그보다 더 커서는 안 되는 거지요. 이것은 정말 적합하고 이성적입니다. 그러나 자연은 특수한 경우에 있어서 현명하게 대처하느라고 전체를 관통하는 커다란 법칙에서 벗어나기도 합니다. 예컨대 알의 크기와 새의 크기라는 점에서 벌새와 타조 사이에는 현격한 차이가 생기는데, 제가 보기에 이러한 자의적인 방식이 매우 놀랍고도 경탄스러운 점입니다."

괴테가 말했다. "물론 우리의 관점이 그 전체를 조망하기에는 너무나 협소하기 때문에 우리는 놀라게 되는 거지. 우리가 좀 더 넓은 시각을 가질 수 있다면 겉으로 보이는 이런 편차도 법칙의 영역 안에서 포괄할 수 있을 거네. 하여간 계속해 보게. 뻐꾸기가 몇 개 정도의 알을 낳는지 아는가?"

내가 대답했다. "그것에 대해 확정 지어 말하려는 사람은 상당한 바보라고 할 수밖에 없겠지요. 그 새는 아주 유동적이어서 방금 여기 있는가 하면 금세 저기로 옮겨갑니다. 그리고 하나의 둥지에는 언제나 하나의 알만 들어 있는 걸 볼 수 있습니다. 물론 뻐꾸기는 여러 개의 알을 낳을 것입니다. 하지만 그 알들이 어느 곳으로 끼여 들어갔는지 누가 알며, 누가 그 새의 뒤를 일일이 따라다닐 수 있겠습니까! 그러나 뻐꾸기가 다섯 개의 알을 낳고, 다행히 이 다섯 개의 알이 모두 부화되어 애정이 넘치는 부모의 보살핌을 받아 제대로 자라게 된다면, 우리는 다시 한번 놀라운 일에 부닥치게 됩니다. 왜냐하면 자연은 이 다섯 마리의 뻐꾸기 새끼들을 위해 최소한 우리의 아주 아름답게 지저귀는 새들을 오십 마리나 희생시키기로 작정해 버리기 때문이지요."

괴테가 말했다. "자연은 그러한 일들에 있어서는 다른 경우와 마찬가지로 망설이지 않고 자신의 의지를 관철시키곤 하지. 자연은 엄청난 수의 생명을 삼켜버리기도 하는데 그것도 별다른 고심도 없이 그렇게 실행해 버리는 거네. 그건 그렇고 단 한 마리의 뻐꾸기 새끼를 위해서 그렇게 많은 수의 노래하는 새끼 새들이 희생된다는 건 어떻게 된 일인가?"

내가 대답했다. "우선 처음으로 태어난 새끼들이 희생됩니다. 흔히 있는 일이지만 노래하는 새의 알들이 뻐꾸기 알과 나란히 부화되는 경우에, 그 어미 새들은 보다 큰 몸집을 가지고 태어난 새를 보고 기뻐하면서 그놈만 세심하게 돌보고 그놈만 생각하며 그놈에게만 먹이를 줍니다. 그렇게 하는 동안에 몸집이 작은 새끼들은 죽게 되어 둥지에서 사라져 버리는데도 말입니다. 또한 그 탐욕스러운 뻐꾸기 새끼는 벌레를 먹고사는 작은 새들이 끊임없이 물어오는 먹이를 있는 족족 먹어치워 버립니다. 뻐꾸기 새끼의 몸이 완전히 다 자라고, 깃털이 완전해지며, 둥지를 떠나 나무 꼭대기로 올라갈 능력이 생길 때까지는 시간이 오래 걸립니다. 그러나 뻐꾸기 새끼는 둥지를 떠난 후에도 계속해서 먹이를 요구합니다. 그래서 여름 내내 애정에 넘치는 어미 새들은 덩치 큰 자기 아이의 뒤를 따라다니면서 먹이를 구해주느라고, 두 번째 새끼들에 대해서는 생각조차 않습니다. 이런 사정으로 단 한 마리의 뻐꾸기 때문에 아주 많은 수의 다른 새끼 새들이 희생되는 거지요."

"아주 그럴듯하군." 하고 괴테가 말했다. "그런데 말해보게. 뻐꾸기 새끼가 둥지에서 나오자마자 자기를 부화시키지도 않은 다른 새들로부터 먹이를 얻어먹는다는 게 사실인가? 그런 소리를 들은 적이 있는 것 같은데."

"그렇습니다." 하고 내가 대답했다. "어린 뻐꾸기는 낮은 곳에 있는 둥지에서 나와 키 큰 떡갈나무의 꼭대기쯤에 자리를 잡자마자 커다랗게 소리를 질러 자신의 존재를 알리지요. 그러면 그 소리를 들은 부근의 작은 새들이 뻐꾸기에게 인사하기 위해 모두 모여듭니다. 풀숲종다리도 검은점휘파람새도 노랑할미새도 날아오며 심지어는 굴뚝새까지도 날아옵니다. 굴뚝새는 습성대로라면 원래 나지막한 덤불과 울창한 관목 숲 속에서 살금살금 기어 다니다 후다닥 미끄러져 들어갔다 해야 하는데, 이제 사랑스런 손님을 맞기 위해 자기 본성마저 극복하고 키 큰 떡갈나무의 꼭대기로 날아오르는 것입니다. 다른 새들은 이따금씩만 먹이를 구해 날아오는 데 비해 뻐꾸기를 직접 키웠던 부부새는 더욱 정성으로 먹이를 구해다 줍니다."

괴테가 말했다. "그러니까 어린 뻐꾸기와 벌레를 먹고사는 작은 새들 사이에 일종의 커다란 애정이라도 있는 것 같군 그래."

"벌레를 먹고사는 작은 새들의 어린 뻐꾸기에 대한 사랑은 너무나 큽니다. 그래서 어린 뻐꾸기를 키우고 있는 둥지에 누군가가 접근하면 몸집이 작은 어미 새들은 놀랍고 두렵고 걱정이 된 나머지 어떻게 해야 할지를 모르고 허둥댑니다. 특히 검은점휘파람새는 고통스런 절망감을 드러내면서, 거의 발작적으로 땅바닥에서 날개를 파드득거리게 되지요."

"특기할 만한 일이야." 하고 괴테가 말했다. "하지만 가능한 일이겠지. 나에게는 그것보다 다음과 같은 점이 잘 이해가 되지 않네. 예컨대 자기 알들을 막 부화시키려 하고 있는 풀숲종다리 부부가 왜 어른 뻐꾸기의 행동을 내버려 두는지 모르겠군. 자기들의 둥지에 접근해 알을 밀어 넣는데도 말이야."

"물론 의문입니다." 하고 내가 대답했다. "하지만 전혀 이해하지 못할 건 아니지요. 벌레를 먹고사는 작은 새들이 둥지에서 나온 뻐꾸기에게 먹이를 구해주고, 또 그 뻐꾸기를 부화시키지 않은 새들도 먹이를 가져다줌으로써, 뻐꾸기와 먹이를 주는 새들 사이에 일종의 친척 관계가 생기는 것입니다. 그래서 그 후에도 서로 간에 알아보고 또 서로를 단 하나의 커다란 가족의 구성원으로 보게 되는 것이지요. 심지어는 한 쌍의 풀숲종다리 부부가 지난해에 부화시키고 길러주었던 바로 그 뻐꾸기가 올해에 다시 그 부부에게 자기 알을 가지고 오는 경우도 있으니까요."

"물론 그럴듯해." 하고 괴테가 말했다. "하지만 썩 납득이 가는 건 아니네. 기적은 여전히 기적이야. 자기가 부화시키지도 기르지도 않았던 어린 뻐꾸기에게 새들이 먹이를 가져다주다니."

"물론 기적입니다." 하고 내가 말했다. "하지만 유추는 가능합니다. 그렇습니다. 저는 이러한 방향 속에 자연 전체의 심층을 흐르고 있는 거대한 법칙이 들어 있을 것 같은 생각이 듭니다.

홍방울새 한 마리를 잡은 적이 있었는데, 먹이를 먹여주기에는 이미 너무 자랐고, 혼자서 먹이를 쪼아먹기에는 아직 너무 어렸습니다. 반나절 동안 애를 썼지만 아무것도 받아먹으려 하지 않아서 그 새를 어른 홍방울새 곁에 넣어주었지요. 훌륭한 가수인 그 어른 홍방울새는 수년 동안 제가 기르던 것으로 창문 밖 새장에 넣어 기르고 있었지요. 저는 어른 새가 쪼아먹는 걸 새끼 새가 보면 자기도 먹이가 있는 데로 가서 따라할 것이라고 생각했던 겁니다. 그러나 새끼 새는 그렇게 하지 않고, 오히려 어른 새를 향하여 자기 부리를 열고는 간청하는 듯한 울음과 함께 날개를 퍼덕거리더군요. 그러자 어른 홍방울새는 즉시 측은하게 여기면서 그 새끼 새를 아이로 받아들여 마치 자기 자식인 것처럼 먹이를 먹여주더군요.

언젠가는 잿빛 풀숲종다리와 새끼 세 마리를 얻어서 커다란 새장 안에 넣어둔 적이 있었습니다. 그랬더니 그 어미 새가 새끼들에게 먹이를 먹여주더군요. 그 후 이미 둥지에서 나온 어린 나이팅게일 두 마리를 또 얻어서 마찬가지로 그 풀숲종다리 곁에 놓아두었더니, 역시 그 어린것들을 새끼로 받아들여 먹이를 먹여주더군요. 또 며칠 후 저는 거의 날 때가 된 어린 참새들이 들어 있는 둥지를 새장 안으로 넣었고, 또 다섯 마리의 꾀꼬리 새끼들이 들어 있는 둥지도 새장 안으로 밀어 넣었지요. 하지만 풀숲종다리는 그 모든 새끼들을 받아들여 먹이를 먹여주었고 마치 어미처럼 정성스럽게 그 새끼들을 돌보더군요. 풀숲종다리는 개미 알을 부리에 가득 채운 채 새끼들이 먹이를 달라며 목구멍을 열고 있는 곳이면 그 넓은 새장의 이쪽 구석이든 저쪽 구석이든 가리지 않고 달려가더군요. 아니 그보다 더한 일도 있습니다! 그동안에 많이 자란 풀숲종다리 새끼 한 마리도 자기보다 작은 새들에게 먹이를 먹여주기 시작하더군요. 좀 장난스럽고 다소 어린 티가 나긴 하지만 훌륭한 어미를 따라 하겠다는 충동만은 분명히 보여주었지요."

"거기에서 우리는 그 어떤 신성(神性)을 마주하고 있는 걸세." 하고 괴테가 말했다. "나는 그 앞에서 기쁨과 경탄을 금할 수가 없네. 종류가 다른 새끼에게 먹이를 먹여주는 행위가 자연을 관통하는 그 어떤 보편적 법칙성을 가진 것이라면 그로써 많은 수수께끼가 풀릴 테지. 그리고 또 하느님께서도 고아가 된 어린 까마귀들이 호소하면 돌보아 주시리라는 것도 분명한 일이고."

내가 대답했다. "물론 그 어떤 보편적 법칙성이 존재한다는 건 당연해 보입니다. 야생의 상태에서 내버려진 새끼들에게 다른 새들이 먹이를 먹여주고 돌보아 주는 것을 지금까지 관찰해 왔으니까요.

지난여름 티푸르트 가까운 곳에서 새끼 굴뚝새 두 마리를 잡은 적이 있었습니다. 이제 막 둥지에서 나온 것 같았지요. 왜냐하면 덤불숲 속의 나뭇가지 위에서 일곱 마리의 다른 형제자매들과 나란히 일렬로 앉아서 어미로부터 먹이를 받아먹고 있었으니까요. 저는 그 두 마리의 새끼를 실크 손수건에 싸서 넣고 바이마르 방향으로 길을 들어 사냥 오두막까지 갔습니다. 그리고 거기에서 오른쪽으로 돌아 일름강변의 초원 쪽으로 내려가다가 목욕장을 지나갔지요. 그리고 다시 왼편으로 돌아 작은 덤불숲으로 들어갔습니다. 여기서 이런 생각이 들더군요. 좀 쉬면서 너의 굴뚝새나 다시 한번 보기로 하자, 라고 말입니다. 그러나 손수건을 열자마자 그 두 마리 다 제 손에서 빠져나와 즉시 덤불숲과 풀밭으로 사라져 버렸지요. 아무리 찾아도 헛일이었습니다. 그러고 나서 사흘 후 우연히 같은 장소를 지나가게 되었습니다. 작은부리울새의 유혹하는 소리가 들려오길래 근처에 둥지가 있지 않나 하는 생각이 들어 잠시 살펴보았더니 정말 둥지가 있더군요. 그런데 얼마나 반가웠던지요. 둥지 안을 들여다보니 이제 거의 깃털이 다 자란 작은부리울새 새끼들 옆에 저의 굴뚝새 새끼 두 마리가 있지 뭡니까. 아주 편안하게 대접받으면서 작은부리울새 어미로부터 먹이를 받아먹고 있더군요. 저는 이 놀랄 만한 발견을 직접 보고 너무도 행복했습니다. 마음속으로 이런 생각이 들더군요. 너희들 참으로 영리하구나, 신통하게도 궁지에서 벗어날 줄도 알고, 그리고 마음씨 좋은 작은부리울새도 너희들을 따뜻하게 받아들였구나, 그러니 나는 손님에게 정성을 다하는 이런 멋진 광경을 방해할 생각은 추호도 없네, 그 반대로 너희들이 아무쪼록 건강하기만을 빌겠네, 라고 말입니다."

"그건 내가 지금까지 들었던 가장 재미있는 조류학 이야기 중의 하나로군." 하고 괴테가 말했다. 더 분발해 보게! 새들을 관찰하는 행복한 취미를 계속 살려보게! 그 새소리를 듣고도 하느님을 믿지 못하는 자라면, 모세든 예언자든 누가 와서 도와주어도 소용없을 걸세. 그건 내가 하느님의 편재(偏在)하심이라고 부르는 바로 그것이네. 하느님은 자신의 무한한 사랑의 한 부분을 세상 곳곳에 펼치고 심어놓으셨네. 동물에게서는 싹으로만 암시되어 있는 바로 그것이 고귀한 인간에게서는 가장 아름다운 꽃으로 피어나는 걸세. 자네의 연구와 관찰을 계속하게! 자네는 그 분야에 종사해야 할 특별한 운명을 타고난 것 같네그려. 정말 값진 성과를 거두게 될 것이네."

우리가 툭 트인 자연 속에서 테이블에 앉아 유익하고 의미 있는 이야기를 나누는 동안 태양은 어느새 서쪽 언덕의 정상 쪽으로 기울어 있었다. 괴테는 이제 돌아갈 채비를 할 시간이라고 말했다. 우리는 예나를 신속하게 통과했다. 그리고 곰 여관에서 계산을 하고, 잠시 동안 프롬만 씨 댁에 들른 후, 빠른 속도로 말을 달려 바이마르로 돌아왔다.

1827년 10월 18일 목요일

헤겔이 이곳 바이마르에 와 있다. 괴테는 헤겔 철학에서 나온 몇 가지 성과에 대해 그렇게 특별나게 호의적이지는 않았지만 개인적으로는 그를 아주 높이 평가했다. 괴테는 헤겔의 방문을 기념하기 위해 오늘 저녁 다과회를 열었다. 첼터도 참석했으나 오늘 밤 내로 다시 떠날 계획이었다.

하만과 관련된 많은 이야기들이 오갔다. 주로 헤겔이 대화를 이끌어가면서 저 비범한 지성에 대해 아주 정교하고 치밀한 견해를 전개시켰는데, 대상을 아주 진지하고 양심적으로 연구하지 않으면 나올 수 없는 그런 견해였다.

그러고 나서 화제는 변증법의 본질에 관한 문제로 넘어갔다. 헤겔이 말했다. "그것은 근본적으로 보면 누구에게나 있는 모순의 정신을 법칙화하고 방법론적으로 형태를 부여한 것에 지나지 않습니다. 그리고 그러한 재능을 가지고 있으면 거짓으로부터 참을 구분하는 데 커다란 도움이 됩니다."

괴테가 끼어들어 말했다. "하지만 그러한 정신적인 기술과 민첩함이 자주 오용되지 않고, 또 거짓을 참으로, 참을 거짓으로 만드는 데 사용되지만 않는다면 정말 다행이겠지요!"

"그런 일도 일어날 수 있겠지요." 하고 헤겔이 대답했다. "하지만 정신적으로 병든 사람만이 그렇게 할 뿐입니다."

괴테가 다시 말했다. "그래서 말이지만 나는 자연에 관한 연구를 높이 삽니다. 자연 연구는 그러한 병을 생겨나지 않게 하니까요! 자연 연구에서는 무한하고 영원히 참된 것만이 문제가 되므로, 대상을 관찰하고 다루는 과정에서 참으로 순수하고 정직하게 해나가지 않으면 그 즉시로 불충분하다고 배척을 당합니다. 그래서 나는 많은 수의 변증법 환자가 자연 연구에서 효과적인 치료 방법을 찾을 수 있으리라 확신하고 있습니다."

이렇게 좋은 대화가 정말 유쾌한 분위기에서 오가는 중에 첼터는 아무 말도 하지 않고 자리에서 일어나 나가버렸다. 우리가 보기에 그는 괴테와 작별하는 고통의 순간을 회피하려고 그처럼 살며시 빠져나가는 방식을 택한 것이었다.

1828년

1828년 3월 11일 화요일

몇 주일 전부터 건강이 그렇게 썩 좋지 않다. 잠을 제대로 잘 수 없는 데다가 저녁부터 아침까지 머릿속이 어지러울 정도로 어수선한 꿈속에서 아는 사람이든 모르는 사람이든 붙들고 말다툼을 하거나 언쟁을 벌였다. 그리고 그 꿈은 너무도 생생해서 다음 날 아침에도 그 세부적인 장면들 하나하나가 또렷하게 떠올랐다. 이런 몽롱한 생활은 내 두뇌의 힘을 소진시켰기 때문에 낮 동안에는 노곤하고 맥이 풀려서 어떤 정신적인 일도 하고 싶지 않았고 또 그럴 생각이 들지도 않았다. 괴테에게 그런 상태를 여러 번 호소하자, 그는 의사에게 가보라고 거듭 당부했다. "자네의 병은 대수롭지 않아 보이네. 조금 체한 듯하니 탄산수 몇 잔을 마시든가 소금을 조금 먹으면 해결될 걸세. 하지만 너무 오래 끌지 말고 바로 치료를 받게나."

괴테의 말이 지당한 것 같았고, 나도 그의 말이 옳다고 혼잣말로 중얼거렸다. 하지만 우유부단하고 미지근한 성격 때문에 이번에도 며칠 밤낮을 불안하고 불쾌하게 흘려 보내면서 치료해 볼 생각은 아예 하지도 않았다.

오늘 식후에 다시 우중충한 꼴을 하고 괴테 앞에 나타나자 그도 더는 참을 수 없다는 듯이 나를 향해 미소를 지으며 조롱했다.

"자네는 제2의 섄디[80)]야." 하고 그가 말했다. "저 유명한 트리스트럼의 아버지 말일세. 반평생 문짝이 삐거덕거리는 소리에 화를 내면서도 기름 몇 방울 쳐서 날마다 겪는 불쾌감을 해소할 결심을 하지 못했던 사나이 말일세.

그러나 우리 삶이란 다 그런 거네! 인간 본성의 어두운 면과 밝은 면이 우리의 운명을 만들어버리는 거지. 그러므로 날마다 데몬이 우리를 끈으로 묶어 인도하게 할 필요가 있는 것이네. 우리가 해야 할 일을 지도받고 또 그대로 하기 위해서 말이야. 하지만 선한 영이 우리를 저버리기 때문에 우리는 축 처져서 어둠 속을 더듬거리며 가는 거라네.

나폴레옹은 참으로 걸출한 인물이었어! 항상 명석한 상태로 깨어 있고 결단성이 있었어. 또한 유리하거나 필연적이라고 판단되는 일이라면 즉각 실천에 옮기기에 충분한 정력을 타고

80) 로렌스 스턴(1713~1768)의 소설 『트리스트럼 섄디』에 나오는 주인공.

났었네. 그의 삶은 전투에서 전투로, 승리에서 승리로 나아갔던 반신(半神)의 일생이었지. 그는 언제나 지속적인 각성의 상태에 있었다고 해도 과언은 아니었네. 그 때문에 그의 운명은 온 세계를 통틀어 전무후무하리만큼 찬란한 것이었지.

그래, 그래, 정말 위대한 인물이었어. 우리로서야 감히 흉내도 내볼 수 없을 정도지."

괴테는 방 안을 이리저리 서성거렸고, 나는 식탁에 앉아 있었다. 식사는 이미 치워졌으나 포도주는 아직 조금 남아 있었고 비스킷과 과일도 있었다.

괴테는 나에게 포도주를 따라주면서 비스킷이나 과일을 좀 들라고 권했다. "자네는 오늘 점심 식사 초대도 사양했었지." 하고 괴테가 말했다. "하지만 이 술 한 잔이면 거뜬해질 걸세."

내가 비스킷과 과일을 들고 있는 동안 괴테는 여전히 방 안을 서성거리면서 흥분된 모습으로 중얼거리기도 했는데 이따금씩 알아들을 수 없는 말을 내뱉기도 했다.

그가 방금 나폴레옹에 관해서 한 이야기가 내 머릿속에 들어 있었으므로 나는 화제를 그쪽으로 되돌리려고 했다.

내가 말을 꺼냈다. "제가 보기에는 나폴레옹이 아직 젊어서 힘이 샘솟던 때는 특별히 명석한 상태를 계속 유지할 수 있었던 것 같습니다. 그 당시에는 신의 가호도 있었고 행운도 지속적으로 그의 편이었으니까요. 그러나 만년에는 명석함과 아울러 그의 행운도 사라져 버린 것으로 보입니다."

"그게 무슨 말인가!" 하고 괴테가 대꾸했다. "나도 연애시나 『베르테르』를 두 번 쓰지는 못했어. 비범한 것을 창조해 내는 신적인 명석함이란 언제나 젊음과 '생산성'과 직결되어 나타날 뿐이야. 말하자면 나폴레옹도 지금껏 살았던 가장 생산적인 인물 중의 하나였던 걸세.

그래, 그렇다네, 이 사람아, 생산적이기 위해서 반드시 시나 희곡을 쓸 필요는 없어. '행동의 생산성'이라는 것도 있으니까 말이야. 그리고 많은 경우에 이편이 훨씬 더 중대할 수도 있네. 예컨대 의사도 진정으로 의사다우려면 생산적이어야만 하지. 그렇지 않으면 우연히 성공하는 예는 있겠으나, 대개의 경우는 서투른 의사가 되고 말 거네."

내가 물었다. "선생님께서는 그 경우에 생산성이라는 말을 흔히들 천재라고 일컫는 것과 같은 걸로 보시는군요?"

"그래, 그 둘은 아주 가까운 사이야." 하고 괴테가 대답했다. "천재란 다름 아니라 생산적인 힘이며, 그런 생산적인 힘을 통해 하느님과 자연 앞에 떳떳이 내보일 수 있는 행위가 이루어지는 거네. 또 바로 그 때문에 그 행위는 지속적인 생명력을 얻게 되는 걸세. 모차르트의 모든 작품이 여기에 해당한다네. 그의 작품에는 세대에서 세대로 계속 영향을 끼치면서 쉽사리 소진되거나 사라지지 않는 생산적인 힘이 들어 있는 걸세. 다른 위대한 작곡가나 예술가의 경우도 마찬가지야. 피디아스와 라파엘로는 이후 여러 세기 동안 영향을 끼쳤으며, 뒤러와 홀바인도 그렇지 않았던가! 고대 독일 건축 예술의 형식과 균형을 최초로 창안해 시대가 지나는 동안 슈트라스부르크 대성당이나 쾰른 대성당의 건립을 가능하게 한 자도 천재였어. 그의 사상이 끊임없이 생산력을 유지하면서 오늘날에 이르기까지 그 영향을 미치고 있으니 말이야.

루터도 아주 위대한 천재였어. 그는 지금까지도 좋은 시대를 낳게 했으며 또 앞으로도 그의 생산성이 고갈될 때까지 몇 세기가 걸릴지는 아무도 알 수가 없네. 레싱은 천재라는 고상한 칭호를 싫어했으나 그의 영향력은 자신의 의사와는 상관없이 지속되고 있네. 반면에 문학의 영역에서는 살아 있을 동안 상당한 이름을 얻어 위대한 천재로 간주되었지만 죽음과 함께 그 영향력이 사라져 자기나 다른 사람이 생각했던 것보다 열등한 인간이 되어버린 경우가 있다네. 왜냐하면 앞서 말했다시피 지속적인 생산력이 없는 천재란 있을 수 없기 때문일세. 사업이든 예술이든 직업 분야든 사정은 다 마찬가지야. 오켄[81]이나 훔볼트와 같이 학문 분야에서 천재적인 능력을 발휘하든, 프리드리히2세나 나폴레옹처럼 전쟁이나 국가행정에서든, 베랑제처럼 가요 부분에서 천재적인 능력을 보이든 간에 사정은 모두 같은데, 다만 문제는 사상이나 착상이나 행위가 생명력에 넘치며 영속적인 힘을 가지고 있는가 하는 점이라네.

그리고 또 한 가지 말해둘 점은, 어떤 사람이 이루어낸 작품이나 행동의 양이 많다고 해서 그 사람을 생산적이라고 볼 수는 없다는 거네. 우리는 시집을 연달아 출판함으로써 생산

81) 로렌츠 오켄(Lorenz Oken, 1779~1851). 자연과학자이자 낭만주의 자연철학자. 1807년 의학 교수가 되었다가, 1812년에서 1819년 사이에 예나 대학의 자연사와 자연철학 분야의 교수로 활동하였다. 괴테는 1807년 예나에서 그를 알게 되었고, 이후 그를 재능 있는 자연과학자로 높이 평가했다.

적이라고 여겨졌던 시인을 알고 있네. 하지만 내가 보기에 그들은 비생산적일 뿐이야. 왜냐하면 그들이 쓴 작품에는 생명력도 영속성도 없기 때문이지. 그와 반면에 골드스미스가 쓴 시의 분량은 얼마 되지 않으나 그래도 나는 그를 생산적 시인이라고 말하겠네. 그가 쓴 것은 소량이긴 하지만 그 속에는 내재된 생명이 들어 있어서 영속될 수 있기 때문이지."

그는 잠시 이야기를 멈춘 채 방 안을 이리저리 거닐었다. 나는 이 중요한 문제에 대해서 좀 더 듣고 싶었으므로 괴테를 다시 한번 자극해 보려 했다.

내가 물었다. "그런데 저 천재적인 생산성이라는 건 저명한 인물들의 정신 속에만 들어 있는 건지요, 아니면 그 육체에도 깃들어 있는 걸까요?"

괴테가 대답했다. "적어도 육체는 천재적인 생산성에 커다란 영향력을 가지고 있네. 한때 독일에서는 천재를 키가 작고 허약하며 심지어는 등이 굽은 사람이라고까지 생각한 적도 있었지. 그러나 나로서는 당당한 신체를 갖춘 천재를 칭찬하고 싶네.

나폴레옹을 두고 흔히 화강암으로 된 사나이라고 말하는데 그건 특히 그의 육체를 두고 한 말이네. 그런 사람이 무슨 일을 회피했겠으며 무슨 일인들 감행할 능력이 없었겠나! 시리아사막의 타는 듯한 모래밭에서부터 모스크바의 눈 덮인 들판에 이르기까지 무수한 행군과 전투와 야영의 연속이었지! 당연히 숱한 고난과 육체적 고통을 견뎌야 했지! 수면 부족에다가 영양부족, 게다가 끊임없이 최고도의 정신적 활동을 유지해야 했지. 예컨대 브뤼메어 제18일[82]에는 극도의 긴장과 흥분으로 한밤중이 될 때까지 아무것도 입에 대지 않았네. 그러면서도 몸 생각은 추호도 하지 않고 깊은 밤중까지 프랑스 국민에게 보내는 저 유명한 선언문을 기초했던 걸세.

그의 몸이 얼마나 많은 것을 체험하고 견뎌냈는가를 생각하면 나이 마흔인 그의 신체에는 성한 곳이 한 곳도 남아 있지 않을 거라는 생각마저 든다네. 하지만 그 나이에도 그는 완벽한 영웅으로서 의연한 몸가짐을 잃지 않았던 걸세.

그러나 나폴레옹의 활동의 진정한 정점은 그의 청춘 시기였다는 자네의 말은 정말 지당하네. 출신도 분명치 않은 신분으로 무수한 인재들이 활동하던 시대에 그만큼 두각을 나타냈고, 그것도 겨우 스물일곱의 나이에 삼천만 국민의 우상이 되었다는 건 실로 대단한 일이야! 그래, 그래, 이 사람아, 큰일을 해내려면 우선 젊어야 하네. 이것은 나폴레옹 한 사람에 국한된 얘기가 아닐세."

내가 말했다. "그의 동생인 뤼시앙도 아주 젊은 나이에 벌써 대단한 일을 해냈지요. 그가 오백인회(五百人會)의 회장이 되고 이어서 내무장관이 된 것은 스물다섯 살이 채 되지 않았을 때였습니다."

"뤼시앙이 그렇게 대단하단 말인가?" 하고 괴테가 말을 막았다. "역사를 살펴보면 정치에서나 전쟁에서나 젊은 나이에 중요한 일을 주도하면서 명성을 떨쳤던 아주 유능한 사람들을

82) 나폴레옹이 집정을 선언한 1799년 11월 9일.

수백 명이나 볼 수가 있네."

괴테가 활기차게 말을 이어갔다. "내가 군주라면 가문의 덕을 보거나 연공서열이 차서 차츰 승진해 가다가 이제는 익숙해진 궤도를 따라 느긋하게 걸어가는 나이든 자들이라든지, 또 썩 내세울 만한 재능도 없는 자들은 결코 고위직에 앉히지 않겠네. 그 대신에 '젊은' 사람을 등용하겠네. 물론 명석하고 정력적인 데다가 의욕도 왕성하고 인격도 고상한 그런 인재라야겠지. 그러면 통치하는 것도 국민의 삶을 발전시키는 것도 신이 나서 할 테지! 하지만 그렇게 뜻대로 되고 또 그렇게 훌륭하게 보필받을 수 있는 군주가 어디 있단 말인가!

나는 지금의 프로이센 황태자에게 커다란 희망을 걸고 있네. 내가 알고 있고 또 들은 바에 의하면 그는 아주 괜찮은 인물이기 때문이지. 그런 인물이라야만 유능한 인재와 재능이 많은 인재를 알아보고 등용할 수 있는 거네. 어쨌든 동류는 동류끼리 알아보는 법이니까 말이야. 그러니 스스로 위대한 능력을 갖춘 군주라야만 신하와 시종들의 훌륭한 재능을 제대로 알아보고 또 존중해 줄 수 있는 거네. '인재에게 문호를 개방하라!'라고 한 것은 나폴레옹의 유명한 금언이었네. 그는 물론 신하를 등용함에도 아주 특별한 지략을 발휘해 모든 중요한 인물을 능력에 맞게 적재적소에 배치시킬 줄 알았네. 그 때문에 그는 평생 동안 엄청난 일을 벌였지만 그때마다 유례를 찾을 수 없을 정도로 아랫사람들로부터 훌륭한 보필을 받았던 거네."

오늘 저녁 괴테는 특히 내 마음에 들었다. 그의 천성의 가장 고귀한 부분이 내부에서 살아 움직이는 듯했고, 목소리의 울림과 눈빛에도 비상한 힘이 깃들어 있어서 마치 절정에 달한 청춘이 싱싱한 정열의 불꽃으로 타오르는 것 같았다. 그처럼 고령의 나이에 아직도 중요한 직책을 맡고 있으면서도 단연코 청년들을 두둔해 국가의 고위직에, 비록 청년은 아닐지라도 비교적 젊은 인재를 등용하겠다는 그의 발언이 나에게는 유별나게 들렸다. 그래서 나는 독일의 고관 가운데 고령이면서도 아주 중대하고 아주 다양한 일을 처리하는 데 필요한 정력과 생생한 활동력을 조금도 잃지 않은 것으로 보이는 인물들 몇몇의 이름을 들지 않을 수 없었다.

괴테가 대답했다. "그 같은 인물들은 천재적인 기질을 타고난 사람이어서 독특한 데가 있네. 말하자면 그들은 '청춘의 반복'을 체험하는 걸세. 다른 사람의 경우에는 단 한 차례의 젊음이 주어질 뿐인데 말이야.

즉 개개의 엔텔레히는 영원의 일부이기 때문에 몇 년 동안 이 지상의 육체와 결합되어 있다 해도 늙어지는 건 아니라네. 하지만 이 엔텔레히가 열등한 종류의 것이라면 육체의 욕구에 가려져서 제대로 힘을 발휘하지 못하고 오히려 육체가 득세하게 되네. 그리고 육체가 늙게 되면 엔텔레히는 그 육체를 유지하지 못하고 오히려 지장만 초래하게 되는 걸세. 그러나 모든 천재적인 인물의 경우에 그렇듯이 엔텔레히가 아주 강력한 종류의 것이라면 육체에 생생하게 스며들어 그 조직을 활기차고 소중하게 만들어줄 뿐만 아니라, 정신의 우세를 유지하는 영원한 청춘이라는 특권을 계속 유지하게 해준다네. 그래서 탁월한 재능을 타고난 사람은 노령의 나이에도 불구하고 여전히 특별한 생산성을 가진 발랄한 시기를 누리게 되는 걸세. 그들에게는 몇 번이고 일시적인 회춘 현상이 나타나는데 그것이 바로 내가 말하는 '청춘의 반복'이라는 거네.

하지만 젊음은 젊음일 뿐이며 엔텔레히가 아무리 강력하게 나타난다 하더라도 육체적인 조건을 완전히 넘어설 수는 없네. 그러므로 엔텔레히가 육체와 동맹을 맺느냐 아니면 적대 관계를 맺느냐 하는 것 사이에는 엄청난 차이가 나는 걸세.

나에게는 매일 전지 한 장분의 원고를 써야 하고 또 그것을 쉽게 해내던 한창 시절이 있었네. 사실 『자매』는 사흘 만에 썼고 『클라비고』는 자네도 알다시피 한 주일만에 완성했지. 이제 그런 일은 거의 불가능해. 하지만 이렇게 고령이 된 지금 생산력이 달린다고 결코 한탄하지는 않네. 젊은 시절에는 날마다 어떠한 조건에서도 가능했던 것이 지금은 이따금씩 여건이 좋을 때만 가능하지만 말일세. 한 십여 년 전의 일로서, 그때는 해방전쟁이 끝난 후라 행복한 시절이었지. 나는 『서동시집』에 몰두하고 있었는데 종종 하루 만에 두세 편을 쓸 정도로 생산적이었어. 넓은 들판에서든 마차 안이든 여관이든 장소를 가리지 않고 써 내려갔지. 『파우스트』 2부를 쓰고 있는 지금은 잠에서 막 깨어나 생기가 돌고, 일상생활의 번거로움으로 방해를 받지 않는 이른 아침 시간에나 겨우 일할 수 있네. 그렇게 해서 얼마나 해내겠나! 아무리 잘되어도 고작 원고지 한 장 정도지. 대개는 한 뼘 정도의 분량을 쓸 수 있고, 그것도 기분이 내키지 않을 때는 더 적어지는 걸세."

나는 그에게 물었다. "별로 내키지 않을 때 생산적인 기분이 들게 하거나 기분을 돋구는 방법 같은 건 없습니까?"

괴테가 대답했다. "그 문제는 아주 미묘한 데가 있네. 이렇게 생각할 수도, 저렇게 말할 수도 있으니 말이야.

가장 높은 정도의 생산력, 중대한 착상, 온갖 창안, 열매를 맺고 결과를 가져오는 모든 위대한 사상과 같은 것은 누구도 마음대로 할 수 없으며 세속의 모든 힘을 넘어선 것이네. 인간은 이러한 것을 하늘로부터 받은 예기치 않은 선물이라 생각해야 하네. 하느님의 순수한 아들로서 그 선물을 기쁘고 감사한 마음으로 받아들여 소중히 여겨야 하네. 그것은 데몬과 같은 핏줄이어서 강력한 힘으로 인간을 마음대로 휘두른다네. 인간이 자신의 의지에 따라 행동하고 있다고 믿을 때에도, 사실은 자기도 모르는 사이에 데몬에 몸을 맡기고 있는 거네. 그러한 경우에 종종 인간은 보다 고귀한 세계 지배의 한 도구로 간주될 수 있으며, 하느님의 영향을 받아들이는 당당한 그릇으로 여겨질 수 있는 걸세. 내가 이런 말을 하는 것은 단 하나의 사상이 몇 세기를 변화시키는 일이 자주 있음을 생각하기 때문이며, 또한 몇몇 사람이 이루어낸 일이 그 시대의 특징이 되고, 그 후세에도 계속 유익한 영향을 주는 일이 있기 때문일세.

다음으로는 다른 종류의 생산력을 들 수 있네. 그것은 이미 세속의 영향에 굴복한 것으로서 인간이 마음대로 다룰 수 있는 성격의 것이긴 하지만, 그래도 여전히 신성한 대상으로 우러러볼 만한 가치가 있는 그런 생산력이네. 이 범위에 포함되는 것으로는 어떤 계획을 성취하는 데 필요한 모든 것, 그 도달점이 이미 명시되어 있는 일련의 구상과 같은 것이네. 다시 말해 어떤 예술 작품의 구체적인 살과 몸체를 이루는 모든 것이 거기에 속하네.

예컨대 셰익스피어에게 『햄릿』의 착상이 최초로 떠올랐을 때는 전체 정신이 예기치 않았던 인상으로 마음속에 나타났으므로, 개별적인 상황이나 인물이나 전체적인 결말 같은 것을 보다 고양된 기분으로 전망할 수 있었네. 이런 것은 하늘로부터의 순수한 선물이며 작가가 직접적으로 영향을 미쳐 얻어낸 선물은 아니네. 물론 그런 착상을 얻으려면 셰익스피어와 같은 정신이 전제되어야 하는 것은 당연하지만 말이야. 그러나 그 뒤에 개별적인 장면을 완성하거나 인물들의 대사를 쓰는 일을 자유자재로 해냈네. 그래서 매일 매 시간 쉼 없이 몇 주일이고 계속해서 마음먹은 대로 써나갈 수 있었던 거네. 게다가 그런 식으로 완성된 어느 부분에서도 우리는 동일한 생산력이 변함없이 작용하고 있는 걸 확인할 수가 있네. 그가 쓴 작품의 어느 부분을 보더라도 올바른 기분 상태에서 쓰지 않았다거나 온 능력을 다해서 쓰지 않은 대목은 찾아볼 수 없으니 말이야. 요컨대 우리가 그의 작품을 읽으면서 받는 인상은 그가 정신적으로나 육체적으로나 건강하고 강인한 인간이었다는 점이네.

그러나 어떤 희곡 작가의 체질이 그다지 튼튼하지도 뛰어나지도 못해서 자주 병에 걸릴 정도로 쇠약하다면, 하루하루 장면들을 완성해 나가는 데 필요한 생산력이 아주 빈번하게 막히게 되고 때로는 여러 날에 걸쳐 아무것도 하지 못하게 되는 수도 있겠지. 그리고 그렇게 되면 그는 무언가 정신을 북돋아 주는 음료라도 마셔서 모자라는 생산력을 억지로 짜내고 부족한 것을 메꾸어 어떻든 꾸려나가려 할 테지. 하지만 그런 식으로 장면들을 억지로 짜내게 되면 커다란 결점이 생기게 마련이야.

그러므로 아무것도 억지로 짜내지 않는다는 게 나의 방침이네. 생산적이 아닌 시간에는 빈둥거리면서 보내거나 잠이나 자면 될 일이고. 생산적이지 않은 날에 억지로 써봐야 나중에 기분만 상하게 되니까 말이야."

내가 말했다. "지금 말씀하신 것은 저 자신도 자주 체험했고 느꼈던 것으로서, 분명한 사실이라고 믿어 마지않습니다. 하지만 자연스러운 수단을 사용해 무리를 하지 않으면서도 생산적인 기분을 고조시키는 사람들도 있는 것 같더군요. 제가 살아오면서 자주 겪었던 일이지만, 그 어떤 복잡한 심경에 사로잡혀 올바른 판단을 내릴 수 없는 경우에 포도주 몇 잔을 마시면, 금방 할 일이 분명해지고 곧장 결정을 내릴 수 있었습니다. 결심을 한다는 것도 일종의 생산성이므로 포도주 몇 잔으로 그런 효과를 낼 수 있다면, 그런 수단도 완전히 배제해 버릴 수야 없는 것이겠지요."

괴테가 대답했다. "자네 말을 반박하지는 않겠어. 하지만 내가 앞서 말한 것도 옳네. 하여간 진리가 다이아몬드에 곧잘 비교되는 것도 바로 이런 점 때문이네. 다이아몬드는 한쪽으로뿐만 아니라, 여러 방면으로 빛을 발하니까 말이야. 어쨌거나 자네는 나의 『서동시집』을 잘 알고 있을 테니 내가 이렇게 말한 구절을 기억하겠지.

사람은 술에 취했을 때
올바른 것을 알게 되는 법.

어떤가. 이 시구는 나와 자네의 의견이 완전히 일치한다는 걸 보여주고 있네. 사실 포도주 속에는 생산적인 힘을 불러일으키는 상당히 중요한 성분이 들어 있네. 하지만 그런 것은 모두 상황과 때에 달려 있지. 어떤 사람에게는 유익하나 다른 사람에게는 해로울 수도 있는 걸세. 그 밖에도 사람을 생산적이게 만드는 힘으로는 휴식과 수면 그리고 운동을 들 수 있네. 이런 힘들은 물속에 특히 대기 속에 들어 있네. 드넓은 들판의 신선한 공기는 우리 인간에게 가장 적합한 장소여서, 거기에서는 마치 하나님의 영이 인간에게로 직접 불어와 신성한 영향력을 발휘하는 것 같네. 바이런 경을 예로 들어보세. 그는 날마다 몇 시간씩 야외에서 보내면서, 금방 해변에서 말을 달리는가 하면 또 금방 돛단배를 타거나 노를 젓기도 했네. 그러고 나서는 또 바다에서 헤엄을 치며 체력을 단련했네. 그러면서도 그는 지금까지 살았던 사람들 중에서 가장 생산적인 사람의 하나였어."

괴테와 나는 마주 앉아 온갖 이야기를 더 나누었다. 그러다가 바이런 경이 다시 화제에 올랐고, 그의 만년을 어둡게 만들었던 여러 가지 재난들이 언급되었다. 바이런 경의 뜻은 참으로 고귀했으나 불행한 운명이 그를 그리스로 몰아내었고 결국 거기서 파멸을 맞았다는 이야기였다.

괴테가 계속해서 말했다. "자네도 알겠지만 사람들은 대체로 그 중년기에 전환점을 맞이한다네. 청년기에는 만사가 순조롭고 행복하게 돌아가던 사람도 어느 순간 그 운명이 돌변하여 재난과 불운을 잇달아 겪게 되는 법일세.

내 말의 의도를 알겠나? 사람이란 결국 무로 돌아가는 거라네! 모든 비범한 인간은 이루어야 할 어떤 소명을 타고나는 법이며, 그것을 이루고 나면 더 이상 사람의 모습으로 지상에 머물 필요가 없어지는 게지. 그리하여 하느님의 섭리는 그를 또 다시 다른 용도로 돌려쓰게 되는 걸세. 이 지상에서는 모든 일이 순리에 따라 이루어지며 데몬은 차례차례 사람의 다리를 걸어 쓰러뜨리는 거네. 나폴레옹도 그랬고 다른 많은 사람들도 그랬지. 모차르트는 서른여섯 살에 죽었고, 라파엘로도 거의 비슷한 나이에 죽었으며, 바이런은 그보다 겨우 몇 년 더 살았네. 하지만 그들 모두 자신의 천명을 완벽하게 이루었지. 그들은 가야 할 나이에 갔네. 그리고 이 땅에 더 오래 살도록 되어 있는 다른 사람들에게는 해야 할 일이 아직도 남아 있는 걸세."

어느새 밤이 깊어졌다. 괴테는 다정하게 작별의 손을 내밀었고, 나는 자리에서 물러났다.

1828년 3월 12일 수요일

어젯밤 괴테와 헤어진 후로도 그와 나누었던 의미심장한 대화가 계속 머릿속을 떠나지 않았다.

바다와 바닷가 공기의 힘에 관한 이야기도 나왔었는데, 괴테의 견해에 따르면, 온화한 기후의 섬에 사는 사람이나 바닷가에 사는 사람들이 거대한 대륙의 내지에 사는 사람들보다 훨씬 더 생산적이고 활동적이라는 것이다.

생기를 불러일으키는 이러한 바다의 힘을 생각하고 또 막연히 그리워하는 가운데 잠이 들었다. 그 때문인지 나는 밤 동안 다음과 같은 우아하면서도 아주 특이한 꿈을 꾸었다.

낯선 고장의 낯선 사람들 사이에서 나는 아주 명랑하고 행복했다. 아름답기 그지없는 여름날의 매혹적인 자연이 펼쳐져 있었는데, 지중해나 남부 스페인 혹은 프랑스나 제노바 근처의 바닷가쯤으로 보였다. 우리는 낮 동안 즐겁게 마시고 놀았고, 오후에는 좀 더 젊은 사람들과 함께 산책을 했다. 아늑한 저지대의 숲속을 거닐던 우리는 어느 순간 갑자기 바다 한가운데의 아주 작은 섬에 서 있게 되었는데, 섬이라기보다는 대여섯 명의 사람도 제대로 서 있을 수 없을 정도의 솟아오른 바위에 불과했다. 그러므로 조금이라도 움직이면 바닷속으로 미끄러질 정도로 위태로웠다. 우리가 걸어왔던 뒤쪽으로는 바다 이외에는 아무것도 보이지 않았다. 그러나 앞쪽으로는 십오 분 거리에 아주 반가이 오라고 손짓하는 해변이 펼쳐져 있었다. 해변의 여기저기는 평평했고, 또 곳곳에 바위가 적당하게 솟아 있었다. 그리고 녹색의 정자들과 흰색 천막들 사이에는 밝은색의 옷을 입은 한 무리의 명랑한 사람들이 천막에서 흘러나오는 아름다운 음악에 맞추어 즐거운 시간을 보내고 있었다. 우리 중의 한 사람이 말했다.

"이제 다른 수는 없어. 옷을 벗고 저편으로 헤엄쳐 건너야 해."

내가 대답했다. "말은 그럴듯해. 너희들은 젊고 잘생긴 데다가 수영도 잘하니까 말이야. 하지만 나는 수영도 서툴고 게다가 몸매도 보잘것없어서 해변의 낯선 사람들 앞에 즐겁고 편안한 마음으로 나타날 수는 없는 형편이야."

그러자 가장 잘생긴 사람들 중의 하나가 말했다. "자네는 바보야. 옷을 벗고, 나에게 자네의 몸을 주게. 그리고 내 것은 자네가 가지게."

이 말을 듣고 나는 재빨리 옷을 벗고 물속으로 뛰어들었으며, 다른 사람의 몸속이라는 걸 아는 것과 동시에 자신이 유능한 수영 선수임을 느꼈다. 나는 곧 해변에 도착했고, 벌거벗은 채 아주 명랑하고 자신만만한 기분으로 온몸에서 물을 뚝뚝 흘리며 사람들 사이에 섞였다. 나는 아름다운 몸을 가졌다는 느낌으로 행복했고, 행동거지도 자연스러웠다. 그래서 금방 정자 앞의 테이블에 앉아 즐겁게 떠들고 있는 낯선 사람들과 친숙해졌다. 나의 동료들도 한 사람 한 사람 뭍으로 올라와서 우리와 합류했다. 다만 내가 그 사지를 기분 좋게 빌려 쓰고 있는 젊은이만 보이지 않았다. 마침내 그 젊은이도 해변 가까이에 도착했다. 그러자 사람들은 이전의 내 모습을 보고 싶지 않은지를 물었다. 이 말을 듣는 순간 갑자기 불쾌감을 느꼈는데, 그것은 한편으로는 나 자신에 대해 별다른 만족을 하지 못하고 있다는 느낌 때문이었고, 다른 한편으로는 그 친구가 자기 몸을 금방 돌려달라고 할까 봐 두려워서였다. 그럼에도 불구하고 나는 몸을 바다 쪽으로 돌려 나의 제2의 자아가 아주 가까이로 헤엄쳐 오는 걸 보았다. 그 순간 그 사람은 머리를 약간 옆으로 돌리고 나를 향해 위로 쳐다보고는 웃으면서 말했다. "당신 몸에는 수영하는 능력이 들어 있지 않아요." 하고 그가 소리쳤다. "그래서 파도랑 씨름하느라고 늦게 꼴찌로 도착한 겁니다." 나는 즉시로 그 얼굴을 알아보았다. 그것은 나의 얼굴이었다. 하지만 약간 둥글고 넓적한 데다가 안색이 생기에 넘치는 젊은 얼굴이었다. 이제 그는 뭍에 닿아 몸을 일으키며 첫걸음을 내디뎠다. 그 순간 나는 그의 등과 허벅다리를 훑어보았는데 그 형태의 완벽함을 보고 기쁨을 감출 수 없었다. 그는 해변의 바위를 올라와 우리들이 있는 데로 와서 내 곁에 섰는데 그 신장이 나의 새 신장과 완전히 같았다. '어쩐 일인가, 너의 작은 몸이 그사이에 저렇게 멋지게 자라나다니!' 하고 속으로 생각했다. '바다의 생명력이 그 몸에 놀라운 작용을 일으킨 것인가, 아니면 그 친구의 젊은 정신이 사지에 스며들기라도 했단 말인가?' 그러고 나서 한참 동안 함께 즐거운 시간을 보내면서 나는 속으로 이상하다는 느낌을 지울 수 없었다. '저 친구는 다시 자기 몸속으로 들어올 기색이 보이지 않는군.' 나는 생각했다. '정말 저 친구는 아주 당당해 보여. 그러니 그로서는 아무래도 마찬가지인 거야. 하지만 나는 그렇지가 않아. 내가 원래 내 몸과 함께 있게 될지, 예전처럼 다시 작아질지 확신이 서지 않아.' 나는 그 문제를 분명히 하기 위해, 그 친구를 내 옆으로 오게 하고는 내 몸속에 들어 있으니 기분이 어떤지를 물었다. 그러자 그가 대답했다. "정말 좋아. 원래의 내 몸과 같은 느낌이고 힘도 그대로니까. 자네는 자기 몸을 싫어하는지 어떤지는 모르겠군. 하지만 내게는 자네 몸이 꼭 맞아. 자네도 보다시피 자기 내부로부터 무언가를 만들어내야 하는 거야. 기분이 내킨다면 내 몸속에 그대로 있게. 나는 완전히 만족이고 또 앞으로도 자네 몸속에 머물러 있을 테니 말이야." 이 말을 듣는 순간 정말 기뻤다. 그리고 느낌이나 생각이나 기억도 예전이나 조금도 다를 바가 없었다. 그 때문에 나는 꿈속에서, 우리 영혼은 완전무결하게 독립적이며 다른 몸 안에 들어가더라도 계속 존재할 가능성이 있다는 인상을 받았다.

내가 오늘 식사 후에 그 꿈의 대강을 말해주자, 괴테가 "정말 좋은 꿈이야."라고 말했다. "뮤즈의 여신들이 꿈속에서 자네를 방문한 게로군." 그가 계속해서 말했다. "그것도 특별한 호의를 가지고서 말이야. 자네도 알겠지만 깨어 있는 상태에서는 그렇게 특색 있고 멋진 것을 고안해 낼 수 없는 법이거든."

"저도 어떻게 그런 꿈을 꾸게 되었는지 영문을 모르겠습니다. 요즈음 아주 맥이 빠진 상태로 지내고 있었기 때문에 그렇게 생생한 장면을 볼 가능성은 별로 없었거든요." 하고 내가 대답했다.

괴테가 말했다. "사람의 본성에는 놀라운 힘이 숨겨져 있어서 거의 희망이 없는 상태에서도 우리를 위해 무언가 좋은 걸 마련해 준다네. 나는 평생 동안 눈물을 흘리며 잠든 경우가 가끔 있었는데, 그때마다 그 눈물 속에서 사랑스럽기 그지없는 모습이 나타나 나를 위로하고 축복해 주었네. 그러고 나면 다음 날 아침 다시 원기를 얻어 씩씩하게 일어나곤 했지.

그건 그렇고 우리들 연로한 유럽 사람들에게는 다소간 정도의 차이는 있겠지만 모든 형편이 정말 열악해지고 있어. 우리의 환경은 지나치게 인공적이고 복잡하며, 음식이나 생활방식도 건강한 자연을 상실하고 있네. 모두들 세련되고 정중하기는 하나 다정다감하고 진솔할 수 있는 용기가 결여되어 있고, 그 때문에 자연스러운 성향과 마음씨를 가진 정직한 사람은 아주 불리한 입장에 놓이게 되는 거지. 단 한 번이라도 좋으니 가식적인 뒷맛이 남지 않는 인간적인 생활을 순수하게 누려보고 싶어. 그러기 위해 저 남쪽 바다의 섬나라에 그야말로 야만인으로 태어나 살았으면 하고 바랄 때가 종종 있네.

기분이 우울해져 현대의 비참한 상황을 깊이 들여다보노라면, 세계가 차츰차츰 심판의 날에 다가가고 있는 게 아닌가 하는 생각이 들 때도 종종 있다네. 불행은 세대에서 세대로 쌓이고 있는 걸세! 우리는 조상의 죄 때문에 고통을 겪고 있을 뿐만 아니라, 물려받은 이 결함에다가 우리의 죄를 더 보태어 후손에게 전해주고 있는 거네."

"저에게도 종종 그 비슷한 생각이 머릿속을 스쳐 지나갑니다." 하고 내가 말을 받았다. "하지만 우리 독일의 기병 연대가 지나가는 것을 보고, 그 젊은이다운 아름다움과 힘을 생각하면 어느 정도 위로가 됩니다. 그러고는 마음속으로 혼잣말을 합니다. 인류의 존속 자체가 아직까지 그렇게 위태로운 지경에 있는 건 아니야, 라고 말입니다."

괴테가 말했다. "우리 나라 시골 사람들은 물론 지금까지 훌륭한 체력을 계속 유지해 왔고, 앞으로도 오랫동안 유능한 기마병을 배출해 낼 뿐만 아니라, 우리를 전면적인 파멸과 타락으로부터 지켜줄 것으로 보이네. 시골 사람은 마치 저장 창고와도 같네. 쇠약해져 가는 인류의 힘을 끊임없이 보충하고 생기를 더해주는 역할을 하니까 말이야. 하지만 우리의 대도시로 한번 가보게. 전혀 다른 기분이 들 거야. 저 제2의 절름발이 악마[83]나 환자가 들끓는 곳에 있는 의사를 찾아가 한번 사귀어 보게. 그들이 여러 가지 이야기를 속삭여 줄 테고, 그러면 자네는 인간성을 황폐시키고 사회를 곤경에 빠뜨리는 불행과 결함 앞에서 공포와 놀라움을 금치 못할 걸세.

하지만 우울증 환자 같은 생각은 버려야겠지. 그런데 자네는 어떻게 지내나? 무엇을 하고 있는가? 오늘은 무얼 하며 보냈지? 말 좀 해보게. 나도 좋은 생각이 좀 떠오르도록 말이야."

"스턴의 작품을 읽었습니다." 하고 내가 대답했다. "그 책에서 요릭은 파리의 거리를 어슬렁거리고 다니면서 열 사람 중 하나는 난쟁이라고 일깨워 주고 있습니다. 저는 방금 대도시의 결함을 지적하신 말씀에 대해 생각해 보았습니다. 그리고 또 나폴레옹시대에 프랑스의 보병대대 가운데 순전히 파리 시민들로만 이루어진 대대를 보았던 때가 기억났습니다. 그 부

83) 프랑스의 작가 르 사주의 풍자소설에 등장하는 인물.

대원들 모두가 왜소하고 허약한 사람들이라서 도대체 전쟁터에서 쓸모나 있을까 하는 생각이 들었지요."

그러자 괴테가 말했다. "물론 웰링턴 공작의 지휘 아래 있던 스코틀랜드 산악 출신 부대는 그와는 완전히 다른 용사들이었을 테지!"

"워털루 전투 일 년 전에 그들을 브뤼셀에서 본 적이 있습니다." 하고 내가 대답했다. "정말이지 멋진 병사들이었어요! 모두가 억세고 팔팔하고 날쌔서 하나님이 첫 작품으로 만들어 낸 사람들 같았지요. 모두들 늠름하고 쾌활하게 머리를 쳐들고, 힘찬 허벅지를 드러낸 채 경쾌하게 행진을 했기 때문에 마치 조상의 원죄라든지 결함하고는 아무 상관도 없는 사람들 같았습니다."

"그건 특수한 경우네." 하고 괴테가 말했다. "그건 혈통과 토양 때문이며, 자유로운 법과 건전한 교육 때문일세. 어쨌거나 영국 사람은 대체로 다른 국민보다 조금 우수해 보이네. 이곳 바이마르에서도 그들의 모습이 보이긴 하지만 극소수에 지나지 않고 또 결코 최상급의 영국인도 아니네. 하지만 그럼에도 불구하고 어쩌면 그렇게 한결같이 건장하고 멋지기만 할까! 열일곱 살에 이곳에 오는 어린 사람도 있는데 이곳 낯선 독일 땅에서 조금도 어색해하거나 당황하는 일이 없단 말일세. 그와 반대로 사교 모임에 참가한 그들의 행동거지는 자신감에 차 있고 또 의젓하기도 해서, 마치 어디를 가나 자기들이 주인이고 온 세계는 당연히 그들의 것이 아니겠느냐는 태도라네.

바로 그 점 때문에 그들이 우리 독일 여성에게 인기가 있고, 또 그 때문에 우리 젊은 아가씨와 숙녀들이 그토록 자주 마음의 상처를 입게 되는 거네. 가족의 평안을 바라는 독일인 가장으로서 나는 섬나라의 어떤 젊은이가 새로 온다는 소식을 며느리로부터 듣게 되면 약간의 공포감마저 느끼는 경우도 간혹 있다네. 그가 떠나갈 때에 흘리게 될 눈물이 벌써 머릿속에 떠오르기 때문이지. 어쨌든 그들은 위험한 청년들이야. 하지만 그들이 위험하다는 바로 그 점이 그들의 미덕이기도 한 거네."

"그렇지만 저로서는 이곳 바이마르에 와 있는 영국의 젊은이들이 꼭 다른 사람들보다도 더 총명하고 재치가 있고, 교육 수준이 높으며, 정말로 뛰어나다고 주장하고 싶지는 않습니다." 하고 내가 대꾸했다.

"이 사람아." 하고 괴테가 말했다. "내가 말하는 건 그 때문이 아닐세. 또 가문이나 부유함을 두고 말하는 것도 아니네. 요는 그들이 자연이 만들어준 그대로 있고자 하는 용기를 가지고 있다는 점일세. 그들에게는 일그러지거나 뒤틀린 데도, 모자라거나 삐딱한 데도 없어. 그들은 인간으로서 언제든 완벽해. 물론 이따금씩 완전한 바보도 있다는 걸 나도 인정하지. 하지만 자연이라는 저울에 올려놓고 보면 그들은 언제나 어느 정도의 묵직함을 유지하고 있는 거네.

개인적 자유의 행복, 영국의 명성에 대한 자각 그리고 다른 나라 사람과 함께 있을 때 그들에게 주어지는 중요한 비중과 같은 것에 그들은 이미 어린 시절부터 익숙해 있었던 터라, 그들은 우리 독일 사람의 경우보다도 가정생활에서나 학교생활에서나 훨씬 더 소중한 대우를 받고 또 훨씬 더 행복하고 자유롭게 살아간다네.

그러나 우리 나라의 사정이 어떤가를 알려면, 사랑하는 바이마르에서 창문 밖을 잠시 내다보기만 하면 되네. 최근에 눈이 와서 우리 이웃집 아이들이 거리로 나와 조그마한 썰매를 타보려고 했는데, 그 순간 당장에 순경이 달려오더군. 가엾은 아이들은 걸음아 나 살려라 하고 도망쳐 버렸지. 아이들은 이번에는 봄의 해님의 꼬임을 받아 집 밖으로 나와 같은 또래 친구들과 문 앞에서 장난질을 하려고 했는데 어쩐지 멈칫거리며 불안해하더군. 순경이 오지나 않을까 하고 두려워하고 있었던 게지. 심지어는 어린이들이 팽이채를 휘두르거나 노래를 부르거나 소리를 지르는 것조차 허용되지 않아서, 만일 그렇게 하면 금방 순경 나리가 나타나서 그것을 금지시키고 만다네. 이 나라에서는 사랑스러운 아이들을 일찌감치 길들이겠다는 명목으로 모든 자연성이나 독창성이나 야성을 몰아내기 때문에 그 결과 속물밖에는 남지 않게 되는 거네.

자네도 알다시피 여행을 다니던 사람들이 거의 매일같이 나를 찾아온다네. 하지만 특히 북동쪽 독일 지방 출신의 젊은 학자들이 나타나는 경우에 나는 아주 죽을 맛이 된다네. 근시에다 얼굴은 창백하고 가슴은 움푹 들어가서 그야말로 청춘의 청(靑) 자도 모르는 젊음, 이런 것들이 내 앞에 나타난 그들의 대강의 모습이지. 그리고 그들과 이야기라도 시작할라치면 금방 느끼게 된다네. 그들은 나 같은 사람이 즐겁게 느끼는 것을 무가치하고 시시하게 보고 있고, 오로지 이념에 푹 절어 고차적인 사변의 문제에만 흥미를 느끼고 있는 게 확연히 드러나는 걸세. 건전한 감각이라든지, 감각적인 것에서 느끼는 기쁨이라든지 하는 건 흔적조차 찾아볼 수 없으며, 젊은이다운 감정이나 청춘의 환희와 같은 것은 모두 제거되어 버렸으며 또 회복하기도 불가능한 상태이네. 여하간 이십 대에도 젊지 않았으니 사십 대에 어떻게 젊어질 수 있단 말인가!"

괴테는 이렇게 탄식하며 입을 다물었다.

나는 괴테의 청년 시절이었던, 지난 세기의 행복했던 때를 떠올려보았다. 제젠하임의 여름 공기가 마음속에 떠올라서 나는 그에게 다음과 같은 시구를 상기시켜 주었다.

그날 오후에 우리 젊은이들은
서늘한 그늘에 앉아 있었다.

괴테가 한숨을 쉬며 말했다. "물론 아름다운 시절이었지! 하지만 이제는 기억에서 지워버려야 하네. 그렇지 않으면 흐릿하게 안개 낀 오늘날을 도저히 참을 수 없을 테니 말이야."

내가 말했다. "그렇다면 제2의 구세주라도 나타나야겠지요. 현 상황의 무거움과 불쾌함과 무시무시한 압박감에서 벗어나기 위해서라도 말입니다."

괴테가 대답했다. "설령 그분이 오신다고 해도, 또다시 십자가에 못 박히시겠지. 하지만 그렇게 위대한 분이 꼭 필요한 건 결코 아니네. 영국 사람의 본을 따라, 우리 독일 사람도 철학을 줄이고 행동력을 증가시키며, 이론을 줄이고 실천을 배운다면, 제2의 예수와 같은 성인의 출현을 기다릴 필요도 없이 상당한 구원을 받게 될 거네. 아래로는 국민이 학교와 가정에서의 교육을 통해 그렇게 배우고, 위로는 군주와 그 신하들이 그런 방향으로 애를 쓴다면 많은 성과를 거두게 되겠지.

예컨대 장차 국가에 봉사하는 정치가가 되려는 학생에게 이론적인 지식을 지나치게 요구해서는 안 되네. 젊은 사람들이 때가 되기도 전에 정신적으로나 육체적으로 망쳐질 수 있으니까 말이야. 그렇게 되면 막상 실무를 담당하게 되는 경우에, 제아무리 철학이나 학술상의 문제에 훌륭한 지식을 갖추고 있다 하더라도 직무상의 제한된 범위 안에서 그런 지식은 조금도 응용되지 못하고 쓸데없는 것으로 잊혀버리고 마는 걸세. 반면에 그들에게는 가장 필요한 것, 즉 정신적·육체적 정열이 부족하네. 실제로 사회에 나가 유능한 활동을 하는 데 꼭 필요한 것인데도 말이야.

그리고 인간들을 다루는 정치가의 생활에 있어서도 사랑과 호의는 필요하지 않은가? 자기 자신이 이미 불쾌한 기분에 빠져 있다면 어떻게 다른 사람에게 호감을 느끼거나 호감을 베풀 수 있단 말인가?

모두들 정말 불행해! 책상에 들러붙은 학자든 정치가든 그 삼분의 일은 신체가 좀먹고 정신은 우울증이라는 귀신에 사로잡혀 있으니 말이야. 이런 형편이니 윗사람들이 조치를 하여 최소한 다음 세대들만은 그런 파멸에서 보호해야 할 테지."

괴테가 미소를 지으면서 덧붙여 말했다. "어쨌든 한 세기가 지나면 우리 독일 사람들이 어떻게 좀 나아지겠지. 사변을 일삼는 학자들이라든지 철학자는 사라지고 그야말로 인간다운 인간들이 구실을 하게 될 테지."

1828년 5월 16일 금요일*

괴테와 함께 마차 드라이브를 했다. 그는 코체부, 뵈티거 및 그 일파와 논쟁을 벌였던 일을 즐겁게 회상했다. 그는 이 작가들을 다룬 아주 익살맞은 격언시 몇 편을 낭송하기도 했는데 그 내용은 악의적이라기보다는 해학적인 성격의 것이었다. 나는 그에게 무엇 때문에 그들을 작품 속에서 형상화시키지 않았는지 물었다. 그러자 괴테가 대답했다. "나는 그러한 내용의 짧은 시들을 선집으로 엮을 만큼 많이 가지고 있네. 하지만 그것들을 공개하지 않고 아주 친한 친구들에게만 이따금 보여주었지. 말하자면 그것은 내 적들의 공격에 대비할 수 있는 유일한 무기였고 또 남을 해치지도 않는 무기였네. 나는 그 무기를 가만히 수중에 넣고 있었지만 실은 그 무기를 잘 활용하였던 걸세. 다른 사람들의 악의 때문에 내 마음속에 독한 감정이 생기는 걸 그 무기로 방지할 수 있었으니 말이야. 만일 그렇게 하지 않았더라면 나는 적들의 공개적이고 이따금은 악의적인 해코지를 아프게 느끼고 또 부풀리기까지 하면서 시달렸을 테지. 그러므로 저 짧은 시들은 나에게 사적으로 중대한 도움을 주었던 걸세. 그러나 독자들에게 나의 사적인 시빗거리를 밝혀 부담을 주고 싶지도 않았고 또 아직 살아 있는 사람들에게 마음의 상처를 주고 싶지도 않았네. 하지만 언젠가는 그러한 시들 중의 일부를 아무 걱정 없이 공개할 날이 올 테지."

1828년 6월 6일 금요일*

바이에른 왕이 얼마 전에 자신의 궁정화가인 슈틸러를 바이마르로 파견했다. 괴테의 초상화를 그리기 위해서였다. 일종의 추천서이자 화가의 솜씨에 대한 보증으로서 슈틸러는 아주 아름답고 젊은 여성인 뮌헨 극장의 여배우 폰 하근 양을 모델로 그린 실물 크기의 완성된 그림 하나를 가져왔다. 괴테는 슈틸러 씨가 요구하는 대로 틈틈이 포즈를 취해주었고, 마침내 며칠 전에는 그림이 완성되었다.

오늘 낮에 괴테와 단둘이서 식사를 했다. 그는 디저트를 들다가 자리에서 일어나 나를 식당과 붙어 있는 방으로 데리고 가서 최근에 완성된 슈틸러의 작품을 보여주었다. 그러고 나서 아주 은밀하게 나를 이끌면서 도자기 방으로 데리고 갔는데, 그곳에는 아름다운 그 여배우의 그림이 있었다. 그 그림을 한참 동안 함께 들여다보던 괴테가 말했다. "여보게, 그렇지 않은가. 정말 애쓴 보람이 있는 그림이야! 슈틸러는 조금도 어리석지 않았어. 그는 이 아름다운 처녀를 나를 유혹하기 위한 미끼로 사용했네. 그런 재치를 부려 나를 모델의 자리에 앉힘으로써, 나로 하여금 혹시 그의 붓끝에서 천사라도 나타나지나 않을까 하는 희망을 품게 했으니 말이야. 사실은 노인의 머리를 그리고 있는 것에 불과한데도 말일세."

1828년 9월 26일 금요일*

괴테는 오늘 나에게 그가 다량으로 모아놓은 화석 수집품을 보여주었는데 그것들은 그의 집 정원과 가까운 곳에 있는 텅 빈 정자 안에 보관되어 있었다. 수집품은 그 자신이 배치했고, 나중에 그의 아들이 그 숫자를 많이 늘려놓았다. 특히 눈에 띄는 것은 바이마르 인근 지방에서 발견된 다량의 뼈 화석 수집품이었다.

1828년 10월 6일 월요일*

마르티우스 씨도 동석한 가운데 괴테와 함께 식사를 했다. 마르티우스 씨는 며칠 전부터 이곳 바이마르에 머물면서 괴테와 함께 식물학과 관련된 논의를 계속하고 있는 중이었다. 마르티우스 씨는 특히 식물의 나선형 성장 경향과 관련된 분야에서 중요한 발견을 한 사람이었다. 그는 괴테에게 그 발견에 대한 설명을 해주었는데, 그것으로써 괴테에게는 새로운 지평이 열린 셈이었다. 괴테는 자기 손님의 생각을 젊은이다운 열정으로 받아들이는 것 같았다. 괴테가 말했다. "식물 생리학은 그 이론을 통해 아주 많은 걸 이루었네. 나선형 성장 경향이라는 새롭고도 멋진 표현은 나의 변형 이론과도 완전히 일치하는 것으로, 내 이론과 동일한 경로를 밟았네. 하지만 내 이론에서 더 나아가 엄청난 진보를 이루었지."

1828년 10월 17일 금요일*

괴테는 얼마 전부터 《르 글로브》[84)]지를 아주 열심히 읽고는 이 잡지를 빈번하게 화제에 올렸다. 그는 쿠쟁과 그 일파의 노력을 특별히 중요하게 여기는 것 같았다.

"이 사람들은 프랑스와 독일 사이의 친근 관계를 이루어내는 데 전력을 다하고 있네. 두 나라 사이의 사상적 교류를 보다 쉽게 하는 아주 적합한 언어를 만들어냄으로써 말이야." 하고 그가 말했다.

또한 괴테가 《르 글로브》지에 특별한 관심을 쏟은 것은 그 잡지가 프랑스 문학의 최근작들에 대한 논평을 싣고 있는 데다가, 낭만파의 자유로운 경향, 보다 더 구체적으로 말하자면 아무짝에도 쓸모없는 규범이라는 사슬로부터의 해방을 아주

84) 뒤보아가 편집을 맡았던 프랑스 낭만주의자들의 잡지. 1824년에 창간되어 1830년 정치 일간지로 바뀔 때까지 발행되었던 이 잡지를 괴테는 정기적으로 받아보았고, 독일에 이런 잡지가 없음을 애석해하곤 했다. 괴테는 그 잡지를 통해 자신의 작품이 프랑스에서 수용되는 과정을 추적했을 뿐만 아니라, 프랑스 사회의 지적인 풍토 속에서 자신의 세계 문학 이념을 확인했다.

열렬하게 옹호하고 있기 때문이다.

"낡고 경직된 시대에 통용되던 규범들의 잡동사니를 가지고 어쩌겠다는 건가!" 하고 그가 오늘 말했다. "더욱이 낭만적인 것과 고전적인 것을 구분하며 그토록 요란하게 떠들어대서 무얼 하겠다는 거야! 하나의 작품이 진정으로 우수하고 유용하기만 하다면 고전적인 것이 되는 게 당연한데 말이야."

1828년 10월 23일 목요일

괴테는 오늘 법무장관이, 많은 업적을 남긴 걸출한 군주인 카를 아우구스트 대공의 생애를 압축해 간결하게 서술한 짧은 추도문을 크게 호평했다.

"이 짧은 글은 정말이지 대단히 성공적이야." 하고 괴테가 말했다. "우선 기본 자료를 아주 열성적이고 세심하게 모았어. 그러고 나서는 그 모든 것에다가 깊은 내면에서 우러나오는 사랑으로 영혼을 불어넣었지. 또한 그 서술이 아주 적확하고 간결해서, 행동과 행위가 연속적으로 밀려오는 듯이 등장하고, 그 모든 장면이 너무도 생생하고 생동감에 넘쳐서 보고 있는 사람이 현기증이 날 정도이네. 법무장관은 그 추도문을 베를린으로도 보냈는데 얼마 전에 알렉산더 폰 훔볼트가 그에 대한 답으로 아주 특별한 편지를 보냈네. 나도 그 편지를 읽어보았는데 아주 감동적이었어. 훔볼트는 오랜 생애 동안 대공과 긴밀한 관계를 맺고 있었는데, 그건 알고 보면 그리 놀랄 일은 아니네. 넓고도 깊은 심성을 가진 군주께서 언제나 새로운 지식에 목말라했고, 훔볼트도 위대한 보편 교양을 가진 사람으로서 어떤 질문에 대해서도 철저하기 그지없는 최선의 답변을 항상 마련하고 있었으니까 말이야.

사실 대공께서 돌아가시기 전의 마지막 나날들을 베를린에서 거의 지속적으로 훔볼트와 만나다시피 하면서 보냈다는 건 놀라운 일이네. 그 기간에 대공께서는 자신이 마음속으로 품고 있던 많은 중요한 문제들에 대해서 마지막으로 자기 친구에게서 해명을 들을 수 있었지. 지금까지 독일을 다스렸던 위대한 군주 중의 한 분이 훔볼트와 같은 사람을 자신의 마지막 날들의 증인으로 삼을 수 있었기 때문에 새삼 더욱 좋은 영향을 받았던 걸세. 그 사람의 편지를 한 부 필사시켜 놓았으니 그 일부를 한번 보도록 하세."

괴테는 자리에서 일어나 책상 쪽으로 가서 편지를 집어 들고는 다시 내가 있는 쪽으로 돌아와 테이블에 앉았다. 그는 잠시 동안 말없이 편지를 읽었다. 그의 눈에 눈물이 어리는 것이 보였다. 괴테는 나에게 편지 사본을 건네주면서 "자네가 직접 읽어보게." 하고 말했다. 내가 편지를 읽는 동안 괴테는 자리에서 일어나 방 안을 이리저리 거닐었다.

훔볼트가 보낸 편지의 내용은 다음과 같았다.

"작고하신 분의 갑작스런 부음을 듣고 그 누가 나보다 더 커다란 충격을 받았을까요. 감히 말하지만 그분은 저에게 삼십 년간이나 변함없이 그토록 자비로운 은덕과 거리낌 없는 총애를 베풀어주셨습니다. 여기 베를린에서도 그분은 거의 매 순간 나를 곁에 두고자 하셨지요. 여기서 우리가 그분을 모시고 있었던 마지막 나날들은 저 장엄한 알프스의 눈 덮인 산정에서 볼 수 있는 청명한 순간과도 같았으며, 사라져 가는 광휘의 전조와도 같았습니다. 그 위대하고 인간적인 군주께서는 그 기간에 어느 때보다도 더 생기가 넘쳐흘렀고 재치 있었으며 온화했고 백성들의 생활을 개선하는 방안을 마련하느라 노심초사했었지요.

나는 여러 차례 친구들에게 한편으로는 예감에 넘치고 다른 한편으로는 걱정이 되어 말하기도 했답니다. 육체적으로 아주 허약한 상태에서 그분이 저토록 생기가 넘치고 정신이 놀랍도록 명석하다는 것은 경악할 만한 현상이라고 말입니다. 그분 자신도 명백하게 회복의 희망과 대재앙의 예감 사이를 오락가락했지요.

나는 재앙이 닥치기 전에 그분과 마지막으로 스물네 시간 동안 같이 있었습니다. 그분은 병환 중이라 별 식욕도 없이 아침 식사를 드는 가운데서도 이것저것에 대해 열성적으로 물으시더군요. 스웨덴에서 발트해 연안의 나라들로 떠밀려 온 화강암 표석들에 대해서, 지구의 대기를 흐리게 만들면서 날아드는 혜성의 꼬리에 대해서 그리고 동부의 모든 해안에서의 혹독한 겨울 추위의 원인에 대해 물으시더군요.

마지막으로 헤어지는 순간에도 그분은 작별의 표시로 내 손을 잡으면서 명랑한 목소리로 말씀하셨지요. '훔볼트, 당신은 퇴플리츠나 그 밖의 모든 온천들이 인공적으로 데운 물과 같을 거라고 생각하지 않소? 하지만 그건 아궁이 불은 아니지요! 그 점에 대해서는 당신이 왕과 함께 퇴플리츠로 와서 한번 토론을 벌여봅시다. 그대의 아궁이 불이 나를 다시 뜨겁게 데워줄 테니 말이오.' 놀라운 일입니다! 그분은 모든 것에서 의미를 추구했던 것입니다.

포츠담에서 나는 그분과 단둘이 소파에 앉아 있었답니다. 그분은 마시고 잠들기를 반복하면서, 다시 마셨고, 아내에게 편지를 쓰기 위해 일어섰다가는 다시 잠이 들었지요. 그분은 유쾌한 기분이었지만 지쳐 있었습니다. 그런 와중에서도 틈틈이 그분은 나에게 난해하기 그지없는 질문을 퍼부었답니다. 물리학, 천문학, 기상학과 지질학에 대해서 그리고 혜성 핵의 투명도라든지 달의 대기에 대하여, 유색의 이중성(二重星), 태양의 흑점이 기후에 미치는 영향, 태고 세계에서 유기체의 탄생, 지구 내부의 열에 대해서 말입니다. 그분은 말하는 도중에, 아니면 내가 말하는 도중에 잠이 들곤 했고, 이따금은 불안해지기도 했습니다. 그러고 나서는 집중하지 못한 점에 대해 온화하고 다정한 말로 용서를 빌기도 했지요. '훔볼트, 당신이 보다시피 나도 이제는 끝장이야!'라고 말입니다.

그분은 난데없이 종교적인 문제로 화제를 돌리더군요. 그분은 만연되어 있는 경건주의에 대해 불평하셨습니다. 그런 열광주의는 절대주의와 연결되어 있으며 보다 많은 자유를 추구하는 모든 정신적 작용을 억제하는 경건주의가 만연하는 현상과 관련이 있다고 말입니다. '진실하지 못한 청년 대학생들에게도 그 책임이 있어요.' 하고 그분이 소리치더군요. '그렇게 군주를 안심시켜 놓고는 취직자리라든지 연줄을 마련했으니 말이야! 문학으로 중세를 찬미하는 척하면서 슬그머니 자리에 끼어들었거든.'

그분은 곧 분노를 가라앉혔습니다. 그러고 나서는 이제 기독교에서 많은 위안을 얻게 될 것 같다고 말씀하시더군요. '그 종교는 박애적인 가르침이요.' 하고 그분이 말했습니다. '하지만 애초에 사람들이 그 가르침을 불구로 만들어버린 게지요. 초기의 기독교 신도들은 과격파들 한가운데서 자유로운 중도의 노선을 택했던 사람들이지요.'"

나는 괴테에게 이 훌륭한 편지를 읽는 동안 내심의 환희를 느꼈다고 고백했다. 괴테가 말했다. "자네도 알다시피 훔볼트는 정말 대단한 인물이네. 이 얼마 되지 않는 몇 줄로 마지막 인상들을 포착해 걸출한 군주의 모습을 비추어주는 상징으로 만들 수 있었던 건 정말 훌륭해. 그래, 대공은 원래 그런 분이었어! 그 점은 자신 있게 말할 수 있네. 나처럼 그분을 속속들이 알았던 사람은 없을 테니까 말이야. 그러나 세상만사 아무런 차이도 없고, 그처럼 훌륭한 분도 그렇게 일찍 저세상으로 가야 한다는 건 슬픈 일이 아닌가! 천박한 시대만 질질 끌며 오래 가고 있으니, 그분이 비록 높은 자리에 있었다 할지라도 어떻게 자신이 살던 시대를 쉽사리 앞으로 나아가게 할 수 있었겠나!

여하간 자네는 이 점을 알고 있을 테지? 세상이란 우리가 생각하고 바라는 만큼 그렇게 빠르게 목표에 도달하는 건 아니라는 걸 말이야. 진보를 가로막는 데몬들이 끊임없이 여기저기 도처에서 나타나, 전체적으로 보면 앞으로 나아가기는 하나 그 속도가 아주 느릴 수밖에 없는 걸세. 더 살아보게. 그러면 내 말이 옳다는 것을 알게 될 것이네."

"인류의 발전은 수천 년 단위의 문제인 것 같습니다." 하고 내가 말했다.

괴테가 대답했다. "누가 알겠나, 수백만 년 단위의 문제일지도! 어쨌든 인류는 오래도록 존속할 테지만 그 앞길에 헤쳐 나가야 할 장애물은 언제든 있기 마련이고, 인류의 힘을 길러 줄 온갖 역경도 무수히 등장할 것이네. 물론 인류는 앞으로 보다 더 현명해지고 보다 더 많은 것을 이해하게 되겠지. 하지만 그렇다고 해서 보다 더 나아지고 행복해지고 보다 많은 실행력을 가지게 되리라고 장담할 수는 없네. 시대마다 편차가 있을 뿐이라고 보는 게 차라리 맞겠지. 나는 하느님이 더 이상 인류에게서 기쁨을 느끼지 못하는 그런 시간이 오리라고 보네. 그러면 하느님은 모든 것을 파괴해 다시 한번 새롭게 창조하게 될 걸세. 나는 모든 것이 그런 방식으로 예정되어 있음을 확신하며, 먼 미래에 그런 회춘의 시대가 다가올 시간까지 이미 정해져 있다고 믿고 있네. 하지만 그때가 오기 전까지는 물론 좋은 시절도 있을 것이고, 우리는 이 사랑스럽고 오래된 대지 위에서 몇천 년이고 온갖 즐거움을 누리며 살아가게 될 것이네."

괴테는 유달리 기분이 좋은 것 같았다. 그는 포도주 한 병을 가져오게 해서 그의 잔과 나의 잔을 채웠다. 우리의 이야기는 다시 카를 아우구스트 대공에게로 돌아갔다.

괴테가 말했다. "자네도 알다시피 그분의 비범한 정신은 자연 전체의 영역을 두루 포괄하고 있었네. 물리학, 천문학, 지질학, 기상학, 태고 세계의 식물과 동물의 형태 등등, 그분은 이 모든 분야를 이해하는 데다 이에 대한 관심도 있었지. 내가 바이마르에 처음 왔을 때 그분은 열여덟 살이었는데 이미 그때 나중에 나무로 자라날 식물의 싹과 봉오리를 보여주었네. 그분은 곧 나에게 말할 수 없이 친밀하게 다가왔고, 내가 하는 모든 일에 적극적인 관심을 기울였지. 내가 그분보다 거의 열 살가량 많았다는 게 우리 관계에 좋은 영향을 주었네. 예술과 자연이라든지 그 밖의 온갖 흥미로운 일들에 대해 깊은 대화를 나누면서 나와 마주 앉아 밤을 꼬박 새운 게 한두 번이 아니었지. 우리는 종종 한밤중까지 이야기를 나누기도 했는데, 둘이 나란히 내 안락의자에 누워 잠이 든 적도 종종 있었네. 오십 년간이나 그렇게 계속해 왔으니까 우리가 마침내 무언가를 이루었다고 하더라도 결코 기적이라고 볼 수는 없는 걸세."

내가 말했다. "대공께서 함양하신 정도의 철저한 교양은 군주의 위치에 있는 분으로서는 드문 경우로 보입니다."

"아주 드문 일이지." 하고 괴테가 대답했다. "모든 일에 대해 아주 능숙하게 함께 말할 수 있는 군주들은 많아. 하지만 그들은 사물의 핵심으로 파고들어 가지는 못하고 그저 표면에서 어슬렁거리고 있을 뿐이네. 그리고 그것도 별로 이상한 일은 아니네. 궁정 생활을 하고 있는 젊은 군주가 처하게 마련인 그 끔찍한 산만함과 구질구질함을 생각해 보면 오히려 당연한 일이지. 군주는 온갖 일에 대해 주의를 기울여야 하네. 이것도 찔끔 알아야 하고 또 저것도 찔끔 알아야 하지. 그리고 다시 또 이것저것 알아야 하네. 그러다가 보면 아무것도 결실을 맺거나 뿌리를 내리지 못하게 되는 거지. 그러니 그런 요구에 일일이 응하느라 자기 생활이 연기처럼 허무하게 사라져 버리는 꼴을 겪지 않으려면 강력한 심성이라는 자산이 필요할 수밖에 없는 걸세. 물론 대공은 그런 모든 일을 말하고 행동하는 것을 감당할 수 있는 거대한 그릇으로 태어난 인물이었네."

내가 말했다. "대공께서는 그렇게 수준 높은 학식과 정신적 경향에도 불구하고 나라를 다스리는 일도 잘 이해하신 것 같습니다."

"그분은 말하자면 '전체'의 인간이었네." 하고 괴테가 대답했다. "그분에게서는 모든 것이 하나의 유일한 원천으로부터 나왔는데 그 전체가 이미 훌륭했으므로 그 개별적인 부분도 훌륭할 수밖에 없었지. 무슨 일을 하든 상관없이 말일세. 게다가 그분은 통치에 필요한 세 가지 자질을 특별히 타고났네. 그분은 우선 지성과 성격을 구분하고, 모든 사람을 적재적소에 배치하는 능력을 가지고 있었는데, 그건 아주 중요한 자질이었지. 그리고 앞서 말한 자질보다 더 중요하지는 않을지라도 그 못지 않게 중요한 어떤 자질을 가지고 있었네. 즉 가장 고귀한 선의와 가장 순수한 인간적 사랑으로 가득했으며 언제나 전심전력을 기울여 최선을 다하고자 했었네. 그분은 언제나 나라의 안녕을 가장 우선으로 고려했고, 자기 자신의 일에 대해서는 제일 나중에 생각했네. 아니 거의 염두에 두지도 않았다고 하는 것이 맞는 말이겠지. 고귀한 사람들을 맞아들이고, 좋은 목적을 달성하도록 돕기 위해 언제나 개방된 자세로 준비하고 계셨네. 그분의 내부에는 정말이지 신성한 그 무엇이 들어 있었네. 그분은 인류 전체의 행복을 위해 봉사하려는 마음 그 자체였지. 그러나 사랑은 사랑을 낳는 법. 사랑을 받은 사람은 또 쉽게 순종하는 법이네.

그리고 세 번째로 그분은 자기를 둘러싸고 있는 측근들보다 뛰어난 인물이었네. 그 어떤 사건과 관련해 그분에게 진언하는 열 명의 목소리 말고도 그분은 열한 번째의 보다 나은 자기 자신의 내부의 목소리에 귀를 기울이며 낯선 속삭임들은 귀 너머로 흘려버렸지. 그러므로 왜곡된 진언을 받아들여 실제로 공로를 세운 사람은 물리쳐 버리고, 그와 반대로 부당하게 추천된 무뢰한을 기용함으로써 군주답지 않은 일을 하는 경우는 거의 없었네. 그분은 어떤 일이든지 직접 확인하고 스스로 판단을 내렸으며 모든 경우에 자기 자신의 생각을 가장 확고부동한 근거로 삼았네. 게다가 과묵한 성격이어서 한번 꺼낸 말은 반드시 행동으로 옮겼지."

"저로서는 정말 유감입니다." 하고 내가 말했다. "겉모습 말고는 그분에 대해서 별달리 아는 게 없으니 말입니다. 하지만 겉모습만 보고도 깊은 인상을 받았습니다. 그분이 마차를 타고 가시던 모습이 아직도 눈에 선하거든요. 낡은 잿빛 외투를 걸치고 군모를 쓰신 채 궐련을 태우고 계셨지요. 좋아하는 개들을 옆에 거느리고 사냥을 가시던 중이었습니다. 저는 그분이 쌍두마차나 별 다름없는, 그 수수하고 낡은 마차 이외에 다른 마차를 타고 가시는 걸 본 적이 없습니다. 여섯 마리의 말이 이끄는 화려한 마차나 별 모양의 훈장들을 주렁주렁 매단 외투는 그분의 취향에 그다지 맞지 않은 모양입니다."

괴테가 대답했다. "그것은 더 이상 이 시대의 군주에게 어울리는 모습이 아닐세. 이 시대에 중요한 것은 인류라는 저울 위에 자신을 달아보는 거라네. 그 밖의 모든 것은 헛된 일이야. 훈장을 매단 외투라든지 여섯 마리의 말이 끄는 마차는 가장 비천한 대중들에게는 어느 정도 감명을 줄 테지. 하지만 보통 사람들에게는 어림도 없는 얘길세. 게다가 대공의 낡은 마차에는 깃털 쿠션이 거의 장치되어 있지 않네. 그래서 그분과 함께 마차를 타는 사람은 혹독한 충격을 참아내야만 했지. 그러나 그분은 그것을 당연하게 받아들였네. 그분은 거칠고 불편한 것을 좋아했으며 온갖 종류의 유약함을 싫어하셨네."

"그런 증거는 대공의 삶을 묘사하고 있는 것으로 보이는 선생님의 시 「일메나우」에 이미 잘 나타나 있습니다." 하고 내가 말했다.

"그분은 당시에 매우 젊었지." 하고 괴테가 대답했다. "하지만 우리는 기가 막히게 죽이 잘 맞았네. 그분은 마치 귀한 포도주와 같았어. 아직 부글부글 발효 중인 포도주 말이야. 그분은 밖으로 용솟음치는 자신의 힘을 주체할 수가 없었네. 그래서 우리는 이따금 거의 목을 부러뜨릴 뻔하기도 했지. 거친 사냥 말을 타고 덤불숲과 도랑을 넘고 강을 가로질러 달렸지. 산 위로 산속으로 할 것 없이 며칠이고 녹초가 될 때까지 달리다가 밤이면 드넓은 하늘 아래서 야영을 했지. 숲속에 불을 피워놓고 그 옆에서 말이야. 그런 것이 그분의 기질에 맞았네. 공국(公國)을 물려받았다는 것은 그분에게 아무 일도 아니었지. 하지만 사냥감 한 마리를 포획하고 뒤를 쫓아 달리며 공격하는 것이야말로 그분의 적성에 맞는 일이었네."

괴테가 계속해서 말했다. "일메나우의 시들은 내가 그 시를 썼던 1783년 이전의 몇 년 동안의 일을 하나의 에피소드로 포함하고 있네. 거기에서 나는 자신을 역사적 인물로 형상화시켜 그 이전 시기의 나 자신과 대화를 나눌 수가 있었네. 자네도 알다시피 그 시에는 밤 장면이 나오는데 그것은 산속에서 사냥하다가 목이 부러질 뻔했던 이야기를 소재로 한 것이네. 우리는 커다란 바위의 아랫자락에 전나무 잔가지들로 지붕을 엮은 오두막을 여러 채 지었는데 그 안의 마른 바닥에서 밤을 지내기 위해서였네. 오두막 앞에는 여러 개의 모닥불이 타고 있었지. 우리는 사냥에서 얻은 것을 요리하고 구웠네. 이미 당시에 담배 파이프를 연신 입에 물고 있었던 크네벨은 모닥불 가장 가까운 곳에 앉아 온갖 노골적인 농담으로 우리 일행을 즐겁게 해주었지. 그동안 포도주 병은 이 손에서 저 손으로 옮겨 다니고 있었고 말일세. 사지가 길고 호리호리한 제켄도르프는 나무둥치에 기대어 팔다리를 제멋대로 느긋하게 펼친 채 온갖 시구를 흥얼거리고 있었지. 그 옆쪽으로 비슷하게 생긴 작은 오두막 안에서는 대공이 깊은 잠에 빠져 있었고, 나는 그 앞쪽에 앉아 있었네. 타오르는 숯불 앞에 앉아 온갖 심각한 생각에 잠긴 채로 말일세. 나의 글들이 불러일으켰던 여러 가지 불행한 일들을 생각하고 갑자기 슬픔에 잠기기도 했지. 크네벨과 제켄도르프는 지금 생각해도 조금도 나쁜 인상이 아니었고 스무 살의 음울한 격정에 사로잡혀 있던 젊은 군주도 마찬가지였네.

주체 못 할 호기심이 그를 저 멀리 가라 손짓하네.
가파른 바위 절벽도 좁은 오솔길도 그를 막지는 못해.
하지만 불의의 사고는 바로 옆을 따라다니다,
고통의 품 안으로 그를 추락시키고 마네.
그러면 찢어질 듯 팽팽해진 영혼으로
이곳저곳으로 마구 정신없이 내달리네.
불만에 차서 돌아다니다
다시 불만에 차서 휴식할 뿐.
날씨는 화창하지만 마음은 어둡고 거칠기만 해.
기쁨도 없이 마구 날뛰기만 하다가,
영혼도 육신도 상처 입고 찢어져서
마침내 딱딱한 침상에서 잠이 드네.

그분의 모습은 바로 이랬어. 조금도 과장이 아니야. 하지만 대공은 각고의 노력 끝에 이 질풍노도의 시기에서 벗어나 곧 건실한 깨달음의 상태에 도달했네. 그래서 나는 1783년 그분의 생일을 맞이해 자신의 이전 모습을 잘 기억해 보라고 이 시를 바쳤던 것이네.

그분 때문에 처음에는 내가 많은 고통과 걱정에 시달렸다는 점을 부인하지 않겠네. 하지만 그분의 건강한 심성은 곧 순화되었고 곧 최상의 상태로 계발되어 그분과 함께 살고 함께 활동하는 것이 기쁜 일이 되었네."

내가 말했다. "선생님께서는 그 초기 시절에 대공과 함께 스위스로 단출하게 여행을 떠나신 게지요."

"그분은 대체로 여행을 좋아하셨지." 하고 괴테가 대답했다. "하지만 기분전환을 하며 즐기기 위해서만이 아니라 눈과 귀를 넓게 열어놓고 자기 나라에 도입할 만한 훌륭하고 유용한 것이 없나 두루 살피고자 함이었네. 농사와 목축과 산업의 발전은 대공의 이런 노력으로부터 이루 말할 수 없이 많은 것을 힘입고 있네. 대체로 그분의 성향은 개인주의적이거나 이기적이 아니라 순수하게 생산적이었네. 보편적인 선에 부합하는 생산 말일세. 그렇게 하여 그분은 이 작은 나라를 훨씬 뛰어넘는 이름을 후대에 남기신 걸세."

"그분의 태평스럽고 소박한 모습은 명예를 추구하거나 자신을 내세우려 하지 않는다는 점을 말해주는 듯합니다. 별다른 업적을 보태지 않더라도 말없는 실행력만으로도 그분은 이름을 얻었을 겁니다." 하고 내가 말했다.

괴테가 대답했다. "독특한 데가 있는 인물이네. 나무가 타는 것은 그 안에 탈 수 있는 성분이 이미 들어 있기 때문이지. 마찬가지로 어떤 사람이 이름을 얻는다는 건 그 사람 안에 이미 그럴 만한 요소가 들어 있기 때문이네. 명성은 구한다고 해서 얻어지는 게 아니며 일부러 그것을 구한다는 건 모두 헛된 일이네. 현명한 처신과 온갖 교묘한 수단을 사용해 일종의 명성을 얻을 수도 있을 테지. 하지만 거기에 내면의 보석이 들어 있지 않다면 그 명성은 헛될 뿐이며 다음날까지 유지되지도 않을 것이네.

국민의 애정도 마찬가지일세. 그분은 그 애정을 일부러 구하지도, 국민들에게 아양을 떨지도 않았네. 하지만 국민은 그분을 사랑했네. 왜냐하면 그분이 자기들을 위한 따뜻한 마음을 가지고 있다는 걸 느꼈기 때문이지."

그러고 나서 괴테는 대공의 가계에 속하는 그 밖의 사람들에 대해서도 언급했는데 그들 모두 그 어떤 고귀한 특성을 가지고 있다는 것이었다. 괴테는 현 군주의 선량한 마음씨에 대해서 이야기했고 젊은 태자에게 누리는 커다란 희망에 대해서도 언급했다. 그러다가 현재 섭정을 하고 있는 여군주의 보기 드문 성품에 대한 명백한 애정을 토로하기도 했다. 여군주는 도처에 만연한 고통을 덜어주고 좋은 싹을 키우기 위해 가장 고귀한 의미에서 훌륭한 수단을 동원하고 있다는 것이다. "그분은 예전부터 우리나라의 선량한 천사였네." 하고 괴테가 말했다. "그분이 나라를 오래 돌보면 돌볼수록 더욱더 바람직하다는 것은 분명하네. 나는 1805년 이후로 대공비 마마를 알아왔기 때문에 그분의 정신과 성격에 찬탄을 금할 수 없었던 적이 한두 번이 아니었지. 그분은 설사 여군주의 신분이 아니었다 할지라도 우리 시대의 가장 훌륭하고 가장 중요한 여성들 중의 한 사람이며 앞으로도 변함없이 그럴 것이네. 그리고 바로 그 점이 중요하네. 왕위의 자리를 벗고 난 후에도 많은 위대한 것이, 아니 가장 위대한 어떤 것이 남아 있다는 사실 말일세."

그러고 나서 우리는 독일의 통일에 대해 그리고 그것이 어떤 의미에서 가능하고 또 바람직한가에 대해 이야기를 나누었다.

괴테가 말했다. "독일의 통일 여부를 나는 별로 걱정하지 않네. 우리나라의 훌륭한 도로와 앞으로 생겨날 철도가 그 할 일을 다 하게 될 테니까 말이야. 하지만 무엇보다도 상호 간의 사랑으로 하나가 되고, 일치단결해 외적에 맞서는 게 중요하네. 독일의 탈러화나 그로셴이 전국 어디서나 동등한 가치를 갖는다는 점에서 하나가 되고, 나의 여행 가방이 독일의 서른여섯 개 모든 나라 어디에서나 검열 없이 통과될 수 있다는 점에서 통일이 되기를 바라네. 예컨대 바이마르시가 발행한 여권이 인접한 큰 나라의 국경 관리로부터 외국인 여권으로 취급되어 불충분하다는 말을 듣지 않는 방향으로 통일되었으면 좋겠네. 그리고 독일의 각 나라 어디에서나 내국이니 외국이니 하는 것이 문제가 되지 않았으면 하네. 그 밖에도 이루 헤아릴 수 없지만 도량형이나 무역 등등 그 모든 것이 하나로 합쳐진 독일이 되었으면 하고 바라네.

그러나 독일 통일의 본질을 이런 식으로 생각한다면 잘못이네. 아주 큰 나라의 수도는 단 하나의 커다란 수도를 가져야 하며, 이 커다란 하나의 수도만으로 인재들이 각자 발전을 이룰 수 있고, 또 국민 대중의 번영도 보장할 수 있다는 식으로 생각하는 건 잘못일세."

말하자면 국가라는 건 많은 손발이 달린 살아 있는 몸뚱

이와 비교할 수 있네. 따라서 한 국가의 수도는 심장과 비교할 수 있는 거고. 그리고 이 심장으로부터 가까이 또는 멀리 있는 각 지체로 생명력과 건강이 흘러들어 가는 거지. 그러나 그 지체가 심장과 아주 멀리 떨어져 있다면 흘러들어 오는 생명력도 약하며 또 점차로 약해진다는 걸 느끼게 될 테지. 내 기억으로는 뒤팽이라고 생각되지만, 재기 발랄한 한 프랑스 사람이 자국의 문화 상태를 그린 지도를 만든 적이 있었네. 그는 각 주의 개화 정도를 밝거나 어두운 색으로 나타내 한눈에 알아보게 했지. 그랬더니 수도에서 멀리 떨어진 남쪽 지방은 특히 어느 주나 아주 새카맣게 칠해졌지 뭔가. 그 지방이 아주 심한 미개지라는 표시로서 말이야. 그러니 아름다운 프랑스가 '하나의' 커다란 중심지 대신에 '열 개'의 중심지를 가지고 있으면서 그곳들로부터 빛과 생명을 발산한다면 보다 더 바람직하지 않겠는가?

독일의 위대한 점은 놀랄 만한 국민 문화가 나라의 모든 지역에 골고루 퍼져 있다는 사실 때문이네. 그런데 그 국민 문화를 발산하고 담당하고 육성해 온 것은 바로 군주들의 수도가 아닌가?—만일 수백 년 이래로 우리 독일에 단 두 개의 수도, 즉 빈이나 베를린만 있었다면, 아니 단 하나의 수도만 있었더라면, 독일 문화가 어떻게 되었을는지는 뻔한 일이네. 게다가 문화와 나란히 손을 잡고 도처로 번져나가는 나라의 번영은 도대체 어떻게 되었겠는가!

독일에는 나라 전체에 이십여 개의 대학과 100개 이상의 공공도서관이 흩어져 있네. 미술 수집품을 모아놓은 미술관이나 자연 전체의 영역에 걸친 수집품을 모아놓은 박물관의 숫자도 상당한데, 그것은 각 군주가 그러한 아름다운 것과 유익한 것을 가까이 모아두려고 애썼기 때문이었네. 인문계 중고등학교나 기술 공업학교는 남아도는 형편이고, 학교가 없는 마을은 독일에서는 거의 찾아볼 수가 없을 정도이네. 그런데 이 마지막 문제만 보더라도 프랑스의 사정은 얼마나 다른가!

또한 독일의 극장 수는 칠십 개를 넘어서는데 그것들 모두가 더 높은 국민 교양을 담당하고 촉진시키는 기관으로서 결코 가볍게 볼 수가 없네. 그리고 음악과 가요에 대한 취향과 그 실제적인 활동이 독일에서만큼 널리 퍼져 있는 나라는 없으니 이 또한 대단한 일이 아닌가?

이제 드레스덴이나 뮌헨이나 슈투트가르트나 카셀이나 브라운슈바이크나 하노버 등등의 도시를 생각해 보게. 그리고 이러한 도시들이 자체 내에 가지고 있는 생활 요소와 그 도시들이 주변 지방에 미치는 영향을 생각해 보게. 그러고 나서 한번 물어보게. 그 도시들이 예전부터 군주들이 다스리던 곳이 아니었다면 그 모든 것이 가능했겠는지를 말이네.

프랑크푸르트, 브레멘, 함부르크, 뤼벡은 위대하고 화려한 도시로서 이 도시들이 독일의 번영에 미친 영향은 이루 헤아릴 수도 없네. 그런데 이러한 도시들이 그 독자적인 주권을 상실하고 그 어떤 거대한 독일 제국의 지방 도시로 병합된다면 현재의 모습을 그대로 유지할 수 있을 것인가? 나는 그 점을 의심스럽게 보고 있네."

1828년 12월 3일 수요일*

나는 오늘 괴테와 함께 아주 특별한 종류의 즐거움을 누렸다. 스위스 제네바주의 카르티니에 사는 뒤발 부인이 나에게 직접 만든 레몬 잼 몇 통을 보내온 것이다. 그녀는 과일 잼을 아주 능숙하게 만드는 여성으로서 이 레몬 잼을 대공비마마와 괴테에게 전해달라고 했다. 그러면서 덧붙이기를 이 레몬 잼이야말로 다른 모든 잼보다 훨씬 뛰어난 품질이라고 확신하며 그것은 괴테의 시가 다른 대부분의 독일 시인들의 시보다 뛰어난 것과 마찬가지라고 말했다.

그런데 이 부인의 맏딸은 오래전부터 괴테의 친필 하나를 가지는 게 소원이었다. 그래서 내 머릿속으로, 레몬 잼이라는 달콤한 먹이로 괴테를 유혹해 내 젊은 여자 친구를 위해 시 한 편을 쓰도록 만들자는 생각이 떠올랐던 것이다.

나는 중대한 임무를 띤 외교관과 같은 표정을 지은 채 괴테를 방문했다. 나는 그를 상대로 당당하게 담판을 벌여, 레몬 잼을 제공할 테니 그의 친필로 시를 써달라는 조건을 제시했다. 그는 이 재미있는 제안을 웃음과 함께 호의로 수락하고는 그 레몬 잼을 즉시 받아들였다. 그는 레몬 잼의 맛이 대단히 뛰어났다고 직접 확인해 주었다. 그러고 나서 몇 시간 후에 나는 깜짝 놀랐다. 다음과 같은 시를 나의 젊은 여자 친구에게 바칠 크리스마스 선물로 입수하게 되었기 때문이다.

레몬 잼이 그 어디서도 최고의 맛을 자랑하는,

행복의 나라!
맛있게 음미하라고
현명한 여성들이 무척이나 달콤하게 만들었지! 등등.

괴테를 다시 만났을 때, 그는 자신이 이제 자기 전문 분야인 시로부터 끌어낼 수 있는 이점과 관련해 농담조로 말했다. 자기가 젊었을 때는 『괴츠』를 책으로 만들어줄 출판업자조차 구할 수 없었던 것과 비교하면 금석지감을 금할 수 없다는 것이었다. 이어서 그가 말했다. "나는 자네의 통상 조건을 받아들이겠네. 자네가 나의 레몬 잼[85]을 맛있게 다 음미하고 나면 잊어버리지 말고, 다른 것을 보내달라고 명령하게. 그러면 때맞추어 나의 시로써 보답하겠네."

1828년 12월 21일 일요일

나는 지난밤에 아주 묘한 꿈을 꾸었다. 오늘 저녁 괴테에게 그 꿈 이야기를 들려주자 그도 아주 재미있어 했다. 나는 낯선 도시의 남동 방향으로 뻗은 넓은 도로 위에 한 무리의 사람들과 함께 서서 하늘을 바라보고 있었다. 엷은 안개로 덮여 있는 것처럼 보이는 하늘은 아주 밝은 노란색으로 빛나고 있었다. 사람들은 앞으로 일어날 어떤 일을 기대에 차서 기다리

85) 자기가 지은 시를 가리키는 것으로 보인다.

고 있었다. 그때 유성과도 같은 두 개의 불덩어리 같은 것이 생겨나는가 싶더니 쾅 하는 소리와 함께 우리 앞쪽에 떨어졌다. 우리가 서 있었던 자리에서 멀지 않은 곳이었다. 사람들은 무엇이 떨어졌는지 보려고 앞 다투어 달려갔다. 그런데, 그 순간 놀랍게도 파우스트와 메피스토펠레스가 나를 향해 다가오고 있는 게 아닌가! 나는 한편으로는 기쁘면서도 한편으로는 이상한 기분이 들었다. 서로 안면이 있는 사람으로서 그들과 합류했고 그들 옆에 나란히 서서 걸어가며 명랑하게 대화를 나누었다. 그러는 동안에 우리는 바로 다음의 길모퉁이로 접어들었다. 우리가 나눈 대화는 기억이 나지 않는다. 하지만 그들의 모습에서 받은 구체적인 느낌은 특별한 종류라 아주 분명하게 기억되며 쉽사리 잊히지 않는다. 두 인물은 보통 사람들이 생각하는 것보다 젊었다. 메피스토펠레스는 스물한 살 정도였고, 파우스트는 스물일곱 살쯤 된 것 같았다. 메피스토펠레스는 아주 점잖고 명랑하며 활달해 보였는데 아주 가벼운 걸음으로 걸어왔기 때문에 마치 헤르메스 신을 보는 것 같았다. 그의 얼굴은 아무런 악한 표정도 없이 아름다웠다. 그 때문에 그의 젊은 이마로부터 두 개의 귀여운 뿔이 솟아서 양옆으로 휘어져 있지만 않았다면 그가 악마라는 사실을 알아차리지도 못할 정도였다. 그리고 그 뿔이라는 것도 머리카락이 보기 좋게 양쪽으로 휘어져서 자라난 것 같은 느낌을 주었을 뿐이었다. 그리고 걸어가던 파우스트가 내 쪽으로 말을 건네며 얼굴을 돌렸을 때, 나는 그 특이한 표정에 놀라지 않을 수 없었다. 그의 표정 하나하나가 자기 본성의 고귀하기 그지없는 윤리성과 진심 어린 호의를 있는 그대로 드러내고 있었기 때문이다. 그의 모습은 젊은 나이에도 불구하고 그 모든 인간적인 기쁨과 고통과 생각을 이미 속속들이 체험했다는 것을 말해주고 있었다. 혹독한 고난을 거친 사람의 얼굴이었다. 조금 창백한 그의 얼굴은 너무나 사람을 끌어당기는 매력이 있어서 아무리 보아도 물리지 않을 정도였다. 나는 그의 표정을 마음속에 단단히 새겨두었다가 그림으로 그려볼 생각이었다. 파우스트는 오른쪽에서 걸어갔고 메피스토펠레스는 우리 둘 사이에서 걸어갔다. 파우스트가 메피스토펠레스 아니면 나와 이야기하려고 아름답고 독특한 얼굴을 돌리던 장면이 눈에 선하게 남아 있다. 우리는 길을 가로질러 걸어갔으며 사람들은 더 이상 우리를 주목하지도 않고 뿔뿔이 흩어져 갔다.

1830년～1832년

1830년 1월 18일 월요일*

괴테는 라바터에 대해 말하면서 그의 성격의 장점에 관한 많은 이야기를 들려주었다. 괴테는 그 옛날 그들 사이에 맺어졌던 친밀한 우정에 대해서도 이야기해 주었는데 당시에 그들은 이따금 같은 침대에서 형제처럼 사이좋게 잠을 잔 적도 있었다고 했다. "유감스러운 일이야." 하고 괴테가 덧붙여서 말했다. "어슴푸레한 신비주의가 비약해 오르는 그의 천재성에 그처럼 빨리 제동을 걸고 말았으니 말이야."

1830년 1월 22일 금요일*

우리는 월터 스콧의 『나폴레옹의 생애』에 관해서 이야기를 나누었다.

괴테가 말했다. "사실 이 책의 저자는 부정확한 데가 많으며 대단히 편파적이라는 비난을 들을 만한 여지가 있네. 하지만 내가 보기에는 바로 이 두 가지 단점이 그의 책에 아주 특별한 가치를 부여하고 있는 걸세. 영국에서 이 책은 상상을 불허할 정도로 성공했네. 즉 월터 스콧은 나폴레옹과 프랑스인에 대한 증오심을 표현함으로써 영국 국민들의 여론과 국민감정의 통역자이자 대변인 역할을 했던 것으로 볼 수 있네. 그의 책은 프랑스 역사를 위한 사료로는 결코 적합하지가 않아. 하지만 영국사의 사료는 될 수 있을 테지. 어쨌든 그 책은 저 중요한 역사적 전개 과정에 있어서 빠뜨릴 수 없는 하나의 목소리가 된 셈이네.

어쨌든 내 입장에서 다행인 것은 나폴레옹에 대한 가장 적대적인 견해를 들을 수 있다는 점일세. 지금은 비농[86]의 저작

86) 루이 피에르 바롱 비농(Louis Pierre Baron Bignon, 1771~1824). 프랑스의 외교관이자 역사학자. 그의 11권짜리 『브뤼메어 18일 이후의 프랑스 역사』는 1827년에 출간되었다.

을 읽고 있는데 아주 특별한 가치가 있는 책으로 보이네."

1830년 1월 25일 월요일*

괴테에게 뒤몽[87]의 유고집 출간을 준비하기 위해 내가 작성했던 유고집 목록을 가져다주었다. 괴테는 아주 세심하게 읽어보고는, 그처럼 다양한 분야에 걸친 풍부한 내용의 원고들을 쓴 작가라면 당연히 가졌을 법한 지식과 관심과 생각들의 방대한 양에 놀라는 눈치였다.

그가 말했다. "뒤몽은 대단히 광대한 정신의 소유자였음이 분명하네. 그가 다루고 있는 대상들 중에 그 자체로 재미없거나 중요하지 않은 건 단 하나도 없군. 그리고 대상을 선택한 것만 보더라도 그가 어떤 사람이며 어떤 정신의 아들인가를 확연하게 알 수 있네. 물론 한 인간에게 변함없는 재능과 기쁨을 가지고 그 모든 대상을 다룰 수 있는 보편적 교양을 가지라고 요구하는 것은 무리이네. 그러나 작가가 그 모든 대상에 일률적으로 성공을 거두지는 못한다 할지라도 나는 그것들을 다루고자 했던 우직한 시도와 의지만으로도 그 사람에게 높은 점수를 주겠네. 내가 특히 주목하고 높게 평가하는

87) 피에르 에티엔 루이 뒤몽(Pierre Etienne Louis Dumont, 1759~ 1829). 제네바 출신으로 소레의 백부. 미라보와 벤담의 비서로서 철학, 법률, 정치학 관련 저서들을 남겼다. 소레는 그의 저작의 일부분에 대한 편집자의 역할을 맡았다.

점은, 어느 분야를 다루든 간에 이 작가가 실천적이고 유용하며 선한 경향을 줄기차게 유지한다는 걸세."

나는 그에게 『파리로의 여행』[88]의 첫 장도 가져다주었는데 내가 그것을 읽어주려 하자 괴테는 혼자서 읽겠노라고 말했다.

그러고 나서 그는 책읽기의 어려움에 대해 이야기하며 많은 독자들의 무지몽매함을 조롱했다. 많은 독자들이 아무런 예비적인 연구나 준비된 지식도 없이 마치 소설책이라도 읽는 듯이 철학과 학문의 저작들에 곧장 덤벼든다는 것이었다.

그가 계속해서 말했다. "철부지 독자들은 독서하는 법을 배우는 데 얼마나 많은 시간과 노력이 드는가를 모르네. 나는 팔십 년간이나 거기에 몸을 바쳤지만 아직도 목표에 도달했노라고 말할 수 없는데 말이야."

1830년 1월 27일 수요일

괴테와 점심 식사를 같이 들면서 아주 즐거운 시간을 보냈다. 그는 마르티우스 씨를 높게 평가하면서 이렇게 말했다. "나선형 성장 경향이라는 그의 표현은 대단히 중요하네. 다만 그에게 좀 더 바랄 게 있다면, 그 자신이 발견한 근원 현상을 보다 더 대담하게 관철시켜, 하나의 사실을 법칙으로 선언할 만큼의 용기를 가지라는 거네. 지나치게 많은 사례들을 일일이

88) 1801~1802년에 출간된 뒤몽의 저서.

증명하느라 시간을 허비하지 말고서 말이야."

그러고 나서 괴테는 하이델베르크에서 개최된 자연과학자 모임에서 발표된 논문들과 함께 그 뒤에 붙은 복사본을 나에게 보여주었다. 우리는 그것을 살펴보면서 그 특징을 추론했다.

"나는 잘 알고 있네." 하고 괴테가 말했다. "그러한 과학 학술 모임에서는 기대만큼의 성과가 나오지 않는다는 걸 말이네. 하지만 그런 회의의 장점은, 서로 간에 알게 되고 또 서로 간에 좋아하는 법을 배우게 된다는 데 있네. 그 결과 어떤 중요한 인물의 어떤 새로운 학설이 인정받게 되고, 또한 이 인물이 다시 어떤 다른 분야에 대한 우리 견해를 인정하고 지원해 줄 가능성이 마련되기 때문이지. 어쨌든 현실의 사정은 어떤가. 어떤 일이 생겨나더라도 그 결과가 어떤 방향으로 진행될지 아무도 모르는 형편이 아닌가."

그러고 나서 괴테는 한 영국 작가가 보낸 편지를 보여주었는데, 거기에는 '존경하는 괴테 왕자 귀하'라는 인사말이 쓰여 있었다. 괴테가 웃으면서 말했다. "이 호칭은 아마도 독일 저널리스트들 덕분인 것 같네. 그들이 나를 지나치게 좋아한 나머지 독일 시의 왕자라고 불렀으니까 말이야. 그러니까 독일 사람들의 순진한 잘못이 또 영국 사람들의 순진한 잘못을 야기한 셈이야."

이어서 괴테는 다시 마르티우스 씨에게 화제를 돌려 그가 뛰어난 상상력의 소유자라고 칭찬했다. 그가 계속해서 말했다. "근본적으로 위대한 재능을 타고나지 않으면 참으로 위대한 자연과학자는 결코 생겨날 수 없네. 물론 내가 말하는 상상력이란 공허한 데로 빠져들거나 있지도 않은 일들을 꾸며대는 따위는 아니네. 진정한 상상력이란 이 지상의 현실적 토대를 떠나지 않으며, 현실적인 것과 이미 알려진 사실을 척도로 삼아서 예감하고 추정할 수 있는 대상을 향해 나아가는 것을 말하네. 그러므로 이런 상상력은 예감의 실현 가능성 여부를 검토하며 또한 그런 예감이 이미 알려진 다른 법칙과 모순되지 않는가를 검토한다네. 그러나 이런 상상력은 생동하는 세계를 조망하고 그 법칙들을 자유자재로 다룰 수 있는 포괄적이면서도 냉정한 머리가 전제조건이지."

이런 이야기를 나누고 있는 동안에 괴테의 『자매』를 보헤미아어로 번역한 책을 담은 소포가 도착했다. 괴테는 대단히 기뻐했다.

1830년 1월 31일 일요일*

왕자 카를[89]과 함께 괴테를 방문했다. 괴테는 우리를 그의 서재로 데려갔다.

우리는 그의 작품들의 여러 판본에 관한 이야기를 나누었는데, 괴테 자신은 그 판본의 대부분을 가지고 있지 않다는

89) 아우구스트 대공의 아들 카를 알렉산더 아우구스트 요한 왕자(Karl Alexander August Johann, 1818~1901).

사실이 이상했다. 괴테는 자신이 직접 그린 동판화가 들어 있는 『로마 사육제』의 초판조차도 소장하고 있지 않았다. 그가 말하기를 어느 경매에서 그 동판화를 육 탈러에 사겠다고 제안했지만 결국 구하지는 못했다는 것이다.

이어서 괴테는 우리에게 『괴츠 폰 베를리힝겐』의 초고를 보여주었는데, 오십여 년 전에 누이동생으로부터 자극을 받아 몇 주 만에 써 내려갔던 원본 그대로였다. 날씬한 필체는 그의 독일어 글씨가 언제나 그랬고 또 지금도 여전히 볼 수 있는 것과 같은 자유롭고도 명료한 특징이 벌써 완연하게 드러나 있었다. 그 원고는 아주 깨끗해 어느 페이지에도 교정을 본 흔적이 거의 없었다. 그래서 날려서 쓴 초고라기보다는 초고를 정서한 복사본으로 생각될 정도였다.

괴테의 말에 따르면 그의 최초의 작품들은 모두 자필로 직접 썼다는 것이다. 『베르테르』도 마찬가지인데 그 초고는 없어졌다고 했다. 반면에 만년에 들어서는 거의 모든 것을 구술해 받아쓰게 했고, 자필로 쓴 것은 시라든지 머릿속에 떠오르는 구상을 임시로 써놓은 메모밖에 없다는 것이다. 게다가 그는 작품을 새로 쓰고 나서 그것을 복사해 두지 않은 적이 아주 잦았으며, 단 한 부밖에 가지고 있지 않은 초고를 인쇄소에 넘기기 위해 슈투트가르트로 보냄으로써 그 귀중한 시의 운명을 우연에 맡겨버린 적이 한두 번이 아니었다는 것이다.

우리가 『베를리힝겐』의 초고를 충분히 보고 나자, 괴테는 『이탈리아 기행』의 원본도 보여주었다. 날마다 기록한 이 관찰과 메모의 필체도 『괴츠』의 초고와 마찬가지로 훌륭한 특징을 보여주고 있었다. 모든 것이 확실하고 견고하고 안정되어 있는 데다가 수정한 흔적이라고는 조금도 없었다. 그러므로 우리는 작가가 그때그때 순간적으로 메모할 때마다 그 장면들의 세세한 부분까지 마음속으로 아주 선명하게 떠올렸음을 미루어 알 수 있었다. 전체적으로 보아 필체는 아무런 차이도 변화도 보이지 않았지만 종이만은 예외였다. 종이는 여행 도중에 머무른 도시에 따라 그 모양과 색깔이 언제나 달라졌던 것이다.

이 원고의 끝부분에는 괴테가 펜으로 슬쩍 그려놓은 재기 발랄한 그림이 첨부되어 있었는데, 그것은 큼직한 관복을 입은 이탈리아의 한 변호사가 법정에서 말하고 있는 장면을 그린 그림이었다. 그 변호사의 모습은 상상을 초월할 정도로 기이했다. 특히 그 복장이 눈에 띄었는데, 마치 가장무도회에 참가하려고 입은 것이 아닌가 생각될 정도였다. 하지만 그러면서도 모든 묘사가 실제 모습을 충실하게 반영하고 있었다. 그 뚱뚱한 연사는 집게손가락을 엄지손가락의 끝부분과 다른 손가락들 위로 비어져 나오게 뻗은 채 아주 느긋하게 서 있었는데, 바로 이 작은 동작이 그가 머리에 쓰고 있는 커다란 가발과 기가 막히게 어울렸다.

1830년 2월 3일 수요일*

우리는 《르 글로브》지와 《르 탕》지에 대한 이야기를 나누다가 자연스럽게 프랑스 문학과 작가들에 대한 이야기로 넘어갔다.

괴테가 의미심장하게 말했다. "기조는 나의 뜻에 맞는 사람으로, 아주 견실하네. 그는 당파를 초월해 독자적인 노선을 가고 있는 계몽적 자유주의와 관련된 깊은 지식을 갖춘 사람이네. 이제 의원으로 선출되었으니, 의회에서 어떤 역할을 하게 될지 궁금하군."

"그를 외형적으로만 알고 있는 사람들은 그가 좀 고루한 데가 있다고들 하더군요." 하고 내가 말했다.

그러자 괴테가 대답했다. "그가 어떤 점에서 고루하다는 소리를 듣는지 알고 싶군. 생활방식에 그 어떤 규칙성과 확고부동한 원리를 갖추고 있고, 늘 사색하면서 인생의 여러 가지 문제를 가볍게 보지 않는 저명한 사람들은, 피상적인 관찰자의 눈에 자칫 고루한 사람으로 보일지도 모르지. 하지만 기조는 드넓은 시각으로 사물을 보는, 침착하고 확고한 사람이네. 이 사람이야말로 프랑스인의 경박함과 비교한다면 아무리 높이 평가해도 모자라며, 프랑스 사람들에게 꼭 필요한 인물이네."

괴테가 계속해서 말했다. "빌맹은 연설가로서는 더욱 빛나는 인물일 거네. 그는 근본을 놓치지 않고 능숙하게 논지를 전개하는 재주를 가지고 있는 데다가 정확한 표현을 적재적소에 사용함으로써 청중의 주의를 끌고 만장의 갈채를 받는다네. 그러나 그는 기조에 비하면 훨씬 더 피상적이며 훨씬 더 비실제적이라네.

쿠쟁을 이야기하자면, 우리 독일 사람이 그에게서 얻을 것은 거의 없네. 그가 자기 나라 사람에게 새로운 것이라며 가져다준 철학은 우리에게는 오래전부터 알려져 있는 것이기 때문일세. 하지만 그는 프랑스 사람에게는 매우 중요하네. 프랑스 사람에게 완전히 새로운 방향을 제시할 테니 말이야.

퀴비에는 위대한 자연과학자로서, 그의 서술과 문체는 경탄스럽네. 그 누구도 그 사람만큼 하나의 사실을 잘 설명할 수는 없겠지. 하지만 그에게는 거의 아무런 철학도 없네. 그러니 아주 유식한 제자야 양성할 수 있겠지만 깊이가 있는 제자를 기를 수는 없을 걸세."

나는 이러한 이야기들을 흥미롭게 들었는데, 그것은 이 사람들에 대한 뒤몽의 견해와 아주 비슷했기 때문에 더욱더 그랬다. 나는 괴테에게 뒤몽의 원고에 들어 있는 그 같은 부분을 복사해 주겠노라고 약속했다. 괴테가 이따금 그것을 자기 자신의 견해와 비교해 볼 수 있도록 하기 위해서였다.

뒤몽에 관한 이야기에 이어서 화제는 뒤몽과 벤담의 관계로 넘어갔다. 괴테는 이렇게 말했다.

"내가 보기에는 참으로 흥미로워. 뒤몽과 같이 이성적이고 절도 있고 실제적인 인물이, 어떻게 해서 벤담과 같은 바보의 제자요, 충실한 숭배자가 될 수 있었는지 말이야."

내가 대답했다. "벤담은 말하자면 이중 인간이라고 볼 수 있습니다. 한편으로 보면 벤담은 여러 원리들을 고안해 낸 천재라고 할 수 있습니다. 뒤몽은 그 원리들을 완성해 세상 사람들이 망각하지 않도록 만들었지요. 또 다른 한편으로 보면 벤담은 열정적인 사람인 것 같습니다. 그는 공리주의에 지나치게 열광한 나머지 자기 학설의 한계를 뛰어넘어 정치나 종교 분야에서까지 과격주의자가 되어버린 것입니다."

괴테가 대답했다. "하지만 내가 보기에는 바로 그 점이 문제이네. 한 늙은이가 죽을 때를 얼마 남기지 않고 과격주의자가 되고 그것으로 기나긴 인생행로의 끝을 장식했으니 말이야."

나는 그러한 모순을 해소해 보려고 괴테에게 이렇게 설명했다. 벤담은 자신의 학설과 입법의 탁월성을 확신하고 있었지만, 당시 영국을 지배하고 있던 체제의 근본적인 변화 없이는 그 적용이 불가능하다는 사실을 알고는 과격해진 것이다. 더욱이 그는 외부 세계와의 접촉이 거의 없었으므로 폭력적 혁명의 위험성을 판단할 수가 없어 더욱더 과격해질 수밖에 없었던 것이다, 라고 나는 설명했다.

내가 계속해서 말했다. "반면에 뒤몽은 열정은 덜했지만 더욱 명확한 사람이어서 벤담의 과도한 긴장감을 결코 받아들이지 않았고, 따라서 그와 비슷한 과오를 저지르지도 않았습니다. 게다가 뒤몽에게는 벤담의 원리를 한 국가에 실제로 적용할 유리한 기회도 주어졌습니다. 일련의 정치적 사건으로 말미암아 그 당시 어느 정도 신생국가로 간주될 수 있었던 제네바가 바로 그곳이었지요. 그곳에서는 만사가 성공적으로 진행되고 있던 터라 운 좋게도 그 원리의 가치가 온 세상에 드러나게 되었습니다."

괴테가 대답했다. "뒤몽은 모든 이성적인 사람들이 실제로 그렇고 또 그렇게 되어야만 하는 실로 절도 있는 자유주의자이네. 나 자신도 바로 그렇고, 또 오랜 세월 동안 그런 신념으로 활동하고자 노력해 왔네."

괴테가 계속해서 말했다. "참다운 자유주의자는 자신에게 주어진 수단을 사용해 가능한 한 좋은 일을 많이 이루려고 노력한다네. 하지만 종종 피할 수 없는 결함에 직면한다 하더라도 즉각 총칼을 들고 달려들어 그것을 제거하려고 하지는 않네. 현명하게 한 발짝씩 전진함으로써 사회의 결함을 차츰차츰 제거하려 한다네. 그래야만 폭력적 수단으로 흔히 좋은 것까지 동시에 파멸시켜 버리는 일을 방지할 수 있는 걸세. 언제나 불완전하기 마련인 이 세계에서는, 보다 좋은 것을 이룰 수 있는 때와 상황이 주어질 때까지 현재의 좋은 것으로 만족하며 살아야 하는 법이야."

1830년 2월 6일 토요일

괴테의 며느리와 함께 식사를 했다. 괴테의 아들은 프랑크푸르트시의 고문관 부인인 그의 할머니에 관한 재미있는 이야기를 들려주었다. 그는 이십 년 전 대학생 시절에 할머니를 방문했는데, 어느 날 점심 때 후작인 수석 대주교로부터 할머니와 함께 점심 식사에 초대를 받았다는 것이다.

후작은 고문관 부인을 특별히 정중하게 계단에까지 내려와 맞아들였다. 그러나 후작은 평상시대로 사제복을 입고 있었으므로 그녀는 그를 그저 신부로 생각하고 별달리 주목하지 않았다. 식탁에서도 그녀는 후작 바로 곁에 앉았으면서도 처음에는 별로 공손한 얼굴을 하지도 않았다. 그러나 이야기가 오가는 동안 그녀는 다른 참석자들의 행동을 보고 그 사람이 수석 대주교라는 사실을 차츰차츰 깨닫게 되었다.

그러고 나서 후작은 그녀와 그녀의 아들의 건강을 위해 건배를 했고, 그러자 우리의 고문관 부인은 자리에서 벌떡 일어나 각하의 건강을 비는 축배의 말을 했다는 것이다.

1830년 2월 10일 수요일*

오늘 식사 후에 나는 잠시 괴테를 방문했다. 그는 봄이 다가오고 다시 낮이 길어지는 것을 기뻐하고 있었다. 그러고 나서 우리는 색채론에 대해 이야기했다. 그는 자신의 간명한 이론이 제대로 인정받을 가능성에 대해 의심하고 있는 것 같았다. 그가 말했다. "내 적대자들의 오류는 한 세기 이래로 너무 광범위하게 전파되었네. 그래서 내가 걷는 이 고독한 길에서 이런저런 동지를 만나리라는 희망을 가질 수가 없네. 나는 홀로 남게 될 거야! 나는 마치 난파선의 뱃사람 같다는 생각이 가끔 든다네. 간신히 한 사람만 지탱해 줄 수 있는 판자를 붙들고 있는 뱃사람 말일세. 결국 이 한 사람만 살아남는 거지. 나머지 사람들은 모두 가련하게 익사하고 마는데 말이야."

1830년 2월 14일 일요일*

오늘은 바이마르가 슬픔에 잠긴 날이었다. 대공비 루이제가 오늘 낮 1시 반에 운명하셨다. 현재 섭정하시는 대공비께서 내게 그분의 이름으로 발드너 궁녀와 괴테를 방문해 상을 당했다는 소식을 전하도록 했다.

나는 우선 발드너 궁녀[90]에게로 갔다. 그녀는 깊은 비탄에 잠겨 눈물을 흘리면서 상실감에 완전히 넋을 잃고 있었다. 그녀가 말했다. "나는 오십 년 이상이나 돌아가신 마마를 모셔왔어요. 그분은 나를 자신의 시녀로 택해주셨는데 그분의 그 너그러운 간택은 언제나 나의 자랑이고 행복이었지요. 나는 그분을 모시기 위해 내 나라를 떠났어요. 지금도 그분이 나를 함께 데려가 주셨으면 해요. 그분을 다시 만나뵐 때까지 오랫동안 한숨지으며 살고 싶지 않으니까요!"

이어서 나는 괴테에게로 갔다. 하지만 그의 상태는 얼마나 달랐던가! 자신이 당한 손실을 그녀 못지않게 통절하게 느끼고 있음이 분명했지만 그는 자신의 감정을 모든 방법을 다해 극복하려 애쓰고 있는 것 같았다. 그는 좋은 친구[91]와 함께 식탁에 앉아서 포도주 한 병을 마시고 있었다. 그는 생생한 목소리로 말했는데, 아주 명랑한 기분인 것처럼 보였다. 그가 말했다. "자, 어서 오게, 이리 와서 앉게! 오랫동안 위협하던 벼

---

90) 루이제 아델라이데 폰 발드너(Luise Adelaide von waldner, 1746~?). 엘사스 출신으로서 1775년 이래로 루이제 대공비의 궁녀로서 봉사를 해왔다.
91) 에커만을 가리킨다.

락이 마침내 우리를 맞힌 거네. 적어도 우리는 더 이상 끔찍한 불확실성에 시달릴 필요는 없게 되었네. 이제는 우리가 자신의 생을 어떻게 다시 제자리에 놓을 것인가를 생각해야 하네."

나는 괴테 앞에 놓인 종이를 가리키면서 말했다. "저것이 선생님의 위안입니다. 일을 한다는 것이 우리를 고통 속에서 다시 일으켜 세워주는 뛰어난 방편이 아니겠습니까."

괴테가 대답했다. "살아 있는 동안에는 머리를 하늘로 높이 쳐들고 있어야 하네. 무언가를 해낼 수 있는 동안에는 고삐를 늦추지 말아야 하네."

그러고 나서 그는 아주 고령의 나이까지 살았던 사람들에 대해 이야기했다. 그리고 저 유명한 니농에 대해서도 언급했다. "아흔의 나이에도 그녀는 젊었었네. 그녀는 균형을 유지하며 사는 법을 알고 있었지. 이 지상의 일에 있어서 정당하게 주어지는 것 말고는 더 이상 바라지 않았으니 말이야. 그녀는 죽음에 대해서조차 과도한 의미를 부여하지 않았네. 그녀가 열여덟 살에 중병에서 회복되었을 때, 주변 사람들이 그녀가 빠져 있던 아슬아슬한 위험에 대해 말해주자, 그녀는 아주 차분하게 이렇게 말했네. '죽었다고 해도 별다른 게 있었을까요! 죽기로 되어 있던 존재가 다시 원래 자리로 되돌아갈 뿐인데요.' 그 후 그녀는 칠십 년 이상을 더 살았네. 사랑을 하며 사랑을 받고, 삶의 온갖 기쁨을 마음껏 누리면서 말이야. 그러나 삶을 소진시키는 온갖 열정을 그녀는 특유의 이러한 평정심으로 내려다보며 극복하였던 거네. 니농은 그렇게 할 수 있었어. 그러나 그녀를 따라 할 수 있는 사람은 드물 거네."

이어서 그는 나에게 바이에른 왕이 보내온 편지를 보여주었는데, 오늘 받은 그 편지가 그의 명랑한 기분에 적잖게 기여를 한 것 같았다. 그가 말했다. "자 읽어보고 왕이 나에게 지속적으로 가지고 있는 호의를 한번 확인해 보게. 그리고 문학의 진보와 보다 고귀한 인간성의 발전에 그가 얼마나 생생한 관심을 기울이고 있는지 한번 보게. 그러니 나로서는 기쁠 수밖에. 그리고 내가 바로 오늘 이 편지를 받았다는 것에 대해서도 나는 특별한 은총으로 생각하며 하늘에 감사할 따름이네."

그러고 나서 우리는 연극과 연극 문학에 관해서 이야기를 나누었다. 괴테가 말했다. "고치[92]는 서른여섯 개의 비극적 상황만이 있을 뿐이라고 주장했지. 실러는 더 많은 것을 찾아내려고 무진 애를 썼지만 고치보다 더 많은 것을 찾지는 못했네."

이야기는 아르노의 『구스타브 아돌프』를 비판하고 있는 《르 글로브》지의 기사에 관한 화제로 이어졌다. 그 기사에서 비평가가 취하고 있는 방식에 대해서 괴테는 아주 만족하면서 전폭적인 찬사를 보냈다. 비평가는 작가가, 자기 자신과 자신의 시적인 원리들을 더 이상 손상시키지 않으면서 모든 기억들을 이름 그대로 거명한 것에 대해 만족을 표시했다. 괴테가 덧붙여 말했다. "《르 탕》지는 비평에 관해 그렇게 현명하게 처신하지 못했어. 시인에게 자신이 가야 할 길을 미리 정해주

92) 카를로 고치(Carlo Gozzi, 1720~1806). 베네치아의 희곡 작가.

겠다는 월권행위를 하고 있으니까 말이야. 그것은 커다란 잘못이야. 그렇게 하면 잘못을 고칠 수도 없는 거네. 시인에게 '이것은 이렇게 하시오, 저것은 저렇게 하시오!' 하고 말하는 것보다 더 어리석은 짓은 없네. 나이 많은 전문가로서 나는 그 점을 분명히 알고 있다네. 자연이 시인에게 불어넣어 준 것 이외에는 다른 어떤 것도 생겨날 수 없는 걸세. 만일 시인에게 억지로 다른 사람이 되라고 강요한다면 그건 그 시인을 망쳐 버리는 일이네.

《르 글로브》지의 내 친구들은 앞서 말했다시피 그 점을 아주 현명하게 처리하고 있네. 그들은 아르노 씨가 구석구석에서 찾아내어 제공한 그 모든 공식들의 기다란 목록을 인쇄하여 놓았는데, 그렇게 함으로써 작가들이 앞으로 조심해야 할 낭떠러지를 아주 요령 있게 암시하고 있는 거네. 오늘날 완전히 새로운 상황을 하나라도 더 발견한다는 것은 거의 불가능하네. 다만 바라보는 방식과 그런 상황들을 다루고 묘사하는 기교만이 새로울 수 있지. 그리고 이 점에 있어서 어떤 모방도 하지 않도록 유의해야 하는 걸세."

그러고 나서 괴테는 고치가 베네치아에 있는 자신의 '델 아르테 극장'을 어떻게 운영했는지, 그리고 그의 즉흥 연극단이 얼마나 사랑을 받았는지에 대해 우리들에게 설명해 주었다. 그가 말했다. "나는 베네치아에서 그 연극단 소속의 여배우 두 명을 보았는데 특히 브리겔라가 인상적이었네. 그리고 그러한 즉흥 연극 몇 편을 감상하기도 했지. 그 배우들이 불러일으켰던 감명은 특별한 것이었네."

이어서 괴테는 나폴리의 어릿광대인 풀치 넬라[93]에 대해 설명해 주었다. 괴테가 말했다. "이 저속하고 희극적인 역할을 하는 배우에게서 찾을 수 있는 커다란 재미는 그 배우가 무대 위에서 이따금 배우로서의 자신의 역할을 갑자기 깡그리 잊어버린다는 데에 있네. 그는 연기를 마치고 다시 집으로 돌아온 것처럼 행동한다네. 그의 가족과 다정하게 이야기를 나누기도 하고, 방금 그가 연기를 한 작품에 대해서도 언급하며, 연기를 할 예정인 다른 작품에 대해서도 소개하면서 말이야. 심지어는 거리낌 없이 용변을 보기도 하지. 그러면 그의 부인이 소리를 친다네. '이봐요, 당신은 자기 역할을 까맣게 잊어버렸군요. 앞에 있는 귀하신 관객들 생각 좀 하세요!' 그러면 '어 정말이군! 어 정말이야!' 하고 어릿광대가 맞장구를 치면서 다시 정신을 차리고 관객들의 커다란 박수갈채를 받으며 앞서 하던 연기로 되돌아가는 걸세. 풀치넬라가 나오는 연극은 악명이 높기 때문에 점잖은 모임에서는 거기에 갔었노라고 함부로 떠벌릴 수 없을 정도이네. 이유야 알 만하지만 여자들은 절대로 그곳에 가지 않고 남자들만 간다네.

풀치넬라 어릿광대는 보통 살아 있는 신문과도 같네. 낮 동안 나폴리에서 일어났던 주목할 만한 일이라면 모두 밤에 그 어릿광대로부터 들을 수가 있으니 말이야. 저속한 민중 사투리로 전달되는 이 지방 소식을 외국인으로서는 거의 알아들을 수가 없네."

---

93) 나폴리의 민중 축제에 등장하는 어릿광대.

괴테는 젊은 시절의 일들을 기억해 내며 화제를 이어갔다. 괴테는 화폐를 거의 신뢰하지 않았으며 화폐를 보고 어떤 느낌이었는지를 설명해 주었다. 그 증거로서 괴테는 그림과 관련된 일화를 말해주었다. 프랑스혁명 시절이었는데 파리에 있는 것이 안전하지 않다고 판단한 그림은 다시 독일로 돌아와 고타에서 살았다.

괴테가 말했다. "어느 날 우리는 그림의 집에서 식사를 했네. 그런데 이야기가 어떻게 해서 그렇게 진행되었는지 잘은 모르겠군. 하여간 그림이 갑자기 소리를 치더군. '내 장담하지만, 유럽의 어느 나라 임금도 나보다 더 값비싼 커프스 한 벌을 가지고 있지는 않을 거요. 그 누구도 내가 치른 값보다 더 비싼 값을 치르지는 않았을 테니까요.' 당연한 일이지만, 우리는 믿기지 않는다는 표정을 지었네. 특히 숙녀들은 그랬지. 그래서 우리 모두는 그토록 놀라운 한 벌의 커프스를 몹시 보고 싶어 했지. 그러자 그림은 자리에서 일어나더니 그의 옷장에서 아주 화려한 한 벌의 커프스를 꺼내왔고, 우리는 정말 어안이 벙벙하게 되었네. 우리는 그 값을 추정해 보려고 했고, 아무리 많아도 대략 백 내지 이백 프랑스 금화 이상으로 매길 수는 없었네. 그러자 그림이 웃으면서 큰 소리로 말하더군. '여러분은 어림도 없는 값을 매겼습니다! 나는 그걸 이십오만 프랑 주고 샀지요. 하지만 그것도 다행이라 어음 발행인에게 감사해야 할 형편이었답니다. 바로 다음 날 그 이십오만 프랑은 단 일 그로셴의 값어치도 없게 되었으니까요.'"

1830년 2월 15일 월요일*

오늘 오전에 잠시 괴테 댁을 방문했는데, 대공비 마마의 분부에 따라 괴테의 안부를 묻기 위해서였다. 괴테는 침울하게 깊은 생각에 잠겨 있었으며, 어제처럼 억지로 명랑함을 꾸미는 흔적은 조금도 찾아볼 수 없었다. 그는 오십 년 동안에 걸친 친밀한 관계가 죽음으로 갈라진 단절을 오늘에서야 실감하는 듯했다.

"억지로라도 일을 해야겠지." 하고 그가 말했다. "정신을 똑바로 차려 이 갑작스러운 이별에 적응해야겠네. 죽음이란 참으로 이상한 그 무엇이야. 매번 죽음을 치르면서도 자신에게 소중한 사람이 죽으리라고는 생각지도 않으니 말이야. 하지만 죽음은 생각지도 않은 순간에 예기치 않게 찾아오네. 말하자면 죽음이란 갑자기 현실화되어 나타나는 그 어떤 불가사의한 영역인 것 같네. 익숙한 현실 세계로부터 조금도 짐작할 수 없는 다른 세계로 옮겨가는 게 너무나 강제적이어서, 뒤에 남은 사람에게는 참으로 깊은 충격을 안겨주는 걸세."

1830년 3월 5일 금요일*

괴테의 젊은 시절 연인과 가까운 친척 관계인 폰 튀르크하임[94] 양이 얼마 동안 바이마르에 머무르고 있었다. 나는 오늘 괴테에게 그녀가 떠나가 버려 유감이라는 뜻을 비쳤다.

"그 여자는 아주 젊은데도 그런 나이로는 보기 드물 정도로 고상한 인품과 원숙한 정신을 보였습니다. 여하간 그녀의 등장은 바이마르에 커다란 인상을 남겼고, 좀 더 오래 머물렀더라면 여러 사람을 위험에 빠뜨렸을지도 모릅니다." 하고 내가 말했다.

"참으로 유감이야." 하고 괴테가 대답했다. "그 여자애를 좀 더 자주 만났어야 했는데, 처음에는 초대하는 것조차 망설였으니 말이야. 그랬더라면 조용하게 그 여자애와 이야기를 나누며, 그 모습에서 그 친척 여자[95]의 사랑스런 표정을 다시 발견할 수도 있었을 텐데 말이야."

"『시와 진실』 4권을 며칠 전에 완성했네." 하고 그가 계속해서 말했다. "자네도 알다시피 거기에는 릴리를 사랑하면서 느꼈던 젊은 시절의 행복하면서도 고통스러웠던 이야기가 들어 있네. 만일 그 어떤 미묘한 문제만 개입되어 있지 않았더라면 그것을 벌써 오래전에 완성시켜 출판했을 테지. 말하자면 나 자신에 대한 우려 때문이 아니라 당시까지 아직 살아 있었던 연인의 입장을 고려해 그렇게 하지 않았던 거네. 내가 그녀를 얼마나 사랑했는지 온 세상에 알리는 걸 나는 자랑스럽게 여겼을 거네. 또한 그녀도 나의 사랑에 응하였다는 말을 부끄러워하지 않으며 고백했으리라고 믿네. 하지만 그녀의 동의 없이 우리 사랑을 공개할 권리가 내게 있었을까? 그래서 나는 늘

---

94) 괴테의 약혼녀였던 릴리 쇠네만의 손녀인 프리데리케 엘리자벳 체칠리에 폰 튀르크하임.

95) 릴리 쇠네만을 가리킨다.

그녀의 승낙을 받아야겠다고 생각하고 있었네. 하지만 망설이며 시간만 보내다가 결국에는 그럴 필요가 없어지고 말았던 걸세."

그가 계속해서 말했다. "방금 우리 곁을 떠나간 그 사랑스럽고 젊은 처녀에 대해 자네가 그처럼 관심을 보이며 하는 말을 듣고 있자니 내 마음속에 온통 옛 추억이 되살아나는군. 저 매혹적인 릴리의 모습이 너무도 생생하게 다시 눈앞에 떠오르는군. 행복하게도 다시 그녀 곁에서 그 숨결을 느끼고 있는 듯한 기분이네. 사실 그녀는 내가 마음속 깊이 진실하게 사랑한 첫 번째 여성이자 마지막 여성이었다고도 할 수 있네. 그 뒤로 내 인생에서 내 마음을 움직였던 온갖 자잘한 애정들은 그 첫사랑에 비하면 그저 가볍고 피상적인 것에 지나지 않았네.

내 생애에 릴리를 사랑했던 그 시절보다 진정한 행복에 더 가까이 다가간 적은 한 번도 없었어. 우리를 갈라놓았던 장벽도 근본적으로 극복할 수 없는 성질의 것은 아니었지. 하지만 그녀는 내 곁을 떠나고 말았네!

그녀에 대한 내 애정은 아주 섬세하면서도 독특한 것이어서, 저 고통스러우면서도 행복했던 시절을 떠올려 묘사하고 있는 지금 내 글의 문체에까지 영향을 주었네. 자네가 앞으로 『시와 진실』 4권을 읽게 되면 릴리와 내 사랑이 여느 소설들에 나오는 사랑과는 전혀 다르다는 걸 알게 될 걸세."

내가 대답했다. "그레트헨이나 프리데리케에 대한 선생님의 사랑에 대해서도 같은 말을 할 수 있겠지요. 이 두 경우의 사랑 이야기를 그린 부분도 마찬가지로 아주 새롭고 독창적이어서, 보통의 소설가로서는 그러한 것을 고안해 내거나 상상조차 할 수 없을 겁니다. 말하자면 그것은 작가의 위대한 진실성에서 생겨나는 것으로 보입니다. 체험한 것을 좀 더 그럴듯하게 보이게 하려고 꾸며대지도 않으며, 또 사건을 단순하게 설명하기만 해도 충분한 터에 일부러 감상적인 어투를 사용하는 일 따위를 피하는 그러한 진실성 말이지요."

"또한 사랑 그 자체도 언제나 변함없는 건 결코 아닙니다. 사랑은 항상 독창적이며, 우리가 사랑하는 사람의 성격과 개성에 따라 변화하는 것입니다." 하고 내가 덧붙여서 말했다.

"자네 말이 참으로 옳아." 하고 괴테가 대답했다. "우리 연인들만이 사랑의 주체인 것은 아니네. 우리를 끌어당겨 사랑에 빠지게 만드는 객체 또한 존재하는 법이니까 말이야. 그러므로 데몬적인 요소가 강력한 제삼자로서 개입하고 있다는 사실을 잊어버려서는 안 되네. 모든 정열에 곧잘 따라다니며, 사랑 속에서 그 본래의 모습을 드러내는 데몬 말일세. 릴리와 나의 관계에서도 그러한 데몬적인 요인이 특별히 작용했고, 그것이 나의 삶 전체를 다른 방향으로 끌고 가버렸던 거네. 내가 바이마르로 오게 된 것이나 현재 여기에 있는 것도 모두 그 데몬의 작용에 의한 직접적인 결과라고 주장하더라도 지나친 말은 아닐세."

1830년 3월 6일 토요일(혹은 3월 5일 금요일)*

괴테는 며칠 전부터 생 시몽의 『회상록』을 읽고 있는 중이다. 그가 며칠 전에 말했다. "루이14세의 죽음까지 읽다가 지금은 중단한 상태네. 지금까지 읽은 열두 권은 아주 흥미진진했어. 특히 군주가 나아가고자 하는 의지의 방향과 신하의 귀족적 윤리 의식 사이의 대조가 무척 재미있었지. 그러나 이 군주가 죽고 다른 인물이 등장하는 순간부터는 읽고 싶은 기분이 사라지고 말았네. 새로 등장한 인물이 너무 나쁜 사람이어서 생 시몽이 그 인물과 함께 있어봤자 아무 덕도 되지 않을 것이 뻔하게 내다보였기 때문이지. 그래서 기분이 내키지 않아져 전제군주가 사망하는 장면에서 책을 덮어버렸네."

괴테는 《르 글로브》지와 《르 탕》지도 몇 달 전부터 아주 열성적으로 읽어왔는데, 대략 이 주일 전부터는 읽는 걸 중단하고 있었다. 십자 모양의 띠로 둘러진 잡지들의 각 호가 도착하면 그는 열어보지도 않고 옆으로 제쳐두었다. 그러면서도 그는 친구들에게 세상이 어떻게 돌아가고 있는지 들려달라고 부탁하는 것이었다. 그는 얼마 전부터 『파우스트』 2부에 완전히 몰두해 대단한 창작력을 보이고 있었다. 특히 몇 주일 전부터는 「고전적 발푸르기스의 밤」에 전념하고 있었는데 완성된 원고가 빠른 속도로 쌓이고 있었다. 괴테는 아주 생산적인 시기에는 대체로 독서를 하지 않았다. 어쩌다 읽는다고 해도 가볍고 명랑한 책을 택해 휴식에 도움이 되도록 했고, 아니면 현재 다루고 있는 소재와 조화를 이루거나 글의 진행에 도움이 되는 책만 골라서 읽었다. 반면에 아주 중요하고 심한 자극을 주는 독서는 아예 피했는데, 그 이유는 차분한 창작에 방해가 되고, 또 그의 현재 관심을 분산시켜 본궤도에서 탈선시킬지도 모르기 때문이었다. 요즈음《르 글로브》지와《르 탕》지를 제쳐두는 것도 이런 식으로 자신의 관심이 분산될까 우려해서였다.

괴테가 말했다. "내가 보기에는 파리에서 무언가 중대 사태가 벌어질 것 같네. 대폭발 전야란 말일세. 하지만 나로서는 아무 영향도 미칠 수가 없으니까, 조용히 기다릴 수밖에. 그 긴박한 드라마의 전개 과정에 날마다 쓸데없이 흥분하기만 해서 무슨 소용이겠는가. 나는 지금《르 글로브》지도《르 탕》지도 거의 읽지 않고 있어서,「발푸르기스의 밤」은 꽤 진척되었네."

그러고 나서 괴테는 자신이 커다란 관심을 갖고 있는 프랑스 문학의 최근 경향과 관련하여 언급했다. "프랑스 사람들이 그들의 현재 문학의 방향에서 새로운 것이라고 여기고 있는 것은, 알고 보면 독일 문학이 오십 년 전부터 의도하고 이룩해 왔던 것의 반영에 지나지 않네. 현재 그들 사이에서 새로운 것으로 여겨지고 있는 역사극의 시초는 일찍이 반세기도 전에 나의『괴츠』에서 싹텄던 것이네."

괴테가 덧붙여 말했다. "게다가 독일의 작가들은 프랑스 사람에게 영향을 끼쳐보겠다는 생각을 하지도 않았거니와 그러한 의도로 글을 쓰지도 않았네. 나 자신도 언제나 독일 사람만을 염두에 두었지. 내가 시선을 서쪽으로 돌려, 라인강 너머의 우리 이웃들이 나를 어떻게 생각하는지 알아보려고 한 것도 겨우 어제 아니면 그저께부터의 일이네. 여하간 그들은 지금도 나의 창작에 아무 영향도 주지 않네. 프랑스 문학의 형식과 서술 방식을 모방한 빌란트조차도 근본적으로 보면 언제나 독일적이었네. 그래서 프랑스어로 번역된 것을 보면 무언가 엉성한 느낌이 드는 걸세."

1830년 3월 14일 일요일(혹은 3월 10일 수요일)

저녁때 괴테 댁을 방문했다. 그는 다비드가 상자에 담아서 보내온 소중한 물건들을 내게 보여주었다. 나는 그가 며칠 전에 그 상자를 푸는 것을 본 적이 있었는데 이제 그 물건들이 가지런하게 배열되어 있었다. 프랑스의 가장 뛰어난 젊은 시인들의 옆얼굴을 새긴 석고 메달을 그는 아주 질서정연하게 탁자 위에 나란히 진열해 놓고 있었던 것이다. 괴테는 다비드의 특출한 재능에 대해 거듭 언급하면서, 제작 기법뿐만 아니라 그 착상도 대단히 뛰어나다고 말했다. 또한 괴테는 탁월한 재능을 가진 낭만파 시인들이 다비드를 통해 그에게 증정한 수많은 최근작들도 보여주었다. 생트 뵈브, 발랑슈, 빅토르 위고, 발자크, 알프레드 드 비니, 쥘르 자냉과 그 밖의 여러 작가들의 작품이었다.

괴테가 말했다. "다비드가 그러한 선물을 보내줘서 나는 며칠을 즐겁게 보냈네. 이미 일주일 동안 꼬박 그 젊은 시인들의 작품을 읽고 있는데, 거기에서 받는 신선한 인상이 나에게 새로운 생명을 주고 있는 셈이지. 마음에 쏙 드는 이 초상화와 작품의 특별 목록을 따로 하나 만들 작정일세. 그리고 이 두 가지를 모두 나의 미술품 수집실과 서고의 특별석에다 진열해 놓겠네."

괴테의 표정을 보니 프랑스의 젊은 시인들이 그에게 경의를 표한 일 때문에 마음속 깊이 행복을 느끼는 것 같았다.

그러고 나서 괴테는 카미유 데샹의 『습작』 가운데서 몇 줄을 읽어주었다. 또한 『코린트의 신부』의 번역본도 충실하게 아주 잘되었다며 칭찬했다. "나는 이 시를 이탈리아어로 번역한 원고[96]를 가지고 있는데 원작을 운율에 이르기까지 잘 재현하고 있네."

『코린트의 신부』가 계기가 되어 괴테는 자기가 쓴 다른 담시에 대해서도 언급했다. "그 대부분은 실러가 재촉해서 쓴 거네. 자기가 발행하던 《호렌》지에 싣기 위해 항상 새로운 작품이 필요했으니까 말이야. 내 편에서도 이미 여러 해 전부터 그런 작품들을 머릿속에 담고 있던 차였지. 말하자면 그러한 작품들의 소재가 우아한 영상으로 또는 오락가락하는 아름다운 꿈처럼 마음속에 가득 차 있어서, 그것들을 상상하고 즐기며 행복을 느끼고 있었던 거네. 그래서 오랫동안 사귀어 친숙해진 이런 현란한 영상들에다가 불충분한 말 몇 마디로 형체를 부여함으로써 그것들과 작별할 결심이 좀처럼 서지 않았던

96) 괴테 자신이 번역한 것이 아니라, 이탈리아 시인인 바론 알렉산더 푀리오(1802~1848)의 번역 원고로 추측된다.

게지. 마침내 그것들이 종이 위에 나타났을 때, 나는 애수 어린 심정으로 그것들을 바라보았네. 사랑하는 친구와 영원히 헤어질 때와 같은 심정에서 말이야."

"다른 때에는 이와 전혀 다른 방식으로 시를 썼지." 하고 괴테가 계속해서 말했다. "사전에 아무런 느낌이나 예감도 없는 상태에서 시들이 갑자기 내게로 몰려와 순식간에 이루어졌기 때문에, 그 시들을 즉석에서 본능적으로 그리고 꿈꾸듯이 써 내려가도록 마구 내몰리는 느낌이었지. 그와 같은 몽유병 상태인지라, 내 앞의 종이가 아주 비뚤어지게 놓인 적도 자주 있었고, 다 쓰고 나서야 또는 더 이상 써넣을 여백이 없게 되었을 때에야 비로소 그것을 깨닫게 되는 적도 종종 있었네. 나는 그런 식으로 비스듬하게 쓴 원고를 여럿 가지고 있었지만 차츰차츰 분실하고 말았지. 그래서 이제는 그처럼 시 쓰기에 골몰했던 때의 습작 원본을 보여줄 수 없게 되었어. 유감스러운 일이야."

이어서 화제는 프랑스 문학으로 돌아갔고, 상당한 재능을 갖춘 몇몇 작가들이 가장 최근에 보여주고 있는 초낭만적인 경향에 대한 이야기가 특별히 언급되었다. 괴테의 견해에 의하면 지금 진행되고 있는 이러한 문학 혁명은 문학 자체에는 아주 유익하나 혁명을 주도하고 있는 개별 작가들에게는 해롭다는 것이었다.

그가 말했다. "어떤 혁명에서도 극단적인 상황은 불가피한 거네. 정치적 혁명에서도 보통 처음에는 온갖 폐단을 제거하는 것 외에 더 이상은 바라지 않지. 그러나 예기치 않게 어느

새 잔혹한 유혈 사태로 깊숙이 빠져 들어가는 법이네. 마찬가지로 프랑스 사람들도 지금의 문학 혁명 과정에서 처음에는 좀 더 자유로운 형식의 도입 정도만을 바랐겠지. 하지만 이제는 거기에 머물지 않고, 형식과 더불어 종래의 내용까지도 배척하고 있네. 고귀한 심성이나 행동을 묘사하는 것을 지루한 노릇으로 선언해 버리기 시작하고 온갖 흉악무도한 것을 주제로 다루려고 하면서 말이야. 그리스신화의 아름다운 내용 대신에 악마나 마녀나 흡혈귀가 등장하고, 고대의 숭고한 영웅들은 도적들이나 노예선의 노를 젓는 노예들에게 자리를 내주고 말았네. 하긴 그러한 것들은 자극적이고 효과적이야! 대중은 그렇게 후추를 많이 친 음식을 한번 맛보고 거기에 익숙해지면 보다 더 많은 양을 원하고 보다 더 강렬한 걸 찾는 법이네. 세상에 영향을 미치고 또 사람들로부터 인정받고 싶어 하는 젊은 작가가 독자적인 길을 걸어갈 만큼 위대하지 못하다면 시대의 취향에 순응할 수밖에 없는 거지. 아니 무시무시하고 소름끼치는 수단을 동원해서라도 그 선배들을 앞지르려고 노력해야겠지. 하지만 그런 식으로 효과를 볼 수 있는 외형적 수단만 추구하다 보면 좀 더 깊은 연구는 등한시하게 되고, 재능이나 인간성을 한 발짝 한 발짝 내면으로부터 철저하게 발전시켜 나가는 일은 불가능해지지. 그렇게 찰나주의적인 태도로 문학 전반에서 어느 정도 얻는 게 있다 하더라도 재능 있는 사람 자신은 막대한 손실을 감수할 수밖에 없는 거네."

내가 물었다. "하지만 재능 있는 작가 개개인을 망쳐버리는 시도가 어떻게 문학 전반에 이로울 수 있다는 말씀인지요?"

괴테가 대답했다. "내가 방금 말한 극단적인 경향과 기형적 증상은 차츰 사라질 테지. 하지만 궁극적으로는 보다 자유로운 형식과 더불어 보다 풍성하고 보다 다양한 내용이라는 아주 커다란 이익이 남게 될 거네. 그리고 드넓은 세계와 다양하기 그지없는 인생의 어떠한 대상이라 하더라도 그것을 시적이 아니라고 배척하는 일은 없게 될 거네. 나는 현재의 문학 시기를 격심한 열병 상태에 비유하고 싶네. 그 자체로는 좋지도 바람직하지도 않지만, 일단 건강이 회복되면 보다 상쾌한 결과가 찾아오게 되는 열병 말일세. 현재 문학작품의 일부는 그 내용 전체가 정말 흉악무도한 경우가 종종 있지만, 앞으로는 그러한 것도 유익한 요소로 작용하게 될 게 분명하네. 그렇다네. 일시적으로 추방당하긴 했지만, 참으로 순수하고 고귀한 것을 사람들은 머지않아 더욱더 간절하게 찾아 나서게 될 테니까 말이야."

내가 말했다. "제가 이상하게 생각하는 것은 선생님이 좋아하시는 작가 가운데 한 사람인 메리메조차도 그의 『귀즐라』에서 혐오스러운 소재를 사용하며 저 초낭만파와 같은 노선을 걸었다는 사실입니다."

괴테가 대답했다. "메리메는 그런 소재들을 자신의 패거리들과는 아주 다른 방식으로 다루었네. 물론 이 시들에도 묘지라든지 어둑한 네거리라든지 유령이나 흡혈귀 같은 온갖 소름끼치는 모티프들이 나타나지. 하지만 그러한 역겨운 모든 것들이 시인의 마음을 움직이고 있는 건 아니네. 오히려 그는 그런 소재들에서 어느 정도 객관적인 거리를 유지하고 있네.

말하자면 반어적으로 다루고 있는 거지. 그럴 때의 그가 창작에 임하는 태도는 예술가라면 이런 것도 한번쯤 시도해 보면 재미있겠지 하는 식이네. 방금 말했다시피 그는 자기 자신의 속마음을 완전히 드러내지 않고 있으며, 심지어는 프랑스 사람이라는 사실조차도 숨기고 있네. 게다가 너무도 감쪽같이 숨겼기 때문에 사람들은 『귀즐라』에 수록된 시를 보고 처음에는 정말 일리리아[97]의 민요로 착각할 정도였지. 그러니 그가 의도했던 속임수는 거의 성공한 셈이네."

괴테가 계속해서 말했다. "메리메는 정말이지 대단한 사나이야! 특히 어떤 대상을 객관적으로 다루는 힘과 재능은 상상을 초월해. 마찬가지로 바이런도 그 압도적인 개성에도 불구하고 때로는 자기 자신을 완전히 숨길 수 있는 힘을 가지고 있었네. 이런 특징은 그의 희곡 작품 몇 편, 특히 『마리노 팔리에로』에서 찾아볼 수가 있네. 그 작품을 읽고 있노라면 그것을 쓴 사람이 바이런이라는 사실을, 아니 영국 사람이라는 사실조차 감쪽같이 잊고 마네. 그 작품을 읽는 동안 우리는 완전히 베네치아에서 살게 되며, 줄거리가 진행되고 있는 바로 그 시대에 살게 된다네. 등장인물들도 철두철미 자기 자신의 목소리를 내며, 자신이 처한 상태에서 우러나오는 말을 하지. 작가 자신의 주관적인 느낌이나 사상이나 견해 같은 것은 조금도 드러내지 않고서 말이야. 이것이야말로 진정한 솜씨가 아니겠나! 과도한 제스처를 보여주는 요즘의 젊은 프랑스 낭

97) 아드리아해의 동쪽 달마치아 해안을 따라 길게 뻗은 지방.

만주의자들로서는 어림도 없는 일이지. 나는 시든 소설이든 희곡이든 그들의 작품을 두루 읽었지만 그 모두가 작가의 개인적인 색채를 띠고 있었네. 그래서 그 작품을 쓴 사람이 파리 시민이며 프랑스 사람이라는 사실을 결코 잊을 수가 없었어. 심지어는 외국의 소재를 다룰 때에도 그들은 여전히 프랑스나 파리에 사로잡혀 있으면서, 그날그날의 잡다한 소원이나 요구나 갈등과 흥분을 그대로 드러내고 있었네."

"나는 괴테의 이 말에 슬며시 이의를 제기했다. "하지만 베랑제도 오로지 대도시의 상황이나 자기 자신의 내면만을 보여주고 있지 않습니까?"

그러자 괴테가 대답했다. "베랑제도 그 묘사 능력이나 그 내면이 가치 있는 사람일세. 훌륭한 개성이 돋보이지. 게다가 대단한 천부적 재능을 타고난 사람이야. 자기 자신의 내부에 확고한 뿌리를 두고서 순수하게 자기 자신으로부터 발전해 나가며 또한 철저하게 자기 자신과의 조화를 유지하고 있네. 그는 무엇이 시류에 맞는가? 무엇이 효과적인가? 무엇이 대중의 인기를 끄는가? 따위를 결코 묻지 않는다네. 그리고 다른 사람은 무얼 하고 있는가? 하고 물으며 그것을 모방하는 일도 결코 없다네. 그는 대중이라든지 이런저런 당파의 요구에는 개의치 않고, 항상 자신의 천성을 지키며 일해왔네. 물론 그도 염려스러운 여러 시기에 직면해서는 대중의 기분이나 소망이나 요구에 귀를 기울이긴 했지. 하지만 그렇게 하면서도 자기 자신의 내면은 더욱 굳건해졌네. 그리고 바로 그렇게 되는 것이 자신의 내면과 대중의 내면이 조화를 이루는 길이라고 확신했네. 여하간 그는 자신의 마음속에 이미 살아 있는 것이 아니라면 함부로 입 밖에 꺼내지도 않았네.

자네도 알다시피 나는 소위 말하는 정치시의 친구라고는 할 수가 없네. 하지만 베랑제가 쓴 것이라면 좋아하네. 그는 허황되지가 않으며 순전히 상상만 한다든지 공상을 일삼는 일도 없네. 물론 허공을 향하여 활을 쏘는 일도 없네. 오히려 그는 언제나 가장 확고하고 중요한 대상을 목표로 삼고 있네. 예컨대 나폴레옹에 대한 그의 애정 어린 찬미와 나폴레옹의 지휘하에 이루어진 위대한 군사적 업적에 대한 회상과 같은 것 말이네. 더군다나 베랑제는 그런 추억이 다소간 억눌려 있던 프랑스 사람들에게 한 가닥 위안이 될 수 있는 그러한 시대를 염두에 두었던 거네. 그리고 그는 성직자들의 지배 체제라든지, 예수회 사람들의 득세와 더불어 다시 닥쳐올지도 모르는 암흑시대에 대한 증오감을 드러내기도 했는데, 이런 것들은 우리가 전적인 공감을 보내지 않을 수 없는 것이었네. 그리고 그때그때마다 소재를 다루는 기법은 얼마나 거장다운가! 그는 글로 나타내기 전에 소재를 마음속으로 이리저리 굴려가며 다듬는다네. 그러고 나서 모든 것이 무르익게 되면, 그의 내부로부터 해학과 기지, 반어와 조롱, 진심과 순박함 그리고 우아함이 하나하나 보란 듯이 넘쳐 나오지 않는가! 그의 시에 곡을 붙인 노래는 해마다 수백만 명의 사람들을 즐겁게 해주었지. 그의 노래는 특히 노동계층 사람들의 구미에 꼭 맞았네. 하지만 그 노래는 평범한 수준을 훨씬 넘어서는 것이었네. 그 때문에 대중도 그러한 우아한 정신과 자주 접하는 사이에 생각이 보다 더 고상해지고 선량해지지 않을 수 없었네. 그러니 더 이상 바랄 게 뭐가 있겠나? 도대체 한 시인이 이보다 더한 명예를 어떻게 누릴 수 있겠는가?"

"두말할 것도 없이 그는 대단한 사람입니다." 하고 내가 말했다. "선생님도 아시겠지만, 저는 몇 해 전부터 그 작가를 정말 사랑해 왔습니다. 게다가 선생님께서 그에 대해 이렇게 말씀하시는 걸 들으니 더욱 기쁠 따름입니다. 하지만 그의 시 가운데 어떤 걸 더 좋아하는지 말씀드리자면 저는 그의 정치시보다는 연애시가 더욱 마음에 끌립니다. 정치시에서는 여하간 특별한 관계라든지 암시 때문에 그 의미가 항상 분명하게 드러나지는 않으니까요."

"그건 자네 문제일 따름이야." 하고 괴테가 대답했다. "정치시가 자네를 위해 쓰인 것도 아니고 말이야. 하지만 프랑스 사람에게 물어보게. 그러면 그 시의 어떤 점이 좋은가를 말해 줄 거네. 대체로 정치시라는 건 아무리 잘돼 봤자 한 국민의 도구에 지나지 않으며 대부분의 경우에는 한 당파의 도구로만 간주될 수 있을 뿐이지. 하지만 그 시가 훌륭하다면 그 국민이나 당파가 열광적으로 받아들이겠지. 또한 정치시란 언제나 그 어떤 시대 상황의 산물로만 간주될 수 있을 뿐이네. 하지만 그러한 시대 상황이 지나가고 나면 그 시의 주제에서 생겨났던 가치도 따라서 사라지게 되는 걸세. 하여간 베랑제는 운이 좋았어! 파리야말로 프랑스가 아닌가. 그의 위대한 조국의 중요한 관심사들은 모두 이 수도로 모여들고 거기에서 독특한 생명과 독특한 반향을 얻는 게 아닌가. 또한 그의 대부분의 정치시를 보더라도 결코 일개 당파의 도구라고는 볼 수 가 없네. 오히려 그가 맞서서 반대하는 일들은 그 대부분이 국민 일반의 이해관계와 연결되어 있네. 그래서 그 시인의 노래는 거의 언제나 위대한 대중의 목소리로 들리게 된 걸세.

그러한 것은 우리 독일에서는 불가능한 일이네. 우리에게는 '여기가 독일이다!'라고 단호하게 말할 수 있는 도시도, 그렇게 말할 수 있는 지방조차도 없으니까 말이야. 우리가 빈에 가서 그런 질문을 하면, '여기는 오스트리아다!'라는 답을 들을 거고, 베를린에서 물으면, '여기는 프로이센이다!'라는 답을 들을 거네. 다만 십육 년 전 우리가 마침내 프랑스 사람들의 지배에서 벗어나고자 했을 때는 어느 곳에나 독일이 있었네. 그때라면 이른바 정치 시인도 광범위한 영향을 미칠 수 있었을 테지. 하지만 그때는 시인의 존재 같은 건 아예 필요하지도 않았어! 온 나라에 가득한 가난과 굴욕감이 그 어떤 데몬처럼 국민을 사로잡고 있었던 터라, 시인이 점화시킬 만한 영감의 불꽃은 이미 도처에서 저절로 타오르고 있었던 거네. 하지만 그렇다고 해서 아른트와 쾨르너 그리고 뤼케르트가 어느 정도 영향을 미쳤다는 사실을 부인하지는 않겠네."

이 대목에서 나는 부주의하게도 불쑥 말을 꺼내고 말았다. "세상 사람들이 선생님을 비난했습니다. 저 위급한 때에 선생님이 무기를 들지 않았으며 최소한 시인으로서도 대중에게 아무런 영향도 미치지 않았다고 말입니다."

"이 사람아, 그만두게!" 하고 괴테가 대답했다. "말도 안 되는 세상 아닌가. 자기가 무슨 말을 하는지도 모르고 지껄여들

대니 그대로 두고 보는 수밖에. 증오심도 생기지 않는 터에 어떻게 무기를 들 수 있었겠는가? 게다가 젊지도 않은 주제에 미워하는 마음이 어떻게 일어날 수 있었겠는가? 만일 그러한 일이 내 나이 스물에 일어났다면, 나 역시 뒷전에 있지는 않았을 거네. 하지만 그때는 내 나이 이미 예순이 넘었을 때였네.

더욱이 우리 모두가 똑같은 방식으로 조국에 봉사할 수는 없는 게 아닌가. 각자는 하느님이 정해주신 천분에 따라 최선을 다하면 되는 거네. 나는 반세기 동안이나 무척 고생해 왔네. 나의 몫으로 정해진 분야에서 밤낮으로 쉬지 않고 일하면서, 힘닿는 한 끊임없이 노력하고 연구하고 실행해 왔으니까 말이야. 그러므로 누구든 나와 똑같은 말을 할 수 있다면 모두들 잘되고도 남았을 테지."

나는 괴테의 마음을 달래주고 싶어서 이렇게 말했다. "근본적으로 그런 비난에 화내실 필요도 없고, 오히려 그렇게 비난받는 걸 자랑스럽게 여기셔도 될 것 같습니다. 결국 세상이 선생님을 높이 평가한다는 말 이외는 아니니까요. 자기 나라의 문화에 그 누구보다도 커다란 공헌을 한 분이 모든 것을 다 해주었으면 하고 바라는 것이지요."

괴테가 대답했다. "내 생각을 밝히고 싶진 않지만 그런 악담의 배후에는 자네가 생각하는 것 이상으로 나에 대한 악의가 숨겨져 있네. 나는 그런 말에서 오랜 세월 나를 겨냥해 비밀리에 해치려 들던 해묵은 증오가 새로운 형태를 하고 나타남을 느낀다네. 나는 잘 알고 있네. 많은 사람들이 나를 눈엣가시 같은 존재로 보며, 나를 제거하고 싶어 안달이라는 사실을 말이야. 하지만 재능만은 어찌해 볼 도리가 없으므로 인격을 걸고넘어지려는 거지. 내가 거만하다느니 이기적이라느니 젊은 인재들에 대해 질투가 많다느니 육욕에 빠져 있다느니 기독교를 믿지 않는다는 둥 별의별 말을 다 하다가 마침내는 나의 조국과 내가 사랑하는 독일 사람들에 대해 애정이 없다는 말까지 하는 걸세. 자네는 수년 동안이나 나를 겪어왔으니까 이런 소문의 진상이 무엇인지 짐작할 테지. 그러나 그동안의 고통이 어떠했는지를 알려면, 나의 『크세니엔』을 읽어보게. 그러면 자네는 내가 그들에 맞서기 위해 쓴 그 글에서 충분히 알게 될 거네. 이 사람 저 사람 번갈아 가면서 그들이 내 인생을 망쳐놓으려고 얼마나 안달했는지를 말이네.

독일의 작가는 바로 독일의 순교자라네! 그래, 이 사람아, 자네도 달리 생각지는 않을 테지. 그래도 나는 아직 이러쿵저러쿵 불평을 늘어놓을 처지가 아니네. 다른 작가들이라 해서 나보다 형편이 나은 것도 아니고 오히려 그 대부분이 나보다 더 열악한 상황에 놓여 있으니까 말이야. 영국이나 프랑스에서도 사정은 우리와 마찬가지네. 몰리에르는 얼마나 고생했으며, 루소나 볼테르도 마찬가지가 아니었던가! 바이런은 그를 비방하는 무리들 때문에 영국에서 쫓겨났는데, 그가 일찍 죽어 속물들과 그들의 증오심에서 벗어났기에 망정이지, 그렇지 않았더라면 마침내는 세상 끝까지 도망쳐 다녀야 했을 걸세.

우매한 대중이야 보다 고귀한 인간을 박해할 수도 있겠지! 하지만 천분도 재능도 있는 자가 서로 상대를 비방한다는 건 말이 안 되네. 플라텐은 하이네를, 하이네는 플라텐을 화나게 했네. 이렇듯 서로가 상대를 나쁜 사람으로 만들고 사람들에게 미움을 받게 하려고 안달이네. 하지만 잘 생각해 보게. 세계는 참으로 크고 넓지 않은가. 평화롭게 살아가고 유유하게 활동하기에 충분치 않은가. 그런데도 각자가 재능을 충분히 발휘하기는커녕 그 재능 때문에 오히려 적을 만드는 형편이니 말이나 되는 소리란 말인가.

방구석에 틀어박혀 군가나 쓰라고! 그게 내가 할 일이란 말인가! 밤마다 적진에서 말 울음소리가 들려오는 그런 야영지에서라면 나 역시 그런 방법을 받아들였을지도 모르지! 그러나 그건 '내' 생활도 '내' 일도 아니었네. 그건 바로 테오도르 쾨르너의 몫이었네. 그에게는 군가가 제격이었어. 그러나 내 경우에는 전투적인 성향도 타고나지 않은 데다가 전의마저 없었으니 만일 군가 따위를 썼더라면 내 얼굴에 조금도 맞지 않는 가면 같은 게 되고 말았을 거네.

나는 시를 쓰면서 짐짓 허세를 부린 적은 결코 없었네. 체험하지 못한 것, 뼈저리게 느끼지 못했던 것이라면 시로 쓰지도 입에 담지도 않았네. 연애시를 쓴 것도 내가 사랑에 빠져 있을 때뿐이었네. 그러니 증오심도 없는 터에 어떻게 증오의 시를 쓸 수 있었겠나! 그리고 우리끼리 하는 말이지만 나는 프랑스인을 미워하지 않았네. 물론 프랑스인의 지배에서 벗어났을 때는 하느님께 감사드렸지만 말이야. 문화냐 야만이냐를 중요하게 여기는 내가, 세계에서 문화적으로 가장 뛰어난 민족의 하나이며, 또한 나 자신의 교양의 커다란 부분을 힘입고 있는 민족을 어떻게 미워할 수 있단 말인가!"

괴테는 계속해서 말했다. "대체로 민족적 증오심이란 독특한 것이네. 자네도 알다시피 문화적으로 가장 낮은 단계에 있을 때 그것이 가장 격심하게 나타난다네. 그러나 민족적인 증오심이 완전히 사라져 버리고 어느 정도 민족이라는 테두리를 넘어서서 이웃 나라의 행복이나 불행을 자기 나라의 것처럼 느끼는 그런 단계가 있는 법이지. 나의 천성에는 그러한 문화의 단계가 맞는다네. 더욱이 나는 내 나이 예순이 되기 훨씬 이전부터 그런 단계를 실천하려고 줄곧 애를 써왔네."

1830년 3월 15일 월요일

저녁때 한 시간가량 괴테와 함께 있었다. 그는 예나에 대해서 그리고 그가 대학의 다양한 분야에서 이루어놓았던 조직 정비와 개선 조치에 대해 많은 이야기를 했다. 괴테는 이전에는 조제학의 하위 분야로서만 다루어지던 화학과 식물학과 광물학을 위한 특별 강좌를 도입했으며, 특히 자연과학 박물관과 도서관 문제에서는 자신이 많은 공헌을 했다고 말해주었다.

이런 말을 계기로 괴테는 기분이 아주 좋아져 만족감을 표시하면서 자신이 도서관과 붙어 있는 강당을 강제로 접수한 이야기를 들려주었다. 그 강당은 의학부 교수들이 차지하고 있으면서 내놓으려 하지 않던 것이었다.

그가 말했다. "도서관은 위치가 아주 좋지 않았어. 습기가 차고 비좁아서 거기에 책들을 적절하게 배치하는 데 전혀 적합하지가 않았네. 특히 대공께서 뷔트너[98]의 장서를 구입한 이후로 다시 13,000권이 늘어난 후에는 책들이 바닥에 여기저기 널려 있었네. 방금 말했다시피 그것들을 제자리에 놓을 공간이 부족했기 때문이었지. 그래서 나는 정말 난처한 지경이었네. 새로 증축해야 할 판이었지만 예산도 없었지. 하지만 알고 보니 새로 증축할 필요는 없었던 걸세. 도서관 공간과 연결되어 있는 커다란 강당이 하나 있었는데 텅 비어 있어서 우리가 필요로 하는 공간을 충분히 제공하고도 남을 정도였으니까 말이야. 그러나 그 강당은 도서관에 속해 있지 않았고, 의학부 교수들이 이따금 회의장으로 사용하며 차지하고 있었네. 그래서 나는 의학부 교수들에게 이 강당을 도서관 용도로 사용할 수 있도록 양보해 달라고 아주 정중하게 요청했지. 하지만 이 양반들이 말을 들으려고 하지 않았네. 기껏 돌아온 반응은 내가 그들에게 회의장으로 사용할 새 강당을, 그것도 즉시에 지어준다면 양보할 의향이 있다는 식이었네. 그래서 나는 그들에게 언제든지 다른 장소를 마련해 줄 수는 있지만 그 즉시 새로 건물을 짓는다는 것은 약속할 수 없다고 대응했네. 그러나 이 대답이 그 양반들의 성에 차지 않았던 모양

98) 크리스티안 빌헬름 뷔트너(Christian Wilhelm Büttner, 1716~1801). 괴팅겐 대학의 철학 교수였던 뷔트너는 바이마르의 대공에게 자신의 장서를 넘겼고, 그가 죽은 후 책들을 예나로 옮기기로 약속했다. 카를 아우구스트 대공은 이미 1784년에 그 장서의 값을 치렀지만, 뷔트너가 죽고 난 다음인 1801년에야 그것을 대공의 도서 목록에 포함시켰다.

이었네. 다음 날 아침 열쇠를 달라고 갔더니 그게 어디 있는지 모르겠다는 소리를 들었으니까 말이야.

그래서 강압적인 수단 이외에는 달리 도리가 없게 되었지. 나는 미장이를 불러 도서관으로 오게 해서 앞서 말한 강당의 벽 앞에 서게 했네. 그러고는 이렇게 말했지. '이보게, 이 벽은 분명히 아주 두꺼울 거야. 다른 두 방을 갈라놓고 있으니 말이야. 그러니 그 두께가 얼마나 되는지 한번 시험해 보게나.' 미장이가 작업을 시작해, 대여섯 번 망치로 힘차게 두들기자마자 석회와 벽돌이 바닥으로 떨어졌고, 그러면서 생겨난 구멍을 통해 오래된 가발을 둘러쓴 근엄한 표정의 초상화들이 희미하게 눈에 들어왔네. 강당을 장식하고 있던 초상화들이었지. '계속하게, 이 사람아.' 하고 내가 말했지. '아직도 충분히 밝지가 않아. 난처해하지 말고 자네 집인 것처럼 마음놓고 두들기게.' 이렇게 다정하게 격려하자 그 미장이는 기운을 내었고, 구멍은 곧 충분히 커져서 출입문으로 사용할 수 있을 정도가 되었지. 그러자 나의 도서관 직원들이 각자 팔에 책을 한아름씩 안고 그 문 안으로 들어가 바닥에 내려놓았네. 말하자면 그 책들은 강제 점령의 표지였던 걸세. 벤치와 의자와 책상들은 순식간에 치워졌고, 나의 충직한 직원들은 아주 신속하고 열성적으로 단 며칠 만에 장서 전체를 사방 벽의 서가에 질서정연하게 정리했네.

얼마 후 곧 늘 출입하던 문으로 떼를 지어 강당으로 들어서던 의학 교수 양반들은 예기치 않은 엄청난 변화에 넋을 잃고 말았지. 그들은 말문이 막혀 그냥 돌아서 나왔네. 하지만 그들 모두는 그 일로 내게 앙심을 품게 되었지. 그러나 그 사람들을 개별적으로 만난다든지, 특히 그들 중의 이런저런 사람이 나와 식사를 하게 되는 경우, 그들은 정말 상냥했고, 나도 그들을 친애하는 친구로 대했네. 물론 사전에 대공의 승낙과 전폭적인 동의를 얻어 시행했던 그 사건의 전말을 대공께 말씀드리자 그분은 군주답게 아주 즐거워했네. 나중에도 우리는 가끔씩 그 일을 떠올리며 웃음을 터뜨리곤 했지."

괴테는 이 일을 아주 기분 좋게 회상하며 즐거워했다. "그래, 이 사람아." 하고 그가 말했다. "살다 보면 좋은 일을 꼭 관철시켜야 할 때도 있는 법이야. 앞서 말한 사건 이후에도 나는 도서관의 습기가 너무 심해 문제를 해결하려고, 쓸모도 없는 낡은 시 외벽 성곽의 일부를 허물어 제거하려고 한 적이 있었지. 하지만 처음에는 뜻대로 잘되지가 않았네. 내가 부탁하고, 충분한 근거를 대고 합리적인 의견을 제시해도 도무지 말을 듣지 않았지. 그래서 이번 경우에도 강제적인 방법을 동원하지 않을 수 없는 형편이었네. 나의 일꾼들이 오래된 성벽을 허무는 작업을 하는 것을 본 시청의 관리들은 당시 도른부르크에 머물고 있던 대공에게 급히 파발마를 띄웠네. 아주 공손하게 신하로서의 예를 갖추어 그들의 귀중하고 유서 깊은 성벽을 강제적으로 허물고 있는 내 행동을 지엄하신 분부로 막아 달라는 내용과 함께 말이야. 이번 조치에 대해서도 비밀리에 내게 전권을 부여했던 대공께서는 아주 현명한 답을 주었네. '나는 괴테의 일에 간섭하고 싶지 않노라. 그는 자기가 할 일을 이미 잘 알고 있는 사람이니, 그의 판단이 옳을 것이다. 그러니 용기가 있거든 그를 바로 찾아가서 말하도록 하라!'"

"하지만 아무도 내 앞에 나타나지 않았네." 하고 괴테가 웃으면서 덧붙여 말했다. "나는 잠시 장애에 부닥쳤던, 낡은 성벽을 허무는 작업을 계속 진행시켰고, 결국 나의 도서관이 건조되는 것을 보는 기쁨을 누리게 되었던 걸세."

1830년 3월 17일 수요일(혹은 19일 금요일)*

저녁때 괴테와 몇 시간을 함께 보냈다. 나는 대공비의 분부를 받아 그에게 『게마 폰 아르트』[99]를 되돌려 주었다. 그러고는 내가 이 작품에 대해 좋게 생각하고 있던 점들을 그에게 말했다. 그러자 그가 대답했다. "나는 재능을 보여주는 참신한 작품이 나오면 언제나 즐겁네." 그러고 나서 그는 두 손으로 그 책을 집어들어 약간 비스듬하게 내려다보며 덧붙여 말했다. "나는 희곡 작가들이 지나치게 긴 작품을 쓰는 걸 보면 썩 마음에 들지가 않아. 쓰인 대로 공연하기가 불가능할 정도로 긴 경우에 말이야. 그런 불만족스러운 점이 있으면, 나는 그 작품에서 얻게 될 즐거움을 이미 절반이나 잃어버리게 된다네. 한번 보게나, 『게마 폰 아르트』가 얼마나 두꺼운 책인지."

"실러의 경우에도 그 점은 마찬가지입니다. 하지만 그럼에도

99) 스위스 작가인 토마스 보른하우저(Thomas Bornhauser, 1799~1856)의 희곡.

그는 아주 위대한 희곡 작가가 아닙니까." 하고 내가 대답했다.

그러자 괴테가 말을 받았다. "물론 그 점에서 실러도 잘한 건 아니네. 특히 그가 넘쳐흐르는 청춘의 열정으로 써 내려간 초기 작품들은 끝날 줄을 모르네. 자제가 불가능할 정도로 마음속에 많은 생각들을 품고 있었고, 또 할 말도 너무나 많았던 게지. 나중에서야 그런 잘못을 깨닫고는 연구도 하고 논문도 쓰고 하면서 그것을 극복하려고 무진 애를 썼네. 하지만 제대로 잘되지가 않았지. 주어진 대상을 적절하게 통제하고 멀찌감치 거리를 유지하는 가운데 절대적으로 필연적인 요소에만 정신을 집중한다는 것은 물론 문학의 거장에게만 속하는 일로서, 생각보다는 어려운 일이네."

궁정 고문관 리머가 방 안으로 들어오는 것을 보고, 나는 자리에서 일어나려고 했다. 괴테와 리머가 함께 일하곤 하는 저녁 시간이 되었기 때문이다. 그러나 괴테는 나에게 남아 있도록 했고, 나는 기꺼이 그 지시에 따랐다. 그렇게 해서 나는 자신감과 반어와 메피스토펠레스적인 기분으로 가득 찬 괴테의 이야기를 경청한 증인이 되었다.

"그 사람 죄머링이 죽었네." 하고 괴테가 말을 꺼냈다. "겨우 일흔다섯도 되지 않았는데 말이야. 사람이란 얼마나 가련한 존재인가. 그것보다 더 오래 견딜 수 있는 용기도 내지 못하니 말이야! 그래서 나는 내 친구, 그 과격하기만 한 바보인 벤담[100)]

100) 제러미 벤담(Jeremy Bentham, 1748~1832). 영국의 철학자, 법률학자, 경제학자로서 애덤 스미스에게서 배웠다. 공리가 모든 행위의 궁극 원칙이며 '최대 다수의 최대 행복'이 인생의 목적이라고 주장했다. 법학자로서는

을 칭송하는 걸세. 그는 건강을 잘 유지하고 있고, 또 나보다 도 몇 주일 더 나이가 많네."

"한 말씀 보태자면 벤담은 다른 면에서도 선생님을 닮았습니다. 아직까지도 왕성한 청춘의 활동력을 과시하며 계속 일하고 있다는 점에서 말입니다." 하고 내가 대답했다.

"그럴지도 모르지." 하고 괴테가 대답했다. "하지만 우리 둘은 사슬의 양쪽 극단에서 마주 보며 서 있네. 그는 허물어버리려 하고 나는 보존하고 건설하려 하네. 그의 나이에 그처럼 급진적일 수 있다는 것은 분명 어리석음의 극치이네."

내가 말을 받았다. "제가 생각하기에 급진주의에는 두 가지 종류가 있습니다. 그 하나는 미래의 건설을 위해 미리 순수한 길을 닦으려고 모든 것을 파괴해 버립니다. 반면에 또 다른 급진주의는 폭력적인 수단을 사용하지 않고도 선의 상태에 도달할 수 있다는 희망을 가지고서 국가 행정의 허약하고 잘못된 부분을 지적하는 것으로 만족합니다. 영국에서 태어나셨더라면 선생님께서도 이 후자의 길을 외면하시지는 않았을 것입니다."

"자네는 나를 어떻게 보는가?" 하고 괴테는 흡사 메피스토펠레스 같은 표정과 목소리로 말했다. "그래 나더러 그런 악습의 냄새나 맡으며 다니란 말인가, 게다가 그 뚜껑까지 열고 널리 알리란 말인가, 그래서 영국의 악습에 푹 젖으란 말인가?

자연법 사상에 반대하고, 경제학자로서는 철저한 자유방임주의자였다. 저서에 『도덕 및 입법의 원리』 등이 있다.

영국에서 태어났더라면 나는 부유한 공작이 되었거나 아니면 해마다 3만 파운드의 수입이 있는 주교가 되었을 걸세."

"정말 좋겠지요!" 하고 내가 맞장구를 쳤다. "하지만 선생님께서 거액의 복권이 아니라 허탕 복권을 뽑을 수도 있지 않겠습니까? 허탕 복권은 무수히 많으니까요."

"이 사람아." 하고 괴테가 다시 말했다. "모든 사람이 거액의 복권을 뽑도록 되어 있는 건 아니네. 자네는 내가 허탕 복권을 뽑을 만큼 어리석은 짓을 하리라고 보나? 만일 내가 영국에서 태어난다면 나는 무엇보다도 39개 조항[101]을 붙들고 늘어지면서, 그것들을 사방팔방으로 엮어나갈 것이네. 특히 아홉 번째 조항[102]을 택해 집중에 집중을 하며 섬세하기 그지없는 부분까지 연구하겠네. 그리고 기다란 시와 산문을 잔뜩 만들어서 젠체하고 속임으로써, 연간 3만 파운드의 수입이 내 손에서 사라지지 않도록 하겠네. 그러고 나서 일단 그 높이에 도달하게 되면, 나를 당당하게 내세우기 위해 그 어떤 짓이라도 하겠네. 특히 나는 캄캄한 무지의 밤을 되도록 더 어둡게 만들기 위해 모든 수단을 다 부리겠네. 또 선량하고 단순한 대중을 감언이설로 속여먹겠네. 그리고 사랑스러운 젊은 학생들을 요리조리 구워삶아서 현실을 알아보지도, 말할 수 있는 용기도 가지지 못하도록 만들겠네. 나의 이 빛나는 지위와 재산이 추악하기 짝이 없는 악습의 토대에서 이루어졌다는 사실을

---

101) 1571년 의회에 의해 승인된, 영국 교회의 39개 조항.

102) 원죄를 다루고 있는 조항이다.

눈치채지 못하도록 말이야!"[103]

내가 대답했다. "물론 사람들은 선생님의 경우에는 최소한 뛰어난 재능이 있었기 때문에 그처럼 높은 지위에 오르게 되었다는 사실을 인정하며 위안으로 삼을 것입니다. 그러나 영국에서는 가장 우둔하고 가장 무능한 자가 세속에서 최고의 재산을 누리는 일이 종종 있습니다. 사실 그런 재산은 결코 그들의 업적에 의해서가 아니라, 권력의 비호와 우연과 그 무엇보다도 출생 신분에 의해 주어진 것에 불과한데도 말입니다."

괴테가 대답했다. "근본적으로 보면 이 지상의 번쩍이는 재화라는 건 자기가 땀흘려 얻었든 유산으로 물려받았든 결국 마찬가지이네. 여하간 맨 처음으로 점유한 자들이야말로 다른 사람들의 무지와 약점을 이용한 재능 있는 사람들인 거네. 이 세상은 멍청이와 바보들로 이미 가득하기 때문에 그들을 발견하려고 일부러 정신병원에까지 갈 필요는 없네. 말을 하다 보니 이런 기억이 나는군. 돌아가신 대공은 나의 불쾌감에도 불구하고 정신병원의 일에 관여하고 있었는데, 언젠가 한번은 불시에 교묘한 꾀를 내어 나를 어떤 정신병원으로 데려가려 했네. 하지만 나는 제때에 낌새를 알아차리고 그분에게 갇혀 있는 바보들을 볼 필요성을 전혀 느끼지 않는다고 말씀드렸지. 정상적으로 돌아다니는 사람들만 해도 넘치고 넘친다면서 말이야. 그리고 또 덧붙여 말했네. '각하, 꼭 그래야 한다면 저는 지옥일지라도 언제든 따라갈 만반의 준비가 되어 있습니

103) 괴테는 지금 영국 사회의 위선적인 풍토를 조롱하고 있다.

다. 하지만 정신병원만은 가고 싶지 않습니다.' 정말이지 39개 조항을 내 방식대로 파헤치고 해석해 우둔한 대중을 깜짝 놀라게 만들 수 있다면 얼마나 신이 날까!"

"하지만 주교가 되지 않으시더라도 그런 즐거움을 누리실 수는 있을 테지요." 하고 내가 말했다.

"아닐세." 하고 괴테가 반박했다. "나는 조용히 행동을 취할 거네. 그리고 그런 식으로 속여 사는 것에 보상은 충분히 받아야 하네. 주교의 모자와 연간 3만 파운드를 손에 넣을 전망도 없으면서 그렇게 속이며 사는 인생에는 동의할 수가 없네. 게다가 나는 이미 오래전에 그 분야를 소재로 습작품을 낸 적도 있었지. 열여섯 살 때 그리스도의 지옥행을 테마로 열광적인 송가 한 편을 완성했는데, 당시에 인쇄까지 마쳤지만 알려지지는 않고 있다가 최근에 다시 그것을 입수하게 되었네. 그 시는 정통파 기독교의 고루한 관념으로 가득하니까, 손색없는 나의 천국 입장권이 되어줄 테지. 그렇지 않은가, 리머 군, 자네도 그 시를 알고 있지?"

"아닙니다, 선생님." 하고 리머가 대답했다. "저는 모릅니다. 하지만 제가 바이마르에 왔던 첫해에 있었던 일이 기억나는군요. 그때 선생님은 심하게 병을 앓으시던 중이었는데 갑자기 방금 말한 테마를 주제로 해서 즉흥적으로 아름다운 시들을 읊으시더군요. 선생님이 쓰신 젊은 시절의 그 시를 기억하신 게 분명합니다."

"사정은 정말 그럴듯하군." 하고 괴테가 말했다. "내 이야기를 한번 들어보게. 미천한 신분의 한 늙은이가 있었네. 마지막

숨결을 몰아쉬며 임종의 자리에 누워 있던 그 노인의 입에서 전혀 예기치도 않게 아름답기 그지없는 그리스어 문장들이 튀어 나왔지 뭔가. 사람들은 그 노인이 단 한 마디의 그리스어도 모른다는 걸 확신하고 있었기 때문에 그야말로 기적 중의 기적이라고 야단법석을 떨었지. 그리고 머리깨나 쓰는 자들은 멍청이들이 이렇게 쉽게 믿는 것을 이용해 자기들의 이익을 챙기기 시작했네. 하지만 불행하게도 다음과 같은 사실이 드러나고 말았네. 알고 보니 그 노인은 어린 시절에 그리스어로 된 온갖 경구를 외우지 않을 수가 없었고, 그것도 귀족 가문의 한 소년 앞에서 외워야 했던 거네. 그 소년을 모범으로 배우라고 재촉을 당해서 말이야. 그러니 그 노인은 진짜 고전어인 저 그리스어를 뜻도 이해하지 못한 상태에서 아주 기계적으로 배웠던 걸세. 그리고 그 후 오십 년이 지나도록 거기에 대해서는 아무 생각도 하지 않았던 게지. 그러다가 마지막 병석에 누워 있는 가운데, 그 미사여구가 다시 살아나며 모습을 드러내었던 거네."

그러고 나서 괴테는 앞서 보였던 심술궂은 표정으로 비꼬면서 영국의 고위 성직자들이 받는 막대한 봉급에 대한 이야기로 다시 되돌아갔다. 그러고 나서는 더비의 주교인 브리스틀 경[104]과 있었던 사건에 대해 이야기해 주었다.

괴테가 말했다. "브리스틀 경은 예나를 지나서 왔지. 그는

---

104) 더비의 주교인 브리스틀 경(1730~1803)은 1797년 6월 10일 예나에 들렀다. 괴테는 그 주교와의 사건에 대해 1797년 12월 6일 카를 아우구스트 공에게 들려주었다.

나와 사귀고 싶다면서 어느 날 저녁에 나더러 자기를 방문하도록 했네. 그는 이따금 무례하게 행동하기를 좋아했지만, 다른 사람이 자기에게 마찬가지로 무례하게 굴면 그는 아주 싹싹한 태도를 취하더군. 그는 이야기가 진행되는 동안 『베르테르의 슬픔』에 관한 설교를 하면서 나의 양심에 호소하고자 했네. 내가 그 젊은이를 자살로 잘못 이끌었다고 말일세. 그가 말하더군. '『베르테르의 슬픔』은 아주 비도덕적이고 저주받을 책이오.'라고 말이야. 그래서 내가 소리쳤지. '그만두시지요! 그 보잘것없는 『베르테르의 슬픔』에 대해서 그렇게 말씀하신다면, 단 한 번 펜대를 놀려 십만 명의 인간들을 전쟁터로 내보내고, 그중에서 팔만 명이 스스로 죽거나 서로 죽이거나 방화를 하거나 약탈을 하도록 부추긴 이 세상의 권력자들에 대해서는 어떤 말을 하시겠습니까. 그 잔혹무도한 일을 두고서 고작 하느님께 감사드리고 찬미가나 부르실 테지요! 더 나아가서 소름끼치는 지옥의 형벌에 대해 설교로 주교님의 교구에 속하는 신도들의 허약한 영혼을 두려움에 떨게 만듦으로써, 그들의 올바른 판단력을 마비시키고 마침내는 그들의 가련한 삶을 정신병원에서 마치게 만드는 게지요! 혹은 이성적으로 생각하면 황당하기만 한 정통 교리를 설하시어 주교님의 신자들 마음속에 해롭기만 한 의심의 씨앗을 뿌립니다. 그러면 이 강한 것 같기도 하고 약한 것 같기도 한 영혼들은 죽음밖에는 달리 탈출구가 없는 미로 속에서 길을 잃어버리게 되지요! 그 점에 대해서 어떻게 변명하실 거며, 또 어떤 처벌의 말씀을 내리실 건가요? 지금 주교님께서는 한 작가를 추궁하시고 그가 쓴 작품을 저주하려 하시는군요. 그 책은 몇몇 고루한 사람들에 의해 잘못 이해되고 있긴 하지만, 사실은 이 세상 사람들을 기껏해야 한 다스밖에 안 되는 어리석기 짝이 없는 쓸모 없는 인간들, 즉 초라하게 남은 한줌 이성의 빛마저 불어서 꺼버리는 일을 제외하고는 아무 일도 하지 못하는 인간들로부터 해방시켜 주었는데도 말입니다! 저는 인류에게 참다운 봉사를 했고, 따라서 감사를 받아 마땅하다고 생각했는데, 이제 주교님은 저의 그 알량한 전공(戰功)마저 범죄 행위로 만들어버리시는군요. 여러 성직자분들과 제후분들에게는 그처럼 강력하고 위대한 행위를 허락하시면서요!'

그런데 이런 공격적인 말이 그 주교에게 아주 훌륭한 효과를 발휘했지 뭔가. 그는 양처럼 순해졌고 그때부터 이야기를 하는 내내 아주 공손하게 예의범절을 다했네. 그러고 나서도 나는 그와 함께 아주 즐거운 밤 시간을 가졌네. 왜냐하면 브리스틀 경은 거칠기는 했지만 기지가 있고 세상 이치에 밝은 사람이어서 온갖 다양한 경우에 대처할 수 있었기 때문이네. 헤어지면서 그는 나를 잠시 바래다주었고, 그러고 나서는 그의 신부에게 그 일을 맡겼네. 이 신부와 함께 길가로 나왔을 때 그가 나를 향해 큰 소리로 말했네. '괴테 선생님, 정말 말씀을 잘하셨습니다. 경의 마음에 드신 건 물론이고 그분의 마음으로 다가가는 길의 비밀을 아셨으니 말입니다. 선생님께서 보다 덜 무례하거나 덜 단호하게 말씀하셨더라면 방문을 마치고 지금처럼 만족하며 댁으로 돌아가고 계시지는 못할 겁니다.'"

내가 말했다. "선생님께서는 『베르테르의 슬픔』 때문에 온갖 어려움을 겪으셨군요. 브리스틀 경과 있었던 일을 듣고 보니, 같은 책을 두고 나폴레옹과 선생님 사이에 오갔던 대화가 생각납니다. 아마 탈레이랑도 그 자리에 있었지요?"

"그도 함께 있었지." 하고 괴테가 대답했다. "물론 나는 나폴레옹에게 탓할 게 없었네. 그는 나를 아주 우호적으로 대해 주었고, 그 소설에 대해서도 위풍당당한 정신의 소유자답게 평가해 주었으니 말이야."

화제는 『베르테르의 슬픔』에서부터 소설과 희곡 작품들 일반에 대한 이야기로 넘어갔고, 그것들이 독자에게 미치는 도덕적인 영향과 비도덕적인 영향에 대한 이야기도 나왔다. 괴테가 말했다. "그 어떤 책이 삶 그 자체보다 비도덕적일 수 있다는 건 있기 어려운 일이네. 우리의 삶은 날이면 날마다 직접 보이지는 않지만 귀로 들려오는 파렴치한 장면들로 이미 넘쳐나고 있으니 말이야. 그러니 어린아이들의 경우라 할지라도, 어떤 책이나 연극 작품 때문에 나쁜 영향을 받지나 않을까 하고 염려할 필요는 조금도 없는 것이네. 방금 말했다시피 하루하루의 삶 자체가 가장 영향력이 큰 책보다 더 교훈적이니까 말이야."

"하지만 아이들은 보살펴야 합니다. 아이들이 들으면 좋지 않을 거라고 여겨지는 말은 아이들이 있는 데서는 하지 말아야겠죠." 하고 내가 말했다.

"정말 그래야겠지." 하고 괴테가 대답했다. "나 자신도 바로 그렇게 하고 있네. 하지만 나는 그런 조심 자체가 실은 전혀 쓸모없다고 생각하네. 아이들은 개들처럼 아주 예민하고 섬세한 후각을 가지고 있어서 모든 걸 알아내고 찾아내니까 말이야. 나쁜 일이라면 특히 그렇네. 아이들은 또 집 안을 들락거리는 이런저런 손님들이 자기 부모와 어떤 관계에 있는가를 언제나 아주 정확하게 파악하고 있네. 그리고 아이들은 대개 어떤 선입견도 가지고 있지 않은 상태이므로, 그들 부모가 우리를 좋아하거나 싫어하는 정도를 보여주는 가장 탁월한 바로미터 역할을 할 수 있는 걸세.

한번은 사람들이 모인 자리에서 나에 대한 좋지 않은 말이 나왔었네. 그 일은 내게 아주 중요하게 느껴졌기 때문에 그 진원지가 어딘지 무척 궁금했지. 대개의 경우 여기 사람들은 나에게 아주 호의적이었거든. 나는 이모저모 생각을 굴려보았지만 그 악담이 어디에서 흘러나온 것인지 감도 잡을 수 없었네. 하지만 우연히 실마리를 잡게 되었지 뭔가. 어느 날 내가 아는 사람의 꼬마 아이들 몇 명을 길에서 마주쳤는데, 이전과는 달리 인사를 하지 않는 게 아닌가. 그것으로 충분히 짐작이 갔지. 그리고 그 흔적을 추적한 결과 금방 알게 되었네. 나를 희생시키면서 아주 악의적인 방식으로 소문을 낸 것이 그 아이들의 사랑스러운 부모라는 사실을 말이야."

1830년 3월 29일 월요일*

저녁때 잠시 괴테와 함께 있었다. 그는 아주 편안하고 명랑하며 느긋한 기분인 것 같았다. 그는 손자인 볼프와 막역한 친구인 카롤리네 백작 부인에게 둘러싸여 있었다. 볼프는 자기 할아버지를 아주 괴롭히고 있었다. 그 아이는 사방에서 할아버지에게 기어오르려고 하면서, 금방 이쪽 어깨에 앉는가 하더니 또 금방 다른 쪽 어깨에 올라타고 앉았다. 노령의 괴테에게는 열 살 먹은 아이의 무게가 만만치 않았지만 너무도 인자하게 그 모든 것을 묵묵히 참고 있었다.

"얘, 볼프야." 하고 보다 못한 백작 부인이 말했다. "마음 좋은 할아버지를 그렇게 못살게 굴어서 되겠니! 네 무게 때문에 완전히 녹초가 되실 거야."

"그래봤자 소용없어요." 하고 볼프가 대답했다. "곧 잠자러 갈 테니 할아버지는 그때 푹 쉬시면 되잖아요."

괴테가 그 말을 이었다. "지금 보시다시피 사랑이란 언제나 다소 뻔뻔한 거요."

화제는 캄페[105]와 그의 아동문학으로 이어졌다. 그가 말했다. "나는 평생 그를 단 두 번 만났어요. 거의 사십 년 만에 그를 마지막으로 카를스바트에서 본 거지요. 그때 보니 아주 늙어서 마르고 뻣뻣했지만 그 행동거지는 침착했어요. 그는 평생 아이들을 위한 글을 썼지요. 반면에 나는 아이들을 위해 아무것도 쓰지 않았으며, 스무 살 먹은 큰 아이들을 위한 글도 써본 적이 없어요. 그도 또한 나를 견디기 어려워했습니다.

105) 요아힘 하인리히 캄페(Joachim Heinrich Campe, 1746~1818). 교육학자이자 아동문학가. 괴테는 1776년 데사우에서 그를 알게 되었고, 1810년 카를스바트에서 그를 마지막으로 만났다.

말하자면 나는 그에게 눈엣가시 같은 존재이고 발에 부딪치는 걸림돌이어서, 되도록 나를 피하려 했지요. 하지만 운명의 장난으로 어느 날 예기치 않게 우리는 마주하게 되었고, 그는 마지못해서 내게 몇 마디 말을 던지지 않을 수 없었던 겁니다. 그가 말하더군요. '나는 선생의 정신적 능력에 대해서 심심한 존경을 표하는 바요! 다양한 분야에서 놀랄 만한 높이에 도달하셨으니까요. 하지만, 보시지요, 그 모든 건 나와 아무 상관도 없으며, 나 자신도 다른 사람들과는 달리 아무런 가치도 두지 않소.' 솔직하긴 하지만 다소 정중하지 못한 그의 말에 나는 조금도 불쾌해하지 않고 아주 사근사근하게 이 말 저 말 건넸지요. 실제로 나는 캄페를 높이 평가하고 있었던 겁니다. 그는 아이들에게 믿기지 않을 만큼 많은 봉사를 했기 때문에 아이들은 그의 책을 보면 너무나 좋아했지요. 말하자면 그의 책은 아이들에게는 복음서나 같았지요. 그는 두세 개의 아주 끔찍한 이야기를 발표한 적이 있어요. 서투른 솜씨로 쓴 데다가 또 아이들을 위한 그의 선집에 포함하는 잘못을 저질렀지요. 그래서 그 점에서는 그를 약간 나무라고 싶었답니다. 명랑하고 밝고 순진무구한 아이들의 상상력을 아무 쓸데도 없이 그러한 혐오스러운 감정으로 괴롭힐 필요는 없으니까요!"

1830년 4월 5일 월요일

괴테가 안경을 좋아하지 않는다는 건 잘 알려져 있다. 그는 기회가 닿을 때마다 가끔 이렇게 말했다. "이상하게 생각하겠지만 나는 그런 느낌을 극복할 수가 없네. 낯선 사람이 코에 안경을 걸치고 내 앞에 나타나기만 하면 금방 주체할 수도 없이 기분이 나빠진다네. 그 순간 너무도 성가시다는 기분이 들면서, 호의가 금방 사라져 버린다네. 생각조차도 엉망진창이 되어, 마음이 편견 없이 자연스럽게 흘러가는 것은 불가능해지고 말아. 말하자면 안경 낀 사람을 보는 순간 정중하지 못하다는 느낌, 즉 처음 만나자마자 내게 대뜸 거친 태도로 말을 건넨다는 느낌을 받는 걸세. 수년 전에 내가 안경을 얼마나 혐오하는가에 대해서 글을 써 발표한 이후로는 그런 느낌을 더욱 강하게 받는다네. 그래서 어떤 낯선 사람이 안경을 쓰고 나타나기만 하면 즉시 이런 생각이 든다네. 이 사람은 내 최근 시를 읽어보지도 않았으니 별 볼 일 없어. 아니 내 시를 읽었다면 내 개성을 알고 나를 넘보려 하겠군, 그러니 이건 더욱 안 좋아, 하는 식으로 말이야.

안경을 쓰고 나타나더라도 싫지 않은 유일한 사람은 첼터이네. 하지만 다른 모든 사람의 경우에는 좋은 기분이 들지가 않아. 내가 그 낯선 사람들의 엄밀한 관찰의 대상이 되는 기분이고, 또 그들이 안경으로 무장을 하고 나의 가장 비밀스러운 내면으로 밀치고 들어와 내 늙은 얼굴의 주름 하나하나를 염탐한다는 기분이 드니까 말이야. 나와 친교를 맺고자 하면서 어떻게 우리 사이의 공평한 관계를 훼손시킨단 말인가. 나에게도 공평한 기회를 주어야 마땅한데 방해하고 있지 않은가. 말을 하고 있는 동안에 그 눈을 들여다볼 수 없고, 그 영혼의 거울을 눈부신 한 쌍의 유리로 가리고 있는 사람에게서 무엇을 기대하란 말인가!"

"누군가가 이렇게 말하는 걸 들은 적이 있습니다." 하고 내가 말했다. "안경을 끼게 되면 그 사람은 자만심에 빠지게 된다고 말입니다. 안경을 끼게 되면 타고난 능력을 훨씬 넘어서 감각적으로 더 완전한 단계로 올라가기 때문에 마침내는 이렇게 인공적으로 만들어진 상태를 차츰 자기들의 타고난 능력으로 착각하게 된다는 것이지요."

"그 말은 상당히 재미있군." 하고 괴테가 대답했다. "자연과학자의 입에서 나온 소리 같아. 하지만 잘 생각해 보면 맞는 말은 아니네. 만일 그런 식이라면, 모든 맹인들은 아주 겸손하게 되고, 좋은 시력을 타고난 사람은 모두 거만해질 테니까 말이야. 결코 그렇지가 않아. 오히려 정신적으로든 육체적으로든 자연적인 힘을 타고난 사람들이 대체로 가장 겸손하네. 그와 반면에 특히 정신적으로 결함이 있는 사람들이 훨씬 더 거만하다네. 은혜로운 자연은 보다 높은 관점에서 볼 때 자연 그 자체로부터 무시당했다고 볼 수 있는 모든 인간들에게, 균형과 보완을 위한 수단으로써 자만심을 내려주었네.

더욱이 겸손함이나 자만심 같은 윤리적 문제는 매우 정신적인 성격의 것이어서, 육체와는 거의 아무런 상관도 없어. 고루한 사람들이라든지 정신적으로 거만한 사람에게만 거만한 요소가 있을 뿐이며, 정신이 맑고 천성이 뛰어난 사람에게서는 결코 거만한 점을 찾을 수가 없네. 후자의 사람들에게는 기껏해야 그들의 힘을 누리며 즐거워하는 감정이 주어져 있을 뿐이네. 그리고 이 힘은 실제적인 성격[106]의 것이기 때문에, 그 힘에 대한 느낌은 다른 것이라면 몰라도 결코 자만심과 같은 게 아니라는 말일세."

우리는 다른 다양한 일들에 대해서 계속 이야기를 나누었고 마침내 《카오스》지도 화제에 올랐다. 이 잡지는 괴테의 며느리가 주도적으로 참관하고 있는 바이마르의 잡지로, 이곳의 독일 남녀뿐만 아니라, 특히 이곳에 머무르고 있는 젊은 영국인과 프랑스인 그리고 다른 나라 사람들도 참여하고 있었다. 그 때문에 거의 매 호가 유럽의 널리 알려진 거의 모든 언어들로 채워졌다.

"내 며느리는 대단해." 하고 괴테가 말했다. "칭찬받아 마땅해. 참으로 독창적인 잡지를 만들었네. 게다가 우리 모임의 구성원들을 잘 설득해 운영함으로써 곧 창간 일 년이 다 되어갈 정도니까 말일세. 물론 아마추어적인 흥미로 하는 일이니까 결코 위대한 작품이나 지속적인 그 무엇이 생겨날 리는 없다는 걸 나도 잘 알고 있지. 하지만 그럼에도 불구하고 재미있고 어떤 점에서는 이곳 바이마르 사교계 사람들의 정신적인 수준을 반영하는 거울이기도 하네. 그리고 또 중요한 점은 무슨 일을 시작해야 할지조차도 모르고 헤매고 있는 이곳 젊은 남녀들에게 무언가 할 일이 주어졌다는 거네. 그리고 또 쓸데없이

---

106) 힘이란 자연으로부터 주어진 것이기 때문에 그것을 누리고 기뻐하는 감각도 실제적이다. 그러나 괴테가 볼 때 정신적인 불구성에서 기인하는 자만심과 같은 느낌은 건강한 자연에 뿌리를 두지 않은 병적인 것으로서 허구적이다.

모여 공허한 잡담이나 하는 대신에, 젊은이들에게 토의와 대화의 장을 마련해 주는 정신적 중심점이 생겨났다는 점에서도 의의가 있지. 나는 그 잡지가 인쇄되어 나오자마자 한 페이지 한 페이지 다 읽는다네. 전체적으로 보아 미숙한 데는 거의 없고, 이따금씩 아주 괜찮은 글들도 몇 편씩 보이더군. 예컨대 자네는 폰 베히톨스하임 부인이 대공비 모후의 죽음을 기려 쓴 비가에 대해 어떤 반론이라도 내놓을 수 있겠나? 그 시는 정말 대단하지 않은가? 다만 우리 선남선녀들이 쓴 이런저런 대부분의 작품들에 대해서 이 말만은 해주고 싶네. 그들의 글은 수액이 줄줄 흐르는 나무들 위에 수많은 기생식물들이 싹을 틔우고 있는 형국이어서, 너무 많은 생각과 느낌들로 가득하기 때문에 제대로 통제할 수가 없다는 거네. 적당한 선에서 제한하고 중단할 줄 알아야 하는데 말이야. 물론 이 지적은 베히톨스하임 부인의 경우에도 해당되지. 그녀는 운을 맞추기 위해 다른 시구를 추가했는데, 그것이 시 전체에 아주 나쁘게 작용했네. 아니 전체를 망쳐버렸네. 나는 원고에서 그 결함을 발견했기 때문에 제때에 삭제해 버릴 수가 있었지."

괴테가 웃으면서 덧붙였다. "제대로 지워 없앨 줄 알려면 노련한 도사가 되어야 하네. 실러는 이 점에서 특히 탁월했지. 언젠가는 그가 『문예 연감』의 원고를 손보면서 스물두 개의 연으로 장황하게 쓰인 시 한 편을 일곱 개의 연으로 줄여버리는 것을 본 적도 있네. 그러나 이렇게 무참하게 수술을 당했음에도 불구하고 새로 만들어진 그 시는 아무 손상도 입지 않았네. 오히려 이 칠 연의 시는 저 이십이 연의 시에 들어 있던 모든 유익하고 좋은 생각을 그대로 담고 있었지."

1830년 4월 19일(혹은 12일) 월요일*

괴테는 오늘 그를 방문했던 러시아인 두 사람에 관해서 말해주었다. "전체적으로 보아서 꽤나 예의 바른 사람들이었네." 하고 그가 말했다. "그러나 한 사람은 그렇게 좋아 보이지 않더군. 방문 내내 한 마디도 하지 않았으니까 말이야. 그는 들어오면서 말없이 머리를 수그렸고 앉아 있는 동안에도 입도 벙긋하지 않더니, 반 시간 후에 작별 인사를 하면서도 말없이 머리만 수그리더군. 나를 빤히 쳐다보고 관찰하기 위해서 온 사람처럼 보였네. 내가 그의 맞은편에 앉아 있는 동안에도 잠시도 내게서 눈길을 떼지 않았네. 나는 신경이 거슬려서 이것저것 하찮은 일에 대해서 생각나는 대로 아무렇게나 이야기하고 내가 아는 것이든 모르는 것이든 개의치 않고 되는대로 말을 했네. 하지만 그 두 외국인은 꽤나 흡족했던 모양이야. 헤어지면서 보니 불만스러운 표정이 전혀 아니었으니 말이야."

1830년 4월 22일 목요일(혹은 23일 금요일)*

괴테와 함께 식사를 했다. 괴테의 며느리도 동석한 가운데 즐거운 이야기들이 오갔다. 하지만 그 내용은 거의 기억나지 않는다.

식사 동안에 한 외국인 여행객이 찾아왔는데, 바이마르에 머물 시간이 별로 없어서 내일 아침이면 다시 길을 떠나야 한다는 것이다. 괴테는 다른 사람을 시켜서 매우 유감스럽게도 내일 정오쯤이면 몰라도 오늘은 아무도 만날 수 없다고 그 여행객에게 말을 전했다. "내 생각에는 그 정도로 충분할 거네." 하고 괴테가 미소를 지으면서 덧붙여 말했다. 그와 동시에 그는 자기 며느리에게 그녀가 추천한 젊은 헤닝에게 식사 후에 방문을 허락하겠노라고 약속했는데, 그것은 그 젊은이의 갈색 눈이 자기 어머니의 눈과 비슷하다는 점을 고려한 호의였다.

1830년 5월 12일 수요일*

괴테의 창 발코니에 청동제의 작은 모세상이 서 있었는데, 미켈란젤로의 원작을 모방한 작품이었다. 그런데 신체의 다른 부분에 비해 두 팔이 너무 길고 억세 보였다. 나는 괴테에게 솔직하게 그 점을 지적했다.

"하지만 십계명이 새겨진 두 개의 무거운 금속판을 생각해 보게." 하고 괴테가 유쾌하게 말했다. "자네 눈에는 그것들을 지탱하는 게 별로 힘들어 보이지 않는 모양이군? 게다가 한 무리의 유대인들을 지휘하고 통제해야 했던 모세에게 그저 평범한 팔이 가당키나 했을까?"

괴테는 이렇게 말하면서 웃었기 때문에, 나로서는 나의 견해가 정말 틀린 것인지 아니면 괴테가 자신의 예술가를 변호하기 위해 그저 농담을 한 것인지 구분이 가지 않았다.

1830년 8월 2일(?) 월요일*

7월 혁명의 돌발 소식이 오늘 바이마르로 전해져 온통 뒤숭숭한 분위기였다. 나는 오후에 괴테에게로 갔다. 괴테가 나를 향해 큰 소리로 말했다. "여보게, 자네는 이 거대한 사건을 어떻게 생각하나? 화산이 폭발한 걸세. 온 천지가 불길에 휩싸였고, 머지않아 밀실에서 협상이 이루어질 테지!"

"무서운 사건입니다!" 하고 내가 대답했다. "하지만 상황은 뻔한 것이었습니다. 각료들도 구태의연하게만 행동했으니 구왕실이 축출될 수밖에 없었겠지요."

"이보게, 우리 서로 오해했군." 하고 괴테가 말했다. "내가 말하는 것은 혁명과 관련된 사람들하고는 전혀 상관없는 다른 일이네. 학술원에서 공개적으로 돌발해 나온 자연과학상의 아주 중요한 논쟁을 두고 한 말이네. 퀴비에와 조프루아 생틸레르 사이에 벌어진 논쟁[107] 말일세!"

---

107) 파리의 비교해부학 조르주 퀴비에(Jean Léopold Nicolas Frédéric Cuvier, 1769~1832) 교수와 에티엔 조프루아 생틸레르(Étienne Geoffroy Saint-Hilaire, 1772~1844) 사이에 벌어진 논쟁(1830.2.15~3.29). 대재앙이론을 제창한 퀴비에는 지상의 모든 생명이 주기적으로 멸망하고, 완전히 다른 유기체의 세계가 반복적으로 도래한다고 본다. 반면에 생틸레르는 사변

괴테의 이 말은 전혀 예상 밖이었기 때문에 나는 어떻게 대꾸해야 할지 몰랐고, 수분 동안 머릿속의 생각이 완전히 정지된 느낌이었다.

"그 일은 너무나 중요한 의미가 있네." 하고 괴테가 계속해서 말했다. "7월 19일의 학술회의에 관한 소식을 듣고 내가 어떤 느낌을 받았는지 자네는 상상도 못 할 테지. 이제 우리는 조프루아 생틸레르라는 강력한 동맹군을 같은 편으로 두게 되었네. 하지만 그와 동시에 이번 일로 프랑스 학계의 공로가 얼마나 큰가 하는 점도 드러났네. 무시무시한 정치적 격변에도 불구하고 7월 19일의 모임이 성황리에 개최되었으니까 말이야. 하지만 가장 잘된 점은 조프루아가 프랑스에서 도입한, 자연을 다루는 종합적인 처리방식이 이제는 확고한 지위를 차지하게 되었다는 사실이네. 그 건은 다수의 관중이 참석한 가운데 학술원에서 자유로운 토론을 통하여 공개되었기 때문에, 더 이상 비밀위원회의 손에 맡겨진다든지 밀실에서 처리되거나 무시되는 일은 없게 되었지. 이제부터는 자연 연구에 관해서는 프랑스에서도 정신이 물질을 지배하는 주인이 될 것이네. 사람들은 위대한 창조의 원리, 하느님의 비밀에 찬 역사(役事)에 대한 통찰을 얻게 될 테지! 자연과의 소통이란 도대체 무슨 의미가 있는 걸까! 만일 우리가 분석적인 방식으로 개개의 물질적인 부분들을 처리하면서 정신의 작용을 느끼지 않

적이고 이상적인 통일성의 관점을 개진한다. 이 논쟁에 이상주의적인 관점에서 관여한 괴테는, 퀴비에의 분석적인 사유와 생틸레르의 종합적인 사유의 상호적인 접근, 평화로운 공존을 제시한다.

는다면 말이야. 그 정신이란 것은 결국 물질의 모든 부분이 나아갈 방향을 정해 주면서 조금도 탈선하지 않도록 내적인 법칙에 따라서 통제하고 제어하는 것일세.

나는 지난 오십 년 동안 이 거대한 문제를 해결하려고 애써 왔는데, 처음에는 고독했고 그러다가 후원자가 생겼으며 마침내는 비슷한 생각을 가진 사람들의 도움을 받아 우뚝 서게 되었지. 악간골에 대한 나의 첫 번째 발상을 페터 캄퍼[108]에게 보냈을 때 정말 속상하게도 완전히 무시를 당했네. 블루멘바흐와의 경우도 그보다 더 낫지는 않았어. 개인적으로 서로 알게 된 후에야 그가 내 편을 들긴 했지만 말이야. 그러나 그 후에 죄머링, 오켄, 달톤, 카루스[109] 그리고 이들과 비슷한 정도로 뛰어난 사람들에게서 동지를 얻게 되었네. 그리고 이제는 조프루아 생틸레르도 결정적으로 우리 편이 되었고, 아울러 그의 모든 뛰어난 프랑스의 제자들과 추종자들도 마찬가지이네. 이 사건은 나에게 있어서 믿을 수 없을 만큼 소중한 가치가 있고, 따라서 내가 마침내 확실한 승리를 누리게 된 것에 대해 환호하는 것도 당연한 걸세. 물질에 대한 정신의 지배를 확인하는 것은 내가 평생을 바친 일이며 또한 그 무엇보다도 나의 몫으로 주어진 일이었으니까."

---

108) 페터 캄퍼(Peter Camper, 1722~1789). 네덜란드의 해부학자이자 의학 교수.

109) 카를 구스타프 카루스(Carl Gustar Carus, 1789~1869). 드레스덴의 의사, 심리학자, 자연철학자로서 동물학적인 문제들로 괴테와 자주 서신을 교환했다.

1830년 8월 21일 토요일*

나는 괴테에게 전도유망한 한 청년을 추천했다. 괴테는 그 사람을 도와주겠노라고 약속했지만 그렇게 신뢰하는 것 같지는 않았다.

괴테가 말했다. "나처럼 평생 재능 있는 젊은이를 보호하기 위해 귀중한 시간과 돈을 허비한 사람에게는 그러한 방향으로 노력하겠다는 열정과 흥미가 차츰 사라지게 마련이네. 대부분의 재능 있는 젊은이들은 처음에는 대단한 희망을 갖게 했지만, 나중에는 결국 아무것도 이루어내지 못했으니까 말이야. 이제는 자네 같은 젊은이가 예술 후원자로 나서서 내 역할을 떠맡는 게 좋을 것이네."

나는 괴테의 이런 말에 하나의 비유를 들어 대답했다. 청춘 시절에 가질 수 있는 헛된 기대라는 것은 꽃을 겹으로 피워도 열매를 맺지 못하는 나무와 같은 것이 아니겠느냐고.

1830년 10월 13일 수요일*

괴테는 여러 식물들의 이름을 외우기 위해 라틴어와 독일어로 적어 넣은 일람표를 나에게 보여주었다. 그는 한때 그러한 일람표로 가득 도배해 놓은 방 안에서 이리저리 거닐면서 연구에 몰두했다는 것이었다. 그가 덧붙여서 말했다. "유감스럽게도 그것들은 시간이 지나면서 너무 하얗게 바래고 말았네.

또 다른 방의 벽에는 오랜 세월에 걸친 나의 작업을 연대순으로 기록해 놓고는 새로운 것들을 거듭해서 추가로 기입해 넣기도 했지. 그런데 이것도 너무 바래고 말았어. 안타까운 일이야. 만일 그것이 그대로 보존되었더라면 바로 지금 많은 도움이 되었을 텐데 말이야."

1830년 10월 20일 수요일*

대공비의 분부를 받아 반 시간가량 괴테와 의논했다. 왕자가 이곳 석궁사수 협회의 회원이 되었기 때문에 그 단체에 증정할 예정인 은색의 문장(紋章)을 그린 방패와 관련된 문제였다.

화제는 곧 다른 일들에로 넘어갔고, 괴테는 생시몽주의자들에 관한 의견을 물었다.

"그들의 교의의 주된 방향은 모든 개인은 전체의 행복을 위해서 일해야 하며, 그것이 개인 자신의 행복을 위한 필수 불가결한 조건이다, 라는 쪽으로 모아지고 있는 것으로 보입니다." 하고 내가 대답했다.

그러자 괴테가 말했다. "내 생각으로 모든 개인은 자기 자신으로부터 시작해야 하며 우선적으로 자신의 행복을 추구해야 하네. 그리고 거기에서부터 마침내 전체의 행복이 틀림없이 생겨나는 거네. 게다가 그 교의는 내가 보기에 전적으로 비실제적이며 실천 불가능한 것이네. 모든 자연과 모든 경험에 반하는 것이며, 수천 년 이래의 모든 일들의 진행과정과 모순되는 것이니까 말이야. 모든 사람이 각자 자기의 의무를 다하고 모두가 자신이 맡은 일의 테두리 내에서 정직하고 유능하게 행동한다면 전체의 안녕은 저절로 이루어지네. 나는 작가로서의 직업에 충실하면서 대중이 원하는 것이 무엇일까, 어떻게 전체를 이롭게 할까, 라고 물은 적은 결코 없었네. 오히려 언제나 자신의 통찰력을 키우고 자기 인격의 질을 높이면서, 내가 훌륭하고 진실하다고 깨달은 것만을 표현하고자 늘 애를 써 왔을 뿐이네. 그리고 이러한 방식이 보다 커다란 범위에서 영향을 미치고 이로운 결과를 낳았다는 사실을 부정하고 싶지 않네. 다만 이것이 목적 그 자체가 아니라 전적으로 필연적인 일의 과정, 즉 자연적인 힘들의 작용에 있어서 언제나 일어나는 것과 동일한 과정이라는 점을 알아야 하네. 만일 내가 작가로서 거대한 대중이 원하는 바를 목표로 삼고 그것을 충족시키려 했다면, 잡다한 이야기를 늘어놓으면서 그들을 조롱이나 했겠지. 저 복도 많은 코체부처럼 말이야."

"그 점에서는 아무 이견이 없습니다." 하고 내가 대답했다. "그러나 단순한 개인으로서 누리는 행복만이 아니라 국가의 시민으로서 그리고 거대한 전체의 일원으로서 누리는 행복도 있는 게 아니겠습니까. 국민 전체를 위한 최대한의 행복 성취를 원리로 삼지 않는다면, 입법은 도대체 어떠한 토대 위에서 이루어질 수 있는 걸까요!"

괴테가 대답했다. "자네가 그렇게까지 말한다면 나도 반대할 아무런 이유가 없네. 그러나 그 경우에는 극소수의 선택된

자들만이 자네가 말하는 그 원리를 이용할 수 있을 걸세. 비유하자면, 군주와 입법자에게 맡겨진 처방전이라고나 할까. 이 경우에도 물론 법이란 것이 주제넘게 행복을 가져오겠다고 자처하기보다는 악을 감소시키는 방향으로 노력해야겠지."

내가 이어서 말했다. "그 두 방향은 아마도 하나의 지점에서 서로 만날 테지요. 예컨대 열악한 도로 사정은 커다란 악으로 여겨집니다. 그런데 국가의 군주가 나서서 저 시골 마을에 이르기까지 좋은 도로를 만든다면 커다란 악이 제거될 뿐만 아니라 국민에게 커다란 행복이 주어지는 셈이 아니겠습니까. 또 다른 예를 들자면, 느리게 진행되는 재판도 커다란 악이라고 생각합니다. 그러나 군주가 나서서 구두로 공적인 처방을 명하여 재판의 신속한 진행을 보장한다면, 또한 커다란 악이 제거되고 다시 커다란 행복이 주어지는 것이 아니겠습니까."

괴테가 말을 가로막았다. "이 문제에 대해서 나는 전혀 다른 견해를 가지고 있네. 그러나 몇 가지의 악에 대해서는 지적하지 말고 그대로 내버려 두세. 그래야만 인간들이 자신의 힘을 계속 발휘할 수 있는 어떤 것이 남아 있게 될 테니 말이야. 그러나 나의 원칙은 잠정적으로 말하자면 다음과 같네. '아버지는 자기 집을, 수공업자는 자신의 고객을, 성직자는 이웃 간의 사랑을 돌보고, 경찰은 시민들의 기쁨을 방해하지 말아야 한다.'이네!"

1831년 1월 4일 화요일*

나는 괴테와 함께 제네바의 내 친구 퇴퍼가 그린 스케치 작품집을 뒤적이며 감상했다. 그는 작가로서나 조형 예술가로서나 마찬가지로 뛰어난 재능을 가지고 있지만, 지금까지는 정신의 생생한 직관을 덧없는 말로 표현하기보다는 눈에 보이는 형상으로 표현하기를 더 선호하는 것으로 보인다. 『페스투스 박사의 모험』을 소재로 한 경쾌한 펜화 스케치는 완연하게 희극적인 소설의 인상을 주었기 때문에 특히 괴테는 마음에 들어 했다. 그는 한 장 한 장 넘기면서 큰 소리로 말했다. "정말 대단해! 재능과 기지가 불꽃을 튀기고 있네! 몇 장은 타의 추종을 불허하는 것이야! 앞으로 좀 덜 경박스런 소재를 택해서 좀 더 힘을 기울인다면 상상을 불허하는 작품을 만들어낼 걸세."

"사람들은 그를 라블레와 비교하면서 그의 작품을 모방했고, 그의 착상을 빌려온 것이라고 비난했습니다." 하고 내가 말했다.

괴테가 대답했다. "영문도 모르고 하는 소리네. 내가 보기에는 같은 점이 조금도 없어. 퇴퍼는 내가 보기에 전적으로 자신의 발로 딛고 있으며 전적으로 독창적으로 보이네. 올바른 재능이라면 당연히 그래야 하는 정도로 말이야."

1831년 1월 17일 월요일*

내가 방문했을 때, 쿠드레는 괴테 옆에서 건축 설계도를 들여다보고 있었다. 나는 카를10세의 초상이 들어 있는 1830년에 제작된 5프랑짜리 지폐를 꺼내 보여주었다. 괴테는 그 뾰족하게 솟은 머리에 대해 농담을 했다. "그 사람은 종교와 관련된 기관이 매우 발달해 있군. 과도한 신앙심 때문에 자기 죄에 대해 책임질 필요가 없다고 생각했을 것임이 분명해. 반면에 우리가 그의 죄를 덮어쓴 셈이네. 그의 어리석은 행동 때문에 지금 유럽이 좀처럼 평화를 되찾지 못하고 있으니 말이야."

그러고 나서 우리는 괴테가 스탕달의 최고 작품으로 꼽히는 『적과 흑』에 대해서 이야기했다. "하지만 부인할 수 없는 점은, 여주인공들의 성격 일부가 지나칠 정도로 낭만적이라는 사실이네. 그럼에도 불구하고 그 성격들은 모두 위대한 관찰과 심리적인 통찰을 증언하는 것이기 때문에 사람들은 작가에게 세부적인 점에 있어서 사실성이 좀 떨어진다 하더라도 기꺼이 용서해 주는 걸세."

1831년 1월 23일 일요일*

왕세자와 함께 괴테 댁을 방문했다. 그의 손자들은 마술사 장난을 즐기고 있었는데, 특히 발터가 능숙한 솜씨를 보였다. 괴테가 말했다. "아이들이 한가한 시간에 그런 바보 놀이를 한다고 해서 나쁠 건 없겠지. 그것은 특히 소규모의 관중이 있는 자리에서 자유롭게 말하고 어느 정도의 육체적, 정신적 민첩함을 얻는 연습을 할 수 있는 훌륭한 수단이네. 우리 독일인들에게 모자라는 그런 장점을 키우려면 말이야. 어쨌든 생겨나기 마련인 약간의 허영심이라는 단점은 그러한 이득에 의해서 완전히 상쇄되고도 남음이 있네."

"물론 관중들도 그러한 허영심을 누그러뜨려 주려고 신경을 쓰는 셈입니다." 하고 내가 거들면서 말했다. "꼬마 마술사의 손가락 놀림을 매우 세심하게 관찰하면서 실수라도 하는 경우에는 능청스럽게 비웃어주기도 하고, 또 애써 숨기고 있는 조그만 비밀들도 공개해 분통을 터뜨리게 하면서 말입니다."

"그 아이는 마치 배우와도 같네." 하고 괴테가 말했다. "오늘 불려 나왔다가 내일은 휘파람으로 퇴짜를 맞지만 변함없이 연기를 계속하는 배우 말일세."

1831년 3월 10일 목요일*

오늘 정오경에 괴테와 반 시간가량 함께 있었다. 나는 그에게 대공비께서 전도유망한 젊은 배우들을 키우기 위해 이곳 극장의 관리국에 천 탈러의 하사금을 내리기로 결정했다는 소식을 전해주었다. 이 소식은 극장의 장기적인 번영을 심중에 두고 있는 괴테를 무척 기쁘게 만들었다. 그러고 나서 나는 또 다른 위임 사항과 관련해 괴테와 의논했다. 대공비의 뜻은 현재 독일의 가장 뛰어난 작가가 직책도 재산도 없이 자신의 재능만으로 생계를 유지해야 하는 그런 상황에 있다면, 그를 바이마르로 불러 걱정 없이 창작에 몰두시키는 것이었다. 즉 그 작가에게 자기의 모든 작품을 최대한으로 완성시키는 데 필요한 여유를 가지게 함으로써 생계에 급급해 허겁지겁 서둘러서 작업함으로써 자기 자신의 재능과 우리의 문학에 손실을 초래하는 그런 비극적인 사태를 예방하자는 것이었다.

괴테가 대답했다. "대공비의 뜻은 진실로 군주다우신 것일세. 그분의 고귀한 뜻에 머리를 수그리는 바이네. 하지만 적절한 선택을 한다는 것은 매우 어려운 일일 테지. 우리 시대의 가장 뛰어난 재능들은 국가에 봉직하거나 연금을 받거나 혹은 자신의 재산으로 이미 아무 걱정 없는 상태에 있으니까 말이야. 누구나 여기에 적합한 것은 아니며 누구나 이런 방식으로 실제로 도움을 받게 되는 것은 아닐 걸세. 여하간 나로서는 그 고귀한 뜻을 염두에 두면서, 앞으로 어떤 좋은 결과가 있을지를 지켜보겠네."

1831년 3월 31일 목요일*

괴테는 근래에 다시 건강이 매우 좋지 않아서, 아주 가까운 친구들만 그와 이야기를 나눌 수 있었다. 몇 주일 전에는 그에게 사혈(瀉血) 처방이 내려졌다. 이어서 오른쪽 다리에 압박감과 통증의 증세가 나타났는데, 그 고통은 발에 상처를 냄으로써 숨통이 트였고 이어서 매우 빠른 속도로 회복되었다. 그리고 발에 낸 상처도 며칠 전부터 나아가고 있었기 때문에, 그는 다시 명랑해졌고 예전처럼 친절해졌다.

오늘 괴테를 방문했던 대공비께서는 매우 만족해하면서 돌아가셨다. 대공비께서 괴테에게 건강을 묻자, '오늘까지도 차도를 느낄 수 없었는데 마마께서 이렇게 찾아주시니 다행히 건강이 새롭게 회복되는 느낌입니다.' 하고 아주 공손하게 대답했던 것이다.

1831년 4월 14일 목요일*

스와레가 왕세자와 함께 있었다. 그는 괴테가 이곳 바이마르에 왔던 초기 시절에 대해 많은 것을 기억하고 있는, 아직 생존하고 있는 나이 든 사람들 중의 한 명으로서, 우리에게 다음과 같은 아주 인상적인 이야기를 들려주었다.

그가 말했다. "나는 1784년 그때 현장에 있었어요. 괴테가 일메나우 광산의 준공식장에서 시와 그 주변 지역의 모든 관리들과 관계자들을 초대해 놓고 그 유명한 연설을 했을 때 말입니다. 그는 자신의 연설 내용을 머릿속에 미리 잘 넣어두고 있는 것 같았어요. 왜냐하면 한참 동안 막히지 않고 정말 유창하게 연설을 했으니까요. 그러다가 갑자기 그가 제정신을 잃고 생각의 실마리를 놓쳐버리고는 앞으로 해야 할 말의 방향을 까맣게 잊어버린 것 같았지요. 다른 사람 같았으면 누구나 크게 당황했겠지요. 하지만 그는 전혀 그렇지 않았어요. 오히려 그는 최소한 십 분 동안이나 수많은 청중을 아주 차분한 눈길로 둘러보더군요. 청중은 그의 인품의 힘에 넋이라도 잃은 듯, 우스꽝스럽기조차 한 그 긴 침묵이 감도는 내내 모두들 정말 편안한 상태로 있었지요. 그러다가 마침내 그는 자기 이야기의 방향을 제대로 잡고는 연설을 계속하여 조금도 막힘없이 끝까지 해내더군요. 마치 아무 일도 없었던 것처럼 유쾌하게 말입니다."

1831년 6월 20일 월요일

이날 오후, 아직까지 식사를 마치지 않고 있던 괴테와 반 시간 정도 이야기를 나누었다. 우리는 자연과학의 몇몇 대상들에 관해서, 특히 언어의 불완전성과 불충분함으로 인해 오류와 잘못된 견해들이 번져나가고, 나중에는 그것들을 쉽사리 극복할 수 없게 된다는 점에 관해 이야기를 나누었다.

"이 문제는 아주 간단해." 하고 괴테가 말했다. "모든 언어는 명백한 인간적 욕구, 인간적인 일 그리고 일상적인 인간의 느낌과 직관으로부터 생겨났지. 그러므로 보다 높은 뜻을 가진 인간이 자연의 비밀스러운 작용과 힘에 대한 예감과 통찰을 얻게 된다 하더라도, 그가 물려받은 언어로써는 일상적인 인간사와 멀리 떨어져 있는 그러한 것을 표현하기에는 불충분한 거네. 그러므로 자신이 깨달은 걸 만족스럽게 표현하려면 그에게는 그야말로 신령한 언어가 주어져야 하는 거지. 하지만 현실은 그렇지가 못하네. 그러므로 진기한 자연의 현상들을 직관했다고 하더라도 진부한 표현들을 동원할 수밖에 없는 궁색한 입장에 처하게 되어 자신의 깨달음을 깎아내리게 되거나 아니면 훼손하고 망쳐버리게 되는 걸세."

내가 대답했다. "선생님께서 그런 말씀을 하시다니요. 자신의 대상들에 대해 매번 그 핵심으로 날카롭게 파고들고, 당신의 귀중한 깨달음에 대해 모든 상투어의 적대자로서 언제나 가장 적절한 표현을 발견할 줄 아는 선생님께서 그런 말씀을 하시다니 정말 만만한 문제는 아닌 게지요. 하지만 제 생각으로는 우리 독일인들은 어쨌든 만족스럽게 해낼 것으로 보입니다. 우리나라의 말은 정말 유별나게 풍성하고 잘 발달되어 있으며 또 계속 발전될 가능성이 있으니까, 때때로 비유법의 도움을 받는다면 원래 표현되어야 할 내용에 상당히 가까이 접근할 수 있으리라 생각합니다. 그러나 프랑스인들은 우리와는 달리 매우 불리한 입장에 있습니다. 그들은 보다 높은 자연의 원리를 직관해 표현하는 경우에도 대개는 기술(技術)에서 유래한 비유어를 사용함으로써 금방 그 표현을 물질적이고 비천하게 만들어버립니다. 그래서 보다 높은 직관을 결코 제대로 전달하지 못하는 거지요."

"자네 말이 정말 맞아." 하고 괴테가 중간에 끼어들면서 말했다. "최근에 퀴비에와 조프루아 생틸레르 사이에 벌어진 논쟁에서도 그 점은 분명히 확인되었네. 조프루아 생틸레르는 자연에서 정신의 작용과 힘에 관해 깊은 통찰력을 가진 사람임에 분명해. 그러나 그의 프랑스어가 그를 곤경에 빠뜨리고 말았지. 관습적인 전래의 표현을 사용하지 않을 수 없었으니 말이야. 그러한 사정은 비밀스러운 정신적 영역에서뿐만 아니라 명백하게 눈에 보이는 순전히 물질적인 대상들과 그 관계에 있어서도 마찬가지였네. 한 유기체의 개별적인 부분들을 표현하려고 해도 그는 물질적인 표현 말고는 다른 적합한 말을 찾을 수가 없었지. 예컨대 팔의 유기적인 조직을 구성하는 동질적인 부분들인 뼈를 표현하는 데, 집을 구성하는 돌이나 각목 그리고 판자와 같은 수준의 표현을 사용해야만 했던 걸세."

괴테가 계속해서 말했다. "마찬가지로 부적절한 것은, 프랑스인들이 자연의 산물에 대해 말하면서 '합성'[110]이라는 표현을 사용한다는 점이네. 조각조각 만들어진 기계의 부분들은 함께 조립할 수가 있고, 그런 대상의 경우에 '합성'이라는 말을 사용해도 무방하겠지. 그러나 그 하나하나가 살아서 스스로를 형성하며 하나의 공통적인 영혼에 의해서 스며 있는, 유기체의 부분들에다가는 그러한 용어를 적용시킬 수 없네."

"제 생각에는 합성이라는 말은 순수한 예술과 문학의 작품들에 대해서도 부적절하고 가치를 떨어뜨리는 표현으로 여겨집니다." 하고 내가 대답했다.

"정말 비천하기 짝이 없는 말이네." 하고 괴테가 맞장구를

110) 독일어 kompositorisch를 번역한 것이다.

쳤다. "어쨌든 우리가 프랑스인들 덕분에 가지게 된 말이지만, 가능한 한 빨리 내벗어 던져야겠지. 모차르트가 「돈 후안」을 합성했다! 이 어찌 가능한 말이겠는가! 합성이라! 마치 계란과 밀가루와 설탕으로 버무린 한 조각의 과자나 비스킷이라도 되는 듯이 말이네! 정신적인 창조물이란, 그 개별적인 부분이나 전체가 마찬가지로 하나의 동일한 정신과 거푸집에서 나오며, 하나의 동일한 입김으로 스며 있는 것을 말하네. 그 과정에서 창작자가 결코 인위적으로 시험을 하거나 잘게 조각내거나 임의대로 만드는 것이 아니라 그의 천재적 재능 속에 있는 데몬의 영이 그를 마음대로 조종하여, 시키는 대로 수행하게 만드는 것이네."

1831년 6월 27일 월요일*

우리는 빅토르 위고에 대해서 이야기를 나누었다. "그의 재능은 훌륭해." 하고 괴테가 말했다. "그러나 자기 시대의 불운한 낭만적 경향에 사로잡힌 나머지, 아름다운 것뿐만 아니라 참으로 역겹고 추한 것들까지 표현하게 되었던 거네. 나는 최근에 그가 쓴 『파리의 노트르담』을 읽었는데, 읽는 동안 고통을 참아내느라고 인내심을 발휘해야만 했어. 한마디로 지금까지 나온 것 중에서 가장 혐오스러운 것이네! 읽는 동안 억지로 참아낸 고문의 고통은 결코 보상받을 수 없을 걸세. 설령 인간의 본성과 인간의 성격에 관해 표현된 진실로부터 기쁨을 얻게 된다 할지라도 말이야. 허나 그것도 아닐세. 그의 책에서는 자연이든 진실이든 눈곱만큼도 보이지 않네! 그가 보여주는 소위 행동하는 인물들은 살아 있는 피와 살을 가진 인간들이 아니라 그가 내키는 대로 뛰어다니게 만드는 가련한 목제 인형에 불과하네. 그가 의도하는 효과를 내는 데 필요한 만큼 마음대로 찌그러뜨리고 추하게 만들면서 말이야. 그런 책을 허용하고 생겨나게 할 뿐 아니라 심지어는 예사롭게 대하면서 즐거워하기까지 하는 그런 시대는 도대체 어떤 시대란 말인가!"

1831년 7월 14일 목요일*

나는 왕세자와 함께 뷔르템베르크의 왕을 모시고 괴테에게로 갔다. 돌아오는 길에 왕 폐하는 대단히 만족해하면서 이번 방문이 즐거웠노라고 괴테에게 전해달라는 부탁을 했다.

1831년 7월 15일 금요일*

괴테 댁에 잠시 들러 어제 왕 폐하께서 나에게 위임한 임무를 수행했다. 그는 식물의 나선형 성장에 관한 연구에 몰두하고 있었는데, 그 새로운 발견과 관련해 그 이론이 앞으로 더욱 발전할 것이며 과학에 커다란 영향을 미치게 될 거라는 견해를 밝혔다. 그리고 덧붙여서 말했다. "자연에 대한 연구보다 우리에게 더 큰 기쁨을 주는 것은 없네. 자연의 비밀은 그 깊이를 헤아릴 수 없지만 우리 인간들은 점점 더 깊이 그것을 들여다볼 권리를 가지고 있는 거네. 하지만 그래도 결국은 불가해한 것으로 남게 된다는 바로 그 사실 때문에, 자연은 영원한 매력을 가지는 걸세. 그리하여 우리는 끊임없이 자연에 다가가서 새로운 통찰과 새로운 발견을 하려는 시도를 멈추지 않는 것이네."

1831년 7월 20일 수요일*

식사 후에 반 시간 정도 괴테와 함께 있었는데 그는 몹시 유쾌하고 온화한 기분이었다. 온갖 이야기를 나누다가 마지막으로는 카를스바트 온천장에 얽힌 이야기가 나왔다. 그는 자신이 그곳에서 체험한 이런저런 연애담을 농담조로 들려주었다. "아기자기한 연애사건이야말로 온천장에 머무는 동안 위안이 될 수 있는 유일한 것이네. 그렇지 않다면 지겨워서 못 견딜 테지. 나도 거의 매번 그곳에서 소소한 친교를 맺을 수 있었고 그 때문에 체류하는 몇 주 동안 다소간 즐겁게 보낼 수 있었지. 특히 한 경우는 아직까지도 그 기분이 남아 있을 정도이네.

이야기하자면, 나는 어느 날 폰 레케 부인을 방문했었네. 한참 동안 그저 그런 이야기를 나누다가 작별을 고한 뒤에 집을 나서는 순간, 아주 귀여운 두 명의 아가씨를 데리고 있는 한 부인과 마주치게 되었지. '방금 나간 분 누구예요?' 하고 그 부인이 묻자, 폰 레케 부인이 '그분이 바로 괴테랍니다.' 하고 대답했다는군. 그러자 그 부인이 '어머나! 유감이군요. 인사도 못 나누고 말았군요!'라고 했다네. 그래서 레케 부인이 다시 말했다는군. '아니에요, 친구, 조금도 상심할 건 없어요. 그분은 부인들 사이에 있으면 매우 따분해하거든요. 흥미로운 이야기를 들려줄 만큼 예쁜 아가씨라면 몰라도 말이에요. 그분이 우리 나이의 여자들에게 신이 나서 이야기를 들려주리라는 기대는 말아야겠지요.'

두 소녀는 어머니와 함께 집으로 돌아가면서 폰 레케 부인의 말을 곰곰이 되새겨 보았다는군. 그녀들이 말했네. '우리는 젊고 귀여우니, 저 이름 높은 무뢰한을 사로잡아 길들일 수도 있을 거야!' 다음 날 아침 용출천(湧出泉) 근처의 산책 길에서 그 처녀들이 지나가면서 나에게 아주 우아한 자태로 거듭해서 머리를 수그리며 인사를 했고, 나도 기회를 보아 그 처녀들에게 접근해서 말을 걸지 않을 수 없었네. 그 아이들은 애교 덩어리였어! 나는 거듭해서 말을 건넸고, 그 처녀들은 나를 그 어머니에게로 데려갔지. 그래서 마침내 나는 포로가 되고 말았네. 그 후로 우리는 매일 만났고, 하루 종일 같이 살다시피 했었지. 우리 관계가 좀 더 친밀해진 것은, 그중 한 처녀의 약혼자가 온 것을 계기로 내가 다른 처녀 아이에게 더욱 전념할 수 있어서였네. 물론 나는 그 어머니에 대해서는 누구나 짐작할 수 있다시피 매우 친절하게 대했지. 여하간 우리 모두는 서로에게 더할 나위 없이 만족했고, 나로서도 이 가족과 매우 행복한 시간을 보냈기 때문에, 아직까지도 행복한 기억으로 생생하게 남아 있는 거네. 그 두 처녀는 그 어머니와 폰레케 부인 사이에서 오갔던 말이며, 그녀들이 나를 사로잡기 위해 음모를 꾸몄고, 그 결과가 성공적이었다는 이야기를 얼마 지나지 않아 금방 나에게 털어놓았던 걸세."

이것과 아울러서 괴테가 이전에 내게 들려주었던 다른 종류의 일화가 생각이 나서 여기에 소개한다.

그가 나에게 말했다. "예전에 궁성의 정원에서 막역한 사이의 지인 한 사람과 저녁 무렵에 산책을 하다가, 가로수길의 끝 부분에서 우리가 잘 아는 두 사람이 조용히 이야기를 나누면서 걸어가는 장면을 목격하고 말았지. 자네에게 그 신사나 숙녀의 이름을 밝히지는 않겠네. 본론과는 아무 상관도 없으니 말이야. 여하간 그들은 이야기를 나누다가 돌연 서로 머리를 기울이더니 열렬하게 키스를 하느라고 정신이 없더군. 그러고 나서는 원래 가던 길을 다시 걸어가면서 아주 진지하게 이야기를 계속하는 게 아닌가. 마치 아무 일도 없었다는 듯이 말이야. 내 친구가 놀라서 소리치더군. '보셨지요? 내 눈을 믿어도 될까요?' 그래서 내가 아주 차분하게 말해주었지. '나도 보았네. 하지만 믿기지는 않아!'"

1831년 8월 2일 화요일*

우리는 식물의 변형과 캉돌의 소위 좌우 동형론에 관해서 이야기를 나누었는데, 괴테는 이 사람의 이론을 완전히 망상으로 여기고 있었다.

그가 덧붙여서 말했다. "자연은 누구에게나 자신의 비밀을 보여주는 건 아니야. 오히려 많은 사람들에게 자연은 장난기가 많은 처녀와도 같네. 온갖 애교로 남자를 유혹하지만, 막상 붙들거나 소유하려고 하면 우리 남자들의 팔에서 빠져나가 버리는 처녀들 말이네."

1831년 10월 19일 수요일*

오늘 벨베데레 궁에서 농업촉진협의회의 모임이 있었다. 또한 과일과 공산품의 첫 번째 전시회도 있었는데, 예상보다는 풍성했다. 그러고 나서는 다수의 참석자들을 위한 성대한 만찬이 있었다. 그런데 괴테가 기별도 없이 들어왔기 때문에 모든 참석자들이 놀라면서도 무척 반가워했다. 그는 잠시 머물면서 전시된 물건들을 깊은 관심으로 살펴보았다. 그의 등장은 각별한 인상을 주었는데, 이전에 그를 본 적이 없는 사람들에게는 특히 그랬다.

1831년 12월 1일 목요일(혹은 11월 30일 수요일)

괴테와 함께 반 시간 동안 이런저런 이야기를 나누던 중 소레가 화제에 올랐다. 괴테가 말했다. "나는 최근에 그의 시 한 편을 읽었는데 꽤나 괜찮더군. 3부작으로 처음 두 부분은 명랑한 시골 분위기를, 「한밤중」이라는 제목을 가진 마지막 부분은 무시무시하고 어둠침침한 특징을 보였네. 이 「한밤중」이 아주 훌륭해. 사람들은 거기에서 밤의 분위기를 생생하게 호흡할 수 있네. 마치 렘브란트의 그림들에서 밤의 공기를 느낄 수 있는 것과 거의 마찬가지로 말이야. 빅토르 위고도 비슷한 소재를 다루었지만 그처럼 성공하지는 못했어. 의심의 여지없는 이 위대한 재능은 밤을 묘사할 때 결코 실제의 밤처럼 보이게 하는 것이 아니라 대상들을 분명하고 확실히 보이도록 만듦으로써 실제로는 아직 낮이며 묘사된 밤은 다만 허구적인 것이라고 믿게 할 정도니까 말이야. 여하간 소레는 그의 시 「한밤중」으로 그 유명한 빅토르 위고를 의심의 여지없이 능가했네."

나는 이러한 칭찬에 기쁜 마음이 들어서 방금 말한 소레의 3부작을 되도록 빨리 읽어보아야겠다는 생각이 들었다. 그리고 내가 말했다. "우리나라의 문학에서는 3부작이 거의 없지 않습니까?"

괴테가 대답했다. "이 형식은 현대인들에게는 아주 드문 것이야. 3부작이 생겨나려면 자연적으로 세 부분으로 나눌 수 있는 소재가 있어야 하는 법이네. 즉 첫 부분에서는 일종의 발단이, 두 번째 부분에서는 일종의 대단원이, 세 번째 부분에서는 일종의 화해가 일어나는 그런 소재가 있어야 한단 말일세. 예컨대 젊은 도제와 물레방앗간 처녀를 소재로 한 내 시에는 이러한 필요조건들이 갖추어져 있지. 내가 처음 그 시를 썼을 때는 3부작을 만들겠다는 생각 따위는 전혀 하지 않았지만 말이야. 나의 「파리아」도 완벽한 3부작이네. 하지만 이 연작시의 경우에는 내가 애초부터 3부작으로 만들려는 생각을 했었고, 또 그렇게 완성시켰던 거네. 반면에 나의 「정열의 3부작」은 원래 3부작으로 구상되었던 것이 아니라, 차츰차츰, 그리고 우연히 3부작이 되었지. 자네도 알다시피 나는 처음에는 그 「비가」를 독립적인 하나의 시로 만들려고 했었네. 그런데 시마노브스카 부인이 나를 찾아왔기 때문에 사정이 바뀐 걸세. 그녀는 그해 여름 나와 함께 마리엔바트에 머물렀고, 그 매혹적인 멜로디로 내가 저 청춘 시절의 행복했던 나날들을 회상하게 했지. 그 결과 내가 이 여자 친구에게 헌정한 시연도 방금 말한 「비가」와 완전히 동일한 운율과 음조로 쓰게 되었고, 당연하게 이 「비가」에 화해적인 결말 부분으로 덧붙여진 것이었네.

그리고 이어서 바이간트가 나의 『베르테르의 슬픔』의 신판을 기획하면서 나에게 서문을 부탁했는데, 마침 이 일이 나의 시 「베르테르에게 붙여」를 쓸 안성맞춤의 계기가 되었던 거네. 그런데 나는 아직까지 마음속으로 저 정열의 3부작의 나머지 부분을 염두에 두고 있었던 터라, 이 「베르테르 붙여」라는 시가 저절로 저 「비가」의 서시 부분을 형성했던 걸세. 그리하여 이제 사랑의 고통이라는 동일한 감정으로 일관되게 스며든 세 개의 시들이 나란히 모이게 되었고, 그 결과 예상치도 못했던 저 「정열의 3부작」이 태어났던 거네.

나는 소레에게 3부작을 더 써보도록 충고했네. 내가 방금 말한 방식대로 말이야. 즉 그 어떤 3부작을 완성하기 위해 별도의 소재를 찾을 것이 아니라, 자기가 써놓은 인쇄되지 않은 많은 시들 중에서 의미 있는 것을 골라내고 거기에다가 적절하게 일종의 서시와 화해적인 결말을 덧붙이되, 세 부분들 사이에 어느 정도의 간격이 분명히 드러나게 하라는 식으로 말일세. 이런 방식으로 하면 훨씬 쉽게 목표에 도달할 수 있고, 마이어가 말하듯이 성가신 일임이 분명한 이런저런 궁리들을 면할 수가 있는 거네."

이어서 우리는 빅토르 위고에 대해서, 그리고 그의 지나친 다작(多作)이 그의 재능에 많은 불이익을 초래했다는 점에 대해서 이야기했다.

"어떤 작가라도 보다 더 열악한 상황에 빠지게 되고, 아무리 훌륭한 재능이라도 망쳐질 테지." 하고 괴테가 말했다. "단 일 년 만에 두 개의 비극 작품과 한 권의 소설을 쓸 정도로 무모하고, 더군다나 순전히 엄청난 금액을 끌어모으기 위한 목적으로 창작에 임하는 것처럼 보이니까 말이네. 나는 그가 부자가 되려고 한다고 해서, 그리고 대중적인 인기를 끌려고 애를 쓴다고 해서 비난할 생각은 조금도 없네. 다만 그가 후세에까지 오래 살아남으려 한다면 보다 적게 쓰고 보다 더 열심히 창작에 힘써야 한다는 점을 말하고 싶은 거네."

그러고 나서 괴테는 『마리온 델로름』에 대해서 세세하게 평했다. 그는 나에게 그 소재가 단 하나의 막, 그것도 정말 비극적인 내용을 가진 하나의 막으로 완성하기에 적합한데도, 그 작가가 시시하기 짝이 없는 요소들을 이것저것 고려함으로써 자신의 소재를 5막으로 과도하게 늘어뜨리는 잘못을 저지르고 말았다는 사실을 분명히 보여주려 했다. 그리고 괴테는 덧붙여서 말했다. "다만 이 작품에서 굳이 장점을 찾는다면, 작가가 세부적인 것을 묘사하는 데도 애를 써야 하며 이것이 사소한 일이 아니라 상당히 커다란 의미가 있는 일이라는 점을 확인하게 만들어주었다는 사실이네."

1832년 1월 5일 목요일*

제네바에 있는 내 친구 퇴퍼가 새로 그린 몇 권의 스케치 작품과 수채화 그림들을 보내왔다. 대부분은 그가 천천히 도보 여행을 하면서 돌아다녔던 스위스와 이탈리아의 풍경을 그린 것들이었다. 괴테는 이 그림들, 특히 수채화에 감탄하면서 자기 눈에는 그 작품들이 저 유명한 로리의 것처럼 보인다고 말했다. 나는 이것들이 결코 그의 최고의 작품은 아니며 그가 완전히 다른 것들을 다시 보내올 거라고 말했다.

그러자 괴테가 대답했다. "자네가 무슨 말을 하는지 모르겠구먼! 더 나은 것이라니! 실제로 더 나은 것이 있다고 해도 무슨 말을 할 필요가 있겠나! 예술가가 그 어떤 위대한 경지에 일단 오르고 나면 그의 작품들 중의 어느 하나가 다른 것보다 더욱 완벽하든 말든 그건 거의 아무런 문제도 되지 않는 걸세. 감식안이 있는 자라면 어떤 작품에서든 그 대가의 솜씨와 그 재능과 수단의 크기 전체를 알아보는 법이니까."

1832년 2월 17일 금요일*

나는 괴테에게 영국에서 동판화로 새긴 뒤몽의 초상화를 보냈는데 그것이 그의 흥미를 상당히 끈 것 같았다.

오늘 저녁 무렵 괴테를 방문했을 때 그가 말했다. "나는 이 유명 인사의 초상을 이따금 관찰해 보았네. 처음에는 약간의 거부감이 느껴지기에 그 원인이 판화가의 제작 방식 때문이라고 생각했지. 즉 선의 윤곽이 너무 딱딱하고 깊게 파였다고 생각했던 거야. 그러나 정말 특이하게 보이는 머리 부분을 오래 들여다보면 볼수록 모든 딱딱한 요소들은 점점 더 사라지고, 그 대신에 어두운 배경에서 고요하고 선량하며, 재기에 넘치면서도 섬세한 부드러움을 가진 아름다운 표정이 부각되었네. 그것은 대중을 이롭게 하기 위해 활동하는 현명하고 선한 의지를 가진 남자의 특징을 보여주었는데, 관찰자의 정신에 좋은 영향을 주는 그런 표정이었지."

이어서 우리는 뒤몽에 대해서, 특히 그가 미라보에 관하여 기록했던 비망록에 대하여 이야기를 계속했다. 그 비망록에서 뒤몽은 미라보가 능숙하게 이용할 줄 알았던 다양한 정책 수단들 그리고 미라보가 자신의 목적을 달성하기 위해 동원함으로써 그 힘을 빌렸던 다수의 재능 있는 사람들에 대해서도 세세하게 설명해 놓고 있었다.

"나는 이 비망록보다 더 유익한 책을 보지 못했네." 하고 괴테가 말했다. "그 책을 통해서 우리는 그 시대의 가장 비밀스러운 구석까지 깊숙이 들여다볼 수 있고, 또 미라보라는 기적을 자연스럽게 받아들이게 되니까 말이야. 그렇다고 해서 이 영웅의 위대함이 얼마만큼 손상되는 것도 아니네. 그러나 최근 프랑스 언론계의 비평가들은 이 점에 대해 좀 달리 생각하는 모양이야. 그 순진한 양반들은 그 비망록의 저자가 미라보의 초인적인 활동의 비밀을 파헤치고 아울러서 지금까지는 미라보라는 이름만이 혼자서 꿀꺽 삼키고 있던 위대한 공적을 다른 사람들에게도 어느 정도 나누어주려고 함으로써 그들의 친애하는 미라보를 망치려 든다고 생각하는 모양일세.

프랑스인들은 미라보를 자기들의 헤라클레스라고 생각하는데, 그 점에서 그들은 전적으로 옳아. 하지만 그들은 거대한 조각상도 각각의 부분들로 이루어져 있으며, 고대의 헤라클레스도 집단적인 존재로서 자기들의 행동과 다른 사람들의 행동을 하나로 모은 거대한 인물이라는 사실을 망각하고 있는 거네.

아무리 자기 멋대로 하려고 해도, 우리 모두는 근본적인 의미에서 집단적 존재이네. 생각해 보게나. 가장 순수한 의미에서 우리의 소유라고 할 수 있는 것이 얼마나 적으며, 우리 자신이 얼마나 미미한 존재인지를 말일세! 우리 모두는 우리 앞에 살았던 사람들에게서 그리고 우리와 함께 사는 사람들에게서 받아들이고 배워야 하네. 가장 위대한 천재라 할지라도 모든 것을 자신의 내부에서부터 끌어내려고 한다면 더 이상 앞으로 나아가지 못하게 될 테지. 그런데도 다수의 매우 유능한 사람들이 그 점을 깨닫지 못하고서 독창성이라는 미몽에 사로잡힌 채 반평생을 어둠 속에서 더듬거리며 다니지. 나는 어떠한 대가에게서도 배우지 않고 모든 것을 자신의 천재성으로 얻었노라고 자랑삼아 말하는 예술가들을 보아왔지. 멍청이들! 우물 안 개구리들! 한 발짝 움직일 때마다 그들에게 세상이 밀어닥치고, 비록 그들이 멍청하더라도 거기에서 그 어떤 결과가 생겨난다는 것을 모르다니! 내 감히 말하지만, 그런 예술가가 이 방의 벽들을 따라 지나가면서 내가 그 벽에 걸어놓은 몇몇 거장들의 스케치를 슬쩍 바라보기만 하더라도, 그는 보다 나은 다른 사람이 되어 여기서 걸어나가게 될 거네. 약간의 재능만이라도 있다면 말이야.

인간들의 뛰어난 점이 도대체 무엇이겠는가. 외부 세계에 존재하는 수단을 자기 자신에게로 끌어당겨서 보다 높은 목적을 이루는 데 사용할 수 있는 힘과 경향 그 자체가 아니라면 말일세. 나는 자기 자신에 대해서 그리고 내가 느끼는 것을 겸손하게 말할 수 있네.

사실 나는 긴 생애 동안 여러 가지 일을 했고, 어쨌든 보람을 느껴도 좋을 만한 일을 이루기도 했지. 그러나 솔직히 말하자면 본래 내 것이었다고 말할 수 있는 게 어디 있겠나. 보고 듣고 분간하고 선택하고, 본 것과 들은 것에다가 약간의 정신으로 생기를 불어넣고 어느 정도 숙달된 솜씨로 재현해 내는 능력과 경향을 제외한다면 말이야. 나의 작품들은 결코 나 자신의 지혜로만 생겨난 것이 아니라, 나의 외부에 있으면서 작품의 재료로 주어졌던 수천의 사물과 인물에 힘입은 것이네. 바보와 현명한 자, 총명한 자와 고루한 자, 어린아이와 청년들 그리고 원숙한 노인들. 그 모두가 자신의 감각으로 느낀 것, 그들이 생각한 것, 그들이 살아오고 활동하고 축적한 경험들을 나에게 말해주었지. 그러므로 나는 다른 사람들이 나를 위하여 씨를 뿌린 것을 손으로 움켜쥐거나 수확하는 일 그 이상은 할 수 없었던 것이네.

그러므로 근본적인 의미에서 어떤 사람이 그 무슨 일을 자기 자신의 힘으로 아니면 다른 사람의 도움으로 이루었는지를 따진다는 건 바보 같은 짓이네. 자기 자신을 통해서 아니면 다른 사람을 통해서 작용했는지 묻는 것도 마찬가지로 무의미하네.

다만 중요한 것은 '뜻을 높게 두고 그것을 실행할 수 있는 재능과 끈기를 발휘하는' 걸세. 그 밖의 것은 별다른 의미가 없어. 그러므로 미라보가 자신의 능력이 닿는 한 외부의 세계와 그 힘을 이용한 것은 전적으로 옳았네. 그는 재능 있는 사람들을 알아보는 능력을 가지고 있었고, 재능 있는 자들은 그의 강력한 천성의 데몬에 이끌리는 것을 느꼈기 때문에 그와 그의 지도에 기꺼이 따랐던 거지. 그리하여 그는 한 무리의 뛰어난 능력의 소유자들을 주변에 두게 되었으며, 그러한 사람들에게 자신의 열정을 불어넣어 보다 높은 목적을 이루도록 만들었던 거네. 그가 다른 사람들과 '함께' 그리고 다른 사람들을 '통하여' 행동할 줄 알았다는 바로 그것이야말로 그의 천재성이고 그의 독창성이며 그의 위대함이었던 걸세."

1832년 3월 11일 일요일

저녁때 반 시간가량 괴테와 함께 이런저런 유익한 이야기를 나누었다. 나는 영역본 성경책을 한 권 구입했는데, 펼쳐보니 성서외전(聖書外傳)들이 빠져 있어서 크게 실망했다. 그 성서외전들은 진본이 아니며 또 하느님의 말씀을 직접 전하고 있지 않다는 이유로 성서에 수록되지 않았던 것이다. 나는 경건한 생활의 모범이라고 할 수 있는 저 고귀하기 그지없는 「토비트서」가 없는 것이 못내 아쉬웠다. 그뿐 아니라 「솔로몬의 지혜」와 「집회서」 그리고 정신적·윤리적으로 그에 필적할 만한 것을 찾기 어려운 위대한 경전들이 빠져 있음이 안타까웠다.

나는 괴테에게 구약의 일부 경전들은 신이 직접 전한 것으로 인정하면서, 그 못지않게 뛰어난 다른 일부 경전들은 신의 말씀이 아니라고 생각하는 극히 옹졸한 견해에 대해 유감을 표시했다. 말하자면 신으로부터 직접 나오지 않고 신의 손길에 의한 열매가 아니면서도 그 어떤 고귀하고 위대한 것이 생겨날 수 있지 않겠느냐고 말했다.

"나도 자네와 같은 생각이네." 하고 괴테가 대답했다. "하지만 성서의 일들을 바라보는 데는 두 가지 관점이 있어. 그 하나는 일종의 근원종교, 즉 신으로부터 직접 비롯하는 순수한 자연과 이성의 관점에서 보는 것이네. 이런 관점은 신이 내린 천부적 자질을 가진 인간들이 존속하는 한 영원히 변함없이 지속되면서 인정을 받겠지. 하지만 이러한 관점은 선택받은 자들만의 것이며, 일반화되기에는 너무나 높고 고귀하다네. 다른 하나는 교회의 관점으로, 이는 보다 인간적인 성격이네. 이 관점은 허약하고 불안정하며 변화할 수밖에 없는 것이지. 하지만 이런 관점도 허약한 인간들이 존재하는 한 계속해서 변화하며 지속될 게 분명하네. 완전무결한 신의 계시에서 나오는 빛은 너무나 순수하고 눈부셔서 가련하고 허약한 인간들로서는 감당할 수도 없지. 그러나 교회가 선량한 중재자가 되어 그 빛의 세기를 온화하게 누그러뜨려 모든 사람들에게 도움을 주고 다수 사람들의 정서를 순화시켜 줄 수 있는 거지. 기독교 교회는 요컨대 자기들이 그리스도의 계승자로서 인간적인 죄악의 짐으로부터 벗어날 수 있다는 믿음을 가짐으로써 매우 거대한 권능을 가진 존재가 되었지. 그리고 이러한 권능과 이러한 명망을 유지함으로써 교회 체계를 보호하는 것이야말로 기독교 성직자들의 주된 관심사이네.

그러므로 그들은 성경의 어느 편이 정신의 계몽에 더 커다란 영향을 미치는지 또는 성경책이 더 높은 윤리와 고귀한 인간 본성에 대한 가르침을 담고 있는지의 여부에는 별다른 관심을 두지 않네. 성직자들은 오히려 모세오경에서 설명하는 인류 타락의 역사와 구세주의 출현 필요성에 대해 역점을 두며, 더 나아가 예언자들을 통해서 미래에 올 그분의 출현을 거듭해서 암시한다네. 그리고 복음서에는 지상에서 구세주가 실제적으로 출현해 우리 인간들의 죄를 대속하며 십자가에 못 박혀 죽은 일에 무게를 둔다네. 그러니 자네도 보다시피 그러한 목적과 방향을 따르고, 또 그러한 저울로 무게를 달기 때문에 저 고귀한 「토비트서」도 「솔로몬의 지혜」도 「집회서」도 별다른 중요한 의미를 가질 수 없게 되는 거네.

어쨌든 성경 내용의 진위 여부를 둘러싼 논란은 정말 딱한 노릇이네. '진짜'라는 것은 가장 순수한 자연 그리고 가장 순수한 이성과 조화를 이루면서 오늘날까지 우리 인간을 최고도의 발전으로 이끌어주는 저 완벽한 탁월성 이외에 그 무엇이란 말인가! 그리고 위조된 것이란 부조리한 것, 아무 결실도 맺지 못하는 공허하고 어리석은 것에 다름 아니며, 최소한 좋은 것은 결코 아닌 터에 말이야! 성서 각 편의 진위 여부를 완전한 진본이 우리에게 전해졌는가를 기준으로 결정한다면, 복음서의 일부는 의심받을 수밖에 없네. 즉 「마가복음」과 「누가복음」은 직접적인 견해나 체험을 그대로 기록한 것이 아니라 구전되어 오던 것을 나중에서야 기록한 것이네. 그리고 마지막의 「요한복음」도 사도 요한이 아주 고령에 쓴 것이므로 의심받을 만하지. 하지만 나는 네 개의 복음서를 모두 진본으로 확신하네. 왜냐하면 그 복음서들에는 그리스도라는 인물 자신에게서 나온 것으로서, 지상에 출현한 신성만이 보여줄 수 있는 숭고함이 빛을 발하고 있기 때문이네. 만일 누가 나의 천성 속에 그리스도를 경배하는 마음을 가지고 있느냐고 묻는다면, 나는 대답하겠네. '단연코 그렇다!'라고. 나는 도덕성의 최고 원리를 신성하게 계시하는 존재인 그분 앞에 무릎을 꿇겠네. 또한 태양을 숭배하느냐고 묻는다면, 나는 다시 한번 대답하겠네. '단연코 그렇다!'라고 말일세. 태양 역시 하느님의 계시이며, 우리 지상의 존재들이 볼 수 있는 것 가운데 가장 강력한 것이니까 말이야. 나는 태양 속에서 볼 수 있는 그 빛과 창조력을 경배한다네. 우리 모두는 바로 그것 때문에 살아가고 활동하고 존재하며, 모든 동식물도 그 점에서는 우리와 마찬가지라네. 그러나 사람들이 나에게 사도 베드로나 사도 바울의 엄지손가락 뼈 앞에 머리를 수그릴 생각이 있느냐고 묻는다면 나는 대답하겠네. '제발 내버려 두시오. 그런 어리석은 짓거리는 신물이 나오!'라고 말일세. 사도도 말하지 않았던가. '그대 정신을 억압하지 말라!' 하고 말이네.

교회의 규약들에는 어리석은 요소들이 많이 들어 있네. 하지만 교회는 지배하려고 하기 때문에, 맹목적으로 머리를 수그리고 자진해서 지배를 받는 우매한 대중이 필요한 거네. 그러므로 많은 급료를 받는 고위 성직자들이 가장 두려워하는 것은 다름 아니라 이 하층민들이 각성을 하는 거네. 성직자들은 될 수 있는 한 오랫동안 대중이 성서마저도 멀리하도록 해왔지. 교구의 가난한 그리스도교 신자들은 고액의 봉급을 받는 주교들의 제후와도 같은 호사스러움에 대해 도대체 무슨 생각을 했을까? 제후와도 같은 주교가 여섯 필의 말이 끄는 의전마차를 타고 요란하게 행차하는 것과는 정반대로, 복음서에는 제자들과 함께 겸손하게 걸어갔던 그리스도의 가난함과 곤궁함이 여실하게 나타나 있으니 말일세!"

괴테가 계속해서 말했다. "우리가 루터와 종교개혁 일반으로부터 얼마만큼 많은 은혜를 입었는지는 필설로 다할 수가 없네. 우리는 정신적 우매함의 사슬로부터 풀려났고, 점점 더 성장해 가는 문화의 덕택으로 원천으로 돌아가 그리스도교를 그 순수한 모습 그대로 볼 수 있게 되었지. 우리는 다시 용기를 내어 하느님의 대지 위에 굳게 발을 딛고 하느님으로부터 유래하는 인간의 천성을 느낄 수 있게 된 거네. 정신문화가 점점 더 진보한다 하더라도, 자연과학이 보다 더 넓고 깊게 발전한다 하더라도, 인간 정신의 영역이 제아무리 확장된다 하더라도, 인간은 복음서에서 희미하게 빛을 발하고 있는 그리스도교의 고귀함과 윤리적 이상 그 너머로 나아가지는 못할 걸세!

하지만 신교도들이 그 정신적 발전 면에서 힘차게 앞서 나아가면 갈수록, 구교도들도 그만큼 더 빨리 그 뒤를 좇아갈 테지. 그들은 점점 더 위세를 더해가는 시대의 위대한 계몽 정신을 느끼면서 그들 나름의 방식대로 따라가지 않으면 안 된다고 생각하는 거네. 그리하여 결국에는 모든 것이 하나로 귀결되겠지.

또한 지긋지긋한 신교의 종파주의도 막을 내리고, 아울러 아버지와 아들, 형제자매 간의 증오심과 적대의식도 그치게 될 테지. 왜냐하면 사람들이 그리스도의 순수한 가르침과 사랑을 있는 그대로 받아들여 자기 것으로 한다면, 누구든 인간으로서 위대하고 자유롭다고 느낄 것이며 이런저런 외형적인 예배의식 따위에는 더 이상 별다른 가치를 부여하지 않을 테니까 말이야.

그리하여 우리 모두는 차츰차츰 말씀과 신앙의 그리스도교에서 벗어나 의지와 행동의 그리스도교로 발전하게 될 거네."

이야기는 그리스도가 태어나기 전에 살았던 위인들에게로 넘어갔는데, 하느님의 권능은 구약성서에 나오는 몇몇 위대한 유대인들에게서뿐만 아니라 중국과 인도, 페르시아와 그리스에서 살았던 위인들에게도 마찬가지로 작용했다는 것이다. 또한 우리가 살고 있는 현대 세계의 위대한 인물들에게도 하느님의 작용이 어떤 식으로 이루어지고 있는지에 관한 이야기도 언급되었다.

괴테가 말했다. "흔히들 하는 이야기를 듣자니 하느님은 저 옛날 이후 조용한 곳으로 은퇴라도 하신 모양일세. 그래서 이제 인간은 자기 자신의 힘만으로 일어서야 하며 하느님 없이도 그리고 그분의 눈에 보이지 않는 날마다의 입김 없이도 어떻게든 살아갈 수 있다는 식이군. 어쨌든 사람들은 종교와 도덕의 영역에서는 하느님의 작용을 인정하지만, 학문과 예술의 영역에서는 모든 것을 완전히 세속적인 것으로 그리고 순전히 인간적인 능력의 산물로 간주하고 마네.

그래, 인간적인 의지와 인간 역량을 한껏 발휘해 모차르트나 라파엘로나 셰익스피어라는 이름 아래 창조된 예술 작품들에 필적할 수 있는 그 어떤 작품을 만들 수 있다면 어디 한번 만들어보시라지. 나는 잘 알고 있어. 이 고귀한 세 사람만이 유일한 존재는 아니며, 모든 예술 분야에서 그들만큼 완벽한 걸작을 창조했던 탁월한 정신들이 무수하게 있었다는 사실을 말일세. 하지만 분명한 사실은 이들 모두가 앞서 말한 세 인물만큼 위대했다면, 그들 모두 역시 평범한 인간의 천성을 넘어서는 존재로서 앞의 세 사람에 못지않은 신성을 타고났다는 거네.

그런데 현재의 상황은 어떠하며 또 그건 무슨 의미를 내포하고 있는가? 하느님은 저 유명한 상상적인 엿새 동안의 창조의 날 이후에도 결코 쉬지 않으면서 첫날처럼 계속 활동을 하고 계시네. 만일 그분이 이러한 물질적 토대 위에다가 정신세계를 위한 일종의 종자(種子) 양성소 같은 것을 만들 계획 같은 것을 하지 않았다면 어떻게 되었겠나. 이 둔중한 세계를 단순한 원소들로부터 합성해 내고, 그것을 연연세세 햇빛 아래 굴러가게 하는 일뿐이었다면 그분은 틀림없이 흥미를 잃고 말았겠지. 요컨대 그분은 보다 고귀한 사람들을 통해서 지금도 계속 작용함으로써 보다 낮은 천성의 사람들을 이끌어 올리고 있는 걸세."

이윽고 괴테는 말문을 닫았다. 하지만 나는 그의 위대하면서도 선량한 말을 가슴 깊이 새겨두었다.

작품 해설

문화의 투사 괴테와 문학청년의 만남

1 작품의 성립 내력과 전체 구성

뤼네부르크와 함부르크 사이로 흐르는 루에강변의 소도시 빈젠에서 태어난 요한 페터 에커만(1792~1854)의 가정은 당대 독일 하층민의 전형적인 생활상을 보여준다. 주 수입원은 암소 한 마리. 그 암소로부터 매일 먹을 우유를 공급받았고, 가끔씩 남은 우유를 팔았다. 그리고 일 에이커 정도의 밭에 야채를 재배해 먹고살았다. 아버지는 계절마다 본업이 바뀌는 보따리장수였고, 어머니는 바느질로 생계에 도움을 주었다.

에커만은 어린 시절을 이렇게 회상한다. "봄이 와서 엘베강의 범람한 물이 빠져나가면, 나는 매일 집에서 나와 둑의 안쪽이나 그 밖의 높다란 곳에 떠밀려 온 갈대를 모아다가 우리 집 암소가 좋아하는 푹신한 잠자리를 만들어주었다. 그리고 드넓은 목장에 파릇파릇 새싹이 돋아나면 다른 아이들과 어울려 하루 종일 소를 돌보며 놀았다. 여름이면 주로 밭일을 했으며, 또한 사시사철 아궁이에 불을 지필 장작을 마련하기 위해, 채 한 시간이 걸리지 않는 가까운 숲으로 가서 마른나무들을 끌고 왔다. 수확의 계절이면 몇 주일 동안 들판에 나가 이삭 줍기에 바빴다. 그러다가 이윽고 가을바람이 나무들을 뒤흔들 무렵엔 도토리를 주워 모아 시내의 부잣집에 거위 사료용으로 근수를 달아 팔았다. 그러나 나이가 어느 정도 들자 아버지를 따라나서서 마을에서 마을로 돌아다니며 보따리 짐을 나르게 되었다. 이 시기야말로 나의 소년 시절의 가장 즐거운 추억으로 남아 있다."(『괴테와의 대화』(이하 『대화』로 표시.) 1부 들어가는 말)

후일에 에커만이 문학 수업을 하면서 독일의 자연을 소재로 한 시를 자주 썼던 정서적 배경을 여기에서 읽을 수 있다. 가난한 살림 때문에 25세에 공무원으로 재직하면서 김나지움 6학년에 입학해 만학도로 학업을 계속했던 에커만. 그의 학업 능력을 알아본 후원자들이 법학 공부를 하라며 지원해 주지만, 문학을 향한 열망 때문에 밥벌이가 되는 법학 공부를 도중에 포기하고 만다. 그러던 중 자신의 인생행로를 결정적으로 바뀌게 한 괴테의 시집을 처음 대했을 때의 감회를 그는 이렇게 기록하고 있다. "내가 발견한 것은 모든 욕망과 행복과 고통 속에 있는 인간의 마음이었으며, 눈앞에 환하게 펼쳐진 대낮과도 같은 독일의 자연이었으며, 부드럽게 정화된 빛에 싸여 있는 순수한 현실이었다."(『대화』 1부 들어가는 말)

괴테를 직접 만나보고 싶었던 에커만은 우선 자기가 쓴 「시학 논고」를 괴테에게 보낸다. 괴테는 그 원고와 에커만이 보낸 시집을 호의적으로 평가한다. 그해 1823년 5월 말경 에커만은 괴테를 만나기 위해 괴팅겐과 베라탈을 지나 열흘 동안 걸어 바이마르로 간다. 바이마르에 도착하고 나서 며칠 후 처음으로 대면한 두 사람은 이후 괴테가 세상을 떠나기까지 약 9년 동안 천 번 정도의 만남을 가진 것으로 전한다. 그리고 그때마다 대화를 꼼꼼하게 기록해 놓았던 에커만이 그것을 정리하여 괴테의 사후인 1836년에 1부와 2부를 그리고 1848년에 3부를 출간하는데, 이것이 『괴테와의 대화』이다.

괴테와의 만남으로 문학청년의 꿈이 해결된 것은 물론 아니었다. 무엇보다도 생계를 꾸려야 했던 에커만은 코타 출판사에서 출간하기로 된 『시학 논고』에서 나오는 수입으로 1년 동안의 생활비가 생긴 것을 기뻐하면서, 그 기간에 독자적으로 창작 활동에 매진해 오랜 꿈이었던 작가로서의 토대를 마련하겠다는 생각을 한다. 그러나 괴테의 의중은 달랐다. 독자적인 비평의 기회를 가지려는 에커만에게 괴테는 이렇게 말한다. "만일 다른 곳에서부터 문학과 관련된 청탁을 받게 된다면 거부하게. 아니면 최소한 나에게 미리 말해주게나. 자네는 일단 나와 연을 맺었으니 다른 사람과 관계를 가진다는 게 그리 달갑지 않아."(『대화』 1부 1823년 11월 24일) 어떻게 보면 어이없는 월권적인 발언이다. 이런 식으로 괴테의 특별한 호의에 의해 에커만은 바이마르에 묶이게 된다. 괴테가 에커만을 점점 더 깊이 자신의 일 쪽으로 끌어당겨, 완벽한 괴테 전집을 위한 준비 단계로서 그에게 비중이 적지 않은 일들을 맡긴 것이다.

에커만은 괴테의 원고를 정리해 주었고, 괴테 전집 신판 출간의 공동 편집에 참여하는가 하면, 괴테가 주고받은 일기와 편지를 정리한다. 1830년에는 괴테 전집 완결판의 38권과 39권의 편집을 맡아, 이 전집이 다음 해 전 40권으로 완결되는 데 결정적인 역할을 하기도 한다. 특히 괴테가 『파우스트』 2부와 『빌헬름 마이스터의 편력시대』를 완성하고 『시와 진실』의 많은 부분을 마무리 짓는 데에는 에커만과 나눈 대화에서 받은 자극과 영감이 상당한 기여를 한 것으로 알려졌다.

여러 기록에서 볼 때 에커만은 『대화』를 일찍 완성시켜 자신의 입지를 굳히고, 문학적 명성을 얻으려는 소망을 자주 피력한다. 그러나 괴테는 에커만의 그러한 기대를 번번이 무산시킨다. "그 원고가 곧바로 출판되기보다는 그것을 자네와 함께 자세히 검토해 수정하고 싶기 때문이네. 그 원고가 온전히 나의 정신에 부합되게 쓰였다는 걸 내가 입증할 수 있다면 책의 가치가 그만큼 높아질 수 있을 테니 말이야."(『대화』 2부 1830년 10월 12일) 괴테는 원고를 더 정련시키려 하고, 에커만은 자신의 업적을 세상에 얼른 선보이고 싶어하는 장면이다. 오늘날 우리가 보는 대화록은 결국 괴테의 의중대로 작품 전체가 완벽하면서도 질서정연해질 때까지 서로 대화를 나눈 끈질긴 작업의 결과물이고, 고통과 인고의 산물이다.

안타깝게도 에커만은 평생을 가난에 시달리며 살았다. 바이마르에 와서 괴테를 만난 후에도 그 점은 마찬가지였다. 그가 사랑했던 여인 요한나 베르트람과는 1819년에 약혼했지만,

경제적 궁핍으로 제대로 결합하지 못하다가 1831년에야 결혼식을 올리게 된다. 심지어는 괴테가 에커만의 노고에 합당한 경제적 대우를 해주지 않는다고 에커만의 약혼녀가 불만을 토로하는 기록들도 남아 있다. 그 세세한 내막을 제대로 알기는 어렵다. 그러나 괴테가 끈질기게 개입하지 않았더라면, 에커만의 대화록은 철학자 니체가 평가한 대로 '존재하는 독일 최고의 책'으로 태어나기는 어려웠을 것이다.

물론 에커만은 작품이 완성된 후 괴테의 발언들을 제대로 전달하지 못했노라고 말한다. "그러나 구 년이라는 세월에 걸쳐 나를 행복하게 해주었던 그분의 말씀의 풍성함에 견주어 볼 때, 내가 글로 옮겨 적은 것은 실로 미미하다. 그러므로 나는 마치 두 손을 활짝 펴고 상쾌한 봄비를 잡아보려고 애를 쓰지만 그 빗물의 대부분을 손가락 사이로 흘려보내고 마는 소년과도 같다는 생각이 든다."(『대화』 1권 머리말). 겸손하면서도 아름다운 표현이다.

작품의 전체 구성은 괴테와 에커만 사이의 대화 내용이 주를 이룬다. 그밖에 괴테가 가족이나 방문객과 나눈 대화, 에커만 자신의 일기 메모, 괴테의 삶의 지혜를 담은 잠언 그리고 괴테를 방문한 친지와 친구들, 예술가와 학자들 그리고 멀리서 그를 찾아온 외국인들과 더불어 나눈 대화들이 수록되어 있다. 그와 직접 대화를 나눈 당대의 인물들만 꼽더라도 나폴레옹을 비롯해 헤겔, 실러, 베토벤 등 그 시대를 대표하는 거물들이었다. 그 자신이 시인이기도 했던 에커만은 그 방대한 자료를 치밀하게 재구성해 문학적으로 형상화한 것이다.

그리스 로마의 고전에 대한 해설에서부터 코르네유나 라신 같은 프랑스의 고전 비극 작가, 몰리에르의 희극 작품, 셰익스피어 문학, 영국의 바이런과 월터 스콧, 이탈리아 문학, 세르비아 문학, 더 나아가 페르시아 문학과 중국 문학에 이르기까지 방대한 영역에 걸쳐 토로하고 있는 괴테의 육성은 우리를 괴테라는 거인을 통해 세계 문학의 풍성한 흐름 속으로 안내한다. 또한 바이마르 궁정에서 직접 정치에 관여했던 경험에서 우러나온 정치인으로서의 고민, 바이마르 극장을 직접 지휘하면서 얻은 체험으로 정리했던 연극술에 대한 세세한 토로, 프랑스혁명으로 혼돈에 빠진 유럽의 정세 한가운데서 직면해야 했던 진보와 보수의 갈림길에서의 고뇌, 당대 바이마르 공국의 경제적 위기 상황을 타개하려는 행정가로서의 활동, 정치 상황에 절망하고 자연 연구에 몰두해야 했던 정황 등, 인간 괴테가 겪어야 했던 총체적인 상황들이 구체적이고 직접적인 서술 방식으로 묘사되어 있다.

그러므로 우리는 이 책을 통해 고전문학과 세계문학의 대가들에 대한 괴테의 독창적 해석, 당대의 문학과 예술, 성서 해석과 종교 문제, 정치와 세계사의 흐름에 대한 지식인의 역할 등에 대한 폭넓은 이해에 도달할 수 있을 것이다.

이 책에 담긴 소주제들은 다양하다. 그것들을 대략적으로 언급하면 다음과 같다. '한 분야에서 유능해져라', '적대자들에 대해 초연하라', '결국은 사랑하는 사람에게서만 배우게 된다', '부정적인 것은 무와 같다', '자유에 대하여', '건강과 생산성', '제도에서 오는 속물', '투쟁 끝에 자라나는 아름다움', '인류의 진보', '성서 이야기', '고전적인 것과 낭만적인 것', '파우스트에 대하여', '베르테르의 슬픔에 대하여', '헤겔 철학에 대하여', '종교와 철학', '독창성이란 무엇인가?', '세계문학의 이념', '작가는 순교자' 등 이 책의 소주제들은 실로 진선미를 종횡으로 가로지르는 광대한 영역에 걸쳐 있다.

그런 점에서 에커만은 이 책이 '일종의 교과서이자 괴테 사전'이 되어야 한다고 생각했다. 에커만이 괴테의 말을 전하는 서술 방식은 비교적 단순하면서도, 생동감에 넘치며 다채롭기 그지없다. 대부분 괴테의 말을 그대로 전하고 있으며, 묘사 부분도 괴테의 문체를 따르고 있기 때문에 전체적으로 괴테의 어조가 생생하게 살아 있다. 그래서 괴테의 며느리인 오틸리에는 나중에 이 책을 읽고서 "마치 시아버님의 목소리가 생생히 들리는 것 같다."라고 말할 정도였다.

다시 말해 이 작품의 장점 가운데 하나는 현장성과 구체성을 확보한 생생한 묘사라고 할 수 있다. 대화를 나눈 시간과 공간, 그 자리에 함께 있었던 사람들을 비롯한 구체적인 상황이 정밀하게 기록되어 있다. 아울러 바이마르 지역의 풍광에 대한 기록도 생생하다. 이것은 기록의 신빙성을 확보하기 위한 의도에서 비롯된 것이겠지만, 어쨌든 마치 우리 자신이 바이마르 시내를 거닐고 괴테의 집을 드나드는 것 같은 착각이 들 정도이다. 그리하여 괴테의 다른 문학작품과는 또 다른 차원에서 이 작품은 괴테의 생생한 육성을 통해 괴테에 접근할 수 있는 통로가 된다. 이 점을 에커만은 이렇게 말한다.

"그의 이야기는 그의 작품처럼 다양했다. 그는 언제나 동일한 사람이면서 언제나 다른 사람이었다. 그 어떤 위대한 생각이 그를 사로잡기라도 하면, 그의 입에서는 샘물처럼 풍성하게 끊임없이 말이 솟아 나왔다. 그 말들은 마치 온갖 꽃들이 피어 있지만 너무나 눈이 부신 나머지 그것들을 꺾어 화환을 만들 생각조차 할 수 없는 봄날의 정원과도 같았다. 또 어떤 때는 마치 그의 영혼에 안개라도 내린 듯 말없이 침묵을 지켰다. 정말이지 얼음 같은 차가움으로 가득 차서, 눈서리가 내린 들판 위를 스쳐 가는 살을 에는 바람과도 같은 날도 있었다. 그러다 다시 보면 그는 어느새 숲속의 모든 가수들이 덤불과 관목 속에서 우리를 향해 환호하고, 뻐꾸기가 푸른 대기를 뚫고 울어대며, 실개천이 울긋불긋 꽃이 핀 목초지를 졸졸거리며 흐르는, 활짝 웃음 짓는 여름이 되어 있었다. 그러면 기꺼이 그의 목소리에 귀를 기울이고, 그와 가까이 있음에 더없는 행복감을 느끼며, 그의 말에 우리의 마음은 더없이 넓어졌다."(『대화』 3부 머리말) 자연과 인간, 인간과 인간의 내면을 이처럼 하나로 만나게 하는 것, 그것이야말로 말의 아름다움이고, 문학의 힘이 아니겠는가?

2 생태적 상상력의 보고(寶庫)

『파우스트』의 유명한 구절. "친구여, 모든 이론은 잿빛이며/ 생명의 황금나무는 늘 푸르다네!"라는 시구는 생성 문학 또는 생태적 상상력의 핵심을 간결하게 표현하고 있다.

방대한 분량으로 기록된 『대화』도 마찬가지로 생성 또는 생태적 상상력으로 가득한 문학의 보고이다. '존재'의 관점이 아니라 '생성'의 관점이 굽이친다. 고정불변의 실체란 존재하지 않으며, 세계는 끊임없는 흐름 속에 있다. "신성은 살아 있는 것 속에서만 작용하며 죽은 것 속에서는 작용하지 않지. 신성은 생성되는 것과 변형되는 것에만 있으며 생성된 것 그리고 굳어버린 것 속에는 없어."(『대화』 2부 1829년 2월 13일)

난해한 것으로 알려진, 파우스트가 '어머니들'에게로 가는 장면도 생성 작용 자체에 대한 은유로 이해하면 공감이 간다. "어머니들은 이러한 영원한 어스름과 고독 속에서 창조하는 존재이며, '창조하고 보존하는 원리'로서, 지구의 표면에서 형태와 생명을 가지고 있는 모든 것은 여기에서 유래한다. …… 생성과 성장, 파괴와 재생이라는 이 세상 존재의 영원한 형태 변형은 어머니들이 끊임없이 이루어내는 작용이다."(『대화』 2부 1830년 1월 10일)

주목할 점은 괴테가 이러한 생성 작용에서 보고 있는 물질과 정신의 관계이다. "자연과의 소통이란 도대체 무슨 의미가 있는 걸까! 만일 우리가 분석적인 방식으로 개개의 물질적인 부분들을 처리하면서 정신의 작용을 느끼지 않는다면 말이야. 그 정신이란 것은 결국 물질의 모든 부분이 나아갈 방향을 정해주면서 조금도 탈선하지 않도록 내적인 법칙에 따라서 통제하고 제어하는 것일세. ……물질에 대한 정신의 지배를 확인하는 것은 내가 평생을 바친 일이며 또한 그 무엇보다도 나의 몫으로 주어진 일이었으니까."(『대화』 3부 1830년 8월 2일)

위의 발언을 뒤집어서 보자면, 물질에 대한 정신의 지배를 확인하는 일이 그만큼 지난한 과정이었다는 고백이다. 물질에 대한 정신의 지배란 곧 물신주의의 극복을 의미하므로, 괴테의 평생에 걸친 노고는 결국 물신주의의 극복 과정이었다는 말이기도 하다. 그러나 괴테 전후의 역사 현실은 어떠했던가? 서구의 근대 이성은 물질에 대한 정신의 지배가 아니라, 무엄하게도 자연에 대한 정신의 지배를 도모함으로써 오늘날 인류가 환경 대재앙의 위기에 직면하게 되었다는 것은 주지의 현실이다. 근대 이후의 역사는 자연과의 소통이 아니라, 자연을 지배하고 소유하려는 반역의 역사였다. 전체에 대한 부분의 도발이었다. 그러므로 대자연의 순환 체계 속에서 물질의 도전에 맞서고 물질을 제어함으로써 정신이 자기 몫을 다하는 것이 자연과의 소통이라는 괴테의 발언은 대단히 시사적이다.

요컨대 괴테가 말하는 인간의 교양 과정, 정신의 고양 가능성, 세계의 변화에 대한 믿음은 결국 물질에 대한 정신의 지배를 확인해 나가는 물신 거부의 기나긴 여정이었다.

괴테가 하느님을 인간의 도덕과 윤리를 통제하는 감독관으로서가 아니라 자연의 풍성한 생산력의 주체로 보는 것도 같은 맥락이다. "내가 경배하는 하느님은 그러한 풍성한 생산력을 이 세상에 내려주신 하느님이네. ……이 세상을 온갖 생물로 가득 넘쳐흐르게 만드시는 하느님, 그리하여 전쟁과 역병에도 홍수와 화재에도 이 세상을 털끝만큼도 다치지 않게 하시는 하느님, 바로 그분이 '나의' 하느님일세."(『대화』 2부 1831년 2월 20일) 괴테는 이처럼 인간 형성의 가능성을 도덕과 윤리의 차원이 아니라, 자연의 생성력 속에서 보고 있다.

괴테의 생성적 관점에 따르면, 자연의 생산력도 인간의 정신도 모두 하느님으로부터 나온다. 자연과 인간은 하느님의 나라에서 문을 활짝 열고 서로 만난다. 자연과 인간을 하나되게 하는 생성력의 주체로서의 하느님. 자연과 인간을 상호 소통과 합일의 관점에서 보는 괴테의 자연관은 오늘날의 생태주의적 관점과 직결되는 것으로 보인다.

3 추상적 사변과 도그마에 대한 거부

『색채론』으로 뉴턴 역학의 기계론적 결정론에 필사적으로 대항했던 것은 괴테가 무엇보다도 자연과 인간을 생성의 관점에서 보았기 때문이다. 뉴턴역학에 의해 논리와 수식에 갇혀버린 세계는 생명을 상실한 추상의 세계라는 것이다.

추상적 세계관의 선두 주자는 불멸의 이념이다. 괴테는 불멸의 이념에 매달려 있는 신자들을 조롱조로 비판한다. "'저세상에서는 이 세상에서 영생을 믿었던 사람들 중의 그 누구와도 만나고 싶지 않습니다.' ……불멸이라는 이념에 몰두하는 것은 고상한 신분의 사람들이나 할 일이며, 특히 아무 할 일도 없는 여자들의 일이라네……."(『대화』 1부 1824년 2월 25일)

괴테는 칸트 철학의 유익한 점도 이 불멸의 이념을 배제한 데 있다고 본다. "칸트가 말할 나위 없이 우리에게 유익한 점은 그가 인간이 도달할 수 있는 경계를 확인하고는 해결 불가능한 문제들을 그대로 내버려 두었다는 데 있네. 영혼불멸에 대해 철학적 사변이라면 해보지 않은 것이 없건만, 도대체 얼마만큼 진보했단 말인가!"(『대화』 2부 1829년 9월 1일)

하느님을 함부로 입에 올리는 자들에 대한 괴테의 비판도 마찬가지 맥락이다. "사람들은 하느님을 함부로 입에 올리고 있네. ……이해할 수 없음은 물론이고 상상조차 할 수 없는 지고의 존재를, 마치 자기들과 별로 다르지 않은 존재로 여기면서 말이야. 그렇지 않다면 '주 하느님'이라든지 '사랑하는 하느님'이라든지 '선하신 하느님' 따위의 말을 하지는 않을 테지. 하느님은 사람들에게는, 특히 날마다 하느님을 입에 올리는 성직자들에게는 그저 상투어요, 단순한 이름에 불과해. 하느님의 이름을 부르면서 아무 생각도 하지 않으니까 말이야. 그러나 하느님의 위대함을 마음속 깊숙이 느끼는 자라면, 말문이 막히고 외경심 때문에 그 이름을 함부로 부르지도 못할 테지."(『대화』 3부 1823년 12월 31일)

생성의 세계, 하느님의 세계는 상투어와 단순한 이름의 저 건너, 선악의 저 너머에 있고, 현재라는 영원 속에 있기 때문이다. 생성의 철학자 니체가 "신은 죽었다!"라고 선언하기 전에 괴테는 이미 신의 죽음을 설파하고 있다. 니체가 괴테를 영원한 스승으로 본 것은 '존재'의 거대한 성곽이 아니라 '생성'의 무한한 바닷가에서 시공을 초월해 함께 고군분투하고 있는 동지를 보고 있기 때문일 것이다.

성서의 인간창조설도 삼위일체설도 괴테는 거부한다. 인간만이 그렇게 유달리 하느님의 사랑을 받을 이유는 없다는 것이다. 당시로서는 위험천만한 주장이다. 그러나 하느님이라는 이름을 거부한다고 해서 괴테가 복음서 자체를 부정하는 것은 아니다. 복음서 자체에도 물론 모순은 있다. 그러나 그 모순을 괴테는 이렇게 본다. "역사적, 비판적으로 연구하려는 시도는 바닷물을 남김없이 마시려는 것과 같네. 현재 눈앞에 있는 것에 대해 더 이상 왈가불가하지 말고 그대로 따르고, 거기에서 윤리적인 교양과 성장에 도움이 되는 바를 택해 자기 것으로 만드는 편이 훨씬 나을 걸세."(『대화』 2부 1831년 2월 13일) 부정의 극단으로 가면 허무주의에 빠지고, 긍정의 극단으로 가면 도그마에 빠지게 된다! 양쪽 다 비생산적이고 반(反)생성적인 태도이다. 괴테가 절제와 중용을 거듭 말하고, 부정적인 것은 무(無)와 같다고 반복해서 말하는 이유이다. 괴테가 메피스토펠레스의 존재를 폄하하는 것도 같은 이유에서이다. 메피스토펠레스는 너무나 부정적인 존재이며, 데몬적인 것은 전적으로 긍정적인 행동력 속에서 나타난다(『대화』 2부 1831년 3월 2일)는 것이다.

미학자들에 대한 비판도 같은 맥락이다. "나는 미학자들이 우스워 죽겠어. 그들은 우리가 '미'라는 말로 부르고 있긴 하지만 표현하기가 거의 불가능한 것을 몇 마디 추상적인 말로써 개념화하려고 애쓰고 있으니 말이야. 그러나 미는 근원현상이네. 그것 자체가 현상으로 나타나는 일은 결코 없지만, 창조적 정신의 다양하기 그지없는 발현 속에서 그 모습을 반영해 드러내지. 자연 자체와 마찬가지로 그토록 다양하고 무수한 형태로 말일세."(『대화』 3부 1827년 4월 18일)

추상적 관념에 대한 거부는 또한 매너리즘에 대한 거부로도 이어진다. 라파엘로와 그 동시대인들은 제한된 매너리즘에서 벗어나 자연과 자유를 향해 힘차게 나아갔다고 말하면서, 괴테는 매너리즘을 언제나 완성만을 염두에 두면서 창작의 기쁨을 누리지 못하는 태도, 즉 비생성적, 비생산적 태도로 본다. 결과라는 추상과 허깨비에 집착하는 매너리즘. 만일 신이 자기에게 진리를 주려고 하신다면 그 선물을 거절하고 차라리 스스로 진리를 찾는 노고를 택하겠노라고 했던 레싱을 생각해 보라.

추상적인 것에 대한 이런 결연한 거부는 어쩌면 정치적 차원에서 대중에 대한 괴테의 불신과도 연관이 있는지 모른다. 모든 개인은 전체의 행복을 위해서 일해야 하며, 그것이 개인 자신의 행복을 위한 필수 불가결한 조건이다, 라는 생시몽(1760~1825)주의, 당시 유행하던 공상적 사회주의의 이념에 대해 괴테는 명백한 반대의 견해를 보인다. 요컨대 대중이라고 해서 절대선은 아니라는 것이다. "내 생각으로 모든 개인은 자기 자신으로부터 시작해야 하며 우선적으로 자신의 행복을 추구해야 하네. 그리고 거기에서부터 마침내 전체의 행복이 틀림없이 생겨나는 거네. 게다가 그 교의는 내가 보기에 전적으로 비실제적이며 실천 불가능한 것이네. 모든 자연과 모든 경험에 반하는 것이며, 수천 년 이래의 모든 일들의 진행 과정과 모순되는 것이니까 말이야. …… 나는 작가로서의 직업에 충실하면서 대중이 원하는 것은 무엇일까, 어떻게 전체를 이롭게 할까, 라고 물은 적은 결코 없었네."(『대화』 3부 1830년

10월 20일)

대중에 대한 맹목적 찬양이라는 위선을 거부하고 구체적으로 느끼는 것만을 창작할 수 있었다는 괴테의 고백을 고려하면, 괴테가 비애국자로 비난받았던 맥락도 이해가 간다. 프랑스 군대에 대항하는 해방전쟁에 기여하지 않았다는 비판에 대해서도 괴테는 증오심도 생기지 않는데 어떻게 증오의 시를 쓸 수 있단 말인가, 라는 식으로 당당하게 대응했던 것이다.

4 대중과 혁명에 대한 불신

괴테는 대중에 대한 불신을 곳곳에서 드러낸다. "내 작품은 대중을 위해 쓰인 것이 아니라, 그 어떤 비슷한 것을 원하고 추구하며 같은 방향으로 나아가고자 하는 소수의 사람들을 위한 것이네."(『대화』 제2부 1828년 10월 11일)

"모든 위대한 것과 총명한 것은 소수에게만 존재한다네. ……이성(理性)이 대중화된다는 건 바랄 수도 없는 일이야. 대중은 열정이라든지 감정에 사로잡힐 수 있겠지. 하지만 이성은 언제나 소수의 뛰어난 자들에게만 허락되었네."(『대화』 2부 1829년 2월 12일)

"나는 지금까지 민중에 반하여 죄를 지은 기억이 없는데, 이제 와서 내가 결코 민중의 벗이 아니라는 말을 들어야 하다니. 물론 나는 혁명을 내세우는 천민의 벗은 아니야. 그들은 약탈과 살인과 방화를 일삼으면서도 공공복지라는 거짓 간판을 내걸고서 비천하기 짝이 없는 이기적인 목적에만 눈이 어두워 있지 않나. 나는 그런 무리들의 편이 될 수가 없어. 하지만 그렇다고 해서 루이15세의 편도 아니네. 여하간 나는 어떤 폭력적 혁명도 찬성하지 않네. 그것으로 좋은 결과가 얻어지겠지만, 그에 못지않은 파괴도 초래되기 때문이지."(『대화』 3부 1825년 4월 27일)

"대공 개인의 입장에서 보더라도 군주라는 지위가 그분에게 도대체 책임과 노고 이외에 그 무엇을 주었단 말인가? 그분의 거처와 의복과 식사도 부유한 민간인이 누리는 것보다 더 낫다고 할 수 있단 말인가?"(『대화』 3부 1825년 4월 27일)

보다시피 괴테는 혁명의 주도 세력을 천민으로 격하시킨다. 그러면서 아우구스트 대공의 사례를 들어 군주제를 옹호한다. 하지만 다음의 발언을 보면, 혁명의 모든 것에 대해 괴테가 반대했던 것은 아님을 알 수 있다. 프랑스혁명의 친구가 될 수 없었다고 고백하는 장면. "사실을 말하자면 나는 혁명의 친구가 될 수 없었네. 혁명의 무자비한 공포가 너무 절절하게 느껴졌고 시시각각 나를 격분시켰기 때문일세. 반면에 혁명의 유익한 결과에 대해서 나는 당시로서는 알아차릴 수가 없었던 거네. 또한 내가 참을 수 없었던 것은 사람들이 독일에서도 인위적인 방식으로 유사한 장면들을 초래하려고 했던 점이네. 프랑스에서의 그러한 장면들은 사실 거대한 필연성의 결과였는데도 말이야. ……거대한 혁명의 책임은 물론 민중의 책임이 아니라 통치의 책임임도 알고 있지.…… 아래로부터 역사적인 필연성이 강요될 때까지 내버려 두는 일만 없다면 혁명이란 전혀 불가능한 것이네. …… 자기 나라의 깊은 본질에 뿌리박고 있지 않은 경우라면 이런 종류의 모든 의도적인 혁명은 성공을 거두지 못할 테지."(『대화』 3부 1824년 12월 4일)

혁명의 유익한 결과에 대해서 당시로서는 알아차릴 수 없었다는 고백은 프랑스혁명의 과정에 대해 인정할 점이 있다는 것이며, 자신의 역사적 통찰력이 짧았다는 고백이기도 하다. 또한 혁명이 민중의 책임이 아니라 통치의 책임이라고도 말한다. 하지만 그 아래 발언에서는 또 모순을 보인다. 필연성이 강요될 때까지 내버려 두는 일만 없다면 혁명이란 불가능한 것이라는 괴테의 발언은 현실이 아니라 가정법의 영역이다. 실제 역사에서는 엄연히 그렇게 내버려 두었기 때문에, 혁명이 초래되었지 않은가. 정치의 냉혹한 현실에서 가정법이 말이나 되는가. 창작에 있어서는 '현재'에 모든 것을 걸면서, 현실 정치에서는 가정법을 사용하는 이율배반! 엎치락뒤치락. 정치 권력과 폭력의 문제 앞에서 괴테는 신중하고 또 신중하다.

5 권력 저 너머 생성의 바다로

일부 평자들이 독일 고전주의 문학의 한계를 엘리트주의, 미학적 정관주의, 정치적 방관주의로 비판한다. 그러나 '군주의 노예'라는 소리까지 들어가면서 자신의 지위를 유지해야 할 정도로 괴테는 보수적이고 옹색한 영혼의 소유자였던가? 다시 생각해 보자. 삼위일체설에 대한 비판, 교회 권력에 대한 비판, 하느님을 풍성한 생산력의 주체로 보는 탈이데올로기적 관점. 이런 것들은 교회권력과 정치권력이 동전의 양면이었던 당시의 시대 상황을 고려할 때 곧 체제에 대한 우회적인 비판이 아닐 수 없다.

바이마르를 프랑스군이 점거했을 때 프랑스 공사로 근무했던 한 인사가 후일에 바이마르를 천재와 권력의 아름다운 만남의 장소라고 칭송하긴 했지만, 그 세세한 속사정은 누가 알 수 있을 것인가? 바이마르 공국의 행정에 깊이 관여했다가 불현듯 이탈리아로 도피했던 일, 정치권력과의 정면충돌을 피해야 했던 문화 권력 괴테의 괴로운 심경 고백을 형상화한 것으로 보이는 『타소』. 그리고 권력과의 화해를 말하고 있는 『이피게니에』도 결국은 권력의 폭력성, 권력 앞에서의 괴로운 심경에 대한 간접적인 증언이다.

권력 체제의 문제 앞에서 흔들거리고 있는 괴테의 이러한 고민은 결국 당대 독일의 현실적 정치 상황과 맞물려 있는 것으로 보인다. 괴테는 독일 국민 문화의 위대한 점을 높이 사면서 그 이유로 국민 문화가 나라의 모든 지역에 골고루 퍼져 있기 때문으로 본다. 수백 년 이래로 독일에 단 두 개의 수도, 즉 빈이나 베를린만 있었다면 독일의 문화가 지금과 같은 다양성을 확보하지 못했을 것이라는 견해이다.

그 다양성의 한 예로 들 수 있는 것이 군주제와 공화제의 공존이다. 드레스덴, 뮌헨, 슈투트가르트, 카셀, 브라운슈바이크나 하노버 등등의 도시들이 예전부터 군주들이 다스리는 곳이 아니었다면 그 모든 문화가 가능했을지 반문하면서 괴테는 군주제를 옹호한다. 그리고 곧이어 프랑크푸르트, 브레멘, 함부르크, 뤼벡과 같이 위대하고 화려한 도시들이 그 독자적인 주권을 상실하고 그 어떤 거대한 독일제국의 지방 도시로 병합된다면 현재의 모습을 그대로 유지할 수 있을 것인지 되묻는다.(『대화』 3부 1828년 10월 23일) 이쪽으로 보니 군주제가 괜찮고 저쪽으로 보니 공화제가 괜찮다.* 군주제와 공화제가 뒤섞여 만발한 문화의 제국. 군주제와 공화제를 말하면서도 괴테는 어디까지나 권력 체제보다는 우선적으로 문화적인 면을 보고 있다. 그러나 현실 정치는 어떻게 흘러갔던가? 괴테는 독일제국이 나타나 지방 도시들을 삼켜버리면 어떻게 되겠느냐고 우려했지만, 괴테의 사후 그리 오래지 않아 1871년 독일은 그 어떤 문화의 천재가 아니라 철혈(鐵血) 재상 비스마르크에 의해 하나의 제국으로 통일된다.

문화와 권력은 이처럼 필연적으로 불협화음의 관계일 수밖에 없는가? 단편적이기는 하나 괴테는 인류의 진보와 관련해 다음처럼 말하고 있다. "인류는 앞으로 보다 더 현명해지고 보다 더 많은 것을 이해하게 되겠지. 하지만 그렇다고 해서 보다 더 나아지고 행복해지고 보다 더 많은 실행력을 가지게 되리

---

* 괴테가 군주제의 골수 옹호자였다는 비판에 대한 반대증거 하나. 괴테는 고생과 경험을 한 사람만이 『파우스트』 2부를 이해할 수 있다고 말하면서 (『대화』 2부 1831년 2월 17일), 『파우스트』 1부의 「발푸르기스의 밤」은 군주제를 배경으로 하는 것이며, 2부의 「고전적 발푸르기스의 밤」은 공화정을 배경으로 한다고 덧붙인다. 다양한 경험을 통해 도달한 체제에 관한 객관적 인식이 결국 괴테의 의중을 반영하는 것이 아니겠는가?

라고 장담할 수는 없네. 시대마다 편차가 있을 뿐이라고 보는 게 차라리 맞겠지. 나는 하느님이 더 이상 인류에게서 기쁨을 느끼지 못하는 그런 시간이 오리라고 보네. 그러면 하느님은 모든 것을 파괴해 다시 한번 새롭게 창조하게 될 걸세."(『대화』 3부 1828년 10월 23일) 하느님마저 실망해 손을 놓아버릴 세상은 어떤 세상인가? 문맥에서 보자면 실행력보다는 이해력이, 생성보다는 이념이, 구체적 실천보다는 추상적 독단이 앞서는 세상이다.

괴테가 보는 인류 진보의 한계가 어떤 의미인지는 다음의 발언에서 좀 더 구체적으로 유추할 수 있다. 루터의 종교개혁에 대한 괴테의 평가. "우리는 정신적 우매함의 사슬로부터 풀려났고, 점점 더 성장해 가는 문화의 덕택으로 원천으로 돌아가 그리스도교를 그 순수한 모습 그대로 볼 수 있게 되었지. 우리는 다시 용기를 내어 하느님의 대지 위에 굳게 발을 딛고 하느님으로부터 유래하는 인간의 천성을 느낄 수 있게 된 거네. 정신문화가 점점 더 진보한다 하더라도, 자연과학이 보다 더 넓고 깊게 발전한다 하더라도, 인간 정신의 영역이 제아무리 확장된다 하더라도, 인간은 복음서에서 희미하게 빛을 발하고 있는 그리스도교의 고귀함과 윤리적 이상 그 너머로 나아가지는 못할 걸세. ……지긋지긋한 신교의 종파주의도 막을 내리고,…… 그리스도의 순수한 가르침과 사랑을 있는 그대로 받아들여 자기 것으로 한다면, 누구든 인간으로서 위대하고 자유롭다고 느낄 것이며 이런저런 외형적인 예배 의식 따위에는 더 이상 별다른 가치를 부여하지 않을 테니까 말이야.…… 그리하여 우리 모두는 차츰차츰 말씀과 신앙의 그리스도교에서 벗어나 의지와 행동의 그리스도교로 발전하게 될 거네."(『대화』 제3부 1832년 3월 11일) 거대한 생성의 바다에서 정신문화 및 자연과학의 영역이란 너무도 작은 섬에 지나지 않으며, 결국 인류의 미래는 하느님의 나라, 그리스도의 순수한 가르침과 사랑의 나라에 있다는 것이다. 그 장구한 과정에서 볼 때 권력과 폭력은 일시적인 현상에 지나지 않으며 사랑이 우리를 이끌어간다는 말이기도 하다. 요컨대 문화와 권력의 불협화음이, 말씀과 신앙이 아니라 의지와 행동 그 자체인 사랑에 의해 해소되리라는 것이 괴테가 보는 인류의 미래이다. "영원히 여성적인 것이 우리를 이끌어간다."는 『파우스트』 종결부의 신비의 합창은 이를 압축적으로 표현하는 말로 보인다.

괴테의 고민과는 별개로 이후 독일의 역사는 참담한 혼돈과 극복과 통일의 길을 가게 된다. 괴테는 당시 통일에 대해서 다음과 같이 생각했다. "독일의 통일 여부를 나는 별로 걱정하지 않네. 우리나라의 훌륭한 도로와 앞으로 생겨날 철도가 그 할 일을 다 하게 될 테니까 말이야. 하지만 무엇보다도 상호 간의 사랑으로 하나가 되고, 일치단결해 외적에 맞서는 게 중요하네. 독일의 탈러화나 그로센이 전국 어디서나 동등한 가치를 갖는다는 점에서 하나가 되고, 나의 여행 가방이 독일의 서른여섯 개 모든 나라 어디에서나 검열 없이 통과될 수 있다는 점에서 통일이 되기를 바라네."(『대화』 3부 1828년 10월 23일) 오늘날 유럽연합의 이상을 선취하고 있다!

이러한 발언도 한다. "아무리 자기 멋대로 하려고 해도, 우리 자신의 것이라고는 없네. 우리 모두는 근본적인 의미에서 집단적인 존재일세. 가장 순수한 의미에서 우리의 소유란 얼마나 적은가!"(『대화』 3부 1832년 2월 17일) 모든 이념과 도그마, 편협한 민족주의와 닫힌 국경을 걷어차 버리는 발언이다.

혼신의 힘을 다해 세계문학과 세계문화를 섭렵하고 연구와 창작에 몰두했던 생성과 교양의 인간 괴테를 보수와 진보의 틀로 제한시켜 보는 것은 무리다. 괴테를 독일 고전주의의 틀에 가두어보는 것도 편협한 정치적 관점이 반영된 것이다. 심지어 동독의 당서기장 호네커 같은 이는 괴테의 『파우스트』 2부에 이어 동독 사회가 『파우스트』 3부를 지상에 실현하자고까지 큰소리쳤을 만큼 괴테를 사회주의 이념의 투사로 만들기도 했다. 그러나 그 모든 것에도 불구하고 괴테는 정직한 노력을 마다하지 않은 문화의 투사였다. 예나 지금이나 자유와 자연의 피안에 도달하는 것은 요원하고, 혼미한 역사의 부침 속에 희망의 끈을 놓치지 않기란 참으로 어렵다! 희망의 원리를 설파하고 있는 괴테의 목소리에 오늘 우리가 귀를 기울이는 것은 그 때문이다.

작가 연보

1792년 9월 21일 루에강변의 소도시 빈젠에서 출생한다.

1799년 1808년까지 간헐적으로 학교에 출석. 주로 행상을 하는 아버지를 따라 엘베강 유역과 뤼네부르크 북부 지역을 돌아다닌다.

1808년 빈젠에서 법원 서기로 취업. 이후 여러 도시에서 근무한다.

1811년 1월 30일 에커만의 부친이 68세로 사망한다.

1813년 나폴레옹에 대항하는 해방전쟁에 자원병으로 종군했다가 네덜란드 회화를 접한다.

1814년 빈젠으로 귀환한다.

1815년 1821년까지 하노버의 김나지움에서 수학. 문학 공부에 전념하면서 첫 번째 시집을 발간한다.

1818년 3얼 27일 에커만의 모친이 66세로 사망한다.

1819년 노르트하임에서 17세의 요한나 베르트람과 약혼한다.

1821년 괴팅겐에서 법학을 공부하다 바이마르를 처음으로 방문한다.

1822년 1823년까지 자유문필가로 활동하며 『시학 논고』를 발간한다.

1823년 바이마르에서 처음으로 괴테를 만난다.

1825년 5월 24일 괴테가 에커만의 『괴테와의 대화』를 정독함. 11월 7일 괴테의 도움으로 예나 대학 명예박사 학위 취득. 엘베강, 함부르크, 하노버 등지를 여행한다.

1826년 1831년까지 젊은 여배우 아우구스테 클라치히를 깊이 연모한다.

1829년 황태자인 카를 알렉산더의 가정교사가 된다.

1830년 4월 22일 괴테의 아들 아우구스트와 함께 이탈리아로 여행을 떠남. 10월 27일 아우구스트가 여행 도중에 사망. 에커만은 그 후 바이마르로 귀환한다.

1831년 11월 9일 약혼한 지 12년 만에 요한나 베르트람과 결혼식을 올린다.

1832년 3월 1일 바이마르시의 시민권 획득. 3월 22일에 괴테가 사망한다.

1834년 4월 30일 에커만의 아내 요한나 사망. 대공비 마리아 파블로브나의 후원을 받아 북독일(함부르크, 헬골란트) 지방으로 여행을 떠난다.

1836년 라이프치히의 출판사 브로크하우스에서 『괴테와의 대화』 1부와 2부가 출간된다.

1843년　2월 16일 궁정 고문관으로 임명된다.

1844년　과도한 부채에 시달리다 바이마르를 떠나 하노버로 향한다.

1846년　바이마르 궁정에서 에커만의 부채를 떠안고 재정 지원을 보장함에 따라 바이마르로 다시 돌아온다.

1848년　『괴테와의 대화』 3부를 발간한다.

1854년　12월 3일 향년 62세의 나이로 바이마르에서 사망한다.

세계문학전집 177

괴테와의 대화 2

1판 1쇄 펴냄 2008년 5월 2일
1판 26쇄 펴냄 2024년 10월 22일

지은이 요한 페터 에커만
옮긴이 장희창
발행인 박근섭, 박상준
펴낸곳 (주)민음사

출판등록 1966. 5. 19. (제 16-490호)
서울특별시 강남구 도산대로1길 62(신사동) 강남출판문화센터 5층 (우편번호 06027)
대표전화 02-515-2000 팩시밀리 02-515-2007
www.minumsa.com

ISBN 978-89-374-6177-4 04800
ISBN 978-89-374-6000-5 (세트)

* 잘못 만들어진 책은 구입처에서 교환해 드립니다.

민음사 세계문학전집

세계문학전집 목록

1·2 **변신 이야기** 오비디우스·이윤기 옮김 서울대 권장도서 100선
3 **햄릿** 셰익스피어·최종철 옮김 서울대 권장도서 100선 | 미국대학위원회 선정 SAT 추천도서
4 **변신·시골의사** 카프카·전영애 옮김 서울대 권장도서 100선
5 **동물농장** 오웰·도정일 옮김 미국대학위원회 선정 SAT 추천도서 | 《타임》 선정 현대 100대 영문소설
6 **허클베리 핀의 모험** 트웨인·김욱동 옮김 《뉴스위크》 선정 100대 명저
7 **암흑의 핵심** 콘래드·이상옥 옮김 미국대학위원회 선정 SAT 추천도서 | 《뉴스위크》 선정 10대 명저
8 **토니오 크뢰거·트리스탄·베네치아에서의 죽음** 토마스 만·안삼환 외 옮김 노벨 문학상 수상 작가
9 **문학이란 무엇인가** 사르트르·정명환 옮김
10 **한국단편문학선 1** 김동인 외·이남호 엮음 국립중앙도서관 선정 청소년 권장도서
11·12 **인간의 굴레에서** 서머싯 몸·송무 옮김
13 **이반 데니소비치, 수용소의 하루** 솔제니친·이영의 옮김 노벨 문학상 수상 작가
14 **너새니얼 호손 단편선** 호손·천승걸 옮김
15 **나의 미카엘** 오즈·최창모 옮김
16·17 **중국신화전설** 위앤커·전인초, 김선자 옮김
18 **고리오 영감** 발자크·박영근 옮김
19 **파리대왕** 골딩·유종호 옮김 노벨 문학상 수상 작가 | 《타임》 선정 현대 100대 영문소설
20 **한국단편문학선 2** 김동리 외·이남호 엮음
21·22 **파우스트** 괴테·정서웅 옮김 서울대 권장도서 100선 | 미국대학위원회 선정 SAT 추천도서
23·24 **빌헬름 마이스터의 수업시대** 괴테·안삼환 옮김
25 **젊은 베르테르의 슬픔** 괴테·박찬기 옮김 논술 및 수능에 출제된 책(1998~2005)
26 **이피게니에·스텔라** 괴테·박찬기 외 옮김
27 **다섯째 아이** 레싱·정덕애 옮김 노벨 문학상 수상 작가
28 **삶의 한가운데** 린저·박찬일 옮김
29 **농담** 쿤데라·방미경 옮김
30 **야성의 부름** 런던·권택영 옮김
31 **아메리칸** 제임스·최경도 옮김
32·33 **양철북** 그라스·장희창 옮김 노벨 문학상 수상 작가 | 서울대 권장도서 100선
34·35 **백년의 고독** 마르케스·조구호 옮김 노벨 문학상 수상 작가 | 서울대 권장도서 100선
36 **마담 보바리** 플로베르·김화영 옮김 서울대 권장도서 100선
37 **거미여인의 키스** 푸익·송병선 옮김
38 **달과 6펜스** 서머싯 몸·송무 옮김
39 **폴란드의 풍차** 지오노·박인철 옮김
40·41 **독일어 시간** 렌츠·정서웅 옮김
42 **말테의 수기** 릴케·문현미 옮김
43 **고도를 기다리며** 베케트·오증자 옮김 노벨 문학상 수상 작가 | 서울대 권장도서 100선
44 **데미안** 헤세·전영애 옮김 노벨 문학상 수상 작가
45 **젊은 예술가의 초상** 조이스·이상옥 옮김 서울대 권장도서 100선
46 **카탈로니아 찬가** 오웰·정영목 옮김
47 **호밀밭의 파수꾼** 샐린저·정영목 옮김 《타임》 선정 현대 100대 영문소설 | 미국대학위원회 선정 SAT 추천도서 | 《뉴스위크》 선정 100대 명저 | BBC 선정 꼭 읽어야 할 책
48·49 **파르마의 수도원** 스탕달·원윤수, 임미경 옮김
50 **수레바퀴 아래서** 헤세·김이섭 옮김 노벨 문학상 수상 작가 | 국립중앙도서관 선정 청소년 권장도서

51·52 **내 이름은 빨강** 파묵 · 이난아 옮김 노벨 문학상 수상 작가
53 **오셀로** 셰익스피어 · 최종철 옮김 서울대 권장도서 100선
54 **조서** 르 클레지오 · 김윤진 옮김 노벨 문학상 수상 작가
55 **모래의 여자** 아베 코보 · 김난주 옮김
56·57 **부덴브로크 가의 사람들** 토마스 만 · 홍성광 옮김 노벨 문학상 수상 작가
58 **싯다르타** 헤세 · 박병덕 옮김 노벨 문학상 수상 작가
59·60 **아들과 연인** 로렌스 · 정상준 옮김 《뉴스위크》 선정 100대 명저
61 **설국** 가와바타 야스나리 · 유숙자 옮김 노벨 문학상 수상 작가 | 서울대 권장도서 100선
62 **벨킨 이야기 · 스페이드 여왕** 푸슈킨 · 최선 옮김
63·64 **넙치** 그라스 · 김재혁 옮김 노벨 문학상 수상 작가
65 **소망 없는 불행** 한트케 · 윤용호 옮김 노벨 문학상 수상 작가
66 **나르치스와 골드문트** 헤세 · 임홍배 옮김 노벨 문학상 수상 작가
67 **황야의 이리** 헤세 · 김누리 옮김 노벨 문학상 수상 작가
68 **페테르부르크 이야기** 고골 · 조주관 옮김
69 **밤으로의 긴 여로** 오닐 · 민승남 옮김 노벨 문학상 수상 작가 | 미국대학위원회 선정 SAT 추천도서
70 **체호프 단편선** 체호프 · 박현섭 옮김
71 **버스 정류장** 가오싱젠 · 오수경 옮김 노벨 문학상 수상 작가
72 **구운몽** 김만중 · 송성욱 옮김 서울대 권장도서 100선 | 국립중앙도서관 선정 청소년 권장도서
73 **대머리 여가수** 이오네스코 · 오세곤 옮김
74 **이솝 우화집** 이솝 · 유종호 옮김 논술 및 수능에 출제된 책(1998~2005)
75 **위대한 개츠비** 피츠제럴드 · 김욱동 옮김 《타임》 선정 현대 100대 영문소설
76 **푸른 꽃** 노발리스 · 김재혁 옮김
77 **1984** 오웰 · 정회성 옮김 《타임》 선정 현대 100대 영문소설 | 《뉴스위크》 선정 100대 명저
78·79 **영혼의 집** 아옌데 · 권미선 옮김
80 **첫사랑** 투르게네프 · 이항재 옮김
81 **내가 죽어 누워 있을 때** 포크너 · 김명주 옮김 노벨 문학상 수상 작가
82 **런던 스케치** 레싱 · 서숙 옮김 노벨 문학상 수상 작가
83 **팡세** 파스칼 · 이환 옮김
84 **질투** 로브그리예 · 박이문, 박희원 옮김
85·86 **채털리 부인의 연인** 로렌스 · 이인규 옮김
87 **그 후** 나쓰메 소세키 · 윤상인 옮김
88 **오만과 편견** 오스틴 · 윤지관, 전승희 옮김 미국대학위원회 선정 SAT 추천도서
89·90 **부활** 톨스토이 · 연진희 옮김 논술 및 수능에 출제된 책(1998~2005)
91 **방드르디, 태평양의 끝** 투르니에 · 김화영 옮김
92 **미겔 스트리트** 나이폴 · 이상옥 옮김 노벨 문학상 수상 작가
93 **페드로 파라모** 룰포 · 정창 옮김
94 **차라투스트라는 이렇게 말했다** 니체 · 장희창 옮김 국립중앙도서관 선정 청소년 권장도서
95·96 **적과 흑** 스탕달 · 이동렬 옮김 국립중앙도서관 선정 청소년 권장도서
97·98 **콜레라 시대의 사랑** 마르케스 · 송병선 옮김 노벨 문학상 수상 작가 | BBC 선정 꼭 읽어야 할 책
99 **맥베스** 셰익스피어 · 최종철 옮김 서울대 권장도서 100선 | 미국대학위원회 선정 SAT 추천도서
100 **춘향전** 작자 미상 · 송성욱 풀어 옮김 서울대 권장도서 100선
101 **페르디두르케** 곰브로비치 · 윤진 옮김
102 **포르노그라피아** 곰브로비치 · 임미경 옮김
103 **인간 실격** 다자이 오사무 · 김춘미 옮김
104 **네루다의 우편배달부** 스카르메타 · 우석균 옮김

105·106 **이탈리아 기행** 괴테 · 박찬기 외 옮김
107 **나무 위의 남작** 칼비노 · 이현경 옮김
108 **달콤 쌉싸름한 초콜릿** 에스키벨 · 권미선 옮김
109·110 **제인 에어** C. 브론테 · 유종호 옮김 BBC 선정 꼭 읽어야 할 책
111 **크눌프** 헤세 · 이노은 옮김 노벨 문학상 수상 작가
112 **시계태엽 오렌지** 버지스 · 박시영 옮김 《타임》 선정 현대 100대 영문소설 | 《뉴스위크》 선정 100대 명저
113·114 **파리의 노트르담** 위고 · 정기수 옮김 미국대학위원회 선정 SAT 추천도서
115 **새로운 인생** 단테 · 박우수 옮김
116·117 **로드 짐** 콘래드 · 이상옥 옮김 《뉴스위크》 선정 100대 명저
118 **폭풍의 언덕** E. 브론테 · 김종길 옮김 미국대학위원회 선정 SAT 추천도서
119 **텔크테에서의 만남** 그라스 · 안삼환 옮김 노벨 문학상 수상 작가
120 **검찰관** 고골 · 조주관 옮김
121 **안개** 우나무노 · 조민현 옮김
122 **나사의 회전** 제임스 · 최경도 옮김 미국대학위원회 선정 SAT 추천도서
123 **피츠제럴드 단편선 1** 피츠제럴드 · 김욱동 옮김
124 **목화밭의 고독 속에서** 콜테스 · 임수현 옮김
125 **돼지꿈** 황석영
126 **라셀라스** 존슨 · 이인규 옮김
127 **리어 왕** 셰익스피어 · 최종철 옮김 서울대 권장도서 100선 | 《뉴스위크》 선정 100대 명저
128·129 **쿠오 바디스** 시엔키에비츠 · 최성은 옮김 노벨 문학상 수상 작가
130 **자기만의 방 · 3기니** 울프 · 이미애 옮김
131 **시르트의 바닷가** 그라크 · 송진석 옮김
132 **이성과 감성** 오스틴 · 윤지관 옮김
133 **바덴바덴에서의 여름** 치프킨 · 이장욱 옮김
134 **새로운 인생** 파묵 · 이난아 옮김 노벨 문학상 수상 작가
135·136 **무지개** 로렌스 · 김정매 옮김
137 **인생의 베일** 서머싯 몸 · 황소연 옮김
138 **보이지 않는 도시들** 칼비노 · 이현경 옮김
139·140·141 **연초 도매상** 바스 · 이운경 옮김 《타임》 선정 현대 100대 영문소설
142·143 **플로스 강의 물방앗간** 엘리엇 · 한애경, 이봉지 옮김 미국대학위원회 선정 SAT 추천도서
144 **연인** 뒤라스 · 김인환 옮김
145·146 **이름 없는 주드** 하디 · 정종화 옮김
147 **제49호 품목의 경매** 핀천 · 김성곤 옮김 《타임》 선정 현대 100대 영문소설
148 **성역** 포크너 · 이진준 옮김 노벨 문학상 수상 작가 | 퓰리처상 수상 작가
149 **무진기행** 김승옥
150·151·152 **신곡(지옥편 · 연옥편 · 천국편)** 단테 · 박상진 옮김 《뉴스위크》 선정 100대 명저
153 **구덩이** 플라토노프 · 정보라 옮김
154·155·156 **카라마조프가의 형제들** 도스토옙스키 · 김연경 옮김
157 **지상의 양식** 지드 · 김화영 옮김 노벨 문학상 수상 작가
158 **밤의 군대들** 메일러 · 권택영 옮김 퓰리처상 수상 작가
159 **주홍 글자** 호손 · 김욱동 옮김 서울대 권장도서 100선 | 미국대학위원회 선정 SAT 추천도서
160 **깊은 강** 엔도 슈사쿠 · 유숙자 옮김
161 **욕망이라는 이름의 전차** 윌리엄스 · 김소임 옮김
162 **마사 퀘스트** 레싱 · 나영균 옮김 노벨 문학상 수상 작가
163·164 **운명의 딸** 아옌데 · 권미선 옮김

165 **모렐의 발명** 비오이 카사레스 · 송병선 옮김
166 **삼국유사** 일연 · 김원중 옮김 서울대 권장도서 100선
167 **풀잎은 노래한다** 레싱 · 이태동 옮김 노벨 문학상 수상 작가
168 **파리의 우울** 보들레르 · 윤영애 옮김
169 **포스트맨은 벨을 두 번 울린다** 케인 · 이만식 옮김
170 **썩은 잎** 마르케스 · 송병선 옮김 노벨 문학상 수상 작가
171 **모든 것이 산산이 부서지다** 아체베 · 조규형 옮김 《타임》 선정 현대 100대 영문소설
172 **한여름 밤의 꿈** 셰익스피어 · 최종철 옮김 미국대학위원회 선정 SAT 추천도서
173 **로미오와 줄리엣** 셰익스피어 · 최종철 옮김 미국대학위원회 선정 SAT 추천도서
174·175 **분노의 포도** 스타인벡 · 김승욱 옮김 노벨 문학상 수상 작가 | 《타임》 선정 현대 100대 영문소설
176·177 **괴테와의 대화** 에커만 · 장희창 옮김
178 **그물을 헤치고** 머독 · 유종호 옮김 《타임》 선정 현대 100대 영문소설
179 **브람스를 좋아하세요...** 사강 · 김남주 옮김
180 **카타리나 블룸의 잃어버린 명예** 하인리히 뵐 · 김연수 옮김 노벨 문학상 수상 작가
181·182 **에덴의 동쪽** 스타인벡 · 정회성 옮김 노벨 문학상 수상 작가
183 **순수의 시대** 워튼 · 송은주 옮김 《뉴스위크》 선정 100대 명저 | 퓰리처상 수상작
184 **도둑 일기** 주네 · 박형섭 옮김
185 **나자** 브르통 · 오생근 옮김
186·187 **캐치-22** 헬러 · 안정효 옮김 《타임》 선정 현대 100대 영문소설
188 **숄로호프 단편선** 숄로호프 · 이항재 옮김 노벨 문학상 수상 작가
189 **말** 사르트르 · 정명환 옮김
190·191 **보이지 않는 인간** 엘리슨 · 조영환 옮김 《타임》 선정 현대 100대 영문소설
192 **왑샷 가문 연대기** 치버 · 김승욱 옮김 퓰리처상 수상 작가
193 **왑샷 가문 몰락기** 치버 · 김승욱 옮김 퓰리처상 수상 작가
194 **필립과 다른 사람들** 노터봄 · 지명숙 옮김
195·196 **하드리아누스 황제의 회상록** 유르스나르 · 곽광수 옮김
197·198 **소피의 선택** 스타이런 · 한정아 옮김 퓰리처상 수상 작가
199 **피츠제럴드 단편선 2** 피츠제럴드 · 한은경 옮김
200 **홍길동전** 허균 · 김탁환 옮김
201 **요술 부지깽이** 쿠버 · 양윤희 옮김
202 **북호텔** 다비 · 원윤수 옮김
203 **톰 소여의 모험** 트웨인 · 김욱동 옮김
204 **금오신화** 김시습 · 이지하 옮김
205·206 **테스** 하디 · 정종화 옮김 미국대학위원회 선정 SAT 추천도서 | BBC 선정 꼭 읽어야 할 책
207 **브루스터플레이스의 여자들** 네일러 · 이소영 옮김
208 **더 이상 평안은 없다** 아체베 · 이소영 옮김
209 **그레인지 코플랜드의 세 번째 인생** 워커 · 김시현 옮김 퓰리처상 수상 작가
210 **어느 시골 신부의 일기** 베르나노스 · 정영란 옮김
211 **타라스 불바** 고골 · 조주관 옮김
212·213 **위대한 유산** 디킨스 · 이인규 옮김 서울대 권장도서 100선 | BBC 선정 꼭 읽어야 할 책
214 **면도날** 서머싯 몸 · 안진환 옮김
215·216 **성채** 크로닌 · 이은정 옮김
217 **오이디푸스 왕** 소포클레스 · 강대진 옮김 서울대 권장도서 100선
218 **세일즈맨의 죽음** 밀러 · 강유나 옮김
219·220·221 **안나 카레니나** 톨스토이 · 연진희 옮김 서울대 권장도서 100선

222 오스카 와일드 작품선 와일드 · 정영목 옮김

223 벨아미 모파상 · 송덕호 옮김

224 파스쿠알 두아르테 가족 호세 셀라 · 정동섭 옮김 노벨 문학상 수상 작가

225 시칠리아에서의 대화 비토리니 · 김운찬 옮김

226·227 길 위에서 케루악 · 이만식 옮김 《타임》 선정 현대 100대 영문소설 | 《뉴스위크》 선정 100대 명저

228 우리 시대의 영웅 레르몬토프 · 오정미 옮김

229 아우라 푸엔테스 · 송상기 옮김

230 클링조어의 마지막 여름 헤세 · 황승환 옮김 노벨 문학상 수상 작가

231 리스본의 겨울 무뇨스 몰리나 · 나송주 옮김

232 뻐꾸기 둥지 위로 날아간 새 키지 · 정회성 옮김 《타임》 선정 현대 100대 영문소설

233 페널티킥 앞에 선 골키퍼의 불안 한트케 · 윤용호 옮김 노벨 문학상 수상 작가

234 참을 수 없는 존재의 가벼움 쿤데라 · 이재룡 옮김

235·236 바다여, 바다여 머독 · 최옥영 옮김

237 한 줌의 먼지 에벌린 워 · 안진환 옮김 《타임》 선정 현대 100대 영문소설

238 뜨거운 양철 지붕 위의 고양이 · 유리 동물원 윌리엄스 · 김소임 옮김 퓰리처상 수상작

239 지하로부터의 수기 도스토옙스키 · 김연경 옮김

240 키메라 바스 · 이운경 옮김

241 반쪼가리 자작 칼비노 · 이현경 옮김

242 벌집 호세 셀라 · 남진희 옮김 노벨 문학상 수상 작가

243 불멸 쿤데라 · 김병욱 옮김

244·245 파우스트 박사 토마스 만 · 임홍배, 박병덕 옮김 노벨 문학상 수상 작가

246 사랑할 때와 죽을 때 레마르크 · 장희창 옮김

247 누가 버지니아 울프를 두려워하랴? 올비 · 강유나 옮김

248 인형의 집 입센 · 안미란 옮김

249 위폐범들 지드 · 원윤수 옮김 노벨 문학상 수상 작가

250 무정 이광수 · 정영훈 책임 편집 서울대 권장도서 100선

251·252 의지와 운명 푸엔테스 · 김현철 옮김

253 폭력적인 삶 파솔리니 · 이승수 옮김

254 거장과 마르가리타 불가코프 · 정보라 옮김

255·256 경이로운 도시 멘도사 · 김현철 옮김

257 야콥을 둘러싼 추측들 욘존 · 손대영 옮김

258 왕자와 거지 트웨인 · 김욱동 옮김

259 존재하지 않는 기사 칼비노 · 이현경 옮김

260·261 눈먼 암살자 애트우드 · 차은정 옮김 《타임》 선정 현대 100대 영문소설

262 베니스의 상인 셰익스피어 · 최종철 옮김

263 말리나 바흐만 · 남정애 옮김

264 사볼타 사건의 진실 멘도사 · 권미선 옮김

265 뒤렌마트 희곡선 뒤렌마트 · 김혜숙 옮김

266 이방인 카뮈 · 김화영 옮김 노벨 문학상 수상 작가 | 미국대학위원회 선정 SAT 추천도서

267 페스트 카뮈 · 김화영 옮김 노벨 문학상 수상 작가 | 국립중앙도서관 선정 청소년 권장도서

268 검은 튤립 뒤마 · 송진석 옮김

269·270 베를린 알렉산더 광장 되블린 · 김재혁 옮김

271 하얀 성 파묵 · 이난아 옮김 노벨 문학상 수상 작가

272 푸슈킨 선집 푸슈킨 · 최선 옮김

273·274 유리알 유희 헤세 · 이영임 옮김 노벨 문학상 수상 작가

275 픽션들 보르헤스 · 송병선 옮김 서울대 권장도서 100선
276 신의 화살 아체베 · 이소영 옮김
277 빌헬름 텔 · 간계와 사랑 실러 · 홍성광 옮김
278 노인과 바다 헤밍웨이 · 김욱동 옮김 노벨 문학상 수상 작가 | 퓰리처상 수상작
279 무기여 잘 있어라 헤밍웨이 · 김욱동 옮김 미국대학위원회 선정 SAT 추천도서
280 태양은 다시 떠오른다 헤밍웨이 · 김욱동 옮김 《타임》 선정 현대 100대 영문 소설
281 알레프 보르헤스 · 송병선 옮김
282 일곱 박공의 집 호손 · 정소영 옮김
283 에마 오스틴 · 윤지관, 김영희 옮김
284·285 죄와 벌 도스토옙스키 · 김연경 옮김 미국대학위원회 선정 SAT 추천도서
286 시련 밀러 · 최영 옮김
287 모두가 나의 아들 밀러 · 최영 옮김
288·289 누구를 위하여 종은 울리나 헤밍웨이 · 김욱동 옮김 노벨 문학상 수상 작가
290 구르브 연락 없다 멘도사 · 정창 옮김
291·292·293 데카메론 보카치오 · 박상진 옮김
294 나누어진 하늘 볼프 · 전영애 옮김
295·296 제브데트 씨와 아들들 파묵 · 이난아 옮김 노벨 문학상 수상 작가
297·298 여인의 초상 제임스 · 최경도 옮김 미국대학위원회 선정 SAT 추천도서
299 압살롬, 압살롬! 포크너 · 이태동 옮김 노벨 문학상 수상 작가
300 이상 소설 전집 이상 · 권영민 책임 편집
301·302·303·304·305 레 미제라블 위고 · 정기수 옮김
306 관객모독 한트케 · 윤용호 옮김 노벨 문학상 수상 작가
307 더블린 사람들 조이스 · 이종일 옮김
308 에드거 앨런 포 단편선 앨런 포 · 전승희 옮김 미국대학위원회 선정 SAT 추천도서
309 보이체크 · 당통의 죽음 뷔히너 · 홍성광 옮김
310 노르웨이의 숲 무라카미 하루키 · 양억관 옮김
311 운명론자 자크와 그의 주인 디드로 · 김희영 옮김
312·313 헤밍웨이 단편선 헤밍웨이 · 김욱동 옮김 노벨 문학상 수상 작가
314 피라미드 골딩 · 안지현 옮김 노벨 문학상 수상 작가
315 닫힌 방 · 악마와 선한 신 사르트르 · 지영래 옮김
316 등대로 울프 · 이미애 옮김 《타임》 선정 현대 100대 영문소설 | 《뉴스위크》 선정 100대 명저
317·318 한국 희곡선 송영 외 · 양승국 엮음
319 여자의 일생 모파상 · 이동렬 옮김
320 의식 노터봄 · 김영중 옮김
321 육체의 악마 라디게 · 원윤수 옮김
322·323 감정 교육 플로베르 · 지영화 옮김
324 불타는 평원 룰포 · 정창 옮김
325 위대한 몬느 알랭푸르니에 · 박영근 옮김
326 라쇼몬 아쿠타가와 류노스케 · 서은혜 옮김
327 반바지 당나귀 보스코 · 정영란 옮김
328 정복자들 말로 · 최윤주 옮김
329·330 우리 동네 아이들 마흐푸즈 · 배혜경 옮김 노벨 문학상 수상 작가
331·332 개선문 레마르크 · 장희창 옮김
333 사바나의 개미 언덕 아체베 · 이소영 옮김
334 게걸음으로 그라스 · 장희창 옮김 노벨 문학상 수상 작가

395 **월든** 소로 · 정회성 옮김
396 **모래 사나이** E. T. A. 호프만 · 신동화 옮김
397·398 **검은 책** 오르한 파묵 · 이난아 옮김 노벨 문학상 수상 작가
399 **방랑자들** 올가 토카르추크 · 최성은 옮김 노벨 문학상 수상 작가
400 **시여, 침을 뱉어라** 김수영 · 이영준 엮음
401·402 **환락의 집** 이디스 워튼 · 전승희 옮김
403 **달려라 메로스** 다자이 오사무 · 유숙자 옮김
404 **아버지와 자식** 투르게네프 · 연진희 옮김
405 **청부 살인자의 성모** 바예호 · 송병선 옮김
406 **세피아빛 초상** 아옌데 · 조영실 옮김
407·408·409·410 **사기 열전** 사마천 · 김원중 옮김 서울대 권장도서 100선
411 **이상 시 전집** 이상 · 권영민 책임 편집
412 **어둠 속의 사건** 발자크 · 이동렬 옮김
413 **태평천하** 채만식 · 권영민 책임 편집
414·415 **노스트로모** 콘래드 · 이미애 옮김
416·417 **제르미날** 졸라 · 강충권 옮김
418 **명인** 가와바타 야스나리 · 유숙자 옮김 노벨 문학상 수상 작가
419 **핀처 마틴** 골딩 · 백지민 옮김 노벨 문학상 수상 작가
420 **사라진 · 샤베르 대령** 발자크 · 선영아 옮김
421 **빅 서** 케루악 · 김재성 옮김
422 **코뿔소** 이오네스코 · 박형섭 옮김
423 **블랙박스** 오즈 · 윤성덕, 김영화 옮김
424·425 **고양이 눈** 애트우드 · 차은정 옮김
426·427 **도둑 신부** 애트우드 · 이은선 옮김
428 **슈니츨러 작품선** 슈니츨러 · 신동화 옮김
429·430 **세계의 끝과 하드보일드 원더랜드** 무라카미 하루키 · 김난주 옮김
431 **멜랑콜리아 I–II** 욘 포세 · 손화수 옮김 노벨 문학상 수상 작가
432 **도적들** 실러 · 홍성광 옮김
433 **예브게니 오네긴 · 대위의 딸** 푸시킨 · 최선 옮김
434·435 **초대받은 여자** 보부아르 · 강초롱 옮김
436·437 **미들마치** 엘리엇 · 이미애 옮김
438 **이반 일리치의 죽음** 톨스토이 · 김연경 옮김
439·440 **캔터베리 이야기** 초서 · 이동일, 이동춘 옮김
441·442 **아소무아르** 졸라 · 윤진 옮김
443 **가난한 사람들** 도스토옙스키 · 이항재 옮김
444·445 **마차오 사전** 한사오궁 · 심규호, 유소영 옮김
446 **집으로 날아가다** 랠프 엘리슨 · 왕은철 옮김
447 **집으로부터 멀리** 피터 케리 · 황가한 옮김
448 **바스커빌가의 사냥개** 코넌 도일 · 박산호 옮김
449 **사냥꾼의 수기** 투르게네프 · 연진희 옮김
450 **필경사 바틀비 · 선원 빌리 버드** 멜빌 · 이삼출 옮김
451 **8월은 악마의 달** 에드나 오브라이언 · 임슬애 옮김

세계문학전집은 계속 간행됩니다.